刑侦档案

清韵小尸 著

2

北京燕山出版社
BEIJING YANSHAN PRESS

图书在版编目（CIP）数据

刑侦档案.2 / 清韵小尸著 . — 北京：北京燕山出版社，2022.7

ISBN 978-7-5402-6486-4

Ⅰ.①刑⋯ Ⅱ.①清⋯ Ⅲ.①侦探小说—中国—当代 Ⅳ.① I247.5

中国版本图书馆CIP数据核字（2022）第063767号

刑侦档案2

作　　者：清韵小尸

出 品 人：一　航

选题策划：航一文化

出版统筹：康天毅

责任编辑：邓　京

特约编辑：李鸿健

封面设计：八　牛　林晓青

版式设计：林晓青

出版发行：北京燕山出版社有限公司

地　　址：北京市丰台区东铁匠营苇子坑138号C座

邮政编码：100079

发行电话：（010）65240430

印　　刷：湖南天闻新华印务有限公司

开　　本：710mm×1000mm　1/16

印　　张：16.75

字　　数：319千字

版　　次：2022年7月第1版

印　　次：2022年7月第1次印刷

书　　号：ISBN 978-7-5402-6486-4

定　　价：49.80元

目录
CONTENTS

目录

C O N T E N T S

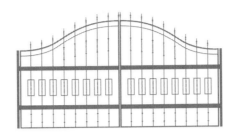

第一章

—— 魔女夏未知 ——

图书馆那边终于给了反馈，张培才曾经借阅过十八年前的南城报纸，而且借阅了不止一家。虽然查明了这一点，但范围还是有点儿广。

那一年，应该是"5·19"案后一年，宋文那时候还是个小孩子，应该是在读小学二年级，关于那个年份的记忆他都模糊了，只依稀记得是个灾年，各种天灾人祸，麻烦不断。

宋文吩咐两位协警去图书馆把那年的报纸全取过来，影印一份。

同时，朱晓把王启超的资料都调取了出来，然后试着拨电话过去，可一连打了几次，都是"您所拨打的用户不在服务区"。

傅临江在一旁皱眉问宋文："这人不会是逃了吧？"

"应该不会，逃了的话至少会换个手机号。"宋文看了看王启超的资料，这是一个个子不高的胖子，他思索了一下，从桌子上拿了东西，"走，我们两个一起过去看看吧。"

这人的信息资料在警务系统里有登记，上面还有厂房的地址。那厂房是王启超自家的，经过改造，他们吃住都在里边，跑得了和尚跑不了庙。

宋文开着警车带着傅临江一路到了厂区，两人老远就看到一片一层的厂房。傅临江对着门牌号一个一个寻过去，本来他没抱什么希望，结果车刚开到某个门口，就看到一个胖子鬼鬼祟祟地从厂房里探出头来。那胖子见是辆警车，转身就跑。宋文踩了油门，一个漂移就把那胖子堵住了。大家一照面，发现正是王启超，这一下倒是省了很多麻烦。

"王启超！"傅临江叫着他的名字，然后从副驾上伸出手亮了下证件，一边下车一边道，"知道我们为什么找你吗？"

王启超接过证件看了看，微微变了脸色："你们刑警……还管我做料理包的事？不会是吃死人了吧？"他舔了舔嘴唇，摆出一副委屈的表情说："我那东西虽然偷工减料了一点儿，但是绝没有那么大杀伤力，警官这里面是不是有什么误会啊？而且我卖得好便宜的……"

宋文锁了警车，在一旁"哼"了一声道："做料理包是什么好事？听你这口气还挺自豪的。"

王启超讪笑道："我这个是市场经济，顺应市场要求，这要是没人买，鬼才做呢。"

傅临江反问了他一句："那东西你吃吗？"之前的视频上，那些食材洗都没洗过，被工人堆放在地上随便踩踏。他们把各种霉烂的食材直接混了辣椒和其他作料，搅和在一起，让人想起来就恶心。

王启超乖乖地摇了摇头，小声道："我之前寻思着……我不做，也有别人做……"他自己做的东西他是绝对不吃的，谁吃到了算谁倒霉。

宋文和傅临江走入厂房，这里果然被改造过，大厅里摆着几台做料理用的机器，上面落了灰。

王启超急忙跟了进来，道："我早就金盆洗手了，现在只有我一个人住在这里。"

傅临江道："你之前鬼鬼祟祟干什么？"

"我……上厕所……"王启超回得结结巴巴。

宋文伸手一指一旁门上的厕所标识，直接戳破他的谎言："那这间是摆设？"

王启超努力笑了笑，搓了搓手道："这不是看到警车了吗？我紧张。这个厕所不好冲水。"三句话里没有一句真话。

宋文开始看周围的环境，傅临江则是取出张培才的照片问他："照片上的人你认识吗？"

"张培才啊，化成灰我也认识，这小子在我工厂卧底了三个月，我把他当兄弟好吃好喝好招待，他反手给我背后捅了一刀，把我的家底曝了个底朝天。"王启超话说到这里，这才反应过来，张大了嘴巴问，"不会是……他死了吧？"

傅临江点了下头，取出一沓资料往王启超眼前一晃，道："这是你曾经威胁张培才的证据。"

王启超嘴角抽动着，一边似乎在压抑着心中的喜悦，一边急于辩驳道："我那就是气极了骂几句。你说我要是真的杀了人，那不早就跑了，还留这里让你们抓啊？而且……你们……发现尸体了吗？"

傅临江道："当然，没有发现尸体我们找你干什么？"

王启超低下头道："那就是啊，我一个做餐饮的，还能把尸体扔外面去？我这工厂里好几台绞肉的机器。"

傅临江一听这话，汗毛都竖起来了，道："合着你还有这个打算？"

"警察同志，我就是随口一说，你们随便查。"王启超连忙说，"我曾经是想雇人把他打一顿，但是吧，这姓张的忒警觉了，一点儿风吹草动人就没影了，那么有本事的人，把我骗得一愣一愣的，怎么能犯到我手里呢……而且，我也听人说，他不再和我们这行过不去了，去查大新闻去了。"

"大新闻？什么大新闻？"傅临江问。

王启超道："自然是能够撼动南城的大新闻，比起来，我这小小的作坊就像是地上的虫子，不值一提。不过这具体查什么，我也不清楚。"

宋文刚才一直在听两个人说话，他也趁着这段时间把屋里屋外逛了一圈儿，此时走过来道："你这个消息够灵通的，就像是知道我们要来一样，是不是有人给你通风报信？"

王启超身体一僵硬，道："没！没有啊！我再消息灵通，也不会和你们刑警搭上关系。"

看问不出什么，傅临江塞了张名片到王启超手里，叮嘱他有张培才的线索及时报告，然后跟着宋文走了出去。

"姓王的应该不是凶手，不过……"宋文打开车门，坐在驾驶位，"通知食品安全部门和分局的警察，他身上这么重的作料味，肯定是复工了。"

傅临江一愣："那机器不是空着……"

宋文发动了车道："摆着应付检查的。而且摆放位置和视频里不一样，缺了几台机器，估计在地下吧，所以他的手机打不通。"

傅临江听了宋文的话这才恍然大悟。之前他们进门的时候，王启超撒丫子就跑是想把他们引开，后来那姓王的看着他们离开，明显又松了一口气。

傅临江又想起来之前看到的相关新闻，问："之前他这里不是被查了吗，这才关停了三个月吧？"

"大概花了钱，跑了关系。他的工厂停工，一天损失不少，比起暴利，那点儿罚款算什么？"宋文加了一句解释，"之前张培才断了他的财路，他急得跳脚。可现在，他不慌不忙的，提起张培才来也不那么记恨了，肯定是想法子复了工，没空儿理那边儿了。"

傅临江叹了口气，掏出手机给兄弟部门打了个电话，通知完了道："希望这次能多收获点儿，干脆查封了把人抓起来得了。"

两人一路回了局里，刚进门，就看到一个陌生的男人拎着袋子走到了办公室门口，一双眼睛还四处张望着。宋文看那人是个生面孔，问了一句："你找谁？"

那男人问了一句："程小冰在吗？"说着指了指外衫里面的衣服："我是送外卖的。"

宋文听了这话火大，道："这是公安局，外卖和快递只能送到接待处，不能直接进来。"不说什么机密档案，就是白板上的案子被人看去了也不好。午饭时间刚过不久，正是整个局里最松懈的时候，就让送外卖的大摇大摆地走了进来。

"对不起！对不起！宋队。"程小冰一路飞奔着从物证室里冲出来，接过了男人手里的外卖，挥了挥手示意那外卖员快点儿走。她一回头看到宋文的脸还沉着，笑了一下道："宋队，我这不是为了最近的案子加班，错过食堂饭点了吗，这外卖员送进来也是好意，下次我备注一下，不会了。"

一旁的老贾凑热闹，走过来看了看程小冰手里的袋子道："哟！奶茶，胖！"

程小冰嘴巴不饶他："贾叔，您减减您的肚子再说我吧。"

老贾"哼"了一声道："小姑娘就是胆子大，还敢点外卖！真应该给你看看之前的视频。"

程小冰急忙摆手："别别别，我不想看！"

朱晓听了这话笑了，道："她做物证的，什么恶心的没见过，还怕看视频？那几个法医，还专爱吃内脏呢。"

看有人帮她说话，程小冰吐了下舌头道："就是，不干不净吃了没病。再说了，我又没人给带饭。"

半个办公室的人都转头看向了宋文，那目光意味深长。

宋文咳了一声道："都这么闲？证词整理了吗？案子破了吗？物证报告呢？"

听了这话，所有人都低下头去，程小冰也不敢嘚瑟了，急忙拎着外卖往物证室走去。

忙了一个下午，相关资料逐渐整理了出来，可他们还是对绑走张培才的人一无所知。王启超不是凶手，他们现在只能希望张铭轩说的那个神秘女人身上有些什么线索。

宋文拿着白板笔，在白板上写了张培才的名字，然后他简单地画了一下发现张培才的那片区域的地图。他发现，他们甚至无法查证张培才被杀之前被囚禁在哪里。

宋文还是第一次碰到这种情况，案发两天了，案子的凶手是男是女，是一个人还是两个人，什么时间犯案，案发现场是哪里，杀人动机是什么……一概未知。

他感觉自己就像身处一团迷雾之中，虽然手里拎着一盏灯，但提起来却看不到前方有什么。那点儿光亮不足以刺破迷雾，照亮前方。但是宋文觉得，自己应该往前走。他好像在下一盘棋，对面有个看不见的对手。

到了快下班的时候，宋文忍不住又翻找了一下张培才的信用卡记录，他想看看能不能从里面找出什么线索，至少先把那个女人找到。

果然如同朱晓所说，张培才的确给对方购买了不少女用奢侈品。宋文翻着翻着，忽然脑中灵光一现，那些奢侈品店一般都安装了摄像头，是否可以从店铺的监控中找到那个神秘的女人？

有了思路之后，宋文把张培才的购物花费清单理了一遍。根据付款的时间、地点，他很快列出了一张单子。

现在是晚上七点多，宋文看了看时间，直接开了车往市中心去。

南城购买奢侈品的高端商场位于整个城市的中部，这一片区域建筑独特，永远车水马龙。

宋文只是偶尔和朋友在这里吃过饭，那些价格不菲的奢侈品也只在橱窗里看到过。他把警车停在了地下的停车场，一路步行上去。

这是一片带了顶的步行街，到处是垂地的巨大玻璃幕墙。每间奢侈品店都是独立设计的，或是两层或是三层，巨大的广告招牌宣传着当季新品。

宋文走进了第一家店，门口的店员趁鞠躬的工夫眼睛迅速一扫，从上到下把他看了一遍，然后笑着迎了上去，那表情却是生硬的，似乎早就断定了他不是潜在客户。

宋文也没废话，拿出警察证说明了来意，希望她们配合一下，小店员顿时面露难色："先生，对不起，这个……我们店里总共也没几个摄像头，是为了防止有商品丢失用的，录像最多保留一个星期，您这个时间长了点儿，估计早就覆盖了……而且我们还没有权限。要不您留个联系方式，我们和店长申请一下，有消息了答复您？"

宋文观察了一下店里几个摄像头的位置，又问了几句那天购买的情况，小店员一问三不知。宋文拿出张培才的照片，小店员又摇了摇头说自己没印象了。

宋文叹了口气，从这店里出来又往第二家店里走去，结果还是差不多。看问不出什么，宋文不禁皱眉撸起了袖子，站在店门口思考着下一步该怎么处理，是一家店一家店问过去，还是想点儿什么法子。

往日里，宋文对付那些犯罪分子有着各种方法，可对付这奢侈品店里化着妆，一开口先说对不起、再三鞠躬就是什么也问不出来的娇滴滴小姑娘却是毫无办法。他正想着是否能通过其他方法搞到影像，忽地看到从斜对面的店里走出来一个人。

那人个子瘦高，身姿挺拔，一双腿尤其修长。距离隔得有点儿远，宋文以为自己看错了，伸手擦了下眼睛，却看那人转向了他，不是陆司语又是哪个？

两个人隔着十几米，陆司语逆着商场的人流向宋文走过来。此时外面热气蒸腾，商场里的冷气却不要钱似的，陆司语怕冷，披了一件很薄的白色长袖上衣，后摆微垂，走过来的时候，宋文的脑中自动浮现出了"翩然"这个词。

世界仿佛都安静下来，只剩下了眼前这个人。

宋文开口道："你不在家好好休息，乱跑什么？"

陆司语淡然地把手插入衣袋，道："被停了职，闲得无聊，出来逛街买点儿东西。"

宋文知道他还有怨气，皱起眉头道："好不容易给你的带薪假期，换作别人都要开心死了，只有你不知道珍惜。晚饭吃了吗？"

"吃过了。"陆司语道，然后他侧头看向宋文，"宋队来这里做什么？"

宋文没瞒着他："有个案子，查到的线索是被害人曾经来这边购买过奢侈品，我想着过来问问，看店家能不能调到相关的监控资料。"

"是最近那个新闻调查人的案子？"陆司语问。

宋文一愣："你怎么知道的？"

"那个人挺久没有更新微博，大家早就有诸多的猜测，不难猜出应该已经遇害了。我上次去殡仪馆的时候，看着尸体有点儿像。"陆司语眨眨眼，伸出一只白玉般的手，"单子给我看下。"

宋文知道他说的是张培才购物的单子，猜到这人才不是闲得无聊那么简单，他甚至有可能是知道了什么，专程为了这案子来的。

宋文把手机递给他，陆司语低着头，滑动了几下手指，点了点其中一家道："走吧，去这里看看。"

宋文对这些店不太熟悉，基本都没有进去过，陆司语却是熟门熟路，一路领着他走进了一家综合性的奢侈品店铺。这家店一层以女装女包为主，二层以男装为主。

一进门，店员的目光就扫了过来，陆司语还没开口问话，那几名店员便殷勤地跟了上来。陆司语顺着旋转楼梯往楼上走去，身后呈弧线形的白色衣摆随身而动，这样的姿态让宋文想到了白色的孔雀。

宋文跟着他，侧头往两边看了看，这里每一处装饰都凸显出华贵气质，经过观察他明白了陆司语选择这家店的原因。这家店够大，价格够贵，客人不多，所有的关键角度都有摄像头，能够最大程度保留信息。

陆司语带着他那股不想与人交流的气息，到一旁的架子上扒拉了几下，然后取下了一件衬衣拿在手里，不等他回身，就有店员自然而然地接过来，把衣架取下，再抱着衣服拿在身前。陆司语闲庭信步般走了一圈儿，又挑了几件男装。

陆司语挑衣服很快，宋文跟在后面，偷偷翻了翻吊牌，上面的价格让人咋舌，这么一会儿工夫，保守估计一共挑了二十来万的东西。

陆司语挑完，拿着几件衣服进了更衣室，过了片刻，他打开更衣室的门，对着外面的宋文招招手道："宋队，来一下。"

宋文不明所以，刚走进去，陆司语就把一条领带不由分说地套在了他的脖子上。今天宋文穿了一件黑色的衬衫，就是少根领带。

奢侈品店里的更衣室大得像是一间小房间，桌椅板凳都有，地上还铺了厚厚的地毯。

"你这是……"宋文没有提防，陆司语已经打了个领结，然后理了一下宋文的领子。

"送给你的。"陆司语说。他垂着头，从这个角度可以看到他的睫毛很长。

"你知道我平时不戴这个……"宋文被他弄了个措手不及，"而且也太贵重了吧……"

陆司语怕宋文拒绝，解释道："这个是购物满赠的，又不适合我，就便宜你了，你不用介意。"

陆司语在大大的更衣室里退后了一步，歪着头打量着宋文："挺好看。"

宋文想要解开领带的手停住了，他思考了片刻，还是假装严肃道："你这是要贿赂领导？"

陆司语点点头："如果有用，就值了。"

他说完，不等宋文回答，拿了几件衣服就往外面走。宋文看了一眼，他穿的还是来时的那件，刚才进去的时间那么短，他根本就没时间换衣服。他好像就是为了拉宋文进来戴领带的。

宋文又摸了一下领带，材质很好，他忽然感觉自己被这只小狐狸套牢了。

两人再次回到一楼，只见中间的沙发边立了六七个店员，宋文刚才上楼的时候还没注意到这店里有这么多人呢。有店员娇声软语地说："先生您好，先生请坐，先生您喝饮料。"

陆司语拒绝了那些饮料，说："你好，帮我倒杯热水。"然后他把店员递过来的杯子握在手里暖着手。

店员过来把卡刷了，陆司语却并不从沙发上站起，而是切到了正题："我朋友是市局的刑警，在调查之前的一起案子，根据被害人的信用卡记录，几个月前他曾经在这里消费过，能否麻烦你们店长调下监控？"

宋文拿出证件给店员们亮了身份，然后给她们看了具体的时间信息和张培才的照片。

这一次，这些店员一反前几家店员的态度，一个店长模样的人去调取资料，其他的店员七嘴八舌地提供信息。

"那天我们店里的人不多，我对他们有印象，当时跟着这位先生的是位年轻的小姐，身高大概一米六，短发，只化了淡妆。"

"对，小姐穿的白衣服是 CC 家今春的走秀款，鞋是 LK 家的。"另一个营业员汇报得事无巨细。

"那两个人好像是在恋爱中，那小姐挑中了的东西先生没有多说什么就付款买了。嗯，最后还给小姐买了个包，不过……这个包好像那位小姐没有看中，先生非要送给她，有点儿奇怪。"店员说着更多的细节。

陆司语坐在那里听着她们说，宋文在一旁想：果然什么也比不上钱打脸来得速度快，效果好。

俗话说得好，"有钱能使鬼推磨"，从这些店员的态度就可以看出来。

不多时那店长回来，干脆利索地把当天那个时间段的几处监控的录像都调取了出来，拷贝在U盘里，和几张打印的照片一起给了宋文。图片虽然不太清晰，但是可以看出，亲昵地站在张培才身侧的是一个白衣女子，短发，眉清目秀。

终于找到了这女子的影像，宋文觉得像是摸到了一把钥匙，忙向那位店长道谢。

店长笑着道："配合警方工作是应该的。如果回头还需要做笔录，我们也可以过去配合。"

陆司语看这边差不多了，那些店员也早把东西包好，这才起身往外走。

店员们跟在他们身后摆着笑脸鞠躬："期待您的再次光临。"

宋文跟着走出去，帮陆司语拎了几袋东西："你还继续逛吗？"

陆司语摇摇头道："反正东西也买好了，我还是回家继续休养吧。"

宋文自然而然地问："开车了吗？"

陆司语又摇摇头。

宋文道："那我送送你吧。"

两人把大包小包放进了后备厢，上车不久，陆司语就有点儿犯困了，他把头靠在车窗上，然后眼皮就开始打架。

"你不会也在偷偷查这个案子吧？"宋文的声音忽然从一旁传来，"队里有人给你通风报信？"

朱晓最近买到了全球限量的新款手机，程小冰收到了好几箱零食，就连老贾都换了好烟，宋文一时也想不到究竟是谁告诉了他自己的行程。

陆司语的双眼悠然睁开，没有否认，也没有承认："今晚有点儿凑巧。"然后他问宋文："如果我不在，你准备怎么处理？"

宋文道："去找商场呗，再不行就去找监控中心，调取附近的街道监控录像。只是那样比较费事费时。"办法总是有很多的，只是会在时间效率上打个折扣。

陆司语点了点头，又合上了双眼，长长的睫毛铺了下来。他们的车驶出了商业街，可以听到夜风掠过的声音，忽地宋文的声音又传来："谢谢你。"

陆司语的身子微微一动，"嗯"了一声。

宋文看他这个样子，开口问："怎么？昨晚没睡好？"

陆司语摇摇头，手指按了按眉心道："刚从医院出来，时差有点儿乱。"

宋文心里想着，这也就是住了个院而已，怎么说得和出了趟国似的，还带倒时差的。

这个时间点市中心有些堵，伴随着开开停停的缓慢节奏，陆司语的困意再次袭来，眼睛越发睁不开。

宋文忽然想起了什么，问他："对了，上次在救护车上时，你想和我说什么来着？"

陆司语没吭声，头靠在窗边，呼吸渐渐平稳下来。

这时，傅临江打来电话汇报进度，宋文就和他讨论了几句案情。宋文说起那个神秘的女人有了线索，然后两人又聊到了绳结的事。

接完了电话，宋文侧头看向副驾上的陆司语，不知道是最近服用的药物作用还是嗜睡发作，现在他睡得熟极了。

陆司语蜷缩着身体，仍是用的那个寻求安全的姿势。

这人看着温顺得像是一只兔子，其实是只有满脑子主意的狐狸。那个问题也不知道他是真没听到还是装没听到。

宋文觉得自己正在一点一点靠近陆司语，揭开他的伤疤，接近他的秘密。宋文做好了心理准备，也许会鲜血淋漓。浮华的皮囊之下，掩盖着的也许是具枯骨腐肉，但是不管怎样，自己总是会有机会拉住他。

陆司语只睡了大概二十分钟，等堵车的状况缓解，他就有所感应一般，轻轻一动睁开了眼睛。车窗外已经一片漆黑，陆司语坐起身揉了揉眼睛对宋文道："对不起，不小心睡着了。"

宋文开着车道："没事，并没有很久。本来准备叫你的，你就醒了。"

陆司语小声"嗯"了一声，把车窗降下来了一点儿，夜风忽地倒灌了进来，他这时才完全清醒了，看着车窗外问："现在那个神秘的女人找到了，其他的，你还有什么想法吗？"

"这个案子里，凶手所用的绳结有些特殊。"宋文道，"我已经让徐瑶去调取相关的绳结资料和三年内整个南城甚至是全国有记录可寻的类似案件。"

陆司语听了这话，微微皱眉，略微思考了片刻，回答他道："张培才在找十八年前的报纸，这可能和他的死因有关系，我觉得应该扩大搜索的范围，把时间线拉长。"

宋文"嗯"了一声道："十八年前……那可能是不小的工作量，我回头和徐瑶说下。"宋文说完才想起来身边的人还没有复工，自己和他聊什么案子啊，而且……这么看来，刚才自己和傅临江的对话，他倒是听得一字不漏嘛。

第二天一早，宋文一到市局，徐瑶就把他叫到了物证室，随后递给了他一沓资料道："我这边物证的检查结果出来了。"

宋文接过资料翻着问："怎么，有新的发现吗？"

"由于之前下过雨，现场又被破坏过，能够作为参考的痕迹不多。地上没有明显的脚印，但有一些车辙印，应该是对方用了小推车。现场没有提取到完整的指纹和痕迹。死者身上穿的衣服都是简单的日常衣物，也没有什么线索。"

徐瑶靠在一旁的桌子上，神色凝重道："唯一的证物是那个巨大的黑色袋子。那东西装着尸体，开始看得不太清楚，直到运回来我才发现，与其说是袋子，不如说是个软体箱子，四边和底部都有支撑，外面是一层黑色牛津布，非常结实。"

宋文问："感觉这种袋子市场上并不常见。"

徐瑶："是的，又大又轻薄，承重还很好，没有太多保护，容易磕碰，我想不到它是用来干什么的。"

宋文道："我会让老贾在市面上查查，看看哪里能够买到这种黑色袋子，也许能够获知更多信息。那么大的袋子，或者说是箱子，里面装着一个死人，想要运输，就算是有小推车，一个人把它放到后备厢里或者是把尸体取出来，都是一件很难的事。想要弃尸在河边，需要运送一段路，而且不被人发现，这更是困难。"他沉思了一下道："难道说凶手有帮手，不是一个人？"

"物证方面，我这边会进一步跟进，有新的发现的话再告诉你。"徐瑶想了想又说，"还有这绳结，确实非常特殊。你昨天让我查一下，还让我扩大搜寻年限，随后我在早年南城的一个案子里发现了类似绳结。"

"多久之前的？什么案子？"宋文问。他觉得徐瑶的语气不一般，心中浮起一丝不祥之感。

不等徐瑶回答，他忽然想起了一个案子。之前他的记忆模糊，现在想一想，那不正是十八年前发生的事？

可若是关联到了那个案子，那眼下的这个案子只怕绝不是小案，而是一个大案了。

想到此，宋文望着徐瑶，对暗号般说出几个字："难道是芜山敬老院？"

徐瑶嘴唇轻启，说出五个字："魔女夏未知。"

宋文的体内忽地起了一股冷意，仿佛有一双眼睛通过幽冥之空望向了他。他的记忆瞬间被拉回到了十八年前，当时他还只是个小学生。只有在南城亲身经历过那段时光的人才知道，这几个字牵动了多少人心。这是一起惊动整个南城甚至是全国的大案。

同样的绳结面世，那么就代表着夏未知可能没有死。或者还有一种可能，有人在用她使用过的手法折磨人，杀人。无论是哪种可能，都足够可怕。

沉默了片刻，宋文道："如果张培才生前是在查这个被人灭口的话，那这个新闻的确够大的。"

徐瑶略微低着头道："不过当时的照片不太清楚，当年的绳结物证也不在我们市局，这也只是我根据物证图片进行的推测而已，也许这两个案子是毫无关联的，绳结类似只是巧合。你回头可以和林法医核实一下，两起案件是否有更多的相似之处。"随后她提醒宋文："你要和顾局请示一下吗？"

宋文点了点头："这个动静是有点儿大，我肯定会和顾局汇报一下，先做好一切准备。"

陆司语看着眼前的资料，他之前总觉得在哪里看到过这个特殊的绳结，发现朱晓调取了十八年前的报纸资料后，他很快就联想到这个案子可能和芜山敬老院相关。

那种折磨方式，曾是夏未知留下过的。

现在，他已经和朱晓那边同步，把能够找到的有关这一案的资料全部都打印了出来。

芜山敬老院，这地方曾是南城人的一场噩梦，而那个魔女夏未知，更是人们口中的恶魔。

这是南城历史上的未结案件之一，凶手直至今日仍未归案。说起来，这案子还和"5·19"专案组有点儿关系。当时"5·19"专案组成立一年多后，不知是通过了哪条线索顺藤摸瓜，牵扯出了芜山敬老院。

芜山敬老院是南城的一家老牌敬老院，在南城开办了几十年，曾经红极一时，那时候它算是南城条件最好的敬老院，很多人家打破头交了钱就希望老人能够住进去。二十年前，虽然有一些民办敬老院崛起，但是芜山敬老院依然是当地最大的一家。

芜山敬老院的床位有三百多个，有专门的看护，也有专门的医护人员，老人的生活起居都有全套照顾。很多敬老院不收的重病老人，他们也照单全收。

一直以来，这里的床位都十分紧俏，基本上是有一位老人离世或者离开，就马上会有人住进来。很多人花大价钱，找关系，就为了预订这里的一个床位。

最初是分局的警察接到敬老院有老人死亡的报案，有家属发现死亡的老人身上有诡异的伤痕，他们当作一个小案子来查，只当有人在敬老院里面欺凌老人。可后来这案子被发现另有隐情，更是被转到了"5·19"专案组进行了并案。

当时的"5·19"专案组还是宋城和吴青两个人坐镇，他们来到敬老院初步调查了一番，吴青敏感地发现这里老人的死亡率非常异常，每年的死亡人数明显高于其他同等规模的敬老院。

仿佛有一双手打开了一个隐藏已久的潘多拉魔盒，整个南城陷入了一场噩梦中。

吴青发现，有一些老人其实是死于谋杀，而且有人长期在虐待、伤害他们。

最初院长还想用这里的重症老人较多为理由搪塞过去，可稍一调查就能发现这里的老人很多死于诡异的疾病，甚至没有完整的死亡病历。

宋城去调查过那些活着的重症老人，发现他们很多都曾被注射过未知药物，死去老人的照片上，还能看到绑缚的痕迹。一个惊天的真相被爆出来，当时有人在这些老人身上做过实验。

也就是说，敬老院的工作人员中有人在给那些风烛残年的老人定期注射各种药物，然后记录病情变化，很多老人受尽折磨而死。由于这些老人年岁已高，最后尸体会被用各种理由匆匆火化，并没有人深究。

就后来的调查结果来看，整个事件中，疑似因此致死的老人多达十三个，还大约有二十个老人死因不详。往糟糕里说，这种现象甚至已经存在多年，由于有些老人瘫痪，无法说话，思维不清，所以任人欺凌，也许真实的死亡人数比已知的还要多！

每个人都会老去，养老问题一直是南城人的关注点之一，芜山敬老院的事件还在调查之中，就被媒体报道了出去，一时之间，整个南城一片哗然。芜山敬老院被人传为杀人的魔巢，而其中的护工、护士、医生可能都是杀人的魔鬼。随着案件的调查，主要的嫌疑落在了敬老院的医生夏未知身上。夏未知似是早有预料，在抓捕行动当天失踪。

虽然当时的资料遗失了很多，但是陆司语还是从各种报道中了解了一些，当时这些老人被进行了药物注射、毒物注射等实验。

后来被解救出来的一个老人身上有数处伤口，他的头部被钉了好几个孔，有的还在出血，有的已经结痂，蛆虫在他的身体里筑巢，那可怖的景象，就像是如今死亡的张培才。而这一切，就是因为老人当初怀疑自己的老伴死因不明，想要对外求救。

此案随着芜山敬老院被查封，当时的院长被免职，相关人员被判刑而告终。夏未知被列入了一级通缉名单，但她却一直没有再出现。

再后来，"5·19"专案组的调查人员屡遭不幸。陆司语的导师吴青发生坠楼意外，陷入了昏迷。迫于一些压力和外界原因，"5·19"专案组不得不解散，成员各奔东西。而芜山敬老院一案成为悬案，至今躺在南城市局的档案室中。

随着潘多拉的魔盒被关上，匣子被人沉入了水底。

整个事件距今已经十八年，南城人似乎忘记了那些恐怖与邪恶的过往，从阴影中走了出来。十八年，时间洗去了人们心中的恐惧，芜山敬老院已经变成了人们茶余饭后的谈资。

作为南城市局的工作人员，也只有每年复查悬案的时候，会把这个案子单独拎出来追查一下夏未知的所在。

可现在……如果眼前的案子和之前的案子有牵连，只怕动静不会小，其中的事情也不会简单。

陆司语知道这种绳结和虐待的方式代表了什么，那说明夏未知可能还活着，而且在用同样的方式杀人。笼罩整个南城这么多年的魔女复活了，或者说，有人继承了夏未知的衣钵，并想把当时的杀人方式延续下去。

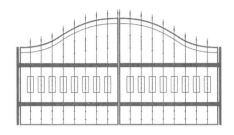

第二章

── 芜山敬老院 ──

南城市公安局局长办公室内。

若不是顾局泡的菊花茶正在散发着缕缕白雾，宋文几乎以为时间静止了。

顾局已经迟疑了半分钟，脸色有些阴晴不定。在顾局手下工作了那么久，宋文还是第一次有些摸不准这位领导的心思。

芜山敬老院案发的时候，顾局还不在南城任职，他并非这个案子的经办者，但是这个案子惊动了全国，一度在行业内被热议，他自然也了解事态的严重性。

盘算了许久，顾局才开口道："我建议这两个案子暂时不要并案。"

"即使杀人的方式和那个绳结都有相似之处？"宋文轻声问道。按理说，这两个特征已经足够说明两个案子可能会有某种关联。

顾局轻轻点了一下头："当然，我的意思并不是阻止你们查案，也不是说芜山敬老院的案子翻动不得，你们可以去追查现在的线索，如果能够证明这两个案子确实有关联，到时候走流程，和上级领导汇报后，再把一切联系到一起。"

作为领导，这个时候必须要稳，必须要足够谨慎，宁可步子迈得小一点儿，也不能出现纰漏。

宋文明白顾局的顾虑，芜山敬老院的事像是深埋地下的一颗雷，又是多年的悬案，谁也不敢去触碰。现在并没有太多的证据能够把两个案子关联起来，并案简单，拆案却难。

如果现在并案，最后查明张培才的案子和芜山敬老院的案子并无关联，警方无法向各方交代，等于把自己架在了火上烤。

顾局想了想又补充了一下："但是……你们还是要把芜山敬老院的旧案资料再调出来一下，尽量熟悉案情，做好一切准备。"

宋文点了一下头。

如果在接下来的侦查中，证实两案确实有关联，那又是另外一回事。

从顾局那边出来，宋文回到办公室就让朱晓调取了芜山敬老院一案更为详细的相关资料。

这些资料宋文细细研究了一遍，各种证人证词、相关的记录也都印在了脑海里。随后就是那些相关人员的登记表，大部分是当时入住敬老院的老人的资料，冗长而无聊，宋文一直翻到了最后一页，看到有一些标记了符号的空白表格，似乎是空下来备注用的。

夹在那些资料中的，还有一段视频录像。

这段视频说起来还有点儿故事。就在前年互联网直播刚刚兴起时，有几个胆大的年轻人做了一档直播节目，专门探访南城的著名"鬼地"。前面的几期是烂尾楼、末班公交车、神秘车站、凶宅什么的，到了最后一期，他们做了预告，要去芜山敬老院。

这段被封存的影像就是当时他们的电子设备录下来的，没有经过剪辑。

宋文点了播放键，视频一个多小时，开始是几个年轻人嘻嘻哈哈地安装设备，然后画面逐渐清晰起来，几个人开始进行自我介绍，给自己以前做的节目打广告。他们一共四个人，两男两女。随后举着设备的胖男生把芜山敬老院的相关事情都讲了一遍。

"芜山敬老院的附近并没有所谓的芜山，因为这地方以前叫芜山镇，才叫了这么个名字。

"芜山敬老院位于城东的一片坡地上，自从十几年前案发后，敬老院就被查封了，几年以后随之荒废。后来南城工业搬迁，把附近的民宅建成了厂房，不远处又修了一条高铁线，可是这一片却因为曾经的案件被老百姓视为凶宅，是无人敢去的禁区，也就没有拆迁。这个二十多年前修建的敬老院就这么保留了下来。

"当时那个所谓的魔女夏未知被通缉，一直没有被抓到，这案子时不时被人翻出来说一说。

"从我这个角度可以看到，这里到处是丛生的杂草——哎，你们小心点儿。我们现在可以看到，这些地方都还贴着警方的封条。不过，都过去这么久了，这些封条早就已经烂了。

"看，这里的封条已经被人撕了，说不定早就有人进去过。"

"我看那痕迹，倒像是老鼠啃的呢。这里根本就是被人忘了……"另一个高个子男生道，"没人敢来这里。听说，曾经有工厂想要买下这块地，可是还没签合同，工人们就发生了各种意外，连老板都出了车祸住院，到最后只能不了了之。说不定是因为这里面的冤魂觉得人们打扰了他们的休息……"

随后，冒险正式开始，他们走入芜山敬老院。先从破败的食堂穿入，随后到了安置老人的楼区。

"我们可以看到，这些楼里面都是床位，以前呢，这里就是老人们住的地方。"他们踩着地板上的玻璃，发出了一阵阵有些刺耳的摩擦声。

有个女生厌恶地咳嗽了起来，用手赶着灰尘。阳光下，那些尘埃飘散得到处都是。女生道："到现在我还能够闻到一股臭味。嗯，桌子上还有碗，不知道里面都是什么。"

"哈哈，说不定你的祖母还在这里住过呢。"高个儿男生打趣道。

"你全家都在这里住过！"女生不满地撇嘴，"这地方有点儿被夸大了，并没有那么稀奇，我觉得当时说的那个女医生可能杀死过老人，但是并没有传闻中那么多。"

另外一个梳着短头发的女生看着有点儿叛逆，道："也许是照顾老人太烦了，那些刁蛮的老太太伺候起来可是够麻烦的。不是有那句话嘛，坏人也会变老，谁是谁非还不知道呢。"

宋文看着屏幕上几个年轻人嘻嘻哈哈地闯入这片禁地。他们都出生在芜山敬老院一案发生以后，并没有亲身经历过那段时光。

忽然，高个儿男生停住了脚步，道："你们听到了没？"

"什么啊？你怎么疑神疑鬼的？"短发女生不满他的一惊一乍。

"这种吓唬人的路数，你以前也用过，太老土了吧？！我看这地方的恐怖程度比不上别墅的十分之一。"举着设备的胖男生不屑道。

"有人在唱歌啊。"高个儿男生道，"是个女人，声音有点儿沙哑……"

"你这说得好瘆人啊，不会是死在这里的老太太在唱催眠曲吧？"短发女生终于也发现了一点儿不对，随后她的脸色陡然变白。

"哈哈哈……"高个儿男生终于忍不住爆发出一阵笑声，"就是吓唬你们的。"

短发女生的脸色却依然苍白，道："我好像真的听到了什么，你们仔细听……"

屏幕上的几个人忽然都默不作声了，一个个呆立在那里，聒噪的解说忽然停止，只能听到一些沙沙的风声，随后有一些环境音传了过来……

宋文也想听得清楚一些，他调大了视频的音量，可是这设备的收音毕竟有限，他只听到了一种有点儿诡异的咔咔声。

再往后忽然响起了尖叫声，宋文刚把声音调到了最大，只觉得一阵魔音穿耳，耳膜险些破裂了。他摘下了耳机，这时画面开始晃动，然后摄像头掉在了地上，尖叫声、杂乱的脚步声、哭声接连响起，现场一团慌乱。

然后就是长久的静止画面，宋文失去了耐心，一直把画面拖到了最后，有人走过来捡起了摄像机，接着画面出现了一个片警的脸，他按了暂停键。

宋文靠在椅背上，摸着下巴，这一段视频之所以会存在警方的档案里，是因为后来这几个年轻人报了警，被警察接回了家，而这段影像就被警方作为证物保存了下来。

宋文还打听了一下后续，获救的几个年轻人被家人送到了医院进行检查，高个儿男生当时从楼上跳下来摔断了腿，其他人有一些轻伤，虽然身体没有大碍，但是孩子们明显受到了惊吓，那节目也就缺少了这一期。

有人知道了这件事，还在网上像煞有介事地分析，这地方冤鬼太多，那几个孩子是被鬼所伤。

后来，这件事就越传越广，越传越离谱，直到有一次宋文参加同学聚会，老同学问他："我听说，之前芜山敬老院死了好几个做直播的孩子，还有几个去找人的警察也死在了里面，一共死了七八个人，这事是真的吗……"

当时宋文听了这谣言，一口饮料差点儿没喷出来。

不过经过这件事，那荒芜的敬老院是没人敢去了。

关上了视频，宋文又开始看其他资料，这一忙就忙过了午饭时间，到了下午，宋文汇总整理了一下案子的进展。现在整个组的追查方向分成两个：一是继续追查死者张培才的社会关系，除了他的妻子、弟弟外，排查他的亲戚好友、敌对公司以及仇人；一是对昨日发现的那个神秘女子的身份进行调查，由于那段影像有些模糊，已经交由技术人员进行复原。

不管怎样，这些发现都是案情调查的重大进展。可是，这个案子究竟和十几年前的案子有没有关联？凶手为什么会杀了张培才呢？因为他发现了什么吗？那个神秘的女人又是谁？

宋文还在思考之中，程小冰拿着几份文件走了过来道："宋队，之前你让技术部修复的那个女人的图像已经完成，我顺便帮你带过来了。"

听了这话，整个办公室都为之一振。

宋文打开那包资料，里面有女人面部的清晰图像，也有根据面部比对的疑似身份。

这倒是一个好消息，宋文急忙把那身份证号递给朱晓道："查一下她的资料。"

朱晓把身份证号码和姓名输入系统之中，很快那个神秘女人的身份就被调了出来。朱晓看了看，"咦"了一声，微微皱着眉头。

老贾忍不住道："哎，别咦了，快说，有什么线索？"

"这女人叫白洛芮。"然后朱晓抬起头说，"她名下也开了一家敬老院。"

听了这话，宋文和其他人全都支起了身子。跨越了十八年的时空，夏未知和张培才这两个人终于通过一个神秘女人，出现了交会点。

案发后第三天下午，陆司语从位于别墅区的健身中心出来的时候，天空下起了小雨。

陆司语之前在医院里躺了许久，力争要把体能练回来一点儿，他虽然身体不太好，但是沾了年轻的光，体脂一直不高，稍微复健一下就让肌肉明显了起来。这一次陆司语练了一个多小时，等回家洗完澡拿出手机，他点开了宋文的头像看了看。现在应该是局里最忙的时候，他考虑了片刻，又把手机放下了。

回到了办公桌前，陆司语就收到了朱晓那里整理的最新资料，打印出来拿在手里厚厚一沓。

这是现在最新的案件侦破方式，是十八年前被当时的警方所忽略的，现在的网警以及技侦人员根据早年夏未知的 ID 和常用 IP 汇总了她的所有账号和言论。结合她的生平，可以更好地完成对她的侧写。这种技术现在已经用于很多的大案，也获得了很多重要的信息。

陆司语换了干净的衬衣，给自己倒了一杯温开水，戴上眼镜靠在转椅上，不时在纸上标注着，努力把这些只言片语拼凑出一个人形。

二十多年前，互联网兴起不久，一切都是笨拙的，像是个婴儿在匍匐向前，随后它逐渐长大，幼儿……少年……它开始飞奔，不知道何处会是尽头。

每次去翻找这些信息的时候，陆司语就有一种感觉，他仿佛站在广阔无人的废墟之中，四处无比空旷，却又充满了各种信息。这些废墟是虚拟的，也是真实的，一个个数字的背后，是一个又一个活生生的人。

这些人可能是小孩、老人，或者男人、女人，他们不曾想到，可能自己都已经死了，那些无意中发表过的言论、用过的头像、签名，浏览过的信息却都保留了下来。这些东西记录着他们的生活。

夏未知的父亲是个工人，母亲在药房帮忙，她一直没有正式编制。可能是受到了母亲的影响，夏未知上了医学院，学的临床专业。

从小学到高中，夏未知的学习成绩一直很优秀。她学过一段时间舞蹈，因为家里觉得没有用，又觉得会耽误文化课，所以她只学习了短短一年就停了。夏未知对这件事很有怨言，觉得父母毁了她的梦想。

在大学里，夏未知学习成绩很好，但是在班里她没有什么好朋友，经常一个人拿着书坐在角落里。她有点儿高傲，觉得自己十分优秀，更为成熟，因此不屑和班上的同学做朋友，她喜欢去找一些师兄、师姐还有老师们，向他们请教问题。

在大四实习那年，不知道发生了什么事，夏未知曾经离校出走，后来被家人寻了回去，还差点儿退学。那段时间，她有点儿自暴自弃。

夏未知回到学校毕业以后，其他同学都去了各大医院，而她却被分到了这家敬老院。那时候，敬老院还是国有单位，医生也有从医资格，药物监管没有现在严格，可以随意购买。老院长雄心壮志，想要把这里打造成南城第一养老机构。

对于有爱心的人来说，在敬老院工作一样是为人民服务，但是年轻又优秀的夏未知从没想到过自己毕业以后不是去医院，而是到了这里。

她觉得这里是监狱，而她像是一个被判了无期徒刑的囚徒。

从她曾经的网络发言里可以看出来，她对其他同学嫉妒又羡慕，她厌恶这些老人，不想和他们说话，一看到他们那些苍老的褶皱和老年斑就觉得作呕。那些老人叽叽歪歪地向她描述病情，不停地向她提出各种难以满足的要求，让她感到头疼。面对那些生活无法自理的老人时，她更是快要发疯。

归拢到这里，陆司语叹了一口气，取下眼镜揉了揉额角，然后继续往后看。他有些难以想象，这种人会成为一名工作在敬老院里的医生。

如果夏未知生活在现在，她可能会有更多的选择，可是在过去那个保守的年代，她从小所受的教育，让她就是拼尽全力也要守护住自己的工作。

离职？那是天方夜谭，说出这句话就是大逆不道，许多人一辈子都只在一个单位做到退休。

那时候，夏未知的父亲生病了，夏未知更加需要这份工作来维持家里的开销。在这样的压力下，夏未知应该有比较严重的抑郁症了，她变得郁郁寡欢，还曾经尝试过自杀。她在一年里暴瘦了二十斤，住过两回医院，可是那时候没有人发现她的异常。

接下来就是夏未知的犯案过程了，网络上流传的大部分都只是分析推断，不过局里有着更为详细的资料，数据能够让人一目了然，却少了很多细节。陆司语综合着来看，梳理着夏未知的那段经历。

最初，夏未知可能是想在老人的身上进行医学院的课题，或者是她一不小心，在给老人用药的时候导致了老人的死亡。

这一次可能是无意的，夏未知对此非常惶恐，可是后来没有人发现这件事，那个老人被拉走，匆匆火化。

重压下的夏未知忽然感觉到自己好像打开了一扇新的大门。

之前，人生像是一个密不透风的茧，包裹着她，让她喘不过气来。忽然之间，她意识到自己可以呼吸了，而且她开始逐渐蜕变……她变本加厉，对医院里脾气不好的老人、重病麻烦的老人开始实行虐待和报复……

夏未知是这里学历最高的医生，除了她，芜山敬老院仅返聘了两名退休的老护士。大部分老人文化水平较低，而且她又专门挑一些重病、年岁很大，或者是无法开口的老人下手，做得小心翼翼。

对于那些多一事不如少一事的护工和护士来说，重病老人去世，他们省去了诸多的麻烦，甚至有些家属都觉得这是甩掉了麻烦。

于是夏未知就这么一步一步地变成了一个魔鬼，她表面看起来是个文静的女人，可一遇到不顺心的事，就会在那些老人身上发泄出来。

　　这一切，就在"5·19"专案组开始调查芜山敬老院之后被终结了。警方发现了那些死去老人的异样，进而很快查到了身为敬老院医师的夏未知。开始的时候，为了阻止东窗事发，敬老院的院长还企图掩盖事实蒙混过关，直到最后一切被揭发。

　　那年九月，一些激愤的家属围住了芜山敬老院，可就在警方控制住局面之后，他们发现夏未知失踪了。

　　有人声称，看到夏未知和一个男人说话，随后夏未知不知去了哪里。从那一天开始，困扰整个南城的魔女就这么活不见人死不见尸了。她曾经发表过言论的账户，也再未登录过了。

　　陆司语轻轻皱着眉头。他觉得这个女人的一生还缺了点儿什么，事情的起源与结束似乎都有些问题。

　　然后他开始做侧写，夏未知的人生轨迹在她大三之前都是较为正常的，大四那一年，她的情绪开始不太稳定。随后她到了敬老院里，受到职业环境的影响，她面临的是压抑又烦躁的高压工作，她经常遇到死亡，又渐渐对死亡习以为常。她的作案对象是特殊人群，那些老人在她的眼中低人一等，她在老人们的身上进行实验，调配各种药物，让自己的掌控欲望得到满足，以此获得快感。

　　陆司语又做了一个分析表格，把警方查出来的夏未知可能的作案时间进行了标注，绘制了一张曲线图。在每年最热和最冷的时候，死亡人数会急剧增多。此外，每个月有几天夏未知会固定作案。这些数据不能排除老年人在夏季和冬季的发病和死亡率会升高，也不能排除她因生理变化而导致的犯罪。其他的，还有什么原因呢？

　　陆司语还有一些问题想不明白，夏未知一直是个乖巧的女孩儿，还是家中的独女，就算是抑郁，也不足以刺激她去疯狂杀人。是什么促使她走上犯罪这条路？而最后，她又去了哪里？

　　十几年前虽然资讯还不太发达，但是很难想象一个大活人在城市里完全消失，让所有人都无法找到。

　　除非，她有同伙？或者是仇人？

　　把所有的问题罗列了下来，陆司语给吴青打了个电话，事情发展到了这一步，没有谁比当时亲身经历过的人更清楚了。陆司语还记得在上个电话中，吴青说没有大的事情不要联系他，可是现在的案子有点儿卡住了，这应该算是特殊的情况吧？

　　电话接通后，吴青跟他寒暄了几句，道："最近你之前的一门成绩下来了，86分。"

陆司语微微皱了皱眉，他在学校的所有考试里，没有低于95分的，而且所有的考试都在他动身之前就结束了。吴青这是在暗示他，电话可能被人录音或者监听了。

陆司语马上换了个说法："吴老师，我按照您所说的，在整理那些旧物件。最近收拾东西，我发现了一把钥匙，好像能够打开一所老宅，我想去看看。不过这地方我了解不多，您知道这个地方吗？"

"哦，那里啊，我曾经去过。"吴青斟酌了一下，想着怎么对陆司语说，又不会让别人起疑，他开口道，"我怀疑那地方不是一切的结束，它应该是一切的开始。"这只是他的怀疑，是他回想这个案子时的一点儿猜想，他希望能够对陆司语有所帮助。

陆司语"嗯"了一声，揣摩着吴青话里的意思。

"还有，我之前留给你的花种子，你可以试试种下去，看看能开出什么花。"吴青说着，陆司语翻动了一下包，里面有他从学校离开时吴青给的一个联系方式。那时吴青曾告诉他，这个号码的主人在南城掌握了诸多信息，如果有了难查的事，可以过去问问。

挂了电话，吴青垂下头，推动着身下的轮椅，此时的陆司语和年轻时候的他何其相似。不，也许陆司语比他更聪明，更敏感，更决然。

吴青转头望向窗外，外头一片漆黑。那些黑暗，他耗尽所有都没能战胜。但是他做不到的事情，陆司语也许能做到。

案发后第三天下午，洛欣敬老院的董事长办公室内。

宋文望着眼前的女人。白洛芮，三十岁，已婚丧夫，在她的名下恰好也有一家敬老院。

这家洛欣敬老院与之前的芜山敬老院可以说是完全不同。这是一家绝对高端、豪华的敬老院，就是规模小了一些。这里统一铺设了防滑的地砖，窗户是密封的铝合金落地窗，连窗帘都是自动化的。窗外是一片规划的园林，景色宜人。

现在，宋文和傅临江坐在办公室内，白洛芮坐在他们对面。

原本宋文是想把她叫到市局去配合调查的，但是顾局听说了这件事，建议他们过来一趟。

白洛芮是南城市的交际花，很是热衷于推进养老事业，在市内的上层圈有不错的声誉。这样无凭无据地直接把人拉过来，如果最后证实本案和她无关，反而会有麻烦。

他们现在只是让对方配合调查，在没有实际性证据的情况下，似乎登门拜访更合适。

顾局发了话，宋文就只能跑这一趟。

从资料上看，白洛芮二十四岁结婚，二十八岁时丈夫去世，膝下无子，她继承了老公留给她的两家公司和其他丰厚资产。

眼前的女人衣着得体且干练，她梳着短发，保养得很好，眼角没有一丝细纹，手腕上戴了个镶嵌了翡翠的手环，说话时习惯性地转着它。

"张培才，我不认识这个人啊。"白洛芮的声音温柔又好听，她侧头想了想，才回答了宋文。她说话的时候，唇边有个梨涡。

"可是我们这里有监控显示，之前他陪你逛过奢侈品店，也为你买了一些东西。"宋文继续道。他的手机里存了照片，但是他更希望在出示照片前听白洛芮亲口承认。

白洛芮微微皱眉道："我的身边一向不乏追求者，可是叫这个名字的人，我真的有些想不起来。"

宋文的目光落在了白洛芮背后的架子上，提醒她道："白女士，你的那个包好像是今年 F 家的限量款吧？"如果他记得没错，在之前调取的录像中，这个包正是张培才买给她的。

"啊，你是说他吗？"白洛芮回头看了一眼架子上闲置的包，忽地想起了什么，用手抚了一下刘海儿道，"那个个子高高、有些幽默的男人？可是那个人说他叫王睿，开始他说想要采访我，我们才认识的，之后他就开始追求我，送我一些东西，请我吃饭，可是后来我发现他竟然有老婆……我的丈夫虽然去世了，但是对待感情这件事情我还是很认真的，他这么对我，让我觉得自己被骗了。"

白洛芮接下来讲述了一下整个过程。在故事里，她是个被玩弄的女性，当她发现自己被动地成为了第三者，就很快断绝了两个人的关系。

"我好像已经有一个月没有见过他了——这个人现在怎么了？出什么事了？"白洛芮问。

"他死了。"宋文说出这三个字，目光落在白洛芮的脸上，判断着她的神情。

白洛芮微微一惊，然后轻轻地"啊"了一声，继而开口道："听到这个消息我很遗憾，你们今天来，就是为了这件事吗？"然后她低了一下头道："我可能帮不上你们的忙。事实上，我提出分手时就想归还他给我买的那些东西，可是后来他却像是人间蒸发了一样，我也找不到他的人，我今天才知道他去世的消息……"

傅临江道："那还要拜托白女士，把他当时和你联系的电话号码以及居住的地址告诉我们一下。"

"配合警方的工作是应该的。"白洛芮翻出了手机，报给他们一个手机号，

"当时他说他是来这里出差的，所以住在华顿酒店。具体的你们可以问问那边的服务人员。"

宋文拷贝了那些信息，直接发给了朱晓。

傅临江继续问："你之前和张培才交往的时候，都聊些什么话题？"

白洛芮回想了一下道："自然是和恋爱相关的话题，吃什么，看什么电影，有什么兴趣爱好。"

傅临江追问："没有聊到你的工作？或者他的职业？"

白洛芮又捋了一下额前的头发，这似乎是她的惯常动作："他好像是个记者吧，虽然他说想要采访我，但是事实上，我们这方面的交流不多。"

问完了张培才的事，他们两个却完全没有要走的意思，宋文继续道："白女士，你经营这家敬老院有三年了？"

白洛芮点头道："是的，我先生还在世的时候，曾经经营着一家高档的疗养会所，是我劝他把这个会所变成了南城市目前最高端的敬老院。"提起这个话题，她似乎活跃了起来，马上把张培才的死亡抛到脑后："我们这里目前有七十个床位，确保每一个老人都有独立的单间。我们和市里面的医生有合作，定期给老人们进行体检。这里的护工一共有八十多名，能够给老人提供一对一的服务。"

宋文眼睛微微一眯，道："这样好的环境，甚至有专业的游泳池、健身馆、图书室、康复室，入住的价格一定不低吧？"

"怎么，宋警官对敬老院有兴趣？"白洛芮的嘴角荡起了笑意，那个梨涡更加明显了。

宋文道："人嘛，家里都有老人，也都有老的时候。"

白洛芮的身体往后靠上椅背，手依然在转着手腕上的环，她道："事实上，一个老人住在这里，仅是吃住和看护的话一个月只需要一万元左右，这个价格和他们在家里请看护的成本差不多。这里要比很多人想象中便宜很多，我基本上是不靠这里营利的，甚至我在用其他的盈利补贴这里。"

"做生意都是为了赚钱，那么你的经营理念是？"宋文微微皱眉，表示对此有些不太理解。所有商人都是重利的，他相信有人会为了公益做一部分的让步，但是他很难理解这种纯粹做公益的心理。

"你觉得我现在的投入是在打水漂吗？"白洛芮笑了，"不止你有这样的想法。不过我这么做是有原因的，我比较看好养老市场，现在老龄化加速，而且随着不婚、养老金枯竭、无子等情况日益严重，将来养老是个大问题，也许我现在不赚钱，但是我在市场上的占有率以及口碑的经营本身非常有价值。"

她停顿了一下继续道："其次，我喜欢和老人们接触，老人们是最为聪明、睿智的，只要和他们待在一起，我就会觉得时间沉静了下来。能够给这些老人提供更好的服务，是一件让我觉得快乐的事。"

宋文继续发问："再问白女士一个问题，之前我们调查了你企业的账户，发现了一个情况，不定期地，会有一些三万的款项从那些家庭的账户打进来，我们是否可以问下这些款项的经营项目？"

这个问题是他们来之前朱晓发现的，更为关键的是，那些打入大笔款项的家庭，短则一两天，长则一周，老人就离世了。这样的情况让警方不得不联想到一种可能，这些钱可能和老人的死亡有关联。

"怎么？"白洛芮的表情微微变化，明显是起了戒心，"宋警官怎么查起了这些？我们可是合法企业，从未偷税漏税，各种检查也都按时配合。"

"哪里，白女士言重了，我们只是想了解下这些资金的服务项目。"宋文直视着白洛芮的双眼。

在他的逼问下，白洛芮退了一步，低下头道："你知道，生老病死都是人不可避免的，虽然不愿提及，但是我得承认做我们这个行业，就会牵扯到老人的后事问题。作为一家为客户着想的专业机构，我们是提供后续服务的。"

白洛芮把这笔支出推到了白事上，宋文"嗯"了一声，没有再追问，心里却觉得白洛芮的这个回答有破绽。如果真的如她所说，那这项收费也应该在老人死亡的时候产生，没有理由在人还活着的时候，就先把钱收进来，一次两次是巧合，多次就有些未卜先知了。

而且细想，这三万块钱若说是要买条人命，又少了一些，这笔钱似乎更像是一笔定金。通过公司的账户来走账，说明他们是想让那些家庭放心，恐怕白洛芮早就预备好了这样的说辞。

谈话进行到了这里，傅临江又问出了一个问题："你经营的这家敬老院里发生过虐待老人的事情吗？"

如果现在这家敬老院和芜山敬老院有联系的话，很容易让人想到这一点。傅临江问得非常直接，这种问题无疑会得到否定的答案，没有经营者会承认自己的问题。但是很多时候，警方可以从对方的态度中发现更多的细节，找出线索。

白洛芮听了这话，面上有些不快，道："这一点绝对没有，我们这里的护工还有护士都经过严格的考核，每个月还会对老人们进行满意度调查。别说虐待，就是对老人态度不好，在这里都是绝对不允许的。"

白洛芮看了看表道："两位警官，你们的问题问完了吗？不知道我的回答是否让你们满意？等下我还有个会议，恐怕时间上……"

"那请问，我们能否把那个包拿走？你刚才说，你之前就想把包还给张培才？"宋文试探着问。

白洛芮伸手从架子上把包拿了下来道："请便吧，他人都死了，我也不适合再留着这个包了。"

宋文戴了手套，把那个包接过来，递给了傅临江，示意他一会儿放到车上去。傅临江觉得问题还没问透，此时抓紧时间，继续问道："白女士，我想问一下，你是否知道一家叫芜山敬老院的机构？"

白洛芮愣了一下，然后回答他："这家机构不是在很多年前就已经关门了吗？"

傅临江道："没错，我只是随便问一下。那么夏未知这个名字你听说过吗？"

"我想，南城没有人没听说过这个名字吧？你们抓到她了吗？"白洛芮抬起眼眸，似是不经意地问。

宋文也就装作不经意般透露："没有，我们最近在复查之前未解决的案子，白女士作为南城市民，又是养老业同行，我们也想听听你对那件事的看法，如果白女士有线索，也可以提供给我们。"

白洛芮微微前倾了身体道："她是我们同行业之中的败类，正是因为有这种人的存在，我们现在的工作才难以推进。我很遗憾你们还没有抓到她，在我看来，这种人就应该接受法律的制裁。"

在他们的档案上，白洛芮和夏未知除了职业相同，都在敬老院从业外，看不出来有任何其他关联。现在白洛芮又把话说到了这个份儿上，似是对夏未知深恶痛绝。

在很多模仿犯罪或教唆案中，老成员会对新成员的犯罪意识和行为进行教唆，甚至是控制，形成有组织的协调统一。

白洛芮此时的态度，倒是不太像这种情况。

傅临江道："感谢白女士的回答，等下我们要对这边的其他人员进行问询，还希望白女士配合我们的工作。"

白洛芮笑了一下道："如果你们有时间的话，自便吧。"

宋文忽然想起了什么，又问："白女士，你急着去开会，是不是和南城的龙悦养老城项目有关系？"龙悦养老城的项目最近打了很多的广告，临近开业，更是随处可见各种宣传。

白洛芮从抽屉里拿出一份宣传页递给他道："是和这件事有点儿关系。我最近忙得很，几天以后龙悦养老城就正式落成，将要进行剪彩仪式。这个项目主要做了一些南城养老的公益设施，打造现代化养老城，会入驻一些养老机构。"

在南城，那些为普通市民或者孩子们成立的机构很常见，而专门为了老人修建的活动场所却非常少见。随着人口老龄化的节奏加快，这是南城市政最近着重发展的方向。

傅临江恭维了一句："白女士年纪轻轻就做了这样的事，真是了不起。"

白洛芮笑道："我也只是有幸参与这个项目。"

宋文低头看着宣传页，那是一片很大的建筑群，从图上就可以看出来是个不小的工程，打开宣传页，可以看到关于龙悦养老城的一些简单介绍。他翻看了一下，随手放入了口袋里。

说到此，白洛芮又递给了宋文两张卡券道："对了，这是活动的入场券，如果你们有兴趣，可以去看看。"

宋文接过了那两张薄薄的入场券，微微眯了眼睛，判断着白洛芮说的话有几分可信，也在考虑着她究竟是一个怎样的人。

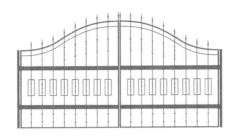

第三章

── 非自然死亡 ──

　　临出门时白洛芮又叫来一个叫李姐的负责人，让她带着两人转一转。处理完这些，白洛芮就急匆匆地走了。宋文和傅临江从董事长办公室出来，对望了一眼，没再说什么。

　　李姐领着他们下楼，来到老人的住宿区。

　　许是因为许久没有年轻男人来访，而且一来就是两个模样出众的男人，看到他们进来，那些护工和老人一下子就被吸引了，那些目光里透着好奇。宋文四处看了看，这里太干净了，像是随时准备应付领导的检查一般。

　　傅临江在后面和李姐聊着天："李姐，这里现在入住的人多吗？"

　　李姐娴熟地介绍道："我们这家敬老院，现在一共有七十个床位，这里是科学化管理，有专人负责饮食，每个老人都配备了护工，我们还给他们办理了健康档案。想进这里的人，排队还来不及呢，你们主要是想查什么啊？"

　　傅临江道："我看之前的资料上，有几个老人是最近去世的……"

　　李姐看了他一眼，一副过来人的表情，说得轻描淡写："得病去世有什么可查的呢？要论死人多的地方，除了医院，就要数敬老院了吧，每个老人进来的时候都做好了横着出去的准备。我们这些工作人员见得太多了，有的老人上午看着能吃能睡能说话的，到了晚上忽然就不行了。"

　　宋文回头问："这种情况多吗？"

　　李姐看向他："我们这里都是七老八十的人，哪个月不送走几个啊！"

　　傅临江和宋文跟在李姐的身后，宋文察觉到那香味中还夹杂了一股其他味道。宋文也说不上来那种味道具体是什么，只觉得特别奇怪，和婴儿的奶味不同，和年轻人的汗味、香水味也不同，是老年人特有的、上了年纪的味道。

"我做护工管理，待过不下三家敬老院，不是我说，这家绝对是南城最高级的了，而且管理特别严格。"李姐有些话痨，滔滔不绝地说着。

"那白女士，她人如何呢？"傅临江继续问。

"她是个菩萨一样的人，对那些老人一点儿也不嫌弃。哎，我不是因为她是我老板才这么说的。不过她也是个苦命的女人，年纪轻轻就死了丈夫，我们都盼着她再找一个呢。"李姐说。

"您忙去吧，我们就在附近转转，不会乱来的。"盘算着白洛芮差不多走远了，宋文对李姐说。

工作人员平时事情多，听说不用再跟着，她就忙不迭地离开了。

宋文和傅临江沿着敬老院的走廊往前走，看到房间就进去和里面的老人聊上几句。老人们都对这家敬老院的评价甚高，对这里的服务也满意，看起来并没有被虐待的迹象。

关于这家敬老院的数据，朱晓那边也很快调了出来，发给了他们一份。死亡率略高于其他的敬老院，可也不是高得夸张。

两人走到走廊尽头的窗边，开了一道窗缝透气。傅临江道："查到现在，没有和芜山敬老院相关的迹象，难道这一家真的是规范经营？张培才只是想要了解一下敬老院的相关情况才和这位白女士交往？"

"我倒是觉得，张培才不会做无用功，有可能真相掩盖在表象之下，我们还没有发现。"宋文小声问傅临江，"你对那白女士怎么看？"

傅临江想了想道："看这个年纪，肯定不是夏未知了。"夏未知失踪的时候三十多岁，若是现在还活着，也有五十多岁了。

宋文道："那是自然，这个还用你说吗？"

傅临江道："其他的，我说不好，我就是觉得她对养老事业真的挺热情的。"

白洛芮对工作的热情，是个人就能看出来，只要谈到和工作相关的事，她的眼睛就会发亮。宋文小声道："我倒是很少见到有人对工作如此热爱的，热爱到得知曾经谈过恋爱的人死了都毫不惊讶。"

白洛芮表现得太过平淡了，好像她早就知道张培才已经死了。

"是啊，提到张培才的死，那女人基本没有惊讶的反应。"傅临江回想了一下，"也许在这里工作，心态也变老了？她作为一个刚死了丈夫的女人，提到亡夫却神情淡然。不过我看她对夏未知的深恶痛绝不像是假的。"

宋文道："我们是警察，她自然会那么说了。"说到这里，他忽然拉了傅临江一把，抬起了下巴，示意他看看楼下的活动场地。

傅临江被他拽了一下，跟着他的目光看去，只见楼下有个戴帽子的男人站在树下，看到他们的目光扫下来，男人马上低下头，转身离开了。

"那个人是谁啊？"傅临江问。

"我也不认识。好像是在盯着我们的。"宋文看着下方男人的背影道。

傅临江转身就要下楼去追,宋文一把拉住了他道:"别去了,已经从侧门出去了。等你跑下楼,早就没影了。"

那个人只和他视线相交了一瞬,因为宋文对人的长相极其敏感,他总觉得自己在哪里见过那个人。即便如此,也只是看着可疑而已,他们不能在没有真凭实据的情况下随意抓人。

这敬老院不是什么人都能进来的,那人可能是家属,或者是工作人员,宋文希望是自己疑心重。可是他的直觉告诉他,这家敬老院并没有表面上看起来那么干净简单。两个人又在院子里逛了一圈儿,这才离开。上了车,傅临江问:"宋队,接下来你准备怎么查?"

"她回答那些账目上的钱款来源时有个破绽。"宋文发动了车,"我在来这里之前已经做了一些布置,她们究竟有没有杀人,我们还是要问问尸体才能确认。"

这时,宋文的手机忽然响了,他接起来"喂"了一声,就听林修然道:"已经按照你说的,我扣下了六天前在洛欣敬老院去世的老人的尸体。"

夜晚八点,殡仪馆的冷冻室里。

"现在已经可以确定,死者是低血糖休克导致死亡的。根据死者临死的抽血化验,死者的血糖只有1.78,这个数值明显低于正常值。而且死者的血液里有一定的安眠药物。"林修然双臂用力拉开了殡仪馆内储存尸体的柜子,一股冷气先冒了出来,随后一具老年男性的尸体呈现在宋文和傅临江的面前。

因为和这里的工作人员太熟了,对方直接提供了钥匙让他们自己进来查看。整个冷库空荡荡的,说话都带着回响。存放在格子里的尸体就像是摆件。宋文看了看那老人的尸体,由于还未完全解冻,整具尸体硬邦邦的,暴露在空气里,释放着薄雾。室内的温度一下子又降了下来,傅临江搓了搓手臂往前迈了一步。

尸体皮肤苍白,嘴巴微张着,眉心之间有一道深深的皱纹。傅临江看了看柜子上挂着的资料,死者名为段生,这名字不太好,感觉像是被断了生路。

"死者死于六天前,由于一些亲属在较远的外地,所以追悼会延开,火化的时间也延后了。你让我调查洛欣敬老院最近的死者,我就把尸体扣了下来。"林修然简单解释着。

一般尸体火化都是在死者死亡后三天内进行的,他们这次较为幸运。这个老人甚至死在张培才被发现之前,而且根据洛欣敬老院的账户显示,在死者死亡之前有一笔三万的款项打入,追踪家属的账户发现,老人死亡以后又有十五万转入了一个境外账户。

"死者是否死于谋杀？因低血糖死亡，有没有可能死者是被注射了大量的胰岛素？尸检能够确定吗？"宋文曾经在相关的案件里听说过这种杀人方式。胰岛素的注射会导致低血糖，从而引起死亡。

林修然摇了摇头，他指了指死者腰腹部留下的一些针孔道："估计很难界定。胰岛素被称作'了无痕'，很容易在人体内代谢掉。死者长期注射胰岛素，现在的尸体并不能证明是谋杀。一直以来，胰岛素注入量都是很难界定的，特别是死者为糖尿病患者时，在他的体内，人工胰岛素的C肽早就已经形成，无法作为评判的标准。"

宋文整理了思路道："死者因为生病，需要服用一些安眠药物，如果在他服用安眠药之后，注射比平时更多量的胰岛素，很容易引起低血糖导致死者身亡。可是，即使老人是被人谋杀，也很难根据医学和法律范畴进行判断？"

林修然点头道："这样的尸体，就算是尸检，意义也不大。"

"所以死者的死因只是疑似对吗？这种杀人方式在过去夏未知的杀人手法中曾经出现过吗？"宋文伸手揉了揉眉心，他们得到了一具尸体，原本以为可以揭开真相，可是现在看，他们离答案还很远。

林修然回答他："出现过，但是那时候的情况和现在无法相比，十八年的时间，足够让他们优化得更加不着痕迹。"

这个城市每天有那么多的老人死去，没有人会在他们的尸体上多花费时间和精力。这件事仔细想起来让人有点儿后背发凉。

宋文问："现代的医学手段中，这种难以界定的情况多吗？"

"如果是偶然发生，并不多见，但如果是处心积虑去研究的话……"林修然叹了口气，"有一些药物，如果使用过量，就会转变为杀人的毒药，而这些药物用量的检测、衡定，却又非常困难。总之，若是有医学条件和医学知识，想要进行一场谋杀，虽然无法完全掩盖痕迹，但能够做到难以界定。"

宋文沉默了片刻道："那我们试试从死者家属的证言入手。"虽然现在没有直接的证据，但是至少他们还有证人的证言可以听听。

十八年，这么长的时间能够做什么？这是普通人四分之一左右的人生，贫穷小城足够发展成现代化的城市，一座巅峰之城也可能由盛转衰变成废墟，有人出生，有人死去，一个幼童也足以长成一个青年。

十八年前，陆司语和宋文都是八岁。

十八年前的南城，人们看着老旧的电视机，满大街都是音像店、报刊亭，到处放着各种各样的口水歌。时光就这么偷偷溜走了。

十八年前的九月，芜山敬老院案发，整个城市的命运由此改变……

十八年后，有人撕开了时间的封条。

现在是案发后第三天晚上的十一点半，在南城城西的酒吧内，客人们陆陆续续地到了。对于有些人来说，这个时间已经该要上床睡觉了，而对于另外一些人来说，美好的一天才刚刚开始。这个酒吧名为 WAITING，装潢颇为高级，却开在了比较偏僻的地方。

陆司语坐在酒吧的一处角落里，冷色调的灯光映照在他的脸上，衬得他肤色偏冷。安静的陆司语与周围的喧嚣格格不入。他按照吴青给的联系方式，打过了电话，对方听说他认识吴青，很直接地报了个价格，约他到这家酒吧，于是陆司语就出现在了这里，等待见面。

此时的陆司语低垂着眼眸，十指相扣，放在跷着的腿上一动不动。他似乎正在思考问题，脸上看不出愉快还是不快，之前在电话里约定的时间已经到了，等的人却没有出现。

最近营业场所整顿，那些卖酒的女人都不见了，酒吧里的客人也比往日少了。这年头，什么生意都不好做。

自从陆司语到了酒吧以后，就一直有人对他指指点点，他完全融入不进这样的氛围，像是一个规矩的好学生忽然误入了不该来的地方。走了几拨好事的客人以后，从吧台那边又走过来一个男人，那人明显是喝高了，不打招呼就一屁股坐在了陆司语的旁边道："怎么一个人？要不要我请你喝一杯？"

随着他坐过来，一股浓烈的酒气席卷而来，而后陆司语见他伸出了手……

陆司语这下终于动了，他眉头微微一皱，很不悦地侧头躲过了男人的手。那人却来劲了，笑呵呵地凑过来道："陪爷喝一杯，又少不了你一块肉。"

这一次陆司语没有再忍让，他低骂了一声："滚。"他讨厌身体的触碰，更讨厌这男人身上的味道。

"你让谁滚呢？！也不问问这是谁的地盘！"男人的怒意不加掩饰。陆司语站起来，往后退了半步，这样的位置正好将他卡在了座位里。那男人也跟着站了起来，看陆司语就像在看一只装在瓶子里面的蝴蝶。

两人之间还隔了个膝盖高的茶几，男人伸出一只手去拉陆司语的脖领子。他比陆司语高了半个头，身形占优，根本没有把陆司语放在眼里。陆司语用一只手挡开了他的手臂，另一只手快速地在他的肋下打了一拳。

陆司语面无表情，趁着那男人痛得俯身之际，手肘猛地重击男人的背部后心位置。男人发出了一声难以抑制的低吟，双膝就要往下跪。陆司语便取了个巧劲儿，膝盖上顶的同时，单手劈在男人的后颈上，男人一下子趴在了茶几上。

陆司语坐回到他原来的位置，拉过男人的脖领子，在他的耳边冷冷道："叫你们曹老板出来。"

那男人"嗯"了一声，看向陆司语的眼神里带了点儿惶恐。他经常在这酒吧混，差不多隔三岔五就要打次架，可像这么狼狈、毫无还手之力的情况还是第一次。陆司语说完就放开了他，有些嫌恶地从桌子上拿起纸巾擦了擦手。那男人回头看了陆司语一眼，低声骂了一句，然后灰溜溜地离开了。

过了一会儿，酒吧里传来一阵骚动，从旁边走过来一队人，有人伸手打着招呼："哎，曹老板，今天你怎么来这边了？"

被叫曹老板的是一个中年男人，个子不高，肚子圆胖圆胖的，头上几乎全秃，此时他那张肉脸上有些不快，等走到了陆司语的对面，才换了笑脸道："这位客人你别生气，哪里都有不开眼的狗东西。"

酒吧里有点儿吵，曹老板的声音也就仅仅比音乐高了一点儿。陆司语抬起眼皮看了曹老板一眼，假装看不出来之前的男人是曹老板派来故意试探他的。他不喜欢和这些人打交道，也不喜欢把地方约在这里。这里是城市里最为嘈杂的地方，酒气烟味掩盖了香水的味道，让他有点儿不适应。

可是事情查到了这里，吴青又指了路，他必须过来一趟。这个叫曹老板的，曾经是这南城的贼头头，这几年他算是金盆洗手了，不动手，只销赃，而且只销一种赃，那就是身份。

总是有人会出于各种各样的原因，需要一个新的身份，这个身份或是临时的，或是永久的。这些人在曹老板这里都会得到满足，只要花钱他什么身份都能给弄过来，而且绝对保真可用。只要是委托曹老板的人，都能够迅速获得一个新的身份，走向新的人生。

见曹老板坐定，陆司语从口袋里取出一张卡推给他。卡里是早就说好的两万块钱咨询费，一万块钱问一个人。曹老板把卡递给手下的人，又招呼人给陆司语的杯里加满了温开水。过了一会儿，取钱的人回来，在曹老板的耳边低语了几句，想来是钱到手了。

曹老板这才继续笑呵呵地看向陆司语道："这位客人你想问谁？"按照规矩，这钱收了，不管曹老板知不知道，都是一概不退的。不过曹老板在这南城混了几十年，他这脑袋虽然秃，记性可不差，如果他都没有印象的人，恐怕别人也难以得到消息。

陆司语道："我想问问，你知不知道夏未知？"

夏未知这个名字曹老板自然是知道，可是曹老板整个脸都皱了起来，他道："客人你也太高看我了，十八年前我还是个小毛贼呢。再说了，那边和我们不是一路的。"南城的三教九流一向泾渭分明，但凡杀人这种事，一般毛贼都不敢碰。

陆司语并不介意，摆摆手，就把第一个问题跳了过去，问："张培才这个人你认识吗？"

曹老板皱成了橘子似的脸舒展开来，道："这个人我认识，算是我们的客人，每次都找我们买新的身份，也买过消息，出手挺规矩的，不过这个人得罪的人挺多的。怎么，找他有事？"

陆司语开口道："他死了。"

曹老板"哦"了一声，那表情像是早就在意料之内，他恐怕早就从其他的地方得到了消息。

陆司语又问："他最后在查什么事？"

曹老板道："这个我们真不知道，你若是问他最后用过的身份，我倒是可以告诉你。"说完他冲手下打了个手势，不多时手下拿了一张小字条过来。张培才新的名字是王睿，下面有身份证号码，连带一个手机号。陆司语扫了一眼，然后字条就被人随手泡在了面前的水杯里，那字条上的字迹遇到了水就自动消失了。

似是觉得自己的服务还不太周到，曹老板搓了搓手又问："这位客人，你为什么会对夏未知好奇？"

陆司语直言不讳："我想知道这个女人是死是活，去了哪里。"

曹老板道："总之没有过过我的手。"

曹老板这个人，别人问的话要么不说，要说就绝不说谎。然后曹老板想了想，又加了一句："论做贼，我是现在南城那帮小子的祖宗。要论杀人这件事，夏未知是那些杀人者的祖宗。"他喝了一口酒，往后靠在了沙发的椅背上，道："这个世界上最好最坏的无非都是人，人能成佛，也能成魔。"

在那个媒体资讯还不太发达的年代，夏未知整个人就像是一团阴影，笼罩在南城之上。她杀人时间之长，人数之多，手段之狠，都是南城绝对的第一。夏未知虽然为人残忍，人人喊打，但是也不得不承认，她这样的人是有一小撮拥护者的，有人觉得她是正义的一方，是在清理社会的垃圾。还有一些人对她心生敬仰，研习她的各种手法，归纳总结，企图还原。

这个世界这么大，有怎样变态的人存在，都不奇怪。

陆司语换了个问题："她是不是曾经有个关系亲密的男性朋友？"

曹老板犹豫了片刻，轻轻点头。

在这里得到了肯定的答案，陆司语的眉头舒展开来。在他之前的侧写中，那关键的线索被补上了——一个年长的、能够左右她人生的男人。

大概也正因如此，这个案子才会和"5·19"一案并案。一年中最冷、最热的日子，正好是寒假和暑假，平时每个月的杀人时间，也许是两人相见的时间，也许是见面之后。他很少出现，足够小心，有着隐藏的身份，这才在众多的证人口中没有存在感。但是，他一定和夏未知的命运息息相关。

陆司语深吸了一口气，他像是一个奔跑着的人，在追逐一个影子，而现在，他好像终于要接近自己想要的答案了。

"我劝你，不要查这背后的事。"似是出于善意的提醒，曹老板的眼睛盯在陆司语的脸上，意味深长地加了一句，"小心点儿，别被那些人盯住了。"

陆司语道："谢谢关心。"为了查明当年的一切，他早已化身为厉鬼，这世界上又有什么可让他畏惧的呢？

曹老板"哈哈"笑了，胸口的肉随着他的笑声起伏："你这么有钱又爽快的金主太少了。"

陆司语"嗯"了一声，他已经得到了自己想要的答案，起身离开。

之前这角落里发生的一切，都被酒吧里的各种音乐声淹没了。曹老板手下新来的小弟刚才一直站在曹老板的身后，这时看着陆司语离去，小声道："还是这些富家少爷的钱好挣，比那些没有几个钱的落魄户还有那些难缠的条子好多了。"

曹老板白了下面的小弟一眼，怪他目光短浅，道："谁说他就不是条子？"

"什么……"那小弟顿时恍若雷劈，嘴巴张得能够塞下一个鸡蛋。

"惊讶什么？反正其他的都好说，那边的事，我们不参与。"曹老板拿起桌子上的橘子，剥了一个塞到嘴巴里。他早年做过吴青一段时间的线人，现在看来，他觉得这人可能比吴青还难缠。

陆司语出了酒吧的门，外面一下就冷清了下来。酒吧的门口隐约可以听到一些争执声。他取出一副眼镜戴上，然后继续往外走。此时临近午夜十二点，这酒吧的停车场设置得不太合理，要穿过一条巷子才能够到达。

小巷子里的地上还有一些积水，里面或许是漏了点儿车油，在路灯的照射下折射出五彩的光。陆司语走得挺快，目光从地上扫过，在那些积水中看到了一些鬼魅般的人影。

夜风之中，尽是些不友好的目光。陆司语推了一下眼镜，穿行而过。他没有其他动作，那些人也就没有主动找事。

案发后第四日一早，审讯室里，录像设备、台灯、记录册，早就已经准备好。宋文和傅临江落座，对面的中年女人头发微白，有些虚胖。这个妇女正是昨晚殡仪馆那个死者的家属。

他们根据资料得知，段生是中年得女，到三十五岁才得了一个女儿段昀韵，现在段昀韵五十二岁，和丈夫离了婚，有一个二十七岁的儿子，小孙子刚一岁多。这一家人看上去不像是富裕人家。

傅临江看完了详细的资料，开门见山道："段昀韵，是你把你父亲送到洛欣敬老院的？"

段昀韵的脸上带着疑惑与不解，问："警察同志，我还不太清楚为什么要把我叫到公安局来啊？"她显然对这个地方不太习惯。宋文从她的体态中读出了一丝拘谨。这也是大多数来公安局被问话的人的普遍反应。之前他们在电话里只说要段昀韵协助调查，并没有细说。

　　"我们现在请你协助调查相关的案件，是你把你父亲送到敬老院去的？"傅临江又重复了一遍问题。

　　段昀韵低了头，小声道："因为我在家里要照顾孙子，而且洛欣敬老院的口碑很好，把他送过去，也算是我们做儿女的孝心。"她说着，整了整自己胳膊上的黑色袖箍。

　　傅临江继续问："你爸爸生前就有一些疾病？"

　　段昀韵点头道："我爸爸生前有比较严重的糖尿病，还患有较为严重的阿尔茨海默病，神志已经不清，有时候甚至认不出自己的亲人，我们一直都在积极治疗。"她回答了这个问题之后，再次抬头问："我还是不太清楚，你们叫我来有什么事？"

　　在灯光的照射下，她整个人显得有点儿苍老。她的手指一直在微微抖动，整个人局促不安。宋文直视着女人的眼睛，然后翻了翻面前的资料，再推过去一份解剖同意书道："你的父亲可能死于谋杀，为了调查你父亲的真实死因，需要家属的同意进行解剖，请你在这份解剖书上签字，配合我们的工作。"

　　段昀韵整个人都抖了起来，在宋文说出这个问题之后明显更为慌乱了，她像是觉得烫手一般甩开了桌子上的笔道："我……我不同意解剖尸体，我爸爸八十七岁了，是正常死亡，各种流程和单子都不少，为什么要进行解剖？"

　　傅临江道："我们刚刚告诉你，你的父亲可能是被人谋杀，我觉得作为女儿，你应该对自己父亲的死产生疑问，而不是急于阻止解剖。"

　　宋文也看着这个女人，她回答得太过着急了，好像她从昨晚接到了警方的电话后，就一直在猜测着警方会问什么，会怎么说。现在这样的结果，好像她也假设过，是她所惧怕的一种情况。

　　女人低下了头小声道："反正我爸爸人都死了，这种岁数的老人，死因还重要吗……"她似乎是为了解释自己刚才的反应，却越描越黑。

　　"死因当然重要，无论多少岁，只要是非正常死亡，警方都是需要排查的。"傅临江毫不留情地点破，"你这样的反应，让我觉得你对你父亲的死早就有准备。"

　　"不管怎么样，死者为大，我不希望自己父亲的尸体被解剖。"段昀韵咬着牙道，"辛苦了一辈子，连个全尸都没有。"

　　宋文收起了那份资料道："一般来说，尸检必须在家属签字之后方可进行，可是非正常死亡的，我们有权决定尸检并通知家属到场。"

　　宋文说得很慢，他确定段昀韵听懂了他的意思。段昀韵似乎这时候才反应过来，脸色又白了一分。她刚才的表现露出了破绽。

　　宋文接下来转移了话题："之前洛欣敬老院的院长曾经找你谈话了对吗？"

"那只是关于我父亲病情的正常交流。"

"随后，你把三万元的款项打到了敬老院的账上。"

"那是……那是我父亲的丧葬准备金。"

"你从那时候就对父亲的死亡有所准备？"

"他的情况一直不太好。"

"于是在其后的第三天，你的父亲就正常死亡了？"

段昀韵隔了片刻，小声地点了一下头："是。"

"那么你能否解释一下，之后那十五万的去向？"

段昀韵沉默不语。

"如果洛欣敬老院对你父亲进行了注射，导致了他的死亡，并且之前有告知你，而你现在拒绝配合警方的话，你将是共犯，谋杀你父亲的共犯。"宋文的表情越发严肃起来。

"你是什么意思？你们警方说话要有证据！我只是配合调查！你们……你们怎么能这么指控我?！"段昀韵一下子炸了，她睁大了眼睛，挥舞着双手，"我怎么可能会谋杀我的父亲？"

宋文看向她道："因为他生了重病，你觉得他是个累赘……"

段昀韵把牙咬得咯咯作响："你们……你们这些站着说话不腰疼的人，你知道家里有一个生病的老人是什么感觉吗？他甚至连你的名字都会叫错，他变成了一个只会吃喝拉撒，然后骂人打人的陌生怪物。他花钱，会花很多的钱，他连自己的身体都没法控制，一直在失禁，每天要换好几次垫子，反复和他说了也没有用，他那样的状况，把我的整个人生填进去都不够！就算是这样，就算是这样……"她低下头，眼里含泪，双手逐渐绞紧。

"所以你杀害了你的父亲？"

段昀韵的牙咬得更紧了，一双眼睛圆睁着，整个人都是愤怒而敏感的："不是的，我没有！我父亲是正常死亡！"

宋文望着眼前的女人开口道："不知道你当年重病时，你父亲是不是会做同样的抉择？"

听到了这句话，段昀韵的眼睛忽地动了动，她记起来，八岁的时候她得过一场很严重的肺炎，那时候所有的医生都说她没救了，甚至儿童医院都不愿意收治她，是父亲抱着她去了一家又一家医院。他们留宿在医院的走廊里，那时候她发着高烧，躺在父亲的怀里，身上盖着父亲的大衣，过一会儿父亲就用湿润的纱布擦擦她干裂的嘴……

漫长的夜晚似乎永远也没有尽头，她能够抓紧的只有父亲的手，然后听着父亲呢喃。

"爸爸会陪着你，爸爸不会放弃你。

"求求你们，救救我的女儿……"

她的身体忽然颤抖起来，眼泪顺着脸颊淌下。

"爸爸……"

宋文他们之前看过了段昀韵的资料，也知道她曾经患过重病，小学时因病休学一年，一旦突破口打开，后面的进展就顺利了。她的心理防线已经被攻破了，他们已经从她的反应得到了真相，接下来他们缺的只是一份证词。

看着痛哭的段昀韵，傅临江对她道："段女士，请你整理下自己的证词，考虑到你们这些家属有可能会被人误导，配合警方工作的，我们会建议适当轻判。不过，这种机会只有一次。"

这是一个普通的审讯衔接，诸多的嫌疑人到这时都会急切起来，把真相一吐为快。

段昀韵的脸色苍白，她伸手去抓自己的头发，整个脸都有些无措地扭曲起来。她的手指忽然碰到了额头上的一处疤痕，忽地停下了动作。那是她父亲不久之前用烟灰缸打她时留下的，那时的父亲像是一个疯子，有着一张狰狞的脸，因为忘记给他买烟，他用烟灰缸一下一下砸她的头。那种疼痛锥心刺骨。就是从那一刻起，她的心死了，想要逃离那个地狱，希望眼前的老人死去。

她的脑中像是翻腾起了海浪，新的记忆很快覆盖了过去那些感人的事，一瞬间，段昀韵就清醒过来。那已经不是她的父亲，而是一个恶鬼。现在，一切都已经过去了，父亲已经死了！她已经解脱了，没有什么可以畏惧。她还有她的人生，还有她的家庭，她并不是属于她父亲一个人的。

段昀韵忽地反应了过来。

圈套，这一切都是警方的圈套……

段昀韵的心神忽然一凝，她坚定了意念，沙哑着开口道："你们如果有怀疑，就去问其他的家属吧。"

宋文和傅临江对她态度的忽然转变有些惊讶。就在刚刚，他们还以为这场审讯马上就要结束了。

面前的女人慢慢坐直了身体，整个人无比憔悴，可是她的眼神却发生了变化，有些凶狠，也有些恶毒："如果你们可以不经过我的同意，就解剖我父亲的尸体，那早就解剖了，为什么要在这里浪费时间审问我？"

宋文的眉头微微一挑，这正是整个审讯的关键所在，这一点正是他们用来诈段昀韵的。

"反正我是不会签字的。"段昀韵用哭肿了的眼睛看向面前的两人，声音微微颤抖，带着冷漠，"你们根本就没有证明我父亲死于他杀的证据吧？我再说一遍，我的父亲是自然死亡。"

从审讯室里出来，傅临江不解道："究竟是为什么，明明就差一点儿……"

反倒是宋文比较冷静，开导道："可能刚才逼得太紧，反而落了痕迹，不过这是件好事啊。这么问都没问出来，要么是白洛芮真的清清白白，那我们应该庆幸没有更多人受害；要么是洛欣敬老院有问题，段昀韵在说谎。只要是谎言，就得用其他谎言来圆，不怕找不到痕迹。"

傅临江道："你倒是想得开。"

宋文道："本来就是这样，真的假不了，假的真不了，还有那么多的家属，如果其中有问题，总归会有新的线索，也不能指望一份证词就能够突破案情。"

傅临江走过去，靠坐在桌边上，抱着双臂看着宋文道："我想不通……"

宋文抬起头问："哪里想不通？"

"你说，难道是我们调查的方向错了？白洛芮真的是个清清白白的企业家？把敬老院打理得特别好？那些死了老人的家属也真的只付了丧葬的费用？而张培才的死亡也和他们毫无关系？"当逻辑推理走到了一条死路，傅临江开始假设另外一种可能性，虽然可能性微乎其微，但是他们并不能完全否定这些。

宋文皱眉反问他："你相信那些是真相吗？"

傅临江摇了摇头，他甚至希望宋文的推理能够说服他。

"你是因为段昀韵的审问走向出乎你的预料，才开始这么想的？"宋文轻声道。

他们现在的调查只能看到一个一个的点，犹如管中窥豹，他们还缺一些关键的信息，把所有的事件关联起来。

傅临江说出了心中的困惑："十八年前，为了抓夏未知，南城愤怒的百姓围住了芜山敬老院，要求一定要严惩凶手。可是现在，我们怀疑有老人被白洛芮杀害，却没有一个人站出来说一句话。你说，是世道变了，是人变了，还是我们根本就想错了？"

宋文低下头道："一定是调查中有一些我们所不知的，所以才会出现现在的状况。"

他觉得那些老人的死有问题，可又是什么让那些人守口如瓶，统一战线，没有一个叛徒？

是谁杀了张培才？白洛芮和夏未知的交集又是什么？

一个谜团还没有解开，新的谜团又出现了，一切就像是蜘蛛网，他好像站在迷雾之中，抬头可以看到空中有一根一根的线，却根本无法看清楚整个布局。

宋文忽然希望陆司语能够在他的身边，如果今天审问的时候，在他旁边的人是陆司语，结果会怎样？他是否能够看穿段昀韵的内心，力挽狂澜？

傅临江虽然和自己配合默契，但是他们的思维模式有一定的相似之处，陆司语却完全不同，只要那个人在，就总会提出不同的看法和意见，大家的思维融合在一起，便能够拼凑出一个完整的事实……

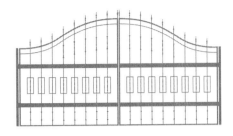

第四章

— 独探虎穴 —

　　案发后第四日下午一点，陆司语的车停在了华顿酒店的停车场。

　　有了张培才生前所用的身份信息，查找他的行踪就方便多了。陆司语发现，在失踪之前，张培才曾在华顿酒店住过一段时间。

　　华顿酒店是南城一家老牌酒店。这里交通方便，有准五星级的配置。

　　陆司语下了车，刚走进华顿酒店的大厅，就敏锐地发现酒店的氛围不太一样。陆司语没有去前台询问，而是直接从大厅走过。电梯拐角处站了两个便衣男，看着面熟，陆司语想起之前在局里见过，算算时间，宋文他们也正好查到这一处了。

　　陆司语一直往前走着，到那两个便衣男身边也没有丝毫停顿。那两个便衣男不认识他，以为是酒店里面的住客，于是陆司语就这样上了电梯，然后他按了三楼餐厅的按钮。上楼以后，陆司语又从餐厅旁边的扶梯走下去，逛了一圈儿便离开了酒店。

　　从酒店出来，陆司语回到车上整理思路。夏未知的情况他推理得差不多了，这是发生在十八年前的事，犹如一座在空中的海市蜃楼。眼下，能够获取更多信息的，还是张培才的死亡。虽然张培才死得蹊跷，但是肯定有迹可循。

　　其中有一点，陆司语一直颇为介意，如果凶手真的和夏未知有关系，为什么他会选择这种杀人方式？

　　折磨杀人并不是一种立竿见影的方法，周期长，成功率低，风险大，甚至有一定的可逆性，如果死者及时就医，不一定会死亡。所以，这种情况下需要对死者进行控制，甚至是囚禁。死者的死亡是个漫长的过程，承受的痛苦也很大。

如果凶手是对夏未知熟悉的人，必然知道很多种杀人方式，有熟练的杀人技能，可他却选择了这样一种方式。这样的话，目的倒不像是单纯地杀人，而像是审讯、折磨了。

结合张培才的身份，只有一种可能，凶手一直希望被害人能够供述出什么，最后杀他灭口……

可能张培才吐露了什么，也有可能什么也没有说。他最后一次在酒店出现，是半个月前，而尸体却在荒地里被发现，在这段时间内，究竟发生了什么？

陆司语思考了片刻，掏出手机点选了一下附近的车行，如果张培才在利用假身份进行一些调查，必然是需要代步工具的，他不可能开自己的车，更有可能会租车。网络租车会留下诸多信息，所以更加稳妥的方式，应该是选择附近的车行。想到此，陆司语发动了汽车，一路往附近的几家车行开去。他运气不错，问到第二家时，工作人员按照他提供的信息，调取出了一连串的租车记录。

根据显示，张培才失踪前经常在这里租一辆奥迪。当时接待他的营业员也在，陆司语晃了晃证件道："我想调取下他在使用车辆过程中的路线图。"

车行的车为了车辆可控，方便回收，都在车里装了 GPS 监控系统，等到车辆归还，这些信息依然会在车行保存一段时间，这是这一行业的潜规则。小姑娘帮陆司语查了，然后把信息拷贝到了他带的笔记本电脑上。陆司语通过软件点开，屏幕上就出现了张培才的行进路线，到过哪里以及停留的时间，基本上都一目了然。

开始，这些信息都是较为零散、毫无规律的，去过的地方包括市图书馆、洛欣敬老院等，可是到了他失踪的前几天，车开出去以后，在南城绕了很大的一圈，才在傍晚时归还。第二天，他索性把车停在了附近，整整一天。陆司语皱着眉头，把行进的路线和南城的地图相对比，在张培才绕行的那片区域里，地图上是一片灰色的建筑，上面写了几个字：芜山敬老院。

张培才的死，果然是和芜山敬老院有关系的。张培才曾经到过这片区域，根据路线图显示，他曾经不止一次进入过芜山敬老院。里面究竟还有什么？作为一个无比敏感的记者，他一定是发现了什么。

陆司语微微抿着唇，这地方看来是绕不过去了，无论情况怎样，事已至此，他必须要亲自过去一趟。

案发后第四日下午，南城市局里，宋文正听着下属汇报。

"宋队，我们已经审问了其他死亡老人的家属，没有人愿意透露白洛芮和他们说过什么，也没有人对款项有合理的解释，他们都坚称自己的亲人是自然死亡……

"我们彻查了张培才之前居住的酒店，他用假身份入住，包了一间房间，两个月，可是最后半个月都没有居住，房间已于三天前到期，酒店收拾了他的生活用品，除了一些衣物，没有发现什么特殊的。现在所有的东西都已经收归到了物证室。"

他们好像一直在原地打转，真相似乎近在眼前，可却找不到打开一切的钥匙。傅临江安慰宋文道："对了，也不是全无好消息，之前我们举报的王启超的那家工厂，又被查封了，这多少也算是造福群众了吧。"

宋文"嗯"了一声，打开手机就看到了弹出来的本地新闻，新闻还配了几张图片，是王启超工厂内的机器被查封的画面，他滑动着手指往下翻看道："希望这一次，至少让他停工的时间长一些。"

忽然，宋文的手一停，他的目光锁定在了摆在加工厂一角的一个袋子上。袋子是黑色的，此时里面装了一些东西，把袋子撑了起来，大概是为了能够多放外卖包，所以袋子很大。他急忙调出了张培才尸体被发现时的照片，装尸体的黑色袋子和加工厂的黑色袋子看起来还是有细微差距的，不过这提醒了宋文。

——巨大的黑色袋子可能是装外卖的！

宋文急忙把老贾叫了过来："老贾，你之前调查那种袋子的来源有没有进展？"

老贾挠挠头道："我们查了附近的一些批发市场，目前还没有发现完全一样的。"

宋文道："你去找找那种专供餐饮的批发渠道。我怀疑这种袋子是用于批量运送外卖的。"

老贾点点头道："好嘞，我马上去查一下。"

终于有了一些线索，宋文的心情好了起来。宋文看了看手机，已经快到下午五点了。最近这几天陆司语全无消息，宋文想，这小子真是，自己不联系他，他也不主动联系自己。

宋文转念一想，陆司语天生对人冷冰冰的，一副对活人过敏的模样。想到此，宋文又释然了，决定做一个主动关心下属的好领导，于是他拿起手机拨打了陆司语的电话。

手机响了好久，对面才接了电话，陆司语好像在走路，低低地"喂"了一声，信号不太好。宋文一听环境音就知道陆司语在外面，眉头一皱道："你这不在家休息，又跑哪里去了？"

"宋队，你这是查岗吗？"陆司语道，"我在被动休假期间，这点儿人身自由还是有的吧？你找我什么事？"对面有点儿空旷，听起来还有点儿回音，伴随着一些噪音。

"就……明天周一，是上次和你说的时间，我最近比较忙，你来之前最好和我约一下。"宋文真的没什么事，拨这个电话纯属是没事找事。

电话那边陆司语"哦"了一声，平静道："宋队你终于肯帮我批复职申请书了吗？"

"等你到了看你表现。你早点儿回去，别在外面浪了。"

宋文说完这句正准备挂了，那边陆司语却犹豫了一下，然后说了一声："先别挂。"

隔着听筒，宋文觉得他的呼吸有些急促，心忽地一揪，有种不好的预感，道："我说，你现在到底在哪里？你不会……还在跟这个案子吧？"上次见面，宋文就发现他在偷偷调查案子，这只小狐狸好像完全把自己的话当作耳旁风了。

"我这边……你……"

手机信号忽然差了起来，陆司语的话断断续续地传来，宋文"喂"了两声，电话那边忽地传来了有些诡异的声音，像是有什么重物忽然坠地，伴随着玻璃破碎声，随后电话就被挂断了。

宋文把电话再拨过去，但转到了语音信箱，他的嘴唇一抿，这个时候陆司语会在哪里呢？他又回想了一下那有些诡异的环境音……

宋文忽然想起什么，皱眉回到座位上，打开电脑，又插上耳机，然后他打开了那几个少年去芜山敬老院冒险的录像，把视频调到中部，声音开到了最大，嘈杂之中，他听到了和陆司语电话里一样的咔咔声……

宋文当机立断，把枪和手铐带好，车钥匙握在手中，然后和傅临江道："临江，你先看着这边，我出去一下。"

傅临江看宋文面色有些不善，行色匆匆的样子，"嗯"了一声，问他："你去哪边？"

"等下晚上七点你给我打个电话，如果我没接的话，你就去我警车定位的附近找我。"宋文想了想加了一句，"带上全队的人。"

宋文上了车，又打了一次陆司语的电话，还是无人接听，他顺手把耳机取下，双手握住方向盘，直接往芜山敬老院的方向开去。之前顾局说了让他慎重并案，不要打草惊蛇，所以芜山敬老院这边他们一直没有去实地勘查，可是现在，若是陆司语在那里犯险，就是另外一回事了。

此时快到下班晚高峰，宋文没开警铃，而是抄了一条近路，一路风驰电掣地开过去。到了芜山敬老院附近，宋文把车停在不远处，再次给陆司语打了个电话，结果还是一样，转到了语音信箱。他定了定心神走下车，一手拿了枪，从一片半人高的荒草中穿了过去。

那些草丛被宋文的衣服蹭到，发出沙沙声响。这时已经下午五点多，太阳已经不那么明亮了。大概是进入了工厂区的原因，天空中透着一种雾蒙蒙的灰，空气里也有点儿呛人的味道。

多年少有人来，这里已经变成了一片废墟，灰色的楼房安安静静地伫立在眼前，墙上的涂料早就已经脱落，各层的窗玻璃十不存一。

宋文抬头环视，如果这地方出现在末世电影里，倒是完全没有违和感。难以想象，这里曾经十分繁华，还曾被有些讽刺地称为南城老人的理想归宿。

宋文今天刚翻过资料，还记得这里的位置分布，左边的楼是员工休息区，右边是老人的住宅区，后面一座一层建筑是食堂以及活动区。当年和夏未知的事情牵扯最深的是后侧的一栋小楼，那里是危重病人区，也是后来警方进驻调查的地方。

思考了一下，宋文直接到了那独栋小楼前，不出所料，门口有一些脚印和痕迹。他从侧门进入，走廊里落了一层厚厚的灰，四处都是陈旧的味道。有些房门还可以看到当年警方贴的封条，只是随着时间的逝去，封条早就已经残破不堪，似乎用手一碰就会碎。

关于鬼，宋文是不信的，可是这地方荒废了这么多年，一个人走在里面还是有点儿瘆人的。他一手拿着枪，随时注意着动静，走了没多远，他到了一个拐角处。从残破的窗户外射进来一道光线，落在地面几个新鲜的脚印上。

宋文蹲下身，目光落在其中一个脚印上，大小、花纹都没有错，是陆司语留下的。那小子果然先他一步，到这里来了！

他站起身，心安定了一些，只要找到了足迹，就可以断定陆司语就在这附近。可随后他又有些担忧，除了陆司语的脚印，地上还出现了一些杂乱的脚印，而且也是新留下的。他顺着那些脚印的方向一路往前走，来到了另一个拐角处，发现脚印向着地下走去了。宋文犹豫了一瞬，额头也出了汗。那是地下室。

从七岁起，宋文就反感黑暗的地下，还有那些幽闭的小房间，他应该是有所谓的幽闭恐惧症，每当到了这样的环境，他的身体就不受控制，呼吸、心跳都会莫名地加速。血液像是在倒流，身体也逐渐发冷。但是现在……陆司语可能在下面。

站在地下室通道的门口停留了一会儿，宋文才定下了心神，心里的关切战胜了恐惧。他小心翼翼地往下走去，等他站在了底层，身后的光逐渐被黑暗吞没，他看了看自己的手机，刚才还有四格的信号变成了一格。

远远地，像是有火车通过，一阵阵轰鸣声传来，地底都在震颤，那声音和他刚才在电话里听到的完全一致。可能当时陆司语就是在附近接的电话。宋文努力调整着呼吸，黑暗让他浑身不自在，汗水仍旧在不由自主地从额上冒出，但是站在这里，他越发确认自己离陆司语越来越近了。

黑暗之中，忽地有一声轻微的响动，像是衣服摩擦的声音，宋文看不清状况，试探着叫了一声："陆司语?！"

他没有等到陆司语的回答，但感觉到了一阵风声袭来，黑暗中有个黑影闪过，对他发动了攻击。

这里没有鬼，倒是有人！

宋文刚下来，吃了还没适应黑暗的亏，他怕伤了陆司语，没敢开枪。此时全凭身体的自然反应，一个侧身躲过打过来的拳头。两个人侧身之际，宋文看出这个人比自己矮了半个头，体形并不占优势。

黑暗之中，宋文顶起膝盖撞在那人的腹部上，随后顺势抓住了那人的手腕一拧，那人闷哼了一声。宋文把那人压在一旁的墙上，伸手去掏手铐道："你是什么人？叫什么名字？为什么在这里？"

他的手铐还没有取出来，身后又有风声而来。原来这人还有帮手。

宋文听着脑后的风声，像是有重物袭来，他急忙用手去挡，一根木棒打在了他的手臂上。杯口粗的棒体断裂开来，宋文忍痛伸出另一只手抓住了那半截木棒，往前一拉，那人失去平衡之际，他的脚往后撤了半步，起身狠踹。

这一脚正中那人的胸口，那人"呜"了一声，借势撤入了旁边的一间屋子里，并关上了房门。先前被宋文擒住的人也像是游鱼一般，一矮身不知道钻到哪里去了。

宋文慢慢收回手，凝视着那一片黑暗，长长地叹了一口气。黑暗之中，他的战斗力至少减了五成。他讨厌这样的环境，不敢放松警惕，也不敢贸然追击，他不知对方还有几人，而且这里环境复杂，贸然前进容易被困住，当务之急是尽快找到陆司语。他慢慢适应了环境，继续往里走了一段路，忽地，从里面的一间房里传出了打斗声。

宋文急忙跑到了那间房的门口，借着手中手机的光亮，他看到陆司语正在和一个黑衣人缠斗在一起。陆司语还算占优，可那人明显更熟悉这里的环境，黑衣人伸手一推，一旁两米多高的生锈铁架就倒了下来。

"小心！"宋文来不及细想，直接冲过去把陆司语扑倒在地。

"砰"一声，铁架砸中了宋文。那瞬间，宋文只觉得头上一疼，整个人险些晕过去。

随后"咔嗒"一响，门被那黑衣人关上了。

陆司语刚才听到声音就知道是宋文到了，可是他正在和那个黑衣人缠斗，无暇分心，那黑衣人已经受了伤，他想把人抓住问话，却没有注意到黑衣人推倒了铁架。

陆司语没想到关键的时候，宋文竟出现挡在了他的身前。

那铁架不轻，陆司语被一人一架重重地压在地上，只觉得五脏六腑里所有的空气都被压了出来，不过还好有宋文帮他挡了一下，他才没被砸伤。可下一秒，陆司语忽然闻到了一阵血腥味，然后手摸到了热热的东西，他的心跳猛地漏了一拍，推了推压在身上的宋文，那人却一动未动。

陆司语的眼睛忽地就热了起来，抱着宋文挣扎着想要起身查看他的伤势。陆司语伸手去摸他的鼻息，可是越慌乱就越是探不到，一时间巨大的恐惧忽然升起，把陆司语整个人包围了起来，他喊道："宋队，宋文……"

宋文的头被那架子砸了个正着，他真实感受到了什么叫作眼冒金星，有短暂一刻觉得世界都在转，耳朵里各种奇怪的声音。他好像失去了意识，又好像还清醒着，过了几秒，他的耳鸣渐渐退了下去，嘴巴里有铁锈味。然后他听到身下的陆司语在叫："宋文！你怎样了……"

宋文才反应过来现在是什么状况，他一把抓住陆司语的手道："别乱摸了……"

陆司语这才恢复了一些冷静，不动了。宋文又歇了一会儿，努力挣起了身子，两个人合力推开架子，那重物"当"的一声落地，激起了一地尘埃。宋文爬起来，单手捂住了额头，按亮了手机道："没事，死不了，最多脑震荡。"

他伤得不算重，也不算轻，头疼得厉害，眼前这黑暗的小房间太让人讨厌了。有一瞬间，宋文觉得自己快要晕倒了，随后他强撑着看了看自己的手机，这下子，连那仅剩的一格信号也没有了。

"宋队，你……真没事吗？"陆司语像是要验证眼前的人是否还活着似的，伸出一只手，可手指不小心碰到了宋文的伤口。宋文没注意，被他一下子按在痛处，疼得额头青筋一跳，捂着伤口蹲下了身道："疼疼疼，小白眼狼，我还不是为了你受的伤？！"

陆司语感觉到了宋文的血是热的，这才收回了手，也跟着蹲了下来，低头慌忙道："对不起……宋队……我……我真的不是故意的。"

伤口的疼超过了对黑暗的恐惧，宋文靠着墙坐下道："你去看看门能打开吗？"现在镇静下来，他发现这是一间二十平方米左右的房间，里面空荡荡的，只有靠墙的地方摆着几排铁架子。

陆司语这才如梦初醒，过去看了看。那是一扇很重的铁门，而且门锁在外面，从里面根本打不开。他试着推了推，铁门纹丝不动，陆司语摇摇头道："好像不行……"

陆司语绕着屋子转了一圈儿，确认没别的出口，这才回到了宋文的身旁道："我们被困在这里了……"

宋文抬起头，借着手机的光，他看到陆司语往日里白净的脸上此刻狼狈不堪，上面有沾染的灰尘，有他的血，就和小花猫似的。而且，陆司语的脸颊上还带着泪痕。

"你不会是哭了吧？"宋文心里一惊。之前陆司语可是胃疼到吐血也没流一滴眼泪，如今怎么就哭了呢？

陆司语没给他仔细看的机会，轻轻一躲，然后用自己的袖子抹了一把脸，很快又恢复了镇静，从口袋里掏出纸巾，小心地压在了宋文的伤口上，然后开口问："之前电话没信号了，你怎么知道我在这里？"

宋文被砸得脑袋还有点儿疼，靠着墙理了理思路道："从这个案子开始，你就对案情很有兴趣。刚才在电话里，有高铁通过，我之前查看了芜山敬老院的相关视频，听到过类似的环境音。"他顿了一下，做了个总结："我靠着直觉，就找过来了。"

这一次，同一个案子，两个人从不同的方向查起，到最后还是碰在了一起。宋文叹了口气道："我开始还不太敢确认，所以想着自己过来看看，如果没找到就算了，没想到还真找到了。你呢，为什么过来？"

陆司语这次没有隐瞒自己在查这个案子的事实，开口道："我是跟着张培才的行车记录过来的。和你打电话的时候，我也刚进来不久，正一个人走着，忽然遇到了袭击，我和那人周旋了一段时间，可是后来，他们又来了几个人……"

陆司语低下头，眨了眨眼小声道："宋队，谢谢你。"

宋文抬头看他，借着手机的灯光，陆司语的脸色有些苍白，又因为刚哭过，鼻尖和眼角都红红的，一副很好欺负的模样。宋文假装生气道："你还知道'危险'两个字怎么写吗？"

陆司语侧头躲开宋文的目光道："因为我还没有复职，怕你生气，我就想自己先过来看看。"

宋文继续装生气，冷笑了一声道："自己先过来看看？孤身一人，以身犯险，你的胆子真是越来越大了。"

陆司语知道这次是自己做得不对，乖乖道："我那会儿在电话里觉得情况不对，想和你汇报来着，可是后来就没信号了……"

宋文"哼"了一声道："那还是我主动打的呢！对你这种无组织无纪律的，就该好好……"他这一说话，额头的血又有往下流的趋势。

陆司语道了一声："别动。"出血一直止不住，他索性撕了自己衣服的一角，然后跪在地上，用一只手揽住宋文的脖颈儿，另一只手按着宋文的伤口。

"教育一下……"宋文毫无气势地把话说完了。

这么按了几分钟，出血终于缓了，陆司语习惯性地舔了舔嘴唇，蔫蔫儿地待在宋文旁边，连辩解的话都不说了。宋文努力靠着说话分散对黑暗的恐惧，看着陆司语低着头，他的心就软了下来，道："刚才你没受伤吧？"

陆司语摇了摇头。宋文忽然想到了什么，皱着眉头问陆司语："我还有个疑问，那些是什么人？对方人数众多，看年纪都是二十到三十岁之间的年轻男人，警方还没有通报，他们怎么会知道我们查到了这里？"

目前知道这个案子牵扯到芜山敬老院的人，只有林修然、傅临江、朱晓和老贾，这几个人都是他信得过的。老贾就算不太靠谱儿，也不会向外人透露这个消息。其他人，田鸣、程默、顾局可能会知道。而陆司语是自己推理的，连宋文都没有告诉，自然也不可能是陆司语把事情透露出去的。

陆司语叹了口气道："我不太清楚那些人是什么身份，是我大意了……我进入以后，才发现这里被人安装了摄像头，而且都在极其隐秘的地方。"

刚才宋文进得比较仓促，一直急于寻找陆司语的踪迹，没有留意这些情况，现在听来，原来这一处早就被人监控了，宋文侧头问："这些监控是什么时候装的？"

陆司语道："那些设备还很新，也许是张培才的闯入让他们对这里加强了戒备。所以那些人可能是害死张培才的人，或者是有关系的人。"

宋文"嗯"了一声，努力把这些线索串联起来。

地下室里十分阴暗，还略微潮湿，陆司语研究了一圈儿，也没有找到灯的开关，两个人只能借着手机微弱的光亮坐在一处。还好，那些人只是把他们关在了这里，并没有带着一群人去而复返。

随着时间的推移，宋文头上的血终于止住了，他"咦"了一声道："我为什么觉得这里好像有点儿冷？"

陆司语道："不是你的错觉，这地方应该是开了冷气。"刚才他在房间里走的时候就发现，顶部有冷气往下飘。此时温度已经下降了几度，陆司语想了想脸色一变，又道："我知道这里是做什么的了。"

宋文反应了一下道："这栋楼是重症楼吧？我们现在是在它的地下室？"

陆司语道："所以这个房间可能是个简易的冷库，用来停尸的。"芜山敬老院死者众多，有时候不能及时运走，为了避免尸体腐败，他们就把这楼下的地下室改成了停尸房，而刚才砸到宋文的那个铁架子，应该就是陈列尸体用的。

宋文低头骂了一声。

如果这世界上有鬼，那么这种地方是最有可能存在的了，死去的生命都曾经被停放在这里，那些枉死的老人是否会有不甘？外面似是又有火车经过，震颤着地面，声音通过通风口传了进来，又像有万鬼在哭号。

陆司语站起身在通风口前看了看，这洞口太小了，他和宋文都钻不出去。宋文被这冷气一冻，想起点儿奇怪的事，他道："这一处的房子早就废弃了，冷气设备为什么还能运转？"

陆司语道："和摄像头一样，拉的可能是隔壁工厂的电。旁边的工厂规模不小，这点儿用电量，不足以引起什么怀疑。"

宋文皱眉问："那些人是想把我们冻死？这地方的温度能降到多低啊？"

陆司语低头想了想道："这种民用的冷库，温度不会太低，大概也就零下十度吧，不过时间一久……"

这里没有吃的没有喝的，也没有信号，最关键的是，他们也不清楚对方是否会杀个回马枪，时间拖得越久对他们越不利。

看着陆司语一筹莫展，宋文有点儿庆幸自己给傅临江留了话，道："放心吧，傅临江七点找不到我，就会带人寻过来的。我没敢让他直接跟着，就怕牵扯太多惊动了其他人。"只是在这之前，他们要吃点儿苦头了，不过根据他对傅临江的了解，也许他会早一点儿过来。

宋文忽然想起什么，问陆司语："你带药了吗？带吃的了吗？"

陆司语搓了搓手臂，摇了摇头。宋文抿住了唇，头还有点儿疼，脑子里不停地过着各种信息。

那些人是谁？他们和芜山敬老院有着怎样的关系？他们为什么要监控这个地方？这一切有太多奇怪之处了。

陆司语忽然轻声道："这里一定有什么秘密或者东西，是对方不希望我们知道的，也许他们现在就正在转移那些东西呢。"

整件事情像是一张巨大的拼图，一边是十八年前的芜山敬老院，一边是十八年后的张培才死亡案件。他们现在正是缺少了那片连接这两者的重要拼图。

宋文叹了一口气道："从查这个案子开始，我就觉得好像有很多双眼睛在盯着我们。我们根据那天的购物信息找到了一个叫白洛芮的女人，她的名下也有一家敬老院，经过排查，我们怀疑她在谋杀里面的一些老人。可是我们却找不出任何证据。"接下来他和陆司语说了一些其中的细节。

陆司语"嗯"了一声，安静地听他说完道："我感觉，这家敬老院和芜山敬老院是不同的。白洛芮干的事情，听起来像是在给那些重病的老人施行安乐死。"

宋文道："不管是怎样的杀人，都是法律不允许的。什么所谓的安乐死，还不是为了敛财？"说到这里，宋文看陆司语脸色开始发青，问他："冷得厉害吗？"

陆司语本来大病初愈，现在又临近饭点，整个人饿得冒冷汗，只觉得身体又开始不舒服起来。旁边的宋文虽然受了伤，但是和他一比，简直像是个暖炉一般。陆司语看着宋文的脸，点了点头，然后颤抖着问："宋队，我可以……靠近你一点儿吗……"

宋文拉他过来道："冷就靠过来点儿，都是男人，你怕什么？"

陆司语的身体忽然被注入了暖流，他低着头，不停地舔着嘴唇，却一个字也说不出来。

感觉到陆司语有些不安，宋文问："你怎么这么凉啊？"陆司语的体温太低了，特别是在这间冷室，比他这个伤员体温还低。

陆司语小声道："饿……"

现在正是他该吃饭的时间。

宋文道："哎，聊聊天儿吧，分散点儿注意力，就不会那么饿了。"他顿了一下道："有句话一直想问你，上次你晕倒前，想和我说什么啊？"

陆司语抿着唇看向宋文，他觉得宋文的眼神给了他几分压力。陆司语张了张嘴，觉得自己应该更为坦诚一些，可是在寒冷之下，大脑又像断了片儿一样空白，让他不知该从何说起。

宋文不知道为什么提到这个问题，陆司语的脸色就变了，他道："算了，你不想说的话，我就不问你了。"

随着时间的推移，陆司语的脸色越发苍白起来。

手机的电量已经不足以支持手电筒的光亮，转成了省电模式，只剩下一点点光亮，一切即将被黑暗笼罩。宋文的心脏跳得有点儿快，但是这时候有陆司语在身边，他竟然觉得好了很多。只要有人陪着，这黑暗好像也是可以接受的。

此时的陆司语情况却不太好，寒冷之下，他好像快要晕过去了，像是淹没在水里的人，在无声地挣扎。宋文感觉到了陆司语的身体在颤抖，情况好像有点儿不对，他道："怎么了？是太冷还是不舒服……"

"我……我……"陆司语感觉似乎哪里都在疼，他的意识已经不太清醒了，想要找些止疼片吃下去，可是偏偏这里什么都没有。他惊慌，冰冷，感觉自己好像随时就要死了。

这时宋文感觉到身边的人整个身体似乎都软了下来，陆司语心跳异常，体温也低得吓人。宋文以为自己会是最惧怕黑暗的那个人，可是现在，明显是陆司语先撑不住了。他被陆司语的状况吓了一跳，安抚道："陆司语，我在这里呢。"他一遍一遍重复着这句话。

陆司语脑中有片刻完全空白，像是过了几分钟，又像是过了很久，直到他听到了一种声音，那声音源自门外。陆司语忽地醒了一般，一推宋文，兔子一样警觉地靠着墙，双手抱臂，努力支撑着身体。

门外是傅临江他们到了。还好，他们没听宋文的话等到七点。傅临江一直打宋文的电话打不通，就提前过来了，他们也是一路跟着杂乱的脚印到了这里。之前袭击过宋文和陆司语的神秘人已经都撤走了，留给他们的，是一处空楼。

宋文看了看陆司语，没有继续刚才的话，他在门里应了傅临江一声，然后用手敲了敲门，那门就从外面被人打开了。一股热风从外面席卷进来，室内的温度陡然升高。

傅临江看到陆司语有些惊讶道："陆司语?! 你怎么也在？"

宋文扶着墙道："你给他找件外衣披一下吧，再给他找点儿水和食物。他刚才冻坏了。"

陆司语到了外面，终于觉得不再冷得瘆人。之前在那间地下室里，他心理上的不适早就超过了身体的异样，一到外面，大口地呼吸着空气，他就镇静了下来。

夏天黑得晚，此时四周已经开始暗了下来，隔壁工厂飘出的浓烟让天空看起来不太干净，整个世界都被笼罩在了半明半暗之中。随着警方的到来，脚步声、警犬的叫声让这里不再安静。

陆司语看着人来人往，体温渐渐回升，他吃了几口傅临江从车上翻出来的饼干，喝了点儿温水，又用纸巾蘸了水擦去了手上的血迹和脸上的污渍，然后披着一件傅临江从警车里翻出来的外衣坐在台阶上。

宋文把头上的伤口包了一下，和傅临江他们简单说了一下自己过来的事。不过他稍微把情况改了一下，只说陆司语是他叫过来的。

傅临江带来的人足够多，把整个芜山敬老院都封锁了起来，还有一些警犬，四处寻找着可疑之处。他们的确在这里发现了一些摄像头。那些神秘人先一步撤离了，只在后院留下了一些杂乱的脚印。

等一切都安排好，宋文走回来，他看到坐在台阶上的陆司语，在夕阳的照射下，陆司语的身影看起来更为消瘦单薄。

陆司语清俊的脸上没什么表情，他低垂着头，下巴尖尖的，有点儿像一个等着大人接回家的小孩儿，却又让人觉得他等不来他想要等的人。

宋文急忙走了几步，来到陆司语的身边。陆司语的脸色还是白的，他的双眸失神，不知道在想些什么。宋文伸手揉了揉他的头发道："明天直接回来上班吧，流程回头再补。"

陆司语这才回过神来，眨了眨眼睛抬头问："怎么，不停我的职？"

宋文叹了一口气解释道："反正你也是自己瞎折腾，与其那样，不如在我可以看到你的地方。"

"而且，"宋文蹲下身来，直视着他的双眼，"我需要你。"

他需要他。

宋文必须承认，陆司语在，会对案情的侦破有很大的帮助。现在这个案子已经确定可以和十八年前的案子并案了，这么大的事，他们队的压力不会小。陆司语在，他们就能更快接近答案。

陆司语原本觉得自己还很冷，各种感觉都不太真切，而这一句话把他拉回了现实。像是有一股暖流从心脏涌出来，温暖了他的身体，他道："那回头周医生那边……"

宋文道："我陪你去。"

陆司语低头沉默了片刻，然后开口道："宋队，我想去看看夏未知住过的地方。"

既然都已经到了这里，不参观一下岂不可惜？

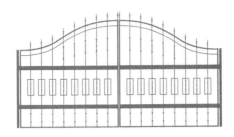

第五章

—— 轮回与新生 ——

张培才在出事前不止一次来过这里，那些神秘人又在这里装了监控——这里一定是有秘密的。

夕阳映照下，一切像是被染上了一片浓郁的血色。没有火车通过的时候，这里就像是一块被施了咒语封印住的旧地，当穿过那些楼宇时，他们只能听到自己的脚步声和警犬偶尔发出的叫声。

职工宿舍楼307房间，夏未知居住过的地方，宋文曾经不止一次在那份档案上看过这个房间的照片。到了房门口，宋文查看了一下，确认安全了才让陆司语进去。

眼前是一间一室的小房间，墙皮已经斑驳，房间的布置是二十年前流行的风格，现在看起来有些陈旧。在房间的一端放着一张床，另一端是书架、书桌以及椅子。

桌上的水杯落满了灰尘，在桌角有一个生锈的糖盒，还有女人用的皮筋、小小的黑色发卡、指甲钳和化妆镜等，木制的梳子上还有几根发丝。曾经，夏未知就是坐在这张桌子前，躺在这张床上，她在心里想着那些残忍的事，然后一件一件去实施。

床边有个衣柜，里面还留存了几件女人的衣物，可以看得出主人身材曼妙。陆司语的目光又落回桌子上，上面有一些划痕，那是长长的指甲一道一道刻在上面的。从上到下，由旧到新。他仔仔细细地搜寻着屋子，然后发现，这里没有一点儿男人存在过的痕迹……

宋文的目光落在那些书架上，他的手指在书上扫过。这些书不止一次被警方翻找过，现在还放在这里，肯定早已经没有了线索。可是他看到那些书，还是忍不住去查看，他想要了解夏未知的逻辑。

陆司语用纸巾擦了擦桌子上的灰，然后靠在桌子上道："宋队，你觉得像夏未知这种人，是先天而生还是后天造成的？"

先天杀人还是后天罪恶，这个论题从古至今，人们争论已久。特别是那些几岁或者十几岁就开始犯罪的孩子，他们透露出的残忍，足够让大人们战栗。

宋文想到犯罪心理中早就有的争论，开口道："两种观点我都不太同意，我只知道，有人就算是被后天的环境逼到绝境，也不会做出伤害别人的事。而有些残忍，和年龄无关。"聊到这里，宋文转头看向陆司语道："你认为这个世界上，是否存在真正完美的杀人？"

陆司语轻声道："我觉得真正麻烦的不是杀人，而是让尸体上的痕迹消失。"

宋文继续问他："那你觉得，最不留痕迹的方式是什么？"

随着刑侦技术的进步，想要不留痕迹地杀人越来越难了，监控、脚印、指纹、血迹，现在都已经被运用到了日常探案之中。宋文有点儿庆幸自己活在这样的年代，而不是科技落后的过去，随着技术手段的逐步升级，更多的凶手将无处遁形。

陆司语侧头沉思，窗外的夕阳映照着他苍白俊秀的脸，他的一双眼睛沉静得如同琥珀，道："我知道有一片海域，海浪很大，下面都是礁石，夜里往下看的时候，是漆黑一片的。把人丢入海水中，尸体再也不会浮上来，活不见人，死不见尸。在我们国家，也有很多人迹罕至的深山老林，那些地下，说不定就有白骨。"

陆司语轻轻地叹了口气，目光转向窗外道："让一个人消失，并不是什么太难的事。这种失踪的案子比杀人的案子难查多了。凶案有尸首在，有线索可追，可若是人不知道去了哪里，很多线索便查无可查，十天、一个月、半年，失踪的人很快就会被其他人，被这个世界忘了。没有人会去找他，也没有人找得到他。"

陆司语的声音轻轻的，说的却是极其残酷的事，宋文想了想道："我明白你的意思，因为是失踪，没有找到尸体，家人也好，警方也好，总是会心存侥幸。而失踪的事件，又有太多的可能性，很多时候，那些未解的案件最终是败给了执着，败给了时间。"

南城警方曾经也接触过一些失踪案件，有厚厚的一沓失踪人口档案，只有警方才知道，国内的失踪人口数字其实很庞大。大部分失踪年限过长的案子，失踪者再未出现，这些人多半是死了，死在地球上他们亲人所不知的角落。就像是夏未知，他们无法确认她是死是活，又在哪里。

两个人一时安静下来，宋文继续翻找着房间里的东西，陆司语则在那里喃喃自语地琢磨着之前吴青告诉他的那句话："这不是一切的结束，而是一切的开始……那么，会是什么的开始？"

宋文听他重复着这句话，微微一愣，停下了手里的动作道："这句话是什么意思？开始？十八年前的事，怎么是现在事情的开始？那时候的当事人不是老了，就是死了吧！"

对于风烛残年的老人，本来就没有多少年可以活，这个敬老院，很多人住进来的时候并没有打算出去。宋文说这句话的时候是无意的，却点通了陆司语，他抬起头来道："我想明白了，是孩子！"

十八年，对于老人来说，是走向死亡。可是对于孩子来说，是长大成人。夏未知杀人的方法得到了传承与进化，老人做不到，孩子却可以做到！十八年后，孩子长大了，成为新的开始，犹如一个轮回。

宋文微微一愣，眉头轻皱，转头看向陆司语道："可是根据警方的记录，夏未知没有子女。"

陆司语眨了眨眼睛，轻声道："有时候没有记录，事情也有可能存在。"然后他忍不住跟着这个思路推断下去。

"之前我在复盘夏未知的人生时，其中总是缺少一些重要的环节，有些事情讲不通，可是如果这个假设成立，一切就说得通了。夏未知在上学期间，被迫和男性发生了关系，她因为这个意外怀孕，随后生下了一个孩子。因为这些事，她无法分配到医院，孩子她没有认下，也没有带回家，就抚养在这家敬老院里。"

陆司语合上双眼片刻，然后睁开眼睛看着这个房间，仿佛脑中已经构建出了母子或者是母女一起生活的画面。他继续推理下去，准确地说，这已经不是推理，而是头脑风暴，他在构想着一切可能性。在废弃的房间中，他的声音低沉，仿佛只是在讲述发生在这家敬老院，这个房间里面的故事。

"她怨恨那个男人，怨恨自己，也怨恨孩子，她在虐杀那些老人的时候，完全不避讳孩子的存在，甚至会让孩子参与其中。这个男人依然会时不时扰乱她的生活。东窗事发以后，这个男人帮助她逃脱，带走了她和孩子。十八年后，孩子长大成人，继承了夏未知的衣钵，由于小时候的经历，他走上了和夏未知一样的道路，这时候张培才发现了这一切，因此被他所杀。"

这样分析的话，一切就都可以解释了，夏未知有了犯罪的动机，张培才一案也有了合理的缘由。

"这是种传承的关系，但是杀人的手法进化了，杀人的原因变化了，就更难抓到凶手。"

那个男人的存在，陆司语在曹老板那里印证过了，只是他不好把原因说给宋文听，只能够当作是自己的推理和假设。听他说完，宋文拍了几下手道："推理合情合理，但是我还是那个意见，警方不可能遗漏这么重要的信息。"

陆司语冷静了下来，尖下巴轻轻一点，小声道："是啊。是吴老师办的案子，他们不可能犯这么明显的错误。"

陆司语觉得宋文的意见是正确的。他现在能够想到的事情，当年也一定有人想到过了，不说别的，如果夏未知真的生育过，不可能没有任何记录，敬老院的所有人也不可能对此没有察觉。

陆司语被自己的逻辑卡住了，他低垂下睫毛，习惯性地把手指放进嘴巴里，指缝里的血腥气不仅没让他厌恶，反而让他变得兴奋。有那么一会儿，宋文以为陆司语睡着了，可是角落里传来的啃噬指甲的声音告诉宋文，陆司语此时还是清醒的，只是在思考问题。

陆司语把他所知的和宋文告诉他的线索飞快地在脑中过了一遍，究竟是哪里不对呢？他们的推理误差在哪里？

房间很快被宋文翻找了一遍，灰尘荡了起来，味道有些呛人，宋文走到窗边，打开了插销，把窗户推开。这个角度可以把整个敬老院尽收眼底，借着残余的那一点儿夕阳，他看见了行政楼、重症楼、活动场、食堂……

宋文的右眼皮忽然跳动了一下，他忽地觉得眼前的画面是如此眼熟。他忽然想起了什么，急忙翻找了一下口袋，取出里面的东西。那是白洛芮给他的关于龙悦养老城项目的介绍，彩色的宣传页在他的手中缓缓展开。

宋文发现，宣传图上所有的楼宇位置竟与芜山敬老院几乎相同，几栋建筑可以一一对应。那是一个几乎完全复刻，而且更大更完善的"芜山敬老院"。

有人在复制这个地方！

宋文低下头，把宣传页上的图案与眼前的画面再次对照，他开口道："我好像可以确认白洛芮和这家敬老院的联系了——她竟然建了个一模一样的！"

听了这话，陆司语的眼睛睁开，走过来看向宋文手里的宣传页。他的脑中线索相连，一切逐渐清晰，真相近在眼前。宋文忍不住低骂了一声道："我现在禁不住要相信你刚才说的夏未知有个孩子的事情了！"

"不，夏未知没有孩子。"陆司语摇了摇头，"或许她怀过孕，或许没有。"然后他抬眼看向宋文道："我好像有点儿理顺了……"

"怎么说？"宋文看向陆司语，那些将逝的夕阳把他的发尾镀上了一丝金黄。

"夏未知没有孩子，或者说她的孩子可能没有生下来。"就在刚才，陆司语终于想清楚了此中的环节，他放下了咬在嘴里的手指，"那不是结束，而是一切的开始。我们忽略的是生活在敬老院里的孩子。"

夕阳渐斜，白日将尽，像是有一头怪物想要把所有的阳光吞噬。黑夜就要来了。

"那个孩子，可能并不是夏未知所生，而是一直生活在敬老院里的。"陆司语想起来之前走入这里的一个房间，满是灰尘的床头上放着一个玩具熊，那时候他还在疑惑，为什么敬老院会出现这种东西。

现在他想清楚了这一点，这样大的一个敬老院，老人们、工作人员们都生活在这里。那是一个几百人的群体，他们总会有家属，有孩子。也许孩子们数量不多，但是他们和那些大人一样，朝夕生活在这里。离这里不远就是学校，甚至连上学都不耽误。

孩子是可以随着时间的流逝而成长改变的。大人们已经定型，老人们风烛残年，可是孩子们有无数种可能，他们可能善良，也可能邪恶。芜山敬老院若是灰暗的山崖，那些孩子便是山崖上长出的小草。

十八年前的这里绝不像今日这么荒废，行走的，说话的，是一个又一个活生生的人。那时候的敬老院还不像现在这么严格管理，并非无关人员不得入内，探视人员必须签字，那些孩子自然而然地经常出入这里，他们或是父母离异，或是亲人离世，或是父母一时不在身边，或是父母就是这家敬老院里面的工人。他们只能跟着生活在敬老院里面的长辈，把这里当作他们的家，当作他们的乐园……

站在这间房里，陆司语仿佛能够听到老人们的说话声、咳嗽声、呼叫声，护工们急匆匆的脚步声。夹杂在那些步履蹒跚的身影中，有孩子追逐着跑过，他们险些撞到楼道里的老人，然后回过头做个鬼脸。

那些孩子，他们住在这里，又被所有人忽略。他们由于各种原因，被自己的父母所"遗弃"，生活在这原本不该属于他们的世界，缺乏关心的童年造成了他们的心理缺陷。他们懵懂，大胆，期盼着自由，在是非都不能辨别的时候，他们见到了夏未知，这个长相温柔却心如毒蝎的女医生足以改变他们的一生。

"是我们忽略了，当年的警方调查也忽略了这一点……"宋文望向眼前的陆司语，他还记得当年记录表最后一页上有几道格栏，上面只有格子编号，没有填写姓名和身份证号，那应该是对当时在敬老院中的未成年人信息的保护，警方进行了预留登记。

陆司语点点头，当年吴青是知道这些孩子的存在的，甚至有可能，他还和其中的几个孩子谈过话，知道什么线索。他可能是因为想通了其中的环节，所以才留下那样的提示。

从始至终，就不应该把那些孩子排除在事件之外。

"那我们能够在哪里找到他们的相关资料？"宋文问道。如果陆司语的推论成立，这里曾经有一个孩子，被夏未知所培养，直至继承她的衣钵。夏未知所用的杀人方法深入他的骨髓，甚至他在无意之中都可以打出同样的绳结。正是这个人，把张培才折磨致死。

之前警方的资料宋文已经完全看过，其中并没有留下相关信息。十八年前的孩子早已经长大成人，他们该去哪里找到这个人呢？而且，这个人会不会和白洛芮有关系呢？

陆司语想了想道："如果要查住在这里的孩子，可能需要翻找之前住在这里的所有老人的家谱，但是这样可能会有遗漏……"

毕竟那是十八年前，那时候的户口登记还不完善，甚至可能有些孩子是亲戚家寄养在老人身边的。那时候的领养制度也没有现在这么严格，如果再考虑上这些，难度可能会更大。

还不等陆司语说完，宋文忽然想清楚了其中的环节，他疾步往外走去，道："院长办公室！"当年电脑还没那么普及，纸质资料更为常见，如果说有什么地方可能有相关的线索，那无疑是院长的办公室。

陆司语急忙起身跟上宋文，空旷的大楼里响起了他们的脚步声。芜山敬老院的院长办公室设在职工楼的顶楼，是整层中最大的一间。

芜山敬老院的老院长早就因为当年的事情牵连入狱，后来病故，这里就被原样保存了下来。院长办公室是敬老院最奢华的地方，几个实木书架上存放了敬老院的各种资料，包括账目和各种名录。当年警方着重查找关于夏未知的各种资料和档案，这一部分却被忽略了。

宋文一边翻找着，一边问陆司语："你说，这里的资料册会有那些孩子的名字吗？"他也害怕，万一资料不全，他们这一次可能会无功而返。

陆司语道："你刚才的思路没有错，现在这座建筑虽然人去楼空，但是一定有足够的信息留了下来。"

每个房间曾经住过什么人？这家敬老院当年究竟发生过什么？

宋文点了点头，继续翻找着书册道："好，如果要查，那就查个彻彻底底。"

"有没有资料册我不能确定，不过……"陆司语蹲下身从柜子里抽出了一个册子，"这里有个相册。"

十八年前，胶卷还多用于世，彩色照片很多是冲印。这是整个芜山敬老院的相册，从二十多年前一直到十八年前，有大约五年的照片。翻开相册，像是打开了一段被尘封的岁月。这些照片，可能是很多老人最后留在这世界上的东西了。

陆司语从中抽了一张照片出来，许是工作人员怕忘记了那些老人的姓名，照片的后面都标了出来。其中两个还被打上了黑框，显然不久之后这两个老人就去世了。

陆司语又翻到了另外一张照片，是夏未知和一些老人的合照。照片上的夏未知看起来温柔极了，她戴着一副珍珠耳环，低垂着头，嘴角抿着，有些拘谨，看起来像是个坠入人间的天使。可是谁能想到，这样的一个女人却是个恶魔。

宋文也探过头来和陆司语一起看那册子，册子已经发黄，照片上是一张张笑脸，多是三人或五人的合照，每过一段时间就有一张集体留影。陆司语用白皙的手指翻过去，照片上很多老人很快就消失了，随后又有新的老人出现。

　　后来有一些照片上出现了孩子。陆司语的手一顿，宋文低下头数了数照片上的人数，又翻过来看了一下标注的名字，松了一口气，还好，这照片也记下了孩子的名字。

　　很快，有孩子在的照片被他们翻找了出来，随着相机越来越好，照片也越来越清晰。在相册的最后，是一张所有人的大合影，有那些老人，有院长，有夏未知，照片的前排还蹲了七八个孩子，这些孩子一个个懵懂地看着镜头。孩子大的有十来岁，小的有四五岁，有的还背着书包，显然是刚从学校放学回来。

　　陆司语把照片翻了过来，一个一个名字看过去，很快他看到了熟悉的名字。他们终于找到了线索，似乎离真相越来越近，陆司语的眉头却越皱越紧，他颤声说出一句话："我刚才的推论错了。"

　　"哪里错了？"宋文追问道。

　　陆司语的指尖滑过那一个一个名字，白洛芮、魏鸿、杜若馨……他颤声说："不是孩子，而是孩子们！"

　　凶手可能不止一个！

　　那些孩子，他们在这里相识，相知，相伴，共同成长。他们眼里的世界和成人的世界是完全不同的。也许他们拥有完全不同的人生轨迹，但是曾经有那么一个时刻，他们是同时和夏未知在这里的，也许一个玩具、一颗糖、一句温柔的话，就能够让那些世界观还不完善的孩子颠倒了黑白，没有了是非。他们看着她杀人，学习她杀人，他们的一生都被这个魔女刻上了烙印。

　　十八年后，那些曾经在这片土地上生长过的幼小植物，终于野蛮生长，甚至开了花，结出了果实。

　　杜若馨，死者张培才正在闹离婚的妻子；白洛芮，洛欣敬老院的女老板。这两个看似毫无交集的女人，原来早就在十八年前的这里相识，她们也许对张培才的死亡并非一无所知，但她们达成了共识。

　　只凭这两个女人可能杀不死张培才，也做不了那么多的事，还有其他人……陆司语又看向照片上一个个头最高、已经能够看出棱角的少年，那个人的额角上有一道明显的伤痕，一双眼睛也有些阴郁，宋文接过了照片道："这个人……好眼熟啊……我好像在哪里见过。"

　　无数的人像在他的脑中浮现，他一定是在哪里看到过这样的一张脸。冷漠的双眼、微高的颧骨，这少年十八年后，该长成一副怎样的模样……

　　宋文忽地想了起来，这个人他的确是见过的！

　　这是那个曾经进入市局的外卖员！

只是因为那个人那天戴了帽子，把额角的伤痕遮挡得不太明显，他才没有一眼认出。

"这个人，曾经借着送餐名义大摇大摆地进入过市局。"宋文开口道。也许那时候，那人的衣服里就藏着一把刀……

"之前我就发现，弃尸的黑色袋子正是运送外卖的那一种，可以放在改装后的外卖车上。若是要运送尸体，没有什么比外卖员的身份更能够穿梭在这大街小巷不引人注意，也没有什么人比那些外卖员更熟悉各种交通工具和道路环境。如果是这个人在那条干枯的河床边投尸，一切就说得通了。"

宋文想了想又补充道："不，我不止见过这个人一次，之前在洛欣敬老院的楼下，与我对视的人可能也是他！"那时候宋文只是远远地看了一眼，那人身形和之前的外卖员十分相像。

陆司语对照了一下照片上的名字排序道："这个人，应该叫魏鸿。"

只要有了名字，有了大约的年龄范围，他们就可以从各种档案之中找到这些人。两个人正推理到这里，门"砰"的一声被人推开，屋内又荡开了一阵灰尘。陆司语和宋文没有提防，被呛得捂住了口鼻，开门的小警察也愣住了。

宋文咳了几声，看向眼前的小警察道："什么事，这么急？"

"宋队，顾局到了，副队叫你过去。"

此时天色已经完全暗了下来，不知不觉间，他们已经在楼上待了半个多小时。

这个小警察还在气喘吁吁，想必是跑遍了整个楼区才找到了他们两个。

宋文小心地把相册作为物证收好，三个人顺着漆黑的楼梯走了下去。在院子里的水沟边，傅临江和几个物证员正站在那里，用探照灯照明，低头看着。宋文带着陆司语分开了人群，有一位物证员介绍道："宋队，我们在水沟旁发现了撬动的痕迹。"

陆司语的眼睛望着不远处的一排排沟渠，蹲下身来仔细查看，果然如物证员所说，在沟渠边有一些凌乱的脚印，沟渠的铁架上还有一些撬动的痕迹，可能是因为警方赶到，那些人匆匆撤离了。

宋文微微皱眉道："这下水道里会有什么？"他往前探身看去，下面黑漆漆的，还传来一阵恶臭。

林修然从一旁走进来，他整理着手套，显然也是刚赶到不久，道："目前还不知道，我们搜寻一下，找找下面有没有东西吧。"

夜晚，整个芜山敬老院被灯火照得宛如白昼，一拨一拨的人接连到来，把这荒芜之地围了个水泄不通。

今晚半个南城市局的人都出动了。宋文让陆司语先回去，他则去给顾局汇报了一下调查进展，等说完案情两人再来到院子里时，物证员的取证工作也已经完成。

顾局看了看宋文额头上草草包扎的伤口，皱眉道："这边我盯着，你还是去处理一下伤口吧。"他看得出来宋文伤得不轻，顶着一头血在这里忙来忙去总是让人于心不忍。

宋文完全不当回事，道："我都不觉得疼了，再晚一会儿说不定就好了呢。"之前跟着这个案子，他的心里总是没底，而现在陆司语归队，他们已经接近了真相，宋文反倒轻松了起来。

林修然只看了一眼就对伤情做出了判断："这伤口要缝针，肯定会留疤的，还好靠近头发，不会太明显。"

"那个架子是过去放尸体的，必须仔细消毒，处理伤口。"几个人正说着，一道清冷的声音忽地从后面插了进来。

宋文一回头，看到披着衣服坐在台阶上的陆司语，皱眉道："刚才我不是让朱晓先送你回去了吗？"

朱晓在一旁小声道："他这不是非要等你不肯走吗？"

宋文听了这话又回头看了陆司语一眼，陆司语侧过头回看宋文，伸出素白的手紧了紧披着的衣服。

林修然道："宋队可是个挨了子弹都能继续扛的主儿，你指望没人押着，他能自己去医院？"

顾局看不下去了道："你们两个伤员都给我回去好好休息！说得我们南城市局没人了似的，非要你们在这里添乱！"

看顾局发了飙，宋文这才转身拉了陆司语出来。两个人走到外面，竟是同时开口——

"我先送你回家。"

"我陪你去医院。"

宋文看了陆司语一眼，那人的眼睛明亮亮的，目光落在自己的脸上。他知道陆司语是因为自责，心里不忍，终于还是妥协了道："好吧，先顺路去个医院，然后我送你回家。"

两个人上了车，陆司语忽然问宋文："林修然说挨了子弹是什么时候的事？"

宋文说得轻描淡写："你听他说呢，是去年出任务解救人质的时候，有颗子弹从我肋边穿了过去。"

陆司语"嗯"了一声，过了一会儿又问："严重吗？"他太了解宋文，觉得才不会像宋文所说的那么轻松。

宋文笑着道："没有伤到内脏，早就好了，就留了一道疤。而且把人押了以后我就跟着人质去医院了，根本不是林修然说的那样。"

陆司语又"嗯"了一声，似是不经意般看向窗外，可是心里却像是有小针密密麻麻地扎过了一遍，有些难过。

案发后第五天，南城市局一队的几位成员在会议室中开会。

今天陆司语终于归队，照例由他记录会议的内容，他先在面前的白板上贴了张培才的遇害照片，然后用娟秀的字体写下了已知情况、死亡时间和案件的嫌疑人。

写完了白板，陆司语坐回座位，抬头偷偷看了一眼宋文。

昨晚宋文去医院急诊，头上的伤口缝了五针，折腾到凌晨一点多才回家。陆司语对他的恢复能力十分佩服和羡慕，仅仅几个小时，他就精神了起来，除了头上缠了绷带，肩膀和手臂上紫了两块，基本看不出来是个伤员。而且那头上的白色绷带像是给他戴了一条发带，反倒有了一种别致的感觉。

在推理出了嫌疑人之后，他们查找了每个人的身份和资料，进行汇总。推理的逻辑已经清晰，可是他们现在还缺乏有力的证据。宋文看了看眼前的几份资料，他们把当年的那些孩子挨个儿找了出来，其中常住南城的有五名，存在犯罪动机、犯罪时间的有三人：杜若馨、白洛芮和魏鸿。

杜若馨，十八年前十岁，父母忙着做生意，她就跟着奶奶住在敬老院中。那时候的杜若馨很有艺术天赋，经常给老人们表演节目，长大了以后学了艺术，读的是传媒类的学校，也因此认识了张培才，后来与之结婚。

白洛芮，十八年前十二岁，因为父母离异，她的姥爷、姥姥都住在芜山敬老院里，暑假期间她被寄放在此处，姥姥在此期间过世。后来敬老院出事，她跟随再嫁的母亲离开。后父的生意做得不错，加上她聪明伶俐，学习不错，再后来经人介绍，白洛芮嫁了个有钱的老公。几年以后，她的老公死亡，她得到了丰厚的遗产。

魏鸿和他们不同，若说前两位出了敬老院之后就渐渐成为了中上之人，他却一直在社会的底层挣扎打拼。他过去是芜山敬老院一个老护工的孙子，从小家境贫寒，后来没有参加高考就辍了学。再后来他开过出租车，也打过各种长短工，三年前外卖兴起时他加入了南兴外卖公司，他在这个行业一干三年，如今负责着南兴外卖四分之一的业务。而他负责的配送范围，正好包括了市局。

这样的几个人，因为张培才的死亡再度联系到了一起。

张培才的手里可能握着令他们惧怕的东西，那些东西逼得他们不得不铤而走险，对张培才严刑逼供。也正是这样导致了张培才的死亡，让他成为了南城城郊的一处尸骨。

他们觉得自己一直在暗处，做得天衣无缝，表面上看起来张培才的死亡与他们单个人并无太多关联，可是十八年前的夏末知却把他们联系到了一起。相似的杀人模式、相同的绳结，还有与之关联的敬老院……这种关系，是继承与进化。

吴青说得没错，十八年前，夏未知的案件不是一切的结束，恰恰是一切的开始。十八年，一个轮回。一个魔鬼离开的同时，另外一群魔鬼诞生了。

"其他的调查，还有什么进展？"宋文开口问道。

"旅馆那边终于把之前的视频资料都调出来了。"老贾说着打开了笔记本电脑，"我这边看了整整两天，整理了张培才的各种动向，然后我发现他失踪前不久，有人和他见过面。"

他点开了一段旅馆的监控录像，画面上出现了一个女人，按了张培才房间的门铃，几秒钟以后，张培给她打开了房门。女人似是怕有人看到她，张望了一下，就是这个动作，让摄像头拍摄到了她的四分之三侧脸。

"杜若馨！"宋文指着那画面上的女人，叫出了她的名字，虽然画面模糊，让人看不清晰，但是发型、身材、走路的姿势完全可以断定，这个女人是杜若馨没有错。

和张培才已经很久未见？她之前就在说谎！

傅临江双手环胸，他建议道："我觉得，我们应该再见见杜若馨。"

宋文点头，表示赞同，杜若馨是这案子的关键，她既是当年事情的亲身经历者，也是张培才的妻子，在这影像之中，她的出现不是巧合，想要查明当年的一切，跳不过这个女人，她就是他们引蛇出洞的饵。

几个人正说着，程小冰激动地拿着一包东西跑到了宋文的面前道："宋队，我今天检查你们之前带过来的东西，准备入库，然后有个重大的发现！"

"这个包……"宋文随着她指的方向看去，那是他几天前和傅临江一起去白洛芮那边时拿回来的包。他还记得，那个店员说这个包不是白洛芮挑中的，是张培才非要给她买的。白洛芮对这个包也不太在乎，被张培才送回来以后，就随手放在她办公室的架子上。他那时候多了个心，把包拿了回来。

程小冰指给他看："我在包上发现了一个纽扣摄像头，里面有存储卡，插入设备就可以看到都拍了些什么……"

那纽扣摄像头非常小，又和包上原有的纽扣形状一样，别在包上，如果不仔细检查，根本无法发现。

张培才真是个无所不用其极的调查记者。

宋文有种预感，这里面的东西，可能是白洛芮罪行的绝对性证据。

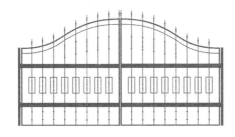

第六章

—— 特殊邮件 ——

　　这已经是杜若馨第二次进入南城市局了，她从门口被领着走进来。距离张培才的死亡已经过去了好几天，她没有上次那么紧张了。等宋文和陆司语进入问讯室，她就抬起头来问："你们为什么又叫我来？案子有进展了吗？你们找到嫌疑人了吗？"

　　宋文不动声色地回答她："案件还在调查中，希望你继续配合我们的工作。"

　　杜若馨眨了眨眼，看向陆司语和宋文两个人，她不知道为什么这次换了两个更加年轻的警察，特别是其中一个，额头上还有伤。她显然对被叫到这里来有些疑惑不解，而且她心里有鬼，在警方讯问她的时候，她更希望获知警方的进展，却不知自己这样的行为显得有些不正常。

　　宋文开门见山道："首先我想问一下，在张培才遇害前，你有没有在华顿酒店见过他？"

　　警方这么问，显然是有备而来，她抿了一下嘴唇，沉默了片刻才说："我想起来了，我好像和张培才见过面。"

　　宋文点出来道："现在的情况和你上次的笔录不符，所以你承认之前你在说谎？"

　　"我们的见面和案子无关。"杜若馨硬着头皮抬眼看向宋文，"之前你们问的时候，我记错了。"

　　"这么重要的事，你都会记错……"宋文摇了摇头，问题更加切入重点，"张培才的手机、电脑还没有找到。我想问一下，你是否知道这些东西的下落？"

　　"我……我不知道。"杜若馨说着，眼睛瞥向了一旁，这明显是个说谎的微动作，"那些东西，应该被凶手拿走了吧？"

宋文继续道："你觉得这一次，张培才是否留下了定时发布的邮件？"

"我……不太清楚。"杜若馨低下头。

"警方现在在查找张培才的各种电子账户，包括用他的手机注册的，又或者是他常用 IP 登录过的，如果你那里有什么信息，也希望能够提供给我们。"宋文又道，"现在，他的尸体被发现也已经有一段时间了，如果有什么东西留下的话，算着也就是这几天了。我们警方也很好奇究竟会是什么内容。"

杜若馨的声音更低了，眼神飘忽道："他……并没有什么信息透露给我。"

宋文一边说一边关注着杜若馨的神情，每次提到这封邮件时，她就会不自觉地紧张起来。宋文继续道："那有点儿遗憾了，领导怕引起恐慌，让我们一定要把内容拦截住。但是我们只能努力到这种程度，有时候就想，干脆等它发布出来，看看究竟是什么内容。"

杜若馨的身体明显地抖了一下。

宋文顿了一下，又继续说："不过我们也不是完全没有所获，有个他不常用的邮箱，在他死后，有过几次异常登录。"

"是……哪个邮箱？"杜若馨双手环绕，抱住了手臂，似是冷得打寒战，但是她的额头上却冒出了汗。

宋文轻描淡写道："还在查证之中，也许是其他用户输错了也说不定。"

杜若馨舔了舔嘴唇，她眼神里面的畏惧已经无法掩饰。陆司语看了宋文一眼，刚才的话是宋文试探杜若馨的，像是一只猫用爪子拨弄被抓住的老鼠。

谈话进行到了这里，杜若馨眼里的恐惧更甚，她颤声道："我不清楚你说的事。我不关心这些，我只是希望你们能够尽快找到杀害我丈夫的凶手。我不知道那个邮箱，也不知道秘密是什么。"她的脸色苍白得像一个快要溺死的人。

"应该不会很久。"宋文岔开了话题，"我们还查到了一些相关的情况，要找你核实。张培才在死前曾经和一个叫白洛芮的女人来往甚密，这个情况你了解吗？"

杜若馨摇摇头，感觉自己被逼到了死角，道："我……不清楚这件事，我们本来就是要离婚的，他和谁来往也是他的自由。"

"而你和白洛芮，早就认识吧？"宋文侧头问她，"听到自己死去的老公可能和自己认识的人相识，你不惊讶吗？"

听到这句话，杜若馨的身体摇摇晃晃，几乎要坚持不住，联想到警方近期去了芜山敬老院，她越发慌乱。

"我们……过去认识，现在不熟。如果不是你说，我都快忘记这个名字了。"说完这句话，杜若馨觉得自己的谎言应该是被对面的人看穿了，那两个警察似乎下一句就要问出来："你是不是杀害张培才的凶手？你是不是伙同他人杀了自己的丈夫……"这种感觉压得她呼吸不畅，心跳加速。杜若馨努力笑了一下，可是那笑容无比难看。

"不熟吗？"宋文掏出一张放在证物袋里的照片，"这张照片是你和白洛芮的合影？"他说着又看了看照片："看起来，你那时候应该八岁左右？那时你在芜山敬老院待了快两年吧？所以那时候的小伙伴你都不记得了？"

杜若馨低头去看，那张照片是个合影，上面不只有白洛芮，还有魏鸿……她把照片推了一下，似乎不愿意再多看一眼道："很多都记不清了，就像是你的小学同学，名字你还能记清吗？"

"你当时为什么会住到那家敬老院去？"宋文似是不经意地问。

"那时候，我父母……都在忙着工作……没有人管我，我只能跟着家里的老人住过去。"杜若馨迟疑着说。

"因为忙工作，就把孩子丢到敬老院，真是够负责的。"宋文继续问她，"那夏未知夏医生，你认识吗？"

"我们应该在敬老院见过几次，可是我毕竟还小，和她没有什么交集，芜山敬老院关闭以后，我也就回家了。"杜若馨被强迫着回忆着过去的事，那是她不愿意回想的过往，她把双手放在桌下，努力掩饰着自己的慌张。

"那关于夏医生之前做的事，你了解吗？"宋文看向杜若馨，"关于那些老人死去的事。"

警方果然查到了当年的事！

"我什么都不知道……"杜若馨的心跳失速，然后她又觉得自己这么说不太妥，补救道，"我那时候太小了，我也是等到成年以后，才从新闻上知道那里究竟发生过什么。"

就在杜若馨无比慌乱的时候，她看到一旁那个白净的小警察忽然拉了一下主审警察的衣角，轻声道："宋队，时间差不多了，我们还要去物证科那边开会。"

这句话如同天下大赦一般，把杜若馨救了出来。后面警察又说了一些什么，杜若馨一个字也没听进去。她从市局出来的时候，整个人都是虚的。杜若馨的头上都是冷汗，两条腿软成了面条。太阳照着地面，看上去白花花的，闪着光点，有那么一会儿，她觉得自己快要晕过去了，直到她反应过来意识到自己坐在了车里。

上一次进入市局她还算是有备而来，用冷漠掩饰了自己的心慌和害怕。这一次，她却感觉自己的胸口被人戳了几刀。

杜若馨现在比张培才死的那天还要更加慌乱。那种感觉，就像是已经到了世界末日。车座被太阳晒得滚烫，杜若馨开了空调，又拿出电子烟塞到嘴巴里，用尽全身的力气吸了几口，这才唤回了一些意识。

杜若馨颤抖着手，用备用手机号给白洛芮打了个电话。她觉得好像等了一个世纪那么久，电话才被接了起来。那一边传来了白洛芮的声音，冷硬且带着一丝不快："我不是让你近期不要联系我了吗？"

杜若馨颤声道："他们可能发现了……"

"谁？"

"警察。我今天又被叫到市局来了。"

"发现了什么？"

杜若馨理了一下思路道："警察发现我们认识，他们可能在怀疑我们了。"

对面的白洛芮笑了一声道："那他们没有抓你，还能让你给我打电话？"

杜若馨被这句话问蒙了。是啊，那两个警察好像查出来很多事情，可是都没有问到核心点，没有质问她是不是凶手，更没有扣留她。他们只是反复提醒她可能有一封带着秘密的邮件将会发出，那他们叫她来干什么呢？难道真的只是核实一下信息，确认她什么也不知道，就把她放了？不……还有……他们还问了一些什么……

白洛芮继续安抚她道："你放心，他们没有证据的。没有证据，警察什么也干不了。"

白洛芮的安抚没有起到很好的作用，杜若馨的心还是"怦怦"地跳个不停。车载空调终于开始制冷，通风口直对着她，她冷得一抖，忽然又想起了什么道："他们可能知道……知道当年敬老院的事……"杜若馨感觉自己就在崩溃的边缘，咬了咬牙说："我要见你！"

杜若馨一边打电话，一边啃着手指，指头破了都没有发现。她拧着眉，似乎恨不得把自己的手指吃下去。她必须要见白洛芮，事情的发展已经出乎了他们之前的计划，他们必须制订新的应对计划。

白洛芮沉默了片刻，似是在权衡是否应该此时见面，现在她必须让杜若馨冷静下来，这个女人还是太不淡定了，如果杜若馨松口，会牵扯到他们所有人的安危。电话里沉默了几秒，然后她的声音传来："好吧，老地方。你小心点儿，别被人跟了。"

十九年前，九月。

只有十一岁的白洛芮穿了一条白色的小裙子，趴在敬老院的窗户上往外看。从她的这个角度，可以看到草地上的一小片绿色。老人们的晚饭吃得早，现在接近黄昏，天空刚刚呈现出夕阳色，他们就都吃完了饭，三三两两从外面的食堂往睡觉的地方走去。

那些老人大多耳背，说话的声音很大，弄得院子里一片嘈杂。白洛芮的面前是隔音的玻璃窗，但她还是能够听到一些断断续续的说话声。窗外的景色单调又无趣，白洛芮却看得很专注，很安静，一动不动的。

姥爷去食堂送还餐盘了，他会借着这个机会喘口气儿，和其他老人聊聊天儿，停留一会儿再回来。姥姥已经简单洗漱过，早早躺在床上了，不用她再照顾。每天的时光中，只有这段时间是白洛芮自己的。

姥爷总是念叨，他们一家足够幸运，姥爷、姥姥一起住进敬老院的时候，正好空了两个床位，于是姥爷和姥姥睡在了同一间房。后来她因为爸妈离了婚也住了进来，晚上和姥姥睡一张床。

白洛芮好像之前听妈妈和姥爷说起过，姥姥生了很严重的病，好像是肺癌什么的，躺在家里是等死，在医院也是等死，不如来敬老院等死。这里有更多的老人，可以晒晒太阳，聊聊天儿，也许姥姥的身体能够好一些。

姥爷一直坚持自己照顾姥姥，并没有让人把姥姥送入重症楼。

然而姥姥的身体并没有好起来，反而每况愈下，有时晚上她会发烧，贴着白洛芮的身体火热，满是黏腻的汗。难受到了极点，她会哼叫出来。有时候打扰到其他人，会有医生过来给她注射一针药剂。但是白洛芮知道，那些药物根本救不了她，最多延缓她的病情，让她多活一些时日。

现在，白洛芮可以听到姥姥的呼吸声，姥姥应该是在努力入睡的，但她的呼吸声听起来却像是在拉着风箱，格外沉重。房间里的空气连带着变得污浊了，有一种奇怪的味道，那是疾病和老去的味道，还好白洛芮早就已经熟悉了这一切。

人为什么会老呢？又为什么会死呢？白洛芮思考着这个问题，想得入神。

门口传来了一声响亮的口哨声，那是魏鸿和她之间的暗号。白洛芮的眼眸动了动，收回了目光。屋子里是昏暗的，没有开灯，拉着的窗帘挡去了所有的阳光。没办法，姥姥不喜欢阳光，所以窗帘常年是拉着的。也只有窗口那一小片，可以感受到几分光亮。

白洛芮适应了一下屋子里的昏暗才往外走去，身后传来姥姥的咳嗽声，原来她刚才一直醒着，她对白洛芮说："少和那姓魏的小子来往，你学学那个经常来这边的孩子，在这里还不忘每天好好学习……"

在这个院子里，魏鸿是个四处折腾的臭小子，上学逃课，成绩不好。而那个经常被带过来的孩子是个异类，白洛芮不知道他是谁家的孩子，只知道他偶尔会出现在敬老院里。最近的几个月都能看到他，他长得白净好看，是个干干净净的少年，而且他对人彬彬有礼，是所有老人口中的好孩子。白洛芮喜欢他，他的身上有一种好闻的味道，和这些老人的味道不同。她问过他，他说自己姓顾，叫顾知白。

白洛芮往前走着，小心地把门锁好，假装没有听到身后的话。

在走廊尽头的楼梯下，魏鸿和杜若馨早就等在那里，这两个小伙伴一个十二岁，一个只有九岁。魏鸿的手里还抓着一只青蛙。因为常年在院子里跑，他被晒得黝黑，反而衬得一双眼睛的眼白部分白得发亮。两个人看到白洛芮走过来，魏鸿起身把那只青蛙丢在地上，抬起头对她说："你真的决定好了，要去找夏医生？"

白洛芮点点头，今天晚饭后，这是他们早就约好的时间。

杜若馨拉住了白洛芮的手，想起之前的计划，她有点儿打退堂鼓，道："我害怕，我们还是别去了……"

"你早就答应我的，现在想说话不算数吗？"白洛芮的声音还带着童音的稚嫩，语气却像是个小大人，表情满是鄙夷。她怕引来大人，在杜若馨的耳边压低了声音说："你总是这样，所以你爸爸妈妈才把你留在这里，胆小鬼！"

听了白洛芮的话，杜若馨有点儿难地低了头。

"去不去随你。"白洛芮往前走了几步，回身看向自己身后的两个小伙伴，"你们如果害怕，现在回去还来得及。"

"你做什么，我都跟着你。"魏鸿说完，跟着她往前走，一双眼睛在昏暗的楼道里显得晶亮。他的学习成绩不好，最开始这个院子里的其他孩子都孤立他，不和他玩，直到白洛芮来了以后，魏鸿才有了朋友。她会忽然拉起他的手，女孩子的手白嫩又柔软，握着很舒服；她还会小心翼翼地帮他擦拭因为打架而留下的伤口。

对白洛芮，魏鸿总是不论对错，盲目追随。在他的眼里，那个小女孩儿就像是个公主。既然是公主，就该有骑士保护她。

杜若馨小声哼了几声，也跟了上来。在敬老院的孩子里，她的年纪最小，胆子也小，一直是白洛芮的跟屁虫。她不想就这么算了，被自己最好的朋友丢下。而且，她觉得白洛芮说得对，她的爸爸妈妈一定是讨厌她胆小懦弱才把她丢在这里的，如果她能够做出什么勇敢的事，说不定他们会多看她一眼。

三个人一直走到了医生和护工住的楼里，他们和往常一样敲开了夏未知的门。今晚夏医生正好休息，她刚刚脱下穿了一天的白大褂，换了自己的常服，衬得体态玲珑，显得温柔又知性。她的脸上带着笑，起身给他们倒水道："今天你们几个怎么一起过来了？是来问作业的吗？"

这里的小孩子都知道夏医生喜欢孩子。经常有孩子们过来玩，她早就已经习以为常了。桌子上放着给孩子们的糖果，她还会耐心地给他们解答作业。

"夏医生，我想求你一件事。"白洛芮的声音清亮且严肃，像是做了什么重大的决定似的。魏鸿和杜若馨站在一旁，都不敢吱声。

夏未知转过头来看向这个小孩儿。夏未知认得她，这个孩子姓白，比较早熟，长得也很漂亮，这样的小女孩儿即便是在这阴气沉沉的敬老院里，依然会得到很多的优待。

夏未知问白洛芮："你要我干什么？"

白洛芮的脸上有着与她年龄不符的沉稳，她一字一句，说得很认真："我要你帮我杀掉我姥姥。"

　　夏未知愣了一下，才确定自己没有听错，这个孩子表情严肃且坚定，她似乎不觉得自己说出的话是怎样惊世骇俗。而她身边的两个小伙伴，那个男孩儿沉默着，另外一个女孩儿明显有些惶恐不安。似是感觉到了女孩儿的情绪变化，白洛芮拉住了她的手。

　　孩子们恐怕谋划已久。夏未知看向她，目光逐渐变了，表情也从最初的柔和变得有点儿冷漠，道："为什么提这个要求？"

　　白洛芮攥了攥拳头，她的手心出了汗，道："那是我姥姥的愿望，她不止一次和我说，很想死，她自己活不下去了。我希望你能够帮她达成她的这个愿望，我只有一个要求，就是让她死得尽可能没有痛苦。"

　　姥姥把自己困住了，也把她困住了，自从姥姥生病以后，白洛芮没有睡过一个安稳觉，她白天去上学，放学回来还要帮着姥爷照顾姥姥。重病的姥姥敏感易怒，稍不如意就大发雷霆，有时候还会歇斯底里地哭。姥姥会拉上所有的窗帘，不愿意和人说话。姥姥说她的人生不该这样，她说她活够了，她说她想要死。

　　"你认为杀了她是对她好吗？"夏未知端着手里的水问。她用的是一次性纸杯，原本是给这些孩子倒的，现在却没有递到他们的面前，自己低头喝了一口。她虽然做坏事，但是她很清楚自己是在干什么，这些孩子却完全不知道这些话意味着什么。

　　夏未知有时候连自己都厌恶自己，不愿把这些孩子卷进来，她摇摇头，拒绝道："我是这里的医生，职责是医治病人，我不能答应你，也不知道你为什么会有这样的要求。"她放下手里的水杯道："你们走吧，出了这个门以后，这样的傻话不要和别人说了。"

　　白洛芮似乎早就预料到会被拒绝，她仰起头直视着夏未知，目光咄咄逼人道："我们知道你的秘密。如果你不答应我，我就把你在重症楼里做过的事告诉警察。"

　　夏未知的眼睛微微一眯，道："那么，我在重症楼里做了什么？"

　　"你在那里杀了人。"白洛芮沉声道，"我们看到你把钉子敲入老人的头顶，还把药水注射了进去。"

　　房间里一时安静了。杜若馨感觉自己的手臂上起了鸡皮疙瘩，她有些害怕地看向白洛芮，后悔把之前的事情告诉他们。

　　有一次他们玩捉迷藏，杜若馨藏在了重症楼一个房间的帘子里，许是因为她的个子瘦小，夏未知并没有发现她的存在。她听到房间里响起了一阵脚步声，然后看到夏未知来到床边，给那个老人施刑后注射了药水，已经瘫痪的老人，虚弱得只能发出"啊啊"的声音。随后夏未知再把这些记录在本子上。

惊恐的杜若馨把这件事情告诉了自己最好的两个朋友，六神无主的她希望他们能够和她一起去告诉大人，可是白洛芮却让她不要声张。从那天起，他们开始关注夏未知的行踪。每次夏未知独自去重症楼，就会有老人离世，有的老人身上还会多出伤痕。他们确定，夏未知在这里做秘密的事。

她在杀人！她在试验怎么杀人！

那时候夏未知的眼神，就像是现在这样，冷得可怕，几乎让熟悉她的人不敢认。

夏未知饶有兴趣地俯视着白洛芮道："你知道你在说什么吗？你不怕我杀了你灭口？"

白洛芮道："如果是我一个人来，可能会的。可是现在我们有三个人，你要杀我，他们会马上跑出去叫人来，就算是以后，你把我们都杀了，也一定会引起别人的怀疑，你不会这么做的。"

敬老院里死掉老人是正常的事情，死掉孩子，而且一次性死掉三个孩子，一定会引起人们的重视。她没有办法把他们一起除掉，只要有人还活着，就可以把她的秘密传播出去。

夏未知笑了，道："原来这就是你带小伙伴来的原因啊？"然后她看着面前的三个孩子，语气缓和了下来，仿佛刚才大家谈的事情都是一些玩笑话："我并没有做过什么，你愿意说就去说吧，那些老人都是自然死亡，看看警察是相信你们说的，还是相信我说的。你们最好现在就回去，否则我可是会和你们的家长告状的。"

杜若馨拉了拉魏鸿准备起身，白洛芮却在那里没有动，她道："夏医生……那我就把这事情告诉老人们，让他们都知道你准备杀了他们，到时候会有人来调查的。"她直视着夏未知的眼睛："就算他们一时找不到证据，也一定会对你戒备，你再也不能在这里杀人了。"

白洛芮说得没有错，一旦和切身利益相关，人们就会给予更多的关注，警察不会相信孩子的话，但是会相信老人们的话。就算只是流言蜚语，也可以成为杀人的利器，更何况，她说不定在哪里留下了蛛丝马迹。

白洛芮紧紧地盯着夏未知，她不喜欢夏未知，觉得夏未知残忍，病态，但是她需要这么一位老师。她要得到自己所需的东西，去做自己想做的事。

夏未知重新低头看向了白洛芮，在这个孩子的眼睛里，她看到了点儿不一样的东西，那种感觉，像是觅食的野兽遇到了同类，她有点儿动摇了，道："如果我做了，有什么好处？"

白洛芮知道自己的机会来了，就是现在，她必须说服夏未知。她眨了眨眼，脸上带着孩子的天真，却格外认真道："我可以帮你做事，甚至说，我们可以帮你做事。我们是小孩子，不那么引人注意，我们可以帮你盯梢，帮你做很多你一个人做不到的事情。"

夏未知看向他们，似乎是在考虑，然后道："可是，你让我怎么相信你们会保守秘密？"

白洛芮的声音清亮："我们早就知道了你在杀人的事，可是我们并没有告诉大人，这就是我们的选择。现在我们自己也牵扯了进来，那么我们就是共犯，把你供出来，我们也会跟着受到牵连。"

"那你们两个呢？"夏未知又问。

"我跟着她。"那个男孩儿很快表态，他的语气里带了点儿自豪，仿佛自己要做的是什么刺激又勇敢的事，"不就是死人吗？我跟着爷爷住在这敬老院，五岁的时候就见过死人了。"

杜若馨转了转眼睛，看了看自己的两个小伙伴，她扭了扭身子，好胜心让她不甘落后，她道："我……我可以帮你们望风，那是我最擅长的事。玩儿捉迷藏，他们都找不到我。"

夏未知盯着眼前的三个孩子，他们似乎不知道自己正在主动成为帮凶，成为刽子手，他们也还不知道将来会面对怎样的人生。夏未知沉默了几秒，然后她点了点头，看向白洛芮道："好吧，我可以帮助你。"

那一天起，他们的人生就此改变。自此以后，白洛芮见过很多人死亡。有时候一个人的死，是一个漫长又曲折的过程，岁月像是一把刀，一点一点把肉从人的身上割下来。只要还有一口气，只要心脏还在跳动，就可以苟延残喘着。有时候一个人的死，又是一个无比简单的过程，只需要一管针剂、一把绳索、一把刀子，几分钟的时间，生命就此逝去，阴阳两隔。

白洛芮在夏未知身边待了整整一年。她像是一个最好的学生，不但学会了夏未知的所有手段，还青出于蓝。只是，她还有一件事要做……

那年的八月，年仅十二岁的白洛芮打了一个匿名的报警电话。

恶魔，就该下地狱去。她笃定，自己做得毫无痕迹，就算夏未知被抓，也不会牵连到他们。至此，芜山敬老院的事情终于被揭开。

然而，白洛芮所害怕的问讯没有来，因为夏未知失踪了，她不知是逃去了哪里，没有人知道他们曾经参与过那些事，他们安全了……

坐在车里的白洛芮像是小时候一样，向车外张望着。汽车路过一个红灯时停下了，从回忆里挣脱出来的白洛芮仰头看了看，龙悦养老城就快要到了。从这个角度看过去，它真的和芜山敬老院非常像。

车笛声有点儿刺耳，白洛芮望着那片建筑，发着呆，她又想起了当年她帮着夏未知按住姥姥的手的场景。那时姥姥看向她，明明是最快速生效的药剂，姥姥却青筋暴露，眼球突出，迟疑了好几秒才死去，最后姥姥喊了她一声："洛芮！"

那是姥姥说的最后一句话。

随后她去洗手间，反反复复地清洗自己的手，一直把双手洗到通红。

此刻，白洛芮低头看向自己的手，她不自觉地转动着手上的镯子，那是姥姥留给她的遗物，她从十岁戴到如今，随着岁月的流逝，这镯子早就小了，她却不忍心摘下来。

当时的姥姥应该是惊喜的吧。姥姥只是没有时间听她把事情说清楚，如果姥姥了解了，一定会像她每次考了一百分一样露出笑容，抱着她说："我家洛芮做得真好。"

姥姥是不会怪她的，姥姥明明活得那么痛苦，那么难受，每次都和她说自己快要死了，自己想要死了。她做的事情，只是如姥姥所愿。

她从小是被姥姥带大的，她是爱姥姥的，爱意超过了其他人，只有她懂得姥姥的痛苦，也只有她可以帮助姥姥结束这种痛苦！

长大以后白洛芮发现，这世界上有千万家庭，有很多的人也在忍受这种痛苦。她很快想明白——人，在该死的时候，就应该去死的。

可是有的人，想要去死，却没有去死的勇气，也不懂得方法，没有人帮助他们。那些挣扎着的老人，那些陷入泥泞的家庭，是多么无助，多么可怜。于是，她来帮助他们。这就是她现在做的事，一件伟大的事，也是她不得不去做的事。她和夏未知是完全不同的，她心怀善念，让那些人成功脱离了苦海。

白洛芮叹了口气，看向车窗外，车马上就要停了，她的目的地就要到了。她坐直了身子，看向前方，心里还在思考那个问题，时至今日还没有找到答案：人为什么会老？又为什么会死呢？

白洛芮到达龙悦养老城的时候，魏鸿和杜若馨已经在那里了。

这座养老城在几个月前建成，内部的装修也早就已经完成，但因为还未举行启动仪式，所以还没有启用。白洛芮有这里大部分的门禁权限，也认识在这里看守的保安员，她还给自己的同伴们做了两张门禁卡。之前，他们就是把张培才囚禁于此。

就算在这里大声喊叫，外面也没有人会听到一点儿声音。这里也是张培才死亡的第一案发现场，但是现在，里面的血迹和其他各种痕迹早就已经被杜若馨和她打扫得干干净净。

白洛芮打开了一处房门，走入房间。杜若馨坐在沙发上，魏鸿靠在墙边，看到她走进来，两个人都抬起头。三个凶手终于会聚于此，他们每个人的手上都沾满了鲜血——那些老人的，还有张培才的。

杜若馨还没有开口说话，白洛芮就走到她旁边坐下，语气中带了怒意："你还是和小时候一样，那么胆小！"

　　杜若馨还是把心里想的事情说了出来："如果真的有一封邮件被发出去……"他们现在都不知道张培才会留下些什么，又和他们牵扯多少，也许里面的东西足够毁了他们所有人。

　　"不会有事的。"白洛芮说，"你慌什么，也许那根本就是张培才编出来骗人的，他也许根本就没有查出来很多。"

　　杜若馨抿了下嘴唇，她不知道白洛芮为什么对她怒气冲冲的，他们原本就是拴在一根绳子上的蚂蚱，现在谁也跑不了。说到了那个"骗"字，她崩溃了。杜若馨的泪水从眼角滑落，她开始还用手擦，后来擦都擦不完，她道："是你在骗我！白洛芮！你这个大骗子，你不是说你会处理好的吗？"

　　到了现在，她万分后悔，如果当初她没有去找张培才，是不是结果会不一样？

　　事情的转折点，发生在一个月前的那一天。

　　之前杜若馨就听张铭轩说，最近张培才和一个女人在一起。当她发现那个女人是白洛芮的时候，她是震惊的。于是那天她来到旅馆找张培才。张培才完全没有发现她的异常，在他洗澡时，她偷偷地打开了他的电脑，里面有一篇未完成的文章，题目叫《魔女的继承人：揭开南城养老乱象》。

　　杜若馨慌乱地跑出房间，一路开车来到白洛芮的家。那天下了大雨，她只走了一小段路就把自己淋得透湿，说不出的狼狈。

　　白洛芮看到她吓了一跳道："杜若馨？你怎么来了？"

　　"我丈夫……就是那个最近接近你的男人，他知道你现在在做的事，知道我们过去的事……"杜若馨的眼中满是惶恐，整理了一下思路，把事情原原本本地告诉了白洛芮。

　　了解了整个事情的严重程度，白洛芮沉默了片刻，道："还好，还好，还来得及，还没有到最坏的结果。"然后她淡然说："我来处理。"

　　她拉住了杜若馨冰凉的手道："我们一起来处理这件事。"

　　那时候的杜若馨像十八年前一样，选择站在了朋友这一边。她万万没想到，接下来白洛芮伙同魏鸿绑架了她的丈夫张培才。他们对他严刑拷打，可是张培才就是不松口，什么也没有透露。

　　后来，张培才死了。看到他尸体的时候，杜若馨就觉得自己完蛋了。又是白洛芮承诺她，会把尸体处理干净。

　　那天，魏鸿把尸体放在一个巨大的黑色袋子里，开着外卖车运出去，她和白洛芮开车远远跟在后面，一起来到了那处河床边。她还是负责望风，白洛芮和魏鸿用推车把尸体丢弃。那时候她还乐观地想，这地方这么偏僻，就算被人发现，可能都会是很久以后的事了。

可是很快，警方就找上了她。

杜若馨现在回想起来，自从二十年前和白洛芮相识开始，她好像就坠入了地狱之中，白洛芮带给她的只有恐惧与死亡。她一次又一次地相信白洛芮，可是白洛芮却一次又一次地欺骗她，利用她。如果白洛芮早点儿收手，不再做危险的尝试，那他们现在就不会陷入如此被动的处境了。

杜若馨越哭越伤心，哭得歇斯底里，为了她的童年，为了她的友谊，为了她自己，为了张培才，可是时光无法倒流。

白洛芮不耐烦地打断了她："别哭了，你再哭，人也活不过来了。"她说着擦了擦杜若馨的眼泪道："你的眼睛哭肿了，明天的仪式可怎么办？"

明天就是龙悦养老城项目剪彩的日子，而杜若馨是原定的主持人。杜若馨这时候才想起了这回事，她抬起头，眼角还带着泪滴道："我不去，我的心里乱得很，根本没有办法主持……"

"你必须得去！我也必须要去！"白洛芮的语气坚决，"警察是没有证据的！张培才那边也只有一些猜测，他还没有时间留下实证！他们今天叫你去，也是为了试探你，只要挺过这一关，就不会有人知道我们的秘密了。"

杜若馨愣住了，甚至忘了哭，白洛芮的话仿佛有种魔力，能够蛊惑她的心。这个女人平时是随和的，可是一旦决定了什么，身上就有一种冷硬的决然气质，仿佛生死都不是什么大事，会让人不由自主地去相信她说的话。

"而且，魏哥还在这里呢，他会保护我们的。"白洛芮看向了魏鸿，她的眼睛里有泪，也刚哭过。

"别争了。"一直站在一旁的魏鸿忽然出声，他看向她们，那目光仿佛跨越了时间。仿佛眼前的不是两个成熟美丽的女人，而是两个小女孩儿。而他们所在的，仿佛不是龙悦养老城，而是当年的芜山敬老院。他早就已经习惯去做一个哥哥，去疼爱她们，保护她们。魏鸿做了决定："如果警察找过来，你们就把我供出来，所有的事情都是我做的。"

"魏哥……"杜若馨呆了呆，叫着他。

白洛芮沉默了片刻说："你不必这样的……"

"没什么不必的，反正警察不会相信是你们这样的弱女子去绑架控制张培才的，而且对他进行酷刑折磨，最后抛尸的人也是我。"魏鸿掸了掸衣服上的灰，"我和他们打过照面了，那些警察有可能记住了我的脸。你们记住，如果被问到了，就说我是因为个人私怨，对张培才谋财害命，这样事情就结束了。"

此时，南城市局之中，宋文一队人正在忙碌着。

"杜若馨的车已经跟踪到了吧？"

从杜若馨离开，他们就已经在她的车上放了追踪器，事实上，就算是不通过人为跟踪，他们也有很多方法可以确定杜若馨的所在。

"跟踪到了，他们的聚点应该就在龙悦养老城。"傅临江看向一旁的宋文，"还故意绕了个圈开过去的，看来警觉意识有点儿高啊。"

"临江，继续联系交警支队，准备排查弃尸那晚从龙悦养老城开往城外的中型外卖车辆，就查魏鸿所在公司的。"宋文简单吩咐道。根据他们的推理，龙悦养老城有可能是第一案发现场，只要找到运送尸体的车，就能找到实证。

随后宋文又转头问朱晓："网警那边准备得如何了？"

朱晓道："宋队放心，保证相关资料能够拿到，也绝对外泄不出去。"

"好。"主要的案情已经推理清楚，只剩下抓捕一项，宋文吩咐几个下属，"做好一切准备。"

"是！"

杜若馨记不清自己是什么时候入睡的，也许她根本也没有睡几个小时。她想到这张床曾经是和张培才一起躺过的，就觉得床下面会伸出黑色的手，想要牢牢抓住她。

早上不到六点，杜若馨就起了床，开始化妆，但厚厚的粉底液遮盖不住浓重的黑眼圈。过了一个晚上，白洛芮之前对她的所有安慰就像是药效到期，完全无法让她放松下来。杜若馨有种预感，自己正向着深渊滑落下去，而且没人能够拉住她。

杜若馨刚刚上好了粉底，房门外就传来了敲门声。她的身体一抖，迟疑了一会儿才去开了门。她已经知道门外等待她的会是什么。

果然，门外站着几名警察，有杜若馨见过的，也有她没见过的。宋文站在她的对面道："杜小姐，还请你和我们去公安局一趟，现在我们正式以涉嫌杀害张培才拘捕你。"

杜若馨好像早已经猜到了这种结局，她平静且木然，被押送上车坐好，她准备了一些话在心里反复地默念着，希望警察问。可是到最后他们什么也没有问。路程过半，杜若馨忍不住开口问："你们找到他留下的邮件了吗？"

坐在杜若馨旁边的傅临江抬头望了宋文一眼，直到宋文冲着他点了点头，他才开口道："我们是找到了一封邮件，不过那不是对外发布的，而是留给你的。"

杜若馨犹豫了一瞬，又开口问："那……我可以看看他给我留了什么吗？"事已至此，她反倒好奇了起来，里面是不是有什么证据指认了她，或者指认了白洛芮。总之，警察应该找到了其他的相关证据，否则他们不会直接把她抓走。

宋文冲着傅临江点了一下头，傅临江取出笔记本电脑打开了那段视频。视频里的张培才穿着他日常常穿的一件衬衣，神色淡然，视频的背景是他住过的华顿酒店。

"当你看到这段视频的时候，我应该已经死了。我把这封邮件设置了自动发布，发送到我妻子的邮箱里。如果这一步骤没有完成，那么希望收到视频的人，能够把我的遗言放给我的妻子杜若馨看。"

听了这句话，杜若馨有点儿惊讶，她没有想到张培才最后的那些话是留给她的。

画面中的张培才坐直了身体道："……我这个人最喜欢的就是秘密，这是我人生的意义。在我们结婚这么多年里，若馨你总是抱怨我不够爱你，那种感觉或许是对的吧，我对你的爱，无法超越我对工作的喜爱。所以你在我的心目中，始终是排在第二位的。

"与此同时，我也能够感觉到你对我也有所保留。你的心里有秘密，是连我这个丈夫都无法触及的。所以在你的心中，我也不是排在第一位的。这也许也是一种公平吧。

"我们没有要孩子，互相都保留着自己的任性，在别人看来，我们自由，有钱，但是我们不快乐。你和我提出离婚的时候，我不太意外，我们结婚那么多年，有过爱，有过快乐，也互相支持，互相照顾。到了七年之痒，我们每天吵架，生活无法继续。那个时候我在思考，是什么造成了我们婚姻之中的这种隔阂？我们之间的裂缝为什么越来越大？

"这时候，我萌生了一个想法，我想要探查你的秘密，用我最擅长的方式，走近你，走进你的内心。"

视频中的张培才盯着摄像头，他的表情是笑着的，却让杜若馨不寒而栗。

"于是，我开始回忆我们每次相处的细节，回忆你说过的话，吃你爱吃的东西，我去追寻你的成长经历，也去找过教过你的老师，去拜访过你家的邻居，甚至在你下班的时候跟踪你。"

杜若馨看到这里，用双手抱住了自己的手臂，低声抽泣着，除了悲伤，她的心里还有恐惧以及从心底涌上来的冷意。他们结婚那么久，可是直到今天，她看到了这段视频，才知道自己原来根本不了解那个人。这样的行为，让她有些不适，甚至害怕和恶心。

"……也许有点儿变态吧，可是我从来就不是个有道德感的人。我最擅长的事情就是探知那些别人无法知道的秘密。"说到这里，张培才的笑容渐渐收拢，"让我查到芜山敬老院的人，是你。"

杜若馨捂住了嘴，有些无助地颤抖着，原来张培才查到芜山敬老院是因为她。

"我最初只知道你在那里住过，然后我开始查找各种资料……我知道了那里是被死亡笼罩的地方。

"我开始对那个地方、那则新闻疯狂地着迷，那时候我有一种预感，这就是我穷其一生想要追求的爆炸新闻。只要完成了它，就可以满足我的全部好奇心，哪怕马上封笔，哪怕马上死去都无所谓。

"这像是一道诱人的谜题，我越挖越深，我翻阅了过去的报纸，去了那废弃的遗址，一步一步走进了魔女夏未知的世界。然后我意识到，那些记录都太平面了，我希望能够知道更多立体的人物，更多背后的故事。我开始用各种方法，我找到了与那里相关的人，一一问询他们，老人早就已经死去了，倒是有一些当年的孩子长大成人了。然后，我得到了一些提示和帮助，越来越接近真相。

"我明白了很多事，明白了你为什么会成为一个这样的女人。

"我接近了你的儿时伙伴，我也发现了白洛芮在做的事……可是她居然还在自诩正义。"

说到这里，张培才忽然停顿了，他沉默了几秒，才继续说："然后我发现了一些别的事情。真正可怕的不是芜山敬老院，不是夏未知，而是隐藏在那之后的魔鬼。"

杜若馨的脸上露出了迷茫，究竟是什么事，什么样的人，会比魔女夏未知还让人觉得可怕？可是张培才没有细说这个问题。

"……当我确定，我被那些人盯上了以后，我知道我的时间不多了。我希望可以选择一个处决方式。我没有把查到的事情披露出来，而是答应了你的会面。我隔着洗手间的玻璃，看着你偷偷看了我的电脑，然后仓皇而逃。我知道，你牵涉其中，可能比我想象的要深。"

张培才的话还在继续："……我不会留下对你不利的证据，无论你的过去怎样，你都曾是我挚爱的妻子。至于白洛芮的事情，我曾经在她的办公室里安置了一些小小的设备，如果有人能够有幸找到的话，应该可以把她绳之以法。"

视频中的人进行着最后的总结："所以这件事的初衷，就是我想找出我们婚姻之中存在的问题，我想要接近你的秘密。对于你的过去，我很遗憾，也许人与人之间应该保留最后的距离，就算是再普通的人，或许心里都有阴暗的一面，都有别人不能知道，或者害怕被别人知道的事……"

话说到了这里，张培才忽然笑了起来："但是我并不后悔我所做的，哪怕付出了生命的代价。带着别人不知道的秘密死去，这是一种让我着迷的感觉，我很开心，到我死时，你依然是我的妻子。你这样没心没肺、冷漠寡情的女人，就该配我这样的疯子。我希望，最后不是你杀了我。

"最后，爱你。"

视频播完，定格不动。

车开过一片颠簸区，忽然抖动。坐在前排的陆司语回头看向坐在后座的女人，他的眼神漠然，不带有任何感情。他做着猜测，张培才在遗言中欲言又止的，是否就是夏未知背后的那个男人？而那个男人与这座敬老院，与夏未知又有怎样的联系？

杜若馨愣了几秒，埋下头开始痛哭。她的肩膀抽动，比之前几次接受讯问时都要真情实感多了。她忽然崩溃，流泪不止，不知道是为了自己的爱情，还是为了自己的人生。她意识到，自己保守的秘密早就被撕开了。第一个走进去的人是张培才，以后还会有更多的人走进去。那些曾经伤痕累累、想起来就让她痛苦的过去，早已经不再是秘密。

她的世界已然崩塌。忽然之间，那些脱罪的说辞都对她没了意义。

她说不清楚自己对张培才是什么感觉，是爱，还是恨？是讨厌，还是怀念……只是她忽然意识到，这个男人已经死了。

杜若馨哭了十几分钟，直到车停在了市局的门口，她这才如梦初醒，颤抖着说："我把我所知道的，都告诉你们。"

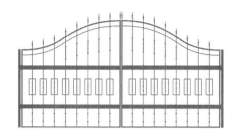

第七章

—— 神秘男人 ——

"今天,是龙悦养老城正式开幕的日子。龙悦养老城是一个庞大的综合养老社区,包括住宿区、医疗区、餐饮区、购物区、休闲区五个区域,能够容纳十万老人,也能够为年轻人提供上万个就业机会……

"龙悦养老城的整个项目,从筹备到建成,一共花了四年时间。如此大的手笔正是龙悦集团和南城政府的一次合作。在养老问题上,南城一向走在前面,这种首创的养老城模式一旦取得成功,也会在国内得到推广……"

今天的盛事,必然少不了各种新闻媒体的到来,早上九点不到,龙悦养老城的豪华报告厅外就围满了各大媒体的新闻记者。这一座空城仿佛突然活了过来,到处都是人。

VIP休息室内,白洛芮一直在忙前忙后,她的整个身心都被活动的事情填满了,这样她才不会垮下来,也不会露出破绽。现在离活动开始只有不到一个小时了,按理说杜若馨早就该到了,可是她却迟迟没有出现。白洛芮的心里涌起一丝不祥的预感,她问:"杜若馨呢,怎么还没来?你们联系过了没?"

她的助理道:"已经打过好几个电话了,没有接听。"

白洛芮转动着手腕上的手环道:"你们继续联系她,实在不行用备用方案。"她说完回身往里走,却碰到了桌子上放着的文件,"哗啦"一声,那些文件散落了一地。白洛芮和助理慌忙蹲下,捡着那些资料。

"白小姐,有人找你。"有个工作人员走过来说。

"这都什么时候了,我哪里有空……"白洛芮的话还没说完,一只手就伸了过来,帮她拾起地上的一份资料。白洛芮抬起头看了一眼,这个捡起文件的人她认识,是前几天刚到过她那边的宋警官。

白洛芮停下没说完的话，低下头继续匆忙捡资料。

"警察办案，无关人等请先出去。"有几个警察把门口守了，那几个工作人员急忙转身出门，小助理心神不宁地回头看了白洛芮一眼，一时间，整间VIP室只剩下了宋文、陆司语，还有白洛芮。

宋文看了看手里的那份资料，应该是白洛芮的话稿，他拿着的这一页，写的正是洛欣敬老院将会和龙悦养老城在医疗护理方面达成全方面的合作。白洛芮伸手接过资料放在一旁的桌子上，然后退后了两步靠在化妆台上，用手转动着手环，满眼戒备地看着宋文和陆司语。

宋文道："白女士，你在等杜若馨吗？她已经来不了了。今晨我们已经抓捕了她。"

"所以，该恭喜你，你们的案子找到了凶手。"白洛芮似是早有预感，最后事情会坏在杜若馨身上，还好她们昨天已经对好了所有的口供，现在看来，杜若馨应该是把魏鸿供了出去，只是不知道会不会也牵连到她。想到此，白洛芮冷静道："我可以配合你们调查。"

"只是配合调查？"宋文眉毛微挑，"对不起，白女士，还要麻烦你和我们走一趟。"

"我这里马上有很重要的活动要做。"白洛芮直视着他，"你们警方是可以随便抓人的吗？"

"你以为我们没有证据？你就不好奇张培才留下了什么信息吗？"宋文往前走了一步，"昨天下午，我们已经把相关的证据与材料提交给检察院，你的主要犯罪事实，我们已经查清。所以今天，是直接批捕。"

"不……不可能。昨天下午？你们不可能……"白洛芮一向淡然的脸上终于出现了一丝慌乱。

宋文道："在张培才送给你的那个包上，有个微型拍摄装置。上面记录了你和病人家属的多次谈话……"在她的诱导下，那些人对自己的亲人举起了屠刀。

听了宋文的话，白洛芮呆呆地立在原地，她回忆起那天买完包以后，张培才陪她回到了办公室，她还让他坐了一会儿。那个包价格不菲，但并不是她喜欢的，所以她当时随手就放在了架子上。白洛芮想到自己在办公室里做过的事，说过的话，像是有一盆冰水从头上浇了下来，浑身都冷了。那些谈话的内容都在暗示如果家属愿意花钱，她们可以给老人施行安乐死。该死的张培才，她千算万算，没有想到这一步。

"那个……那个是非法取证……你们是不能用来指控我的。"白洛芮颤声道。

宋文冷冷道："但是那些资料，用来撬开那些家属的嘴已经足够了。而且，现在杜若馨也把你和魏鸿一起杀害张培才的事情供述了出来。"这些证据足够直接，分量也够重，可以把这个变态的女人绳之以法。

愣了几秒，白洛芮才像是醒了过来，她知道，这一次警察就是来带走她的，不会有任何回旋的余地。她现在被盯着，连找人救她都做不到。平时她有合作伙伴，有下属，有亲人，有朋友。可是现在，她忽然发现，她什么也没有……

那个人……那个人会帮她吗？可是自从张培才死亡之后，那个人就对她冷冰冰的，仿佛她已经被遗弃了。可是，她明明是按照他所说的……现在细细想来，一切都是她的抉择，那个人仅是帮她出了一些主意。白洛芮忽然有点儿记不清了，究竟最初是她自己的想法，还是他的主意来着？是从什么时候开始，自己开始被那些意见左右？又是从什么时候开始，她觉得那些就是她自己的想法？

宋文拿出手铐，打断了她的思考道："白女士，请你配合我们警方的工作。"

到了此时，白洛芮还不肯认罪，她抬起头来说："你们不会就想凭这些定我的罪吧？在老人病危弥留之际，能够尽力减少他们的痛苦，不是我们这些人应该做的吗？"

"现在警方已经有一队人去洛欣敬老院进行搜查了，你觉得你在那里会不会留下其他证据？你以为事到如今，那些患者的家属还会帮你保守秘密？"宋文不为她的狡辩所动，"张培才，就是因为接近了你的秘密，所以才被杀害了吧？"

白洛芮摇头否认道："我没有杀他。"

"是你的囚禁、严刑导致了他的死亡。魏鸿是坦白了杀人经过，但是他缺乏明显的杀人动机。只有你，才是最想让他死的人。"宋文步步紧逼，"夏未知是你的老师吧？你们的这些杀人手法，都是和她学的吧？"

白洛芮的眼睛发红道："就算我曾经在敬老院里待过，你们也没有证据证明我和夏未知有直接的联系。"

宋文"哼"了一声道："你罪孽深重，现在想撇清关系还有意义吗？你唾弃她的行为，可是你做的事和她犯下的罪恶没有区别。"

这句话戳中了白洛芮的软处，她忽地委屈起来，道："那个女人，我和她是不同的。我是真心为那些老人好，而她是从中取乐。她是我最憎恶的人，我们怎么能够混为一谈？！"

"你一边憎恶着她，一边用她的方法杀人？"宋文把手铐套在白洛芮的手腕上，他看了一眼白洛芮手上的手环，那手环对于她来说尺寸太小了，甚至导致她的这只手腕比另外一只还细上一些。

白洛芮抬起头看着宋文，任由他用冰冷的手铐铐住自己的双手，她感觉自己像是一只被猎人的兽夹擒住的野兽，她道："那些老人，他们活着的时候并没有人多看他们一眼，他们就像是累赘，仿佛不该活在这个世界上，很多人都视他们为麻烦，连呼吸都是他们的原罪。他们活着尽是痛苦，用力呐喊也无人回应，且身体每况愈下，所有人都因为他们的老去而背负不幸，我只是想改变这些。"

她曾经深陷那些泥泞，所以她才决心改变这一切。白洛芮低头苦笑了一下道："现在……他们死了，你们却替他们找过来。嗬，他们活着的时候，你们又做了什么？解决了什么问题？！"

宋文看着白洛芮到此时都毫无悔意的脸，道："白女士，需要我提醒一下吗？你并不是救世主，你是在贩卖死亡，用他们的死赚取钱财。"

事到如今，白洛芮没了之前的慌乱，反而有种尘埃落定的淡然，她的语气越发冷硬："每个人都有老的一天，我只是做了我应该做的事。那些钱，到头来还不是会用到其他老人身上？我又不是为了我自己。"

宋文反驳她道："我觉得，即便有一天，人们可以自由决定生死，也应该是自己决定自己的归宿。人命是凌驾于金钱之上的，你也好，那些亲人也好，没有权利决定那些老人的生死。"

"你不懂我，是因为你没有亲身经历过那些。我见识过太多生不如死了。"白洛芮看向他，忽然笑了，"如果我也到了那一天，一定会干净利索地结束自己的生命，绝不拖累其他人。"

"和我在这里说这些没有意义。"宋文不想再和她啰唆，"这些话，你还是去和法官说吧。"

白洛芮被押送出来的时候媒体一片嘈杂，不知道白洛芮出了什么事，毕竟她是今天活动的重要嘉宾。白洛芮努力把脑袋往领子里缩，可是这样哪里藏得住？有手快的媒体记者举起相机想要拍照，大家议论纷纷。

"她做了什么事？"

"难道这次行动和警方之前搜寻芜山敬老院有关系吗？"

"那可是刑警啊，她被铐着带走，说明是人命案子的嫌疑人，这可是大新闻！"

"你们知道调查记者张培才死了的事情吗？说不定是和那件事有牵连……"

闪光灯开始闪烁，越来越多人围拢过来，场面有些混乱，宋文挡在人前，叮嘱傅临江道："快点儿带出去。"

傅临江应了一声，脱下外衣帮白洛芮挡了一下，让人带着她走到一旁的安全通道。确认白洛芮安全地上了车，宋文回过头，发现一直跟在后面的陆司语不见了。宋文愣了一下，刚才陆司语明明还在和自己一起逮捕白洛芮，尽管整个过程中，他只是在旁边看着，一言未发。那么现在，他究竟会在哪里？

隔着一条回廊，顾知白站在另一个专用休息室里，从他的那个角度，正好可以通过玻璃幕墙看到外面的一切。顾知白正看到白洛芮被警方带走，想着该如何应付等下的发布会，忽地听到身后有人叫他："顾先生。"

顾知白回头，看到一个陌生的俊秀男人站在他的身后，那个年轻人有几分眼熟，他微微皱着眉头道："你是……"

顾知白刚才已经叮嘱了手下的工作人员，他要安静一会儿，出现任何事情都不要打扰他。现在却有人来到了这里，而且看起来是冲进来的。

"警察。"那人正是折回来的陆司语，他晃了晃手中的证件，门口站着的工作人员犹豫不前，似乎在考虑是否要把陆司语请出去。顾知白对着满脸歉意的工作人员做了个手势，工作人员就从外面把门带上了。

"顾先生看到自己的下属被捕，倒是十分镇静。"陆司语冷冷地开了口。

顾知白打量着眼前这个白净的小警察，他记住了警察证上的名字——陆司语。这个年轻人看起来还有点儿稚嫩，像是个刚从学校毕业的学生。他道："这个……多行不义，我早就提醒过白洛芮，敬老院要规范经营，此时她出事，我也很遗憾。"

顾知白答着话，猜测着陆司语为什么会出现在这里，又是怎么知道他在这里的。是警察盯上他了吗？不，应该不会。警察办案必须两人在场，而且若是要审问他，应该在抓捕白洛芮之前就找他了，没有理由等到现在。

陆司语看着顾知白，那些药物的购买，尸体的处理，以及境外机构的钱款往来，单凭白洛芮一个人是无法做那么多事情的，他推断他们的背后一定有人在提供支持。而那背后的人，也很可能和夏未知及那个神秘男人有关系。

所有线索汇总之后，陆司语锁定了这个叫顾知白的男人，他是龙悦集团的老板，这个人就像是从地下忽然冒出来的一样，关于他的相关资料甚少，只能查到他的名下有无数资产。他和白洛芮早就相识，关系密切。刚才宋文拘捕白洛芮的时候，陆司语就一直在想顾知白会在哪里。

这里的建筑和当时芜山敬老院的类似，却更大，也更为豪华。这里大部分都是咖啡色的钢化玻璃，较为通透，唯有这一处，里面的人可以看清外面，外面的人却看不到里面。而且这一处的位置在芜山敬老院之中，对应的是院长办公室。陆司语由此判断，顾知白可能是在这边。他的判断没有错，这一趟没有走空。

眼前的人是个标准的成功男士，顾知白看上去不到三十岁，十分年轻英俊，身上还有一种儒雅之气。如果他不是和白洛芮以及那些事有牵连，陆司语会对这样的人有所好感，可是现在，陆司语的心里只有厌恶。

陆司语继续问："我想问下，白洛芮所做的事，顾先生你知情吗？"

"之前我一直在外省，是昨天半夜才赶回来的，白小姐不管做什么，都是她的私事，我并不关心。"顾知白淡然地回答他。

此前顾知白一直在出差，来往各地，这些消息陆司语是知道的。他也不在敬老院常住儿童的名单之上。因此，警方一直把他排除在嫌疑人之外。陆司语的眼睛微微一眯，但是一切真的那么简单吗？陆司语继续追问："我们查过白洛芮的通话记录，虽然这段时间你不在本地，可是白洛芮一直在和你联系。"

顾知白侧头道："我们只是正常的工作交流。难道你觉得白洛芮会把自己犯罪的事情告诉我这个合作方？"

陆司语继续问："那么顾先生，你为什么修建了这样一座和芜山敬老院近似的养老城？"

顾知白笑了，道："最初的设计方案是白洛芮提出的，她从小在那里长大，对那里很有感情。而我这么建造，是因为科学。你知道吗，当年的芜山敬老院就是国外的设计专家建造的，它能够让更多的房间有更为充足的阳光，让老人们的活动更为便利，这就是我沿用这种设计的原因。"

"那么，你去过当年的芜山敬老院吗？"陆司语往前走了一步。

顾知白看了他片刻，然后低下头，嘴角挑起了一丝笑意道："陆警官，你希望我给你什么样的答案呢？我明白你的意思，也知道你在怀疑什么，不过我可以告诉你的是，你什么也查不到。"

陆司语从话里听出点别的意味，眼前的人足够自信才会说出这样的话，他继续问道："不知顾先生能否配合我们的调查？"

"我可以配合你们的调查。可是我今天有一场仪式要进行，而且要回答媒体的问题，还要收拾烂摊子。现在人都被你们带走了，我总要主持今天的发布会啊。所以，还是等以后有机会吧。"顾知白的这几句话回答得合情合理。

陆司语沉默着，似是在思考该如何继续这场对话。他为他的贸然行事有瞬间后悔，可是随之又想到，如果对方和背后的事情有牵连的话，这场会面恐怕只是时间问题。顾知白安静地看向陆司语，两个人站在那里，时间仿佛在那一瞬间凝固了。

这时陆司语的身后响起了一个声音："顾先生，他只是在提醒你，只要触犯了法律，就一定会被我们追查出来，绳之以法。"

门被人打开，宋文大步走了过来道："所以，就算生意做得再大，也要遵纪守法。"

顾知白看了看他，认出他是刚才带人抓捕白洛芮的警官，点了点头道："那是自然。"

宋文看着顾知白，自我介绍道："我叫宋文，南城市局刑警支队一队队长。顾先生，今天有幸来到这里，我觉得这边建得非常不错。"

"谢谢夸奖，我修建这里，是因为这里有巨大的利益。"顾知白淡淡地笑了，"我和白洛芮完全不一样，她还有理想，而我只是为了钱。"

现在，这里还没有人入住，但是很快人就会把这里填满。

"有了你，真是南城的荣幸。"宋文又道，"我有点儿抱歉，不得不在今天实行抓捕，希望不会影响到顾老板的股价和生意。"

"人都是健忘的。没有压不下来的事情，只有不够多的钱和不够聪明的公关。"顾知白沉声道。

宋文又问："过去也有很多人做养老事业，顾老板为什么认为自己会比其他人更成功？"

"因为时代变化了，人也不一样了。二十年之后，这个城市会有四分之一的人成为六十岁以上的老人。这座养老城即使现在不重要，将来也会是刚需场所。"顾知白顿了一下又继续道，"过去的养老模式早就不适合现在的社会了。过去的老人是家庭的底层，他们小的时候贫穷，长大了忍辱负重，老了还要干家务，照顾孙子孙女。他们的一生，都在付出。"

"但是很快，那些独生子女就老了，作为被宠爱着长大的一群人，他们更为自私，也更爱自己，他们愿意在自己的身上花钱。只要给他们好的东西，只要让他们活得更久，只要减少他们的痛苦，他们可以用一切来交换。"

他说到这里，嘴角勾起了一丝笑意道："对不起，我说错了，不是他们，而是我们。几十年后，我们也老了。社会人口结构是在不断变化的，现在是深度老龄化社会，再过不久，就会变成超级老龄化的社会。整个过程只需要三十年，我们将面临一场雪崩似的老龄化灾难。"

"出生率高，就会有婴儿经济；老龄化严重，那就会有老龄经济。很快，旧的养老模式会被淘汰，新的养老模式取而代之。那时候，幡然醒悟的生意人会发现，这片市场早已经被人占领了。"顾知白望向窗外，"这座空城，会变成印钱的机器，而我是南城建设的功臣。"

宋文鼓了几下掌道："听聪明人说话，就是长见识。"

陆司语在一旁拧着眉，不知道顾知白为什么要向他们解释这些，但是他必须承认，在灌输这些概念时，这个人身上有动人之处，能够让人觉得这些话是对的。

"现在，我要去准备应对媒体了。"顾知白看了看时间。

宋文道："顾先生，不打扰了，等回头有需要你配合的，我们再联系你。"

顾知白的嘴角浮现了一丝微笑："会有机会再见面的。"

出了门，宋文道："我押着白洛芮下楼，才一转眼，就发现你不见了。"然后他看向陆司语："我知道你心里对张培才的遗言有些疑问，不过你不应该一个人过来盘问。"

"那你呢？你就是来听他说那些大道理的吗？"陆司语低下头，有些不快。刚才宋文对顾知白的态度，让他觉得宋文是在质疑他的判断。

"你以为我是来和他聊天儿的？我是过来找你的！"宋文道，"顾知白有句话是对的，你没有证据，就算我们能够证明他知情又能怎样呢？最多是知情不报，包庇罪犯。你抓不住他的小辫子，也问不出来任何东西。"

"我怀疑顾知白早就知道这一切。他也许早就认识白洛芮。"

"可他并不在敬老院的儿童名单之上。"

陆司语侧头道："过了那么多年，我们找到的资料也有可能不准，名单更有可能遗漏。"

"我知道你怀疑他是白洛芮背后的人，可是如果你想证明他有问题，应该去撬开白洛芮的嘴，寻找更多的证据，而不是在这里直接面对你的对手。"宋文的语气有点儿重，自从两个人的关系融洽了以后，他很少用这种语气和陆司语说话，强硬且不容辩驳，"真正杀死你的未必是那些拿着刀冲向你的坏人，明理而又知道进退的坏人才更危险，作为警察，这个道理你不懂吗？"

就在刚才那短短的会面中，宋文从顾知白的身上嗅到了危险的气息。

陆司语看着宋文的脸，目光闪烁着。他从未觉得他离那些人那么近，这种接近答案的感觉让他有些控制不住自己的心跳，可是宋文却把他拉住了。他承认，宋文说得对，是他冲动了。

"如果没有实际的证据，不适合再查下去。"宋文又把事情挑明了一些，"眼下，我们先把张培才的案子结了。"说到这里，他的语气缓和了下来。

陆司语点了点头，他心里清楚，现在他已经身处迷局之中，越往里走，就会越危险。事情背后的真相，可能远远没有表面看上去那么简单。

之前，吴青他们又查到哪里了呢？

养老城的楼下，几辆中型大巴停了下来，从车上走下来好多人，那是受邀来这里参观的老人们。他们下了车，四处张望着这座专门为他们而建造的"城市"，一个一个欢欣雀跃，像是来郊游的孩子。

宋文看到这样的景象，忍不住驻足。几十年后，现在的年轻人也会老去，这是没有人能够逃得过的。有人出生，就会有人老去，往复不息。如何去规范养老，如何让更多的老人安度晚年，南城可能还有很长的路要走。

顾知白在楼上看着几辆警车离去，他的表情全然变了，从刚才的胸有成竹、侃侃而谈变得神色凝重，他的目光闪动了片刻，随后拿出手机打了个电话："喂，您放心，这边已经完全处理好了，他们再也查不出什么。"

电话那边的人不知说了什么，顾知白抬起头来道："张培才已经查到了这里，必须塞给他们一些东西，才能够结束这件事。砍了这一边，也算是壁虎断尾。放消息给张培才的人，我们到最后也没有问出来，有点儿可惜……

"实验室没有了，还可以重建一个，只是这次我们要更加慎重。

"嗯，您放心，白洛芮说不出什么，因为她根本什么也不知道。"

"是的，芜山敬老院那边，我曾让人去取过下面的东西，可是和警察正面遇上了，回头再去吧。您放心，人是鱼娘娘那边的，一点儿底也查不到。"

"嗯，好的，只要他们暂时没发现那地下的东西，我们就是安全的。"

很快，打完这个电话后，顾知白转过身向外走去，还有一场盛大的仪式，在等着他。

十九年前，芜山敬老院里。夕阳在白洛芮的身后投出一道长长的阴影。刚刚说动了夏未知的她长长地舒了一口气，感觉自己做了一件了不得的大事。

白洛芮和杜若馨、魏鸿分开，还没走到姥姥房门口，就看到有个人站在走廊里等着她。白洛芮跑了几步，走到那个人的面前。那是个少年，比她高了半个头，她开口，声音脆生生的："顾知白，我按照你说的，带着他们去和夏未知说了。"

"结果怎样？"

"她和我说的，都和你之前说的一样。"白洛芮说着，眼神中满是钦佩和崇拜，那几个环节基本上顾知白都猜到了。

"你做得不错。"顾知白从自己的口袋里取出半包零食，"你没有把我告诉你的事也告诉夏未知吧？"

白洛芮摇了摇头道："我没有，我说那都是我的想法。"她低下头咬了一口零食，又抬起头来说："那也的确是我的想法，你只是帮我出了点儿主意。你说得对，如果姥姥死了，我就解脱了，谢谢你。"

白洛芮真心钦佩着顾知白，他聪明，冷静，成熟，仿佛没有他想不出的办法，解决不了的难题，他和这敬老院里的其他孩子都不一样。他不属于这里，他是游离在外的。白洛芮看到过和他在一起的那个男人，那男人和夏医生也是认识的。

顾知白"嗯"了一声，看着眼前低头吃东西的白洛芮。

"你……为什么这么看着我？"白洛芮吃着零食，有些奇怪地看向顾知白。他看向她的眼神柔软而复杂。

"没什么，你吃东西的样子，有点儿像我的弟弟。"顾知白别过了头，迅速岔开了这个话题，他问她，"对于要做的事，你害怕吗？"

"我不怕……我想要过不一样的生活。"白洛芮眨了眨眼睛，抬起头来问他，"我这样做，是对的吧？"

顾知白点了点头道："是对的。从此以后，你的姥姥会得到解脱，而你也会得到解脱，你的人生会轻松多了。"

"我喜欢这里的一些老人，但是我不喜欢这个地方。"在白洛芮的眼里，这里是没有颜色，没有情感的，这里像是灰暗的牢笼，让她压抑不安。她不知道顾知白是否和她有同样的感觉。

顾知白摸了摸她的头，像是一位怜爱妹妹的兄长道："你不会一直待在这里，你会有更好的人生。我们都还有无数的可能。"

白洛芮点了点头道："如果是我的话，会让他们住更好的地方，有更好的生活。等我们长大以后，一起来做这件事吧。"

顾知白看着她淡淡地笑了。

这里，是一切的开始，不是结束。

杜若馨、白洛芮和魏鸿三个嫌疑人全部落网。一听说抓捕行动圆满结束，顾局就急忙下楼来了解情况，在确认三名嫌犯的手续都已经办完后，顾局终于松了一口气，对众人笑着道："这件案子办得差不多，可以转送看守所拘押了，后续审讯由那边完成。今天端午节，大家就别加班了，早点儿回去陪陪家人吧。"

案情告破，犯人被捕，一时间办公室里面的氛围轻松了起来。这件案子开始后，所有人都紧绷着，现在终于可以喘口气了。宋文在一边笑着道："顾局，你今天格外开恩，不会是因为自己想回家吧？"

顾局笑道："晚上多吃几个粽子，堵上你的嘴。"

玩笑归玩笑，宋文知道，这个案子顾局是亲自督办的，这关系到他头上的乌纱帽，特别是这案子牵扯到了芜山敬老院，顾局肉眼可见地瘦了几斤，背也稍微驼了起来，这样的他，看起来像是一个普通老人。还好现在案子及时告破，影响也只是在一定的范围内。这样的结果，让人非常满意了。

有了大领导发话，下面的小警员们动作一个比一个迅速，出警都没有这样的效率。就在收拾东西的时候，宋文忽然闻到了一股奇怪且难闻的味道，忍不住皱起眉头道："这是什么味道？物鉴那边在做什么？又有尸体运过来了？"

那味道随风而来，想必走廊和物鉴中心都是重灾区。

"宋队，你这是职业病发作了，闻什么都像是尸体。"老贾刚从那边过来，此时摇摇头，"这可不是尸体，那味道可比尸体还难闻。"

众人这下更好奇了："那是什么？"

老贾这才揭开谜底道："是从芜山敬老院的下水道里挖出来的淤泥！"

"淤泥？！"宋文一脸惊讶，觉得莫名其妙。

老贾道："是啊，林修然为了排查那边下水道里面有没有重要的物证，打捞上来了五大桶淤泥，现在整个物鉴科就跟受到化学武器攻击似的，待得久了恐怕有生命危险。哎，不多说了，这味道受不了，我要出去透个气。"

听了他的话，一时间办公室开始议论纷纷。

"我看这次林科长恐怕是用错了力，下水道里面的淤泥又能发现什么？"

"说不定就有什么重要的证据藏在淤泥里呢。"

"哎，你别说，我听说昨天就捞出了一些东西。"

"捞出了什么？"

"一只女式鞋，可是鞋面烂得差不多了，只剩下了鞋底。"

"那算是什么证据？估计是过去的护士或者老人掉在下水道里的吧。"

"邪门就邪门在，那些井盖上都有细密的网眼，不打开下水道的入口，鞋子根本不可能掉下去。所以这鞋在下水道里，人哪儿去了呢？"

"那地方，死过那么多人，就是有鬼都不稀奇。"

那些警察八卦着，可是一点儿也没耽误脚上的功夫。转眼之间，偌大的办公室里只剩下了宋文，还有慢条斯理收拾东西的陆司语。

宋文转头看向陆司语，他倒是一片淡然，仿佛鼻子只是个摆设，完全闻不到那些难闻的味道。宋文还没开口说话，全副武装的林修然就快步走了进来，身上还带了一股难以言说的臭味，宋文捂着鼻子道："哎，林哥，顾局今天难得大赦，你也快去洗个澡吧，我们这边的人都给你熏跑了。"

前年市局装修改建，顾局还特别改出了一间淋浴间，方便大家加班后洗澡。林修然抬眼看了看空旷的办公室，伸手取了手套，又摘下口罩道："还好你们还在，再陪我去一趟芜山敬老院。"

"怎么了？"宋文微微皱眉，现在提起这个地名，他就有种不祥的预感。

"我们在淤泥里发现了这个。"林修然递过来一个物证袋，里面有一个珍珠耳钉。宋文看着眼熟，还没等他开口，陆司语忽地从一旁站起身，伸出白玉般的手接过了物证袋，轻声断定道："夏未知的。"

宋文想起之前在敬老院中看过的那本相册，夏未知出现的那几张照片中，她全都戴着这个样式的耳钉。

宋文神色凝重起来，和林修然商量："要告诉顾局吗？"

林修然摆摆手道："算了，我们先过去吧。现在老头儿正高兴着呢，等真捞出来大鱼了，再告诉他。"说到这里，他叹了口气道："先让他喘口气，如果真的发现了，给他个端午惊喜。"

宋文所在的一队放假了，物鉴中心可没放假，一队人又来到了芜山敬老院。上次他们的打捞区域只是这敬老院里面的一小片下水道，这一次，林修然和宋文决定扩大搜索范围。数条下水道的井盖全部被撬开，整个后院在阳光的照射下臭不可闻。林修然和几个法医穿了防护服，还戴上了防毒面具。护具有限，宋文和陆司语虽然戴了防护的口罩，但还是难以隔绝呛鼻的味道。

最近雨水多，下水道里面的水位涨了很多，那些多年沉积的淤泥都被水冲移了位置。陆司语找到了一张芜山敬老院的地下结构图，宋文根据图纸在院子里用尺子量了几次，然后来到另外一条下水道的入口处，对林修然招呼道："这里可能是下水道的外流出口。"

这里的下水道虽然设置得有点儿复杂，但是毕竟修建得比较早，用的都是早期的排水系统。下水道主要排的是生活用水以及雨水，在排水系统与外面交合之处有一个蓄水池，通往外面的主管。

陆司语观察了片刻，蹲下身轻声道："我大概知道他们想从这里带走什么了。"

宋文随着他的目光向脚下望去，在阳光的照射下，淤泥里露出了一点儿宛如贝壳的东西，发出莹黄色的光芒——一段被冲出来的白骨。

十几年的时间，尸体在这不见天日的下水道中已经彻底化为白骨。宋文被熏得睁不开眼，但还是努力往下看去，捂着嘴巴闷声道："能够确认是人骨吗？"

陆司语点头道："看上去，像是人类的耻骨。"

林修然穿着防水的塑胶裤，戴着防毒面具先下去，用手电筒照射着下水道的墙壁观察环境。地下黑洞洞的，脚下满是污水和淤泥，味道更为浓郁。这里有个蓄水池，下面有滤网，因此那些骨头都被冲到了这里，没有再冲出去。

这十八年间，芜山敬老院的下水道经历过多次风雨，最初在下水道某处的尸骨随着时间和水流的变化被冲得七零八碎，最终被这蓄水池里的阻网拦住了。而最初的落水点，可能是之前有撬开痕迹的地方。

想到此，林修然往前走了几步，用手电筒照了照另一个出口下方的沼气池壁，他开口喊道："池壁上方有很深的指甲划痕，被害人可能是被活活推到下面的。"

"这还真是一条大鱼啊……"宋文听了这话，直起了身子道，"我给顾局打电话吧。"

到了晚上九点多，他们终于捞出了大小二十七块骨头，根据其中最大的两块骨头，可以确定被害人是身高一米六七左右的女性，年龄在三十二岁到三十五岁之间。"端午"蹲在下水道旁帮着忙，念叨着："从时间和身高来看，倒很可能是夏未知啊。"

一旁的法医小章正在拍照，此时小声嘘了一声道："没断定前，这个可不能瞎说。"

正说着，顾局和宋文从后面走了过来。顾局神色凝重地下着指令："你们必须第一时间做 DNA 鉴定，确定死者的身份。在这之前，不要泄露消息。"

这具尸骨可能是夏未知的，几乎所有人都想到了这一点。当年"5·19"专案组的人抓捕夏未知的时候，她从警方的包围圈里忽然消失，这事本就蹊跷。这十八年来，警方针对夏未知展开过各种搜捕行动。可是他们想不到，夏未知有可能就在这芜山敬老院之中。

这可能就是所谓的灯下黑，灯具自身遮挡了光芒，掩盖住了事实与真相。

随后，顾局叹了一口道："这个案子还是绕不过去啊……"

本来顾局还在为张培才的案子顺利结案而高兴，可是谁也没有想到，都结案了，还能把十八年前的案子给扯出来。

这是忙碌的一天，从早上的抓捕，再到下午的尸骨打捞，看似一个谜题解开了，却又有新的谜题摆在了他们的面前。

折腾到了晚上十点，陆司语回到家的时候，看到门外放了几包之前从网上订购的食材。还有一只放在笼子里的鸽子，那是他中午定的。他今天出门的时候，真的没有想到会耽误这么久，其间他只吃了几块饼干，身体就像是麻木了一般，到现在终于感觉到饿了。

陆司语想了想，先给吴青打了一个电话。对面的人还没有睡，很快接起了手机，传来一声："喂？"

陆司语吸了一口气道："老师，我进入祖宅，打扫了一下里面的卫生。"

"然后呢？"

"发现了几只蚂蚁。"

"这个季节正是蚂蚁活跃的时候，你尚未发现蚁巢，只要蚁巢存在，就可能把整个宅子咬得只剩一个空壳。"

"其中还发现了一只有些大的，但已经死了一段时间了。"

"这些蚂蚁不是一天长出来的，也不要想着能够一天就打扫干净。很快，会有人来清除蚂蚁的。"又寒暄了几句，吴青挂了电话。

陆司语坐在沙发上，拿着手机，若有所思。陆司语很想问问老师，张培才和他有没有关系，他是否曾经给张培才透露过一些信息，所以张培才一死，他就得到了消息，叮嘱自己一定要跟紧这个案子。

张培才，一个普通的调查记者，怎么会知道那么详细的名单？他最初也许只是对自己的妻子有点儿好奇，是谁给他透露的消息？

不管真相如何，最后张培才像是一枚鱼饵，被人丢进了大海，随后引出了争食的水底怪兽。有人在搅动南城那潭深不见底的水，让那些罪恶重见天日。一场天翻地覆即将到来。

他记得吴青和他说过，要展开一场战斗，就会有所牺牲，那么张培才是被牺牲掉的那个吗？

发了一会儿呆，陆司语觉得自己还是应该吃点儿什么，多少垫补一下自己的胃，避免那娇弱的器官再生事端。他简单地洗了几个菜泡上，然后把手伸向了那只鸽子。

宰杀的过程干净利索，却还是不免有些残忍，都说鸽子的血是大补的，陆司语却不太喜欢，他动作迅速地放了血，去了毛。

"小狼"从屋子里出来，看了他一眼。陆司语默不作声，眼神冰冷地回望它，"小狼"呜咽了一声，打了个寒战，夹着尾巴跑了。只有在这个时候，它的主人是让它陌生的，仿佛下一秒他就可能会把它炖成一锅红烧狗肉。

陆司语把洗干净的食材放入锅里，然后低下头，看着池子里和他手上的鸽子血。最后陆司语打开了水龙头，所有的血迹都被温热的水冲走了。

鸽子汤很快好了，散发出了美味的香气。电饭煲发出一阵悦耳的声音，他又炒了两个简单的菜。两菜一汤，一个人享用。

做好这些，已经过了十一点，陆司语把菜和汤摆放在桌子上。可能是因为今天的心情起伏太大，汤喝在嘴巴里尝不出味道。白天陆司语的整个身心都放在了案情上，这时候才感觉有点儿力不从心。

吃完了晚饭，他抱着"小狼"上了楼，打开药盒吃下去几片止疼药，然后昏昏沉沉地睡过去了。

半梦半醒间，周身都是迷雾，层层叠叠，无穷无尽，仿佛置身迷城之中，又好像是在十八层炼狱。这一觉陆司语睡得极其难受，觉得憋得难以呼吸。

接下来发生了一件糟糕的事情，他的胃又开始疼了，开始是丝丝缕缕，后来就愈演愈烈，让他不能安宁。陆司语被生生疼醒了，他用双手按住腹部痛处，可就算用尽了全力，疼痛也没有减弱，像是有蛇在啃噬着内脏，又像是有刀在里面反复地绞。他紧紧地咬住了嘴唇，冷汗直冒。不知道是不是晚饭吃得太晚了，还是白天经历得太多，之前服用的止疼片一点儿效果也没有。

陆司语有点儿慌了，他不知道现在几点，也不知道天亮了没。他想打120，可是又不想被人看到现在的窘态，更没力气去给别人开门。他拿起了手机，犹豫了许久要打电话给谁。他没有亲人，也没有朋友，然后他想到了宋文，拨通了宋文的手机。

"喂……"电话响了几声才被接起，宋文的声音迷迷糊糊地传来，"什么事？化验结果出来了？还是要出警？"

陆司语的手都在抖，他闭着眼睛忍过了一阵剧痛，舔了下被咬破的嘴唇，颤声道："宋队……我……有点儿胃疼……"他想着应该解释一句什么，可是一声低吟堵在了喉咙，让他说不出话来。

电话那边宋文的声音变得清晰起来："等我十五分钟，我马上就到。"

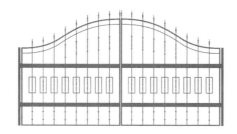

第八章

── 最佳室友 ──

　　陆司语打完了电话，胃里又是一阵剧痛，他蜷起了身体，疼得忍不住叫出了声。

　　屋子里是无穷无尽的黑暗，他抱了个枕头压在身下，可疼痛依然无法缓解，手机从他的手里滑落到地板上，发出"咚"的声响，惊醒了"小狼"。他的狗在床边绕来绕去，发出呜咽声，可是它也帮不了他。

　　胃里疼得无休无止，脑子里是各种嘈杂的声音。陆司语不停地喘息着，他感觉自己在不停地往下坠，失重的感觉让他难受极了。

　　这时，忽地有一只手紧紧抓住了他。

　　似乎有人在喊他的名字。他听到了，觉得神志被唤了回来，低低应了一声。

　　陆司语努力睁开眼睛，看着气喘吁吁的宋文，知道他是加紧赶过来的，道："宋队……你怎么进来的……"不知为何，看到了宋文，他就觉得疼痛缓解了一分。

　　宋文道："顶楼，走窗户。你病历和身份证放哪里了？"

　　陆司语眼睛都有点儿睁不开，指了指一旁的一个柜子。

　　一路折腾到了医院，陆司语觉得意识朦朦胧胧的。似乎是过了许久，又好像只过了一会儿，陆司语终于清醒过来。眼前是白花花的光，耳边是陌生的声音，他伸出一只手想去遮挡头上的灯光，才发现不知什么时候手上被扎了输液的针。然后他才察觉出来，他现在正躺在医院的急诊室里。

　　隔着一个帘子，陆司语可以听到医生和宋文谈话的声音，有些不太真切。

　　"……他之前有过胃出血，身体还较为虚弱，所以这一次会复发，好在急救措施和送医比较及时，目前应该只是溃疡引起了胃部剧烈痉挛，没有出血，用了止住痉挛的药，等下醒来就应该没事了……"

宋文问了一些什么，那医生的话又断断续续地传来："那种止痛药物对心肺功能有一定副作用……他已经开始呼吸变浅，且次数减少，心律不齐……而且止疼片本身就对胃有刺激性，长久服用药物，药效也会降低，还会形成依赖……绝对不能再过量了……建议暂时停止高负荷的工作……"

陆司语挣扎着想坐起来，可身体还是软绵绵的。他侧头看了一眼，手机被宋文放了床头处。他拿过来看了看，现在的时间是早上五点半。又过了一会儿，脚步声响起，宋文走了进来，看了看睁开眼睛的陆司语道："醒了？昨晚的事你现在还记得多少？"

陆司语轻咳了一声，把身体往被子里缩了缩道："大部分都记得。"他记得自己太虚弱了，被宋文抱到车上，一想到这件事他就有点儿难为情，只能往被子里躲。

宋文以为他还不舒服，问他："还难受吗？"

陆司语闷在被子里说："没事了。"

这时手机一响，宋文拿起来看了看，是林修然群发的消息，看来昨晚他又通宵了。宋文直接念了出来："白骨的 DNA 检验结果已经出来，那具枯骨是夏未知的。"

陆司语料到了这个结局，可是亲耳听到时还是觉得心中震颤。他从被子里钻出来，一双眼睛凝望着医院白色的墙壁。

他们之前在敬老院的谈话一语成谶，世界上最难寻找的人就是死去的人，夏未知没有走出这家敬老院。这个让南城人做了十八年噩梦的女人，终于被人发现早就死于芜山敬老院里。

会是谁杀了她呢？是那个男人吗？

"那现在怎么说？"陆司语又问。听到了这个消息，他感觉全身的血都随之冷了下来，脸上的红也已经褪去。

宋文又看了看林修然发过来的后续信息道："已经告诉了顾局，然后几个部门约了早上十点钟开会。"

陆司语听了这话，不知道哪里来的力气，一下子从床上坐了起来，他看了看余液不多的吊瓶道："那等下我们赶过去。"

宋文像是看疯子一般看向他道："昨晚是谁胃疼得死去活来的？现在好点儿了，你就精神了？还有，你还记得今天是和周医生约好的日子吗？"

陆司语反应了一下道："记得，早上八点半。时间应该来得及。"

宋文停顿了几秒，吸了一口气，把身子往前倾了一些道："陆司语，我得和你严肃地谈一谈。"

"谈什么？"陆司语隐约知道宋文要说什么，他侧过头，在光的照耀下，眼神显得有些凌厉且敏感。

"你身体的事。"宋文有点儿无奈，直接挑明。陆司语对自己的身体一点儿也不爱惜，仿佛这具肉体只是不得不暂用的工具。

陆司语低着头，权衡后回答宋文："这一次是个意外。"

宋文摸着自己手腕上的伤痕说："你之前胃疼得拉着我的手不放，给我手上留了几道抓痕你还记得吗？"那处有点儿破皮，可以想象陆司语那时候有多用力，又有多痛苦。

陆司语还有点儿朦朦胧胧的印象，心虚地低下头去。

"还有，止疼片是止疼用的，并不能治病，而且过量服用也会对身体造成损伤，还会让身体对药物形成依赖，这些小孩子都知道的道理，你不懂？"宋文看着他，不知道该怎么说他，话浅了他不听，话重了又怕他多想。

"那药是以前的医生开的，我试过各种止疼药，只有这种药效最好。"陆司语坐在病床上，偏了头低声说，"有时候不吃，会胃疼得睡不着。"他顿了一下，像是在求他："宋队，你别告诉其他人，我会努力不影响工作的……"

这一句话说得宋文没了火气，急诊室里一时安静，只能听到仪器的嘀嗒声。宋文思考了一下怎么把话说得更为委婉，表现得自己不是嫌弃他："适量的话是可以的，但是你吃这么多止疼片，已经在伤害自己的身体了。"

宋文又道："按理说你今天是要住院观察的。"他给陆司语盖了盖被子道："如果你还是想要复工，那等会儿输完了液，做个身体检查，我们再去找周医生做决断。"

陆司语的眉头一皱，心里有种不好的预感，道："宋队，你刚批了我的复职报告。"

宋文回了他四个字："我后悔了。"

周易宁早上一上班，就看到宋文和陆司语等在他的诊所门外，这是早就约好的。可是两个人之间的气氛却不大好，周易宁先打过招呼，然后把宋文叫了进来。

等宋文把近期的情况说完，周易宁叹了口气道："事实上，如果按照检测的流程来，我觉得他肯定是能够通过的。作为市局的心理辅导，我已经做了我能够完成的工作，也给了你善意的提醒。至于身体方面的事情，还是要咨询医生。要不，你再考虑考虑我之前说的给他调职的建议？"

宋文瞬间炸毛道："那可不行，我们队里本来就缺人。"

"可是，现在这种状况……"周易宁也就是试探一下宋文，并没有准备真把人调走，他露出了一个有点儿难办的表情，直截了当道，"宋队，你这是……自己拦不下来，就想找人背锅啊。我是可以帮你再停他十天半个月假的，可是你觉得这能够解决根本问题吗？"

宋文摇摇头，答案无疑是不能的，他开口道："昨天半夜陪他去医院的事我还没有上报。"他顿了一下又道："我挺不放心他一个人住的。"

周易宁感觉到了宋文的为难，转动着手中的笔道："好吧，我了解了，也就是你这个当领导的，也不知道该拿他怎么办。"他想了想又问："之前我和你谈话的事情呢，你留心了没？这个下属，你确定没有问题吗？"

宋文看了看周易宁，事到如今，他也不知道该怎么评价和定义陆司语了，于是回了一句："还在观察中。"

"那我了解了。除了这一点，"周易宁总结道，"他现在需要休养，把身体养好，戒掉止疼药，才能好好工作，也就是需要有人照顾他，监督他。如果说解决的方法，我倒是有一个，但是恐怕要让宋队做出点儿牺牲。"

"什么？"宋文问。

周易宁没有答他，而是按了下铃，让门外的小护士把陆司语叫了进来。陆司语进门以后低垂着头，还不知道这两位领导商量出了个什么结果。周易宁清了下喉咙，直接切入了正题："关于你复职的事情，我和宋队已经讨论过了，形式化的谈话我觉得就不必了，浪费大家的时间。

"你的主要问题在于上次行动造成了身体创伤，并留下了不稳定因素。鉴于此，我和宋队商量后认为你需要身体和心理上的恢复。养好身体，戒断止疼药物，这都是需要长期努力坚持的……"

周易宁点题："从你的身体状况考虑，我建议你最近这段时间不要独居，找个室友。"

这话说出来，陆司语愣了，宋文也愣了。

好像这建议的范畴已经超出了复职评定。

周易宁却全不在意两人诧异的目光，抬起头来问宋文："宋队，你上次和我说的，你租的房子快到期了，正在找合适的住处对吧？"说完话还冲着宋文使了个颜色。

宋文顿时被他这句话噎住了，他家就是南城的，家里除了他现在住的房子，还有几套拆迁得来的房子。不说民宅，商铺也是有的，房租什么的李鸢芳都给了他。现在被周易宁一说，顿时让他的身家少了几位数。

周易宁转头又问陆司语："我记得你说自己家的条件还算不错，你那边还有空的房间吗？我觉得宋队和你合住的话，既可以对你进行监督，又可以照顾下属。而且他正在找合适的房子，这是个两全其美的法子。"

周易宁转着手里的笔，笔尖就在那份复职书上游走，他的一双眼睛望着陆司语，大有"你不答应我就不签字"的意思。

陆司语看向了一旁默不作声还有点儿蒙的宋文，长睫微动，道："如果宋队没意见的话，我那里房间还很多……"

宋文咳了一声忙道："我没什么意见，你给我把钥匙，我下次就不用爬窗户了。"

周易宁松了一口气，觉得自己非常机智，事情处理得非常圆满，他在复职书上签字道："那就这样，如果在三个月的复职期间出现什么情况，将会再做处理。你先回去工作吧……"

上午十点，宋文带着陆司语准时出现在了南城市局的会议室。由于是休息日，市局还很安静，而相关的组员已经全部到齐。

宋文坐下就直接主持会议道："我们先把夏未知死亡案的情况汇总一下，死因现在可以确定吗？"

林修然的眼圈还是黑的，显然是整晚没睡。他把一张白骨的照片投射出来。从上面可以看出，拼凑出的白骨还很不完整。

"经过一个通宵，到最后我们一共打捞上来一百多块白骨，镫骨、指骨等较小较轻的骨头，估计已经遗失了。十八年，尸体已经完全白骨化，而且骨骼不全，死亡原因目前尚未确定。今天凌晨，我们在下水道的墙缝里发现了一枚断裂的指甲。这枚指甲所在的位置比较高，因此完好地保留了下来。"

林修然翻出了几张照片，其中一张拍的是下水道墙壁，上面纵横交错着各种划痕。那是生生用双手在墙壁上抠出来的痕迹。照片打了光，经过了处理，看起来更为惊悚，让人有点儿头皮发麻。

那个女人曾经在这幽暗的地底，受尽了折磨，最后死去。

"此外，我们找到了一把小的蝴蝶刀，疑似凶器。不过显然这凶器没有把夏未知杀死，她大概是昏迷后，被推入这下水道中的。"林修然在投影仪上投射出一把小巧的蝴蝶刀。

林修然继续进行着情况总结："我们基本可以确定，被害人夏未知大约是在十八年前的九月十二日晚上被人诱至下水道的入口处，她可能被注射了药物，也有可能是被重伤，随后嫌疑人把她丢入了下水道。夏未知在里面苏醒，呼救挣扎了大约一个半小时，之后死亡。在此期间，没有人听到呼救或者发现她。而这一片正好是敬老院的盲区，所以后来也没有人在此处进行搜查。"

林修然指着一张照片道："这个位置是我们发现死者指甲的位置。有一个还算好的消息，这枚指甲所在的位置较高，又是一处凹槽，所以一直没有被下水道中的淤泥所污染，我在这枚指甲上检测到了一滴不属于被害人的血迹。不过有点儿可惜的是，由于被害人的血液与嫌疑人的血液混合在了一起，目前尚无法分析出嫌疑人的DNA，技术科正在尝试进行分离。不过大家也不要抱有太大希望，血样污染严重，以现在的技术有可能分离不出来，目前推测嫌疑人可能是男性。"

有时候现场的证据就是这般神奇，隔着十几二十年，只要有半个血点的存在，就可以揪出凶手或者嫌疑人。但是在凶案中，由于血液相融导致的污染一直是刑侦中的难点之一，如果血迹少之又少，可进行的试验次数有限，这点儿珍贵的血液一时就无法告诉他们凶手是谁。听着法医鉴定的结果，傅临江按了按太阳穴道："所以当年的目击证人说谎了吗？"

宋文道："目前尚未能够排除这种可能，也有可能是那个男人把夏未知杀害了。"

朱晓已经开始联系当年的目击证人了，不过很难联系不说，联系到了以后，能够提供有效信息的也是少之又少。

徐瑶作为痕检专家，提供了几张图片道："过去的下水道盖子和现在的不太一样，都是金属的，有一定的重量，不过芜山敬老院下水道入口的盖子不大，而且那种盖子是老式的。使用棍子等工具的话，一个成年人就能够撬开，甚至力气大一些的未成年人也可以做到。"

"至少这枚指甲、这把蝴蝶刀能够证明夏未知是死于他杀。"宋文把手支在桌子上道，"对凶手的杀人原因，你们有什么想法？"

已知的信息太少，这就需要依靠头脑风暴，甚至是推测了。

傅临江道："我觉得无法排除同伙杀人灭口。"

老贾补充了一句："有没有可能夏未知不是杀害老人的凶手，而是背锅侠呢？"

宋文摇摇头道："我相信当年警察的判断，从证据链来看，夏未知至少是知情者与操作者，这也和杜若馨的证言一致，她不可能是完全无辜的。"他想了想又说："不能排除一种可能，因为警方的调查，让一些老人知道了他们中的有些人是死于谋杀，而产生了为死者报仇的念头，继而把夏未知杀害。"

当自己和亲人的生命受到了威胁，那些人是最有杀人和报复动机的。最后声称看到夏未知下楼的就是一位老妇人，她的丈夫也是死在敬老院中。冤冤相报，如果是那些老人联合起来杀掉了夏未知，那么当年的一些证词甚至都不可采纳。而当年那些风烛残年的老人，又有多少现在还在人世呢？如果凶手已经死了，那么这个案子的难度又会加上几分。

宋文理了理思路道："不管当时发生了什么，嫌疑人也好，证人也好，都和当时敬老院中的人有着关系……"

话刚说到这里，会议室的门忽然被人从外面推开，宋文抬起头来，就看到顾局神情严肃地站在门外。陆司语也停下了记录，望向他们。

顾局一脸严肃，他身后还站了四五个人。顾局一到，宋文自动让开了位置。顾局站在众人面前，沉声道："大家一大早就在这里加班，真是辛苦了。在这里，我有两个消息要告诉大家。"

他清了清喉咙宣布："第一件事，白洛芮在看守所里自杀了。"

一句话激起千层浪，老贾更是忍不住直接叫道："怎么可能？"他们昨天费尽心思把人抓了，这才一天，就出了事。

朱晓也皱眉道："不可能啊，我把她押送到看守所的时候，已经搜过身了。她还换过衣服了。"

林修然和宋文对视了一眼，轻轻摇头，显然他们对此事也一无所知。

顾局继续解释道："白洛芮借口自己的手环佩戴太久无法摘下来，戴着手环进了看守所。她在手环里藏了毒剂，昨晚趁着所有人不注意，自杀了。医院刚刚传来消息，人已经死了。"

宋文听到这话微微皱了眉，他抓捕白洛芮的时候曾经观察过那个手环，那个手环显然是她从小就戴着的，谁能够想到手环是可以打开的，白洛芮又在里面藏了毒剂……

宋文开口问："是否审问了最后和白洛芮接触过的人？有没有可能是他杀？"

顾局摇摇头道："看守所内部已经调查过了，监控录像也已经调取，在她死亡的时间段内没有人在附近活动，他们的结论是犯人自杀身亡。"

一瞬间，宋文明白了白洛芮最后那句话是什么意思——如果我也到了那一天，一定会干净利索地结束自己的生命，绝不拖累其他人。骄傲如她，决然如她，可能从那时候起，就选择了死亡来结束这一切。

听了顾局宣布的消息，陆司语把笔叼在嘴巴里一下一下地咬着。只有死人才最安全，现在很多答案都随着白洛芮的死亡变成了秘密。

"第二件事，今早夏未知确认死亡的消息我已经上报了省局，于是省局决定针对芜山敬老院事件进行专案调查，并派许长缨负责此案。"说着顾局指了指身后一个瘦高的男人。

那男人看起来三十岁出头，身姿笔直，一双眼睛锐利如鹰，他向前一步，朗声打了个招呼："大家好，我叫许长缨。"

顾局又道："宋文，你们队这次破案有功，不过接下来还是休息一下吧，不要绷得太紧了，你们等下和专案组交接一下。"

然后他转头看向林修然道："林主任，你配合好许队长的工作。从今天开始，许队长就要把这间小会议室改成临时办公室，会和大家一起工作一段时间，回头大家多多照顾，多多配合……"

顾局这第二个消息引来的震惊毫不亚于第一个消息。这就意味着，宋文这一队要撤出这个案子。

一时间，下面又是议论纷纷。

老贾忍不住撇嘴，嘀咕道："这摘桃子的来啦……"

之前张培才的案子一直都是宋文负责的，现在多年的疑案被牵扯了出来，并且证明了疑犯已死……所以这时候，在有些人看来真相已经不重要了。十几年前的案子，疑犯死亡，只要找个让人信服的凶手，这案子就可以结了。负责任的人可能还会查查是谁杀了夏未知，若是敷衍一些的，报上几个死去老人的名字，也能结案。

陆司语却和老贾的看法完全不同，他偷偷拿手机查了下地图，省局离他们这里要三个小时车程，这队人显然是今早得到消息就直接赶过来了。

许长缨，这个名字陆司语也早有耳闻，省局的刑警队长，今年三十三岁，正直年盛，屡次破获各种大案，更是宋局的手下爱将。凭他的资历，调查这种多年悬案也很合适。省局既然派了他下来，就不像是想要葫芦僧来断葫芦案。

陆司语咬着笔帽，抬起头来看了看许长缨。似是察觉到陆司语在看自己，许长缨也转过头来直视着他。陆司语便急忙把目光躲开了。那个人的眼神锐利，像是猎人一般，让他有点儿不舒服。

傅临江听到这个消息皱着眉思考，上面有可能是觉得他们这一队太年轻，资历尚浅，不想把芜山敬老院的案子交给他们。只是一般这种情况，也会让他们这队人加入专案组跟着一起调查。现在顾局直接让宋文交接，不合常理不说，这事还有点儿鸠占鹊巢的意思，让人心里不太舒服。

这命令一下，在座的各位都心思百转，这会是开不下去了，顾局介绍了几句专案组的其他成员，又做了工作安排，随后看了看站在一旁的宋文，道："宋文，你和我来。"

宋文知道顾局是有话要解释，跟着他一路进了局长办公室。果然，顾局一进门就开门见山道："白洛芮的死不是你的责任，她是在看守所里出的事，你不要多想，也不要因此有压力。"

宋文道："我没有把毒药搜出来，总是难辞其咎的。"

顾局叹了一口气道："不光是你没看出来，我也没有看出来，看守所的人员也没有看出来，值班人员也没有注意到她的异常，大家都有责任。总之，这件事之后再说吧，至少杜若馨和魏鸿还在，张培才的案子会慢慢查问清楚。"他顿了一下又道："这个案子你破得不错。"

宋文没吭声，顾局表扬他，他就知道这只是铺垫，后面就要谈交出案子的事。顾局这是怕他心里有怨气。

顾局喝了一口茶道："至于芜山敬老院这个案子，影响太大，牵扯众多，当年吴青为了查这个案子腿都折了。虽说那是十几年前，但是保不齐现在还有什么危险。我今天凌晨和省局那边汇报完，省局就说要做安排，现在直接派人来接管了，未尝不是好事，我们正好可以甩掉这个烫手的山芋。你毕竟资历还浅，这种调度是正常的，你也不要多想。"

宋文抬头道："我明白，我服从上级的安排，如果案子是在其他队长手里，一样会被要过去，等下我就带人汇总资料。"

顾局知道宋文的脾气，虽然平时好说话，但是有时候十分争强好胜，这次他当着所有人的面从宋文手里要过了案子，他一直担心宋文心里有想法。可是顾局没有想到的是，这次宋文这么配合，说让交案子马上就交了。

顾局靠在转椅上道："你刚破了案子，是市局的功臣，交接以后你就带着你的人休息两天吧，反正端午假还没休完，不要这么紧绷着。案子嘛，总是破不完的。回头有新的案子，我会指派给你的。"

宋文"嗯"了一声道："那顾局，如果没什么事的话我就出去了。"

"呃……我这边没什么了。"听宋文这么说话，顾局心里却越发奇怪，可是他从宋文的表情上却一点儿也看不出端倪，只能希望宋文真如表面上这么淡然。

宋文双手插兜出了顾局的办公室，到了一楼楼道拐角的隐蔽处，给李鸢芳拨了个电话，一接通没等李鸢芳开口，宋文就直接道："妈，别以为我不知道是谁在背后搞鬼呢。"

他不和顾局置气是因为他清楚事情的经过，也了解宋城的脾气。这事一定是宋城从中作梗。没有省局局长的直接命令，顾局也不会做这样的决断。现在等于是派了个人来，把他们这一队从这个案子里生生拉了出来。宋文之所以这么快就答应下来，一个是因为他知道这是宋城的安排，再一个就是因为陆司语对这个案子的关注太多，也许这样倒是一件好事。

李鸢芳道："你这个……怎么说你爸爸呢？小狼你等等，你爸给你留了话，让我找找……"老太太嘀咕着："我放哪儿了呢……"

耳朵处传来一阵窸窸窣窣翻腾东西的声音，宋文耐着性子等着，过了一会儿，李鸢芳找到了一张字条，照上面一字一句念道："臭小子，你毛还没长齐呢，就乖乖听话，服从组织安排。你爹当年破不了的案子，你以为是那么好破的？"

宋城留的果然不是什么好话，李鸢芳模仿着宋城的语气，宋文简直能够想象出老头子吹胡子瞪眼的模样，他被气笑了："那老头儿凭什么那么笃定我破不了他破不了的案？他是怕我真的破了案子的话，他脸面无光吧？还有，为了让我不碰这个案子，老头儿昨天连夜开会了吧？"

李鸢芳道："嗯，今天凌晨三点就出去了。"这时间也就比宋文得到消息稍微晚一点儿，可见宋城对这个案子极度重视。

宋文想了想又对李鸢芳说："你告诉那老头儿……"

李鸢芳直接断了他的话："告什么告，你们一来二去的，真当我是传声筒啊……你爹说，如果你不听话执意要查的话，就只有两种结果。第一，他杀到南城去，和顾局聊聊，到时候你这个警察也就别做了。第二，就是把你调到省局。两个结果你自己选。"

这两句话一说，直接就把宋文的下招给堵死了，而且这还算是留了颜面的，如果真要操作起来，老头儿有一百种方法来治他。宋文就和进了如来佛祖手掌心的孙大圣一般，翻不出五指山。

宋文心里气归气，但他也知道到了这一步，层层的命令下来，想要收回去，那是不可能的，而宋城的做法从大局来说，也无可厚非。他也就是习惯性地想和宋城犟上几句。此时听李鸾芳这么说，宋文微微皱眉，越发觉得事情不简单，道："至于吗？这敬老院的事儿就这么要命？他是不是有什么事情没有和我说啊，难道这案子后面还有内幕？"

宋文虽然一直不服他爹的管教，但是现在叛逆期早就过去了，他了解他爹的脾气，一般宋城对他的各种行为也只是听之任之，不屑出手干涉。宋城这个人，做事的目的性很强，现在忽然这么死拦着，里面一定有原因。

"你爹他……从来有事情都是闷在肚子里，不和别人说的，你要是想打听，那就亲自去问他吧。"然后李鸾芳转了语气又道，"我猜这芜山敬老院的案子，当年是'5·19'专案组一起查的，其中肯定是有一些牵扯。你爹那个人，最是刀子嘴豆腐心，他就是……说话不太好听，其实还是关心你的。"

宋文"哼"了一声道："你就别费力气给老头儿洗白了，我们父子关系怎么到了这一步，你是看着我们打过来的。"

"这次，我站在你爹那一边。"李鸾芳的声音低了下来，"小狼，听妈一句话，别碰'5·19'，那案子太邪门了。"

当年，这个案子让她差点儿失去儿子和丈夫，吴青也因为这个案子坠楼，警队中还有其他人因此丧命。她到现在都心有余悸。那时候宋文还小，很多事情不知缘由，所以不了解其中的凶险。

宋文不以为意道："你个医生也信封建迷信？"他心想，终归是十几年前的案子，那些坏人活到现在也不过是一些大妈和老头子，很多人都被时间淘汰了，还有力气兴风作浪的又能有多少？

李鸾芳索性把话说透了："本来刑警就是高危职业，我和你爸就你这一个儿子，算是妈求你，别的案子你随便破，只有这事，没得商量。"她想了想又补充："许长缨算是你爹亲传的学生，经验比你丰富，手底下个个都是精英，破了好几起大案，他会好好查案子的。都是为了人民服务，查哪个案子不是查啊，对吧，儿子？"

"说到底还是信不过我。"宋文嘀咕了一句，但是自己亲妈的话都说到这份儿上了，他也不好再说什么。

而且，陆司语对之前那个案子十分执着，甚至对其中的有些事到了走火入魔的地步，如果可以暂缓一下，也许是件好事。想到这里，宋文转而问李鸾芳：

"对了妈，问你个事情，如果止疼片成瘾，怎么戒啊？"

李鸾芳声音一抖，道："你不会是……"刑警是个压力大的职业，又经常日夜颠倒，容易受伤，她一直担心着宋文，今天宋文这一问，把她吓了一跳。

宋文忙道："不是我，我同事。"

李鸾芳这才放下心来。她早年干过急诊，后来转了临床，各种病症多多少少都见过，踱着步问："他吃多少？"

宋文考虑了一下道："大概是正常三四倍的量吧，药名是……"他翻了一下，把药名告诉李鸾芳。

李鸾芳的声音顿时高了八度："这不是胡闹吗?! 还要不要命了？这么大的量，长时间吃会成瘾，产生药物依赖性。而且，这药霸道得厉害，再吃别的也都不管用了。"

宋文被她这一嗓子险些刺破了耳膜，急忙把手机拿远道："所以这不是戒着吗？"

"是什么原因服药啊，是伤还是病？"

"胃病，胃溃疡，又喜欢硬撑着。"

"那这可是个慢功夫，要好好休养。"李鸾芳叹了口气，"首先药要收起来，不能放在他知道的地方。这个东西有瘾，特别是这种吃惯了的人，有点儿疼就想吃，一般人的意志力根本扛不住，你放在他知道的地方，他就会克制不住自己摸过去。其次就是要控量，说吃多少，就给多少，掐着表算着时间。然后呢，你得让他逐步地减，一点一点地来，熬不住再吃。"

李鸾芳忽然顿住了，想到了什么般敏感地问："你这个同事，男的女的啊？"

宋文头一疼，真是什么事情都能绕到这个上面，道："男的！"

李鸾芳这才继续道："你得搞清楚你同事生病的原因，是生理上的，还是心理上的。有的时候，心病靠药是解决不了的。"

宋文点点头道："知道。"宋文知道陆司语心思重，且定然有旁人无法触碰的秘密，要把整个人都焐热了才能够走进他心里去。

"你要是有什么心事，也千万别瞒着你妈。"李鸾芳又道，"没有什么扛不过去的事，当年你吴叔腿断了以后，不也挺过来了嘛！"

这时，宋文一抬头，看到陆司语从会议室走了出来，远远看去，阳光照着他清秀的脸，让他身上有种一尘不染的少年气。他似是听到了声音，转头往这边看。宋文忙对着手机道："我知道了，谢谢妈。"

宋文挂了电话，向着陆司语走去，道："你怎么这么晚才出来？"

会应该早就散了，宋文上楼和顾局聊了半天，又打了一会儿电话。不知道这段时间，陆司语在和许长缨聊什么。

陆司语轻声道："问了一些之前案子的事。许队人生地不熟的，在摸底。而且也没有单叫我，队里的几个人都叫了，刚才你不在，所以没和你说。"他看了看宋文，有些担心地问："顾局找你……没什么事吧？"

"没事没事，怕我想不开不交权呗。"宋文摆摆手道，"他没想到我正求之不得呢，正好抽两天空，把家搬了。"

顾局忽然就把宋文这个队长置于夏未知的案子之外，市局里的人都不免多想，过度解读。可实际上，这真不是什么职场风云，最多是场家庭纠纷。

听了这话，陆司语道："我也把资料留给那边了，等下没事就可以回去。回头我帮你一起搬家。"他今天穿了一件款式别致的白衬衣，黑色的休闲八分长裤，衣袖稍微蓬起来，露出的手腕和脚踝细得厉害。

宋文忙道："别了，你这娇柔易碎的，回头再给你累病了，我可不想回医院探望病人了。"然后他又安慰陆司语道："我那里东西不多，一趟就差不多了。你乖乖在家等着就好了。"

陆司语应了一声，两个人约好，宋文先回去收拾东西，然后再搬到陆司语那边去。

一切按照计划进行，下午宋文就把东西打包好了，他谁也没叫，打了辆车自己就过去了。

陆司语要帮宋文搬东西，宋文没让。"小狼"看到宋文来了，一回生二回熟，十分激动地摇着尾巴，打着圈儿添乱。宋文把东西搬完，擦了把汗，就看到陆司语抱着抱枕坐在沙发上，手里拿着手机，屏幕却是黑的。宋文心里一动，觉得陆司语这状态不太对，问："怎么，在想什么？"

陆司语被他的话打断了思绪，这才放下手机，拿起眼前的水杯喝水，然后道："在想之前的案子。"他们前几天还在夜以继日、争分夺秒地忙着，现在忽然从忙到闲，好像一根绷紧的发条忽然松了下来。

张培才的案子已经解开，但是当年又是谁杀了夏未知呢？那个案子还有那么多的谜团。

宋文没怎么打扰陆司语，而是把屋子里的东西收拾了，然后就郑重其事地把陆司语所有的止疼药都没收了。

晚上陆司语做了几个菜，吃完后宋文把碗放到洗碗机里，接着陆司语带着他楼上楼下又转了一圈儿，什么东西放在哪里，洗衣机怎么用……交代了个清楚，随后道："我没什么避讳的，房间你随便进，东西正常用，不用和我打招呼。"

别墅里一共四个洗手间，宋文都不知道这么多洗手间是干什么用的，他现在搬进来，这房子里总共也就两个男人一条狗，就算都在用洗手间还能空一间。不过洗手间多了，洗澡什么的倒是挺方便，宋文搬家累出一身的汗，他把脏衣服丢入洗衣机就进去洗澡。

到了晚上十一点多，陆司语还在床上挣扎着未睡，他越是怕什么，就越是来什么。从晚上十点多，胃就开始疼。要是以往，早就几片止疼片下去解决问题了，但是现在药被宋文收走了。

宋文刚洗完澡，从隔壁次卧里出来，他穿了件宽大的 T 恤，头发还湿漉漉地往下滴着水。然后他就看到陆司语蜷在床上，脸白得不正常，问："怎么了？胃疼？"

陆司语没说话，合上了眼睛，然后轻轻点了点头。

"胃药吃了吗？"

"吃过了。"不过没什么效果，疼痛也不算严重，就是忍起来有点儿磨人。陆司语也不知道现在自己对止疼片是生理的需求还是心理的需求。那种药他都吃了几年了，对于他来说，有了那药才能安睡，因为那是必备的药，是安全感。现在忽然全被收起来了，他的心里开始发慌，脑子也像是成了一团糨糊，眼圈瞬间就红了，手指不自觉地伸到唇边，无措地啃咬起来。

宋文有点儿于心不忍，去取了一片药，又倒了温水给他拿过来，道："今天的量。已经是最高剂量，不能再多了。"

陆司语接过药，手都在发抖，以前他吃的话，最少也得两片起，有时候没效果，爬起来再吃两片，这一片还不够他塞牙缝的呢。可是他也知道，这些东西都是毒，吃下去是能够麻痹他，长久了却是要命的。他知道宋文是为了他好，狠狠心也得把药戒了。

想到此，陆司语接过宋文递过来的温水，一闭眼把药吃了。

宋文看了看他，仍然有些不放心道："那我去睡觉了，你要是晚上不舒服了，就叫我。"

陆司语低头"嗯"了一声。

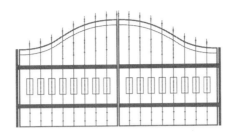

第九章

— 旧厂凶案 —

陆司语不知道是因为减了药量还是因为心里有事，就算闭了眼睛，他还是睡意全无，心脏跳得异常激烈，觉得就像是有东西在一下一下敲打着胸口。他的手脚不知道该怎么摆放，翻来覆去的，似乎哪个动作都不舒服。胃疼非但没有减轻，反而有愈演愈烈的趋势，夜晚与寂寞像是只巨兽围床而走，准备随时把他吞下。

仅仅是胃不舒服而已，此时却成了这世间最残忍的事情。黑暗仿佛化为了利刃，在他的身体里肆意切割，最后停在头顶，锐利的刀锋直往脑子里钻。陆司语紧蹙着眉头，把枕头压在身下，抿了唇翻了个身。

许长缨的话还在他的脑海里萦绕。那时候宋文被顾局叫走，许长缨把组里的队员留下，询问了一下有关夏未知一案的案情。随后会议结束，他却被许长缨点名留了下来。那队人明显是有备而来，十分迅速地收拾着旁边的桌子，然后摆出行李箱里的卷宗。那些资料大部分是许长缨从省局带过来的，市局没有这些。

许长缨看向他道："这次来的路上，我对这里做了一些功课，也对人员进行了调查。你的资料我看过了，毕业以后跟的几个案子做得很漂亮，各种记录也理得详细。我们在这里调查芜山敬老院的案子，人手不足，领导说可以调配一些市局的同事，也就是调入省局，你愿意过来吗？"

陆司语没想到许长缨忽然提起这事。他对眼前的人有些不快，这人咄咄逼人，态度强硬，刚一来就拿了宋文的案子，这会儿还来挖宋文的墙脚。他低头道："我入职以后的几个案子，都是宋队带着大家一起破的，我只负责一些文案的整理。"言下之意，他只是个刚毕业不久的实习警员，所有的功劳都是别人的。

"可是我看你的分析很有条理，在校时你的论文写得也很好，在我看来，你的长处应该在犯罪心理侧写上，而这正是现代刑侦非常重要的方面。至于你的工作表现，在你加入以后，市局宋文这一队的破案速度有明显提升。如果宋文真的只把你当文案员用，那真是大材小用了。"

许长缨看着陆司语，身子靠向椅背，下颌稍稍抬起，全把他的话当作谦虚，道："实话说，我觉得以你这样的工作能力，待在市局屈才了，如果你跟着我，将来你可以直接调入省局，升职加薪的机会都会比其他人多很多。"

许长缨似是不经意间把一沓助理警员整理出来的卷宗理了理道："当然，看你现在的衣着打扮还有你的档案，你应该不缺钱，可是人嘛，总是要有个追求，有其目的性，要不然你为什么当刑警呢？"

陆司语忽然想到了之前宋文问他的话，为什么非要当个刑警？真正的答案他当时没有告诉宋文，除了吴老师的建议以外，他选择这条路，是因为那个改变了他一生的案子，那个他追寻了许久的真相。

陆司语的眼睛一瞥，就看到不远处那卷宗上写着"5·19案情详述"，旁边还盖了个红戳，印着"绝密"两个字。那是他上次在档案室找了许久也没有找到的卷宗，原来早就被人搬到了省局。他从未离它如此之近，眼前的东西像是鱼饵，诱惑着他，让他忍不住想要伸出手去。

此时，内心有个声音告诉他不能操之过急。陆司语提醒自己，那只是一份调查的卷宗，没有人获知事情的全部真相。现在他终于懂了之前吴老师电话里说的会有人来清除蚂蚁是什么意思了。

陆司语凝望着桌子上那一沓标注着"绝密"的档案，舔了下嘴唇，最终克制住了。眼前的人是个有多年经验的刑警，他不想让许长缨看出端倪。随后他抬起眼睛，心中做着权衡。一旦成为许长缨手下，他是有机会更快查清真相的，可是这也将打乱他所有的节奏。

他好像喜欢上了现在的工作与生活。调离就意味着他不再是宋文的下属，也许还要和宋文这些人分开。这种改变也许只是暂时的，也许是永久。

还没下决断，陆司语就觉得自己亏欠了宋文似的。他有点儿庆幸之前周医生让宋文和他同住，也许不是上下级，大家的相处还会更加自然。

似乎无论怎样权衡，都是进入许长缨的队伍更为有利，但是……陆司语抬头看向许长缨。当年"5·19"专案组解散，吴青和宋城大吵了一架，两人分道扬镳，从此选择了不同的路。现在吴老师已经退居幕后，而宋城高居省局局长之位……他不能为了这份东西就打乱了自己的全盘计划。比起许长缨，比起宋城，他更相信吴老师一些。

许长缨似乎明白他的为难，大度道："不急，我这边也要理顺案子，你可以考虑一下，反正你随时找我，我这里随时给你办理手续。"

那时候陆司语刚出了门，还在心烦意乱着，就碰到了宋文，他那时心虚得厉害……

此时陆司语躺在床上，又觉得脸上热热的，像是发烧一般。反正全身上下哪儿都不对劲，他本来就减了药量，现在心里又有事，越发睡不着了。而且陆司语知道，这才刚刚开始，后面还会有更多难处。这是一场持久战，不是一朝一夕的事。这次熬过去了，下次不知是什么时候。

他害怕饥饿，害怕那种无尽的疼痛，害怕无法入眠，直到天亮。恐惧已经刻在了骨头里。到最后，胃疼得越来越厉害，就连浅眠都成了奢望……

陆司语正难受着，忽然有个声音道："你怎么还没睡？怎么了？还不舒服吗？"他抬起头，就看到宋文站在房间门口，显然是被他吵醒了。或者说，宋文一直没睡踏实，随时在关注着这边的动静。

陆司语抬头看了看墙上的钟，已经过了午夜，原来不知不觉之间已经过了这么久了。他苦笑了一下，抱着抱枕坐起来，有点儿气馁道："我想……我大概……今晚是睡不着了。"

最初的时候，陆司语也没有这么严重，他想不起来病情是怎么恶化的了，好像开始的时候半片药就有效，后来要一片，再不行就两片。他也不知道为什么就走到了这一步，对药物的依赖性这么高。以前他也有偶尔药吃完的时候，那时就是这般难耐。

"别这么说，胃药你也吃过了吧？不能光靠着止疼片，你得相信自己。"

似是发现宋文在看他，陆司语抱着枕头埋下了头，月光照射下，他的脸色白得像是上好的玉瓷，最近他的刘海儿有点儿长了，一低垂下来会挡住眉眼。踌躇了一会儿，陆司语舔了一下嘴唇才开口小声道："我觉得好一些了，宋队，你能陪我一会儿吗？不用说话也不用做什么。你在这里就好。"

宋文以行动表态，走去关上了门。

说来奇怪，刚才陆司语还觉得心里烦躁不安，觉得胃里各种不舒服，现在宋文在这里，就像是有安抚的作用似的，自己心里的惶恐、不安逐渐消失，很多问题也不再去想。他寻觅了很久都不见踪影的睡意终于袭来，渐渐地呼吸平稳。

在这栋房子里，这个世界上，他不再是一个人。有人关心他，愿意站在他的旁边。表面上的同事也好，或者说是朋友也好，他不在意这段关系的称谓，贪恋地从中汲取温暖。

这种感觉，就好像整个人都泡在了水中，逐渐放松下来。到最后，整个世界都安静了。

在逐渐睡去时，陆司语想：原来，宋文说得没错，那些药对他还是有作用的。

这一晚无疑是个良好的开端，成功似乎指日可待。

宋文看着陆司语完全安静了，呼吸均匀，应该是睡着了。

宋文轻手轻脚地把凉被给陆司语盖上。

陆司语的睫毛颤了一下，没有醒来。

宋文一觉睡到第二天上午快十一点。他是被一种奇怪的感觉惊醒的，睁开眼睛就看到陆司语养的那条狗在床边叼着价格不菲的床单往下拽。

宋文爬起来揉了揉眼睛。清醒过来后，他摸了摸狗子的头，那毛非常顺滑，手感很好，一摸就知道用的是昂贵的沐浴液。

宋文去洗手间洗了把脸，刷了牙，然后就接到了李鸾芳的电话。李鸾芳开门见山道："妈最近听隔壁李姨说，他们家侄女在找对象，年龄、身高什么的都合适，要不我给你要个微信？"说完这句，不等宋文回复，她就把姑娘的学历、收入、家庭情况报了一个遍，就差算一下生辰八字了。

宋文被这消息弄蒙了，等李鸾芳一口气说完，才敢扫她的兴道："得了吧，妈，我这么忙，而且我要求高。"

李鸾芳敏感地问："是不是哪里没看上？是觉得学历低了，还是收入少了？"

宋文道："妈，你还不了解我？样貌要好看吧，人得贤惠吧，然后得聪明，要和我有共同语言，最好话不多，不然下班回来念叨得太烦。如果能够对我工作有促进作用就更好了。"

李鸾芳补充："还要厨艺好、会做家务对吧？家里有钱，自带房什么的就完美了。"

宋文忙点头道："对对对，就是这个标准。"

李鸾芳戳破宋文的心思道："对什么对?! 你这是找老婆呢，还是找小仙女呢？我看你压根儿就不想找。"

"那你就让我单着呗。回头你就好好吃喝玩乐，保养好身体就行。对了妈，你之前在老年大学报的国画学得如何了？"宋文顺利地岔开了话题，又忽悠了老娘几句，这才挂了电话下楼。"小狼"似乎跟定了他，一直围在旁边，激动得团团转。

然后宋文才想起来，好像忘记说自己搬家的事情了。不过，最近李鸾芳老年大学还没毕业，应该不会贸然就闯过来，以后有空再和她说吧。

陆司语正在楼下的厨房里做饭，整个屋子有一种让人心旷神怡的食物香气。宋文坐在椅子上，看了看还在脚下绕着的"小狼"道："你家狗成精了吧，都知道叫人起床了。"

"是比十一点还没起床的人强那么一点儿……"陆司语头都没抬。

"没案子的时候我能睡到下午三点……"宋文打了个哈欠，心里想：我还不是因为半夜怕你不舒服睡不好，还爬起来看了你几次。

然后宋文看了一眼周围，收拾得干干净净的。沙发上放着洗好晾晒过的衣服，连衣角都折叠得整整齐齐。宋文惊讶："你也……太厉害了吧？"

宋文正说着，那条狗又跑过来绕到他的身前，用爪子扒拉着他的拖鞋。陆司语回头看了一眼紧紧跟在宋文后面打着圈儿、想要抬起后腿的"小狼"，解释道："它是想出去……"

每次他做饭的时候，"小狼"都不敢去找他，这回缠上了宋文。

"刚还要咬我呢，现在知道着急了……"宋文奚落了"小狼"一句，然后凑过来看了看案板上清洗好的菜，"中午吃什么？"

陆司语指了指旁边的半成品道："鸡汤、虾、羊肉、白灼芥蓝，等下再炒个银鱼跑蛋。"

"这么丰盛……"宋文一向回了家就点外卖，被这菜单惊到了。他知道陆司语喜欢做菜，还喜欢做点儿好吃的，本来以为只是闲情逸致，后来发现这才是常态，只要时间允许，陆司语也不管吃不吃得完，就能给你做满满一桌子，而且绝对是色香味俱全，还兼顾养生。

"我平时有空也喜欢多做点儿，正好一个人吃不掉。"陆司语把芥蓝放进锅里，熟练地炒着，"想吃什么，以后和我说。"

"要帮忙吗？"宋文从后面凑过来。

陆司语一抿唇，伸手从调料柜里取出一瓶香醋道："现在不用，回头帮我收拾厨房就好，大约还有半个小时。"

"做菜的话，我帮不上忙。"宋文看了看在一旁憋得颤抖的狗，蹲下身揉了揉它的耳朵，"那我先去把狗遛了吧。"

陆司语望了望自家的狗，"小狼"是个出去了就撒欢儿的主儿，他一时不知道该同情狗子还是同情宋文，伸手指了一下别处道："拴狗的绳子在电视柜下面，遛遛它，顺便遛遛你。"

半个小时以后，陆司语做好了饭，等在桌子前。整个别墅里安静得很，他有点儿不太习惯，好像自从宋文过来，这里就热闹了不少，可现在又恢复了一片宁静。陆司语微微皱了眉，人也不在家，狗也不在家，怎么一个一个吃饭都这么不积极呢？

又等了两分钟，陆司语终于忍耐不住，起身走到院子外面寻找宋文。

这是南城顶级的高端小区，物业修建了不少小花园。

今天的天气不错，天空是蓝色的，也没什么云彩，空气更是清新。宋文和狗在花园的正中央，一人一狗正较着劲。

陆司语见此，有点儿无奈地走过去，看了看宋文，又看了看"小狼"，完全不解其意，问："你们这是……在做什么呢？"

宋文道："驯狗啊，你们家这条狗被宠坏了吧，连最基本的蹲下和拜拜都不会，更别说那些难的了。"

陆司语忍不住用手指揉着额头道："我家这一条又不是警犬。"

宋文道："闲着无聊，总得试试，说不定哪一天就派上用场了。"他的右手拍了一下手肘，做了个手掌下压的动作。

"小狼"在一旁看着，晃了晃尾巴。

陆司语道："你这个是什么意思？"

宋文解释道："原地待命。"然后他又做了个手势，右手往前一推。那姿势还挺帅气的。

"那现在这个呢？"陆司语问。

"让它冲锋陷阵……"

"小狼"发出了"呜呜"的叫声，凑到陆司语的身边，有些警惕地望着宋文，仿佛在给自己的主人诉苦：这位新来的住客怕是疯了。

陆司语有点儿无语地看向宋文，平日里宋文是可靠的，可以让人依赖，可是此时和"小狼"在一起，就像是个孩子似的。陆司语顿时觉得有一种带孩子的心累感，而且孩子不是一个，而是两个。

宋文还在和"小狼"继续较劲，他叉腰俯视着"小狼"，一本正经道："你也太笨了。我这个动作都是从老傅那里学来的，绝对正确，你怎么就一点儿都看不懂呢？"

"不是它笨是你笨。"陆司语翻了个白眼儿，"你这也太没耐心了吧？而且驯狗有不给狗粮干驯的？不给你发工资让你干活儿你干吗？"

一般的警犬训练都是要准备点儿好吃的，让狗狗形成条件反射才可能记住动作，宋文这个……也太高看他家"小狼"了。

宋文摇摇头道："不给工资我估计不干。"然后他抬头看了看陆司语，在后面嘀咕："你说不定会干。"倒贴上岗是陆司语能干出来的事，他估计陆司语连工资卡都没查看过。

陆司语正好听到了，气道："宋文你……"

宋文看他冷白色的皮肤上有了点儿红晕，急忙哄他："小祖宗，都是我说错了话，你是有崇高理想的，别和草民一般见识。"

陆司语舔了一下唇，冲着宋文道："你先和我演练一遍。"

宋文消化了一下陆司语的话，这才反应过来陆司语是让他扮狗，反抗道："你这是驯狗呢，还是驯人呢？我好歹是个队长……"

陆司语扭头作势要走，宋文忙拉住他道："说吧，怎么做，我配合。"

于是陆司语就和宋文演练了一遍那原地待命的动作，陆司语的手一压，宋文就跟着蹲下，单手托着腮看向陆司语。一旁的"小狼"好奇地看着自家主人和新住客，不知道他们是在干什么。狗子转动了耳朵，摇了摇尾巴，像是在说：完了，今天这莫不是疯了俩？

陆司语不去看宋文，伸手摸了摸口袋，今天正好带了一点儿零食。于是他掏出一包肉干，喂小狼吃了一点儿，然后双手抱臂，轻轻拍了一下手肘，随后右手往下一压，说了一声："小狼坐。"

"小狼"叫了一声，不知是看懂了刚才宋文的示范还是看懂了陆司语的动作，在肉干的诱惑下乖乖坐下了。陆司语见它做对了，把剩下的肉干喂了它，揉了揉狗头道："这就叫原地待命，记住了吗？"

"小狼"又"呜呜"了两声，用爪子划拉了一下脸，吭哧吭哧地嚼着肉干。陆司语满意地揉了揉"小狼"的毛，做完了驯狗的正确示范，回头看向依然蹲在地上的宋文："你呢，学会了没？"

宋文伸出一只手，看向他问："我肉干呢……"

陆司语又白了他一眼道："我下回是不是还得遛你？"

宋文这才站起身，正色道："我知道了，下次我多带点儿肉干出来，回头再给它做训练计划。"

陆司语听了这话，看向"小狼"的目光带了点儿同情，道："宋队长是不是还准备来个年终考评？"

宋文没想这么远，道："那什么……我们回去吃饭吧，出来溜达了半天都饿了。"

陆司语这才记起来，自己是出来找宋文回去吃饭的。

在宋文搬入陆司语家后的第二天晚上，才吃过晚饭，宋文的手机铃声就响了。南城有几百万人口，总是有人出生，也总是有人死去。有案子是常态，没有案子的清闲时刻反而让人觉得不正常。

接了电话以后，宋文干净利索地收拾了东西，带着陆司语准备去出现场。陆司语考虑了一下，上楼取了眼镜戴上，又拿了笔和记录的本子，"小狼"看到两个人忽然收拾东西，跟着激动起来，蹿着往宋文身上扑。宋文摸了摸"小狼"的头道："今晚不能带你，我们办正事呢，可不能自带'警犬'。"

"小狼"似乎听懂了宋文的话，"呜"了一声，马上翻了个白眼儿，一脸嫌弃地转身趴回了狗窝里，尾巴还示威似的摇了两下。

这也太过现实了吧？宋文指着那狗气道："小白眼狼，有本事下回别来找我。"

陆司语看了看宋文，又看了看自家的狗，嘴角勾起一丝浅淡的笑意道："这才没两天，你们倒是混得挺熟啊。"

宋文假装没听出其中的讥讽之意，想了想道："就我以前和动物相处的经验来说，这已经是十分和睦了。"

这次发现尸体的地方是在城西外的一处老旧化工厂，车开了大约四十分钟才到现场。化工厂是二十年前盖的，名为清河南化。这里挨着的河原本叫作清河，化工厂也因此得名。

在那飞速发展的几十年里，清河南化不断往河里排污，让清河变得名不副实。后来这厂子也因为污染严重、设备老化、入不敷出等问题，几年前改制的时候停产了。工人下岗遣散，设备卖了个七七八八，这一块却没拆迁，留下几栋空的厂房。城市就算建设得再为完善，也总是会留下一些这样的地方，像是城市里的疮痂一般。

晚上八点多，这一片区域天色全黑，可以看到几颗星星闪烁。宋文把陆司语的车停在了其他警车旁边，远远地能够听到各种虫鸣，他锁车时感慨了一句："不得不说，这些工厂停产治理还是有作用的，我小时候外婆家就在这儿附近，那时晚上都看不到星星，现在至少能看到亮点了。"

陆司语问："报警的是什么人？"

宋文道："在这里练习的地下乐队。这地方可是那些青年的乐园。"

这化工厂的主体厂房高大，空旷，内部结构能够形成天然的混响。后来不知怎么就被一些地下乐队发现了。这地方附近没有居民楼，就是唱翻了天都不会有人来理你，所以后来这里就逐渐变成了年轻人的聚集地。宋文看了看又道："若是没有那些乐队在，这里倒是个杀人藏尸的好地方。"

尸体是在最大的厂房里发现的，陆司语在漆黑的厂房前仰头站立了片刻，宋文道："走吧，我们速战速决，晚上还能赶回去睡觉。"

陆司语这才"嗯"了一声，乖乖跟上宋文。宋文和陆司语到的时候，林修然和傅临江都在里面了。宋文撩起封锁线，打头走进去，和先来的几个人打了声招呼。

白日的酷暑消散，陆司语一走进去，就感觉有一股冷风吹来。这里荒废许久，还是来这里唱歌的乐队为了方便接电吉他，拉了线过来，所以此时厂房中才能亮起几盏探灯。强光虽然不能把整个厂房照亮，但是足以让人看清楚四周的状况。

厂房的窗户早已十不存一，周围的墙上被涂鸦。这里估计很少打扫，地上不光有烟蒂，还有易拉罐以及各种零食的包装，在仓库的角落里有一些乐器，旁边还有两个简易的帐篷。

这里有一种浓厚的废土感。

宋文四下张望了一圈，开玩笑道："那些年轻人胆子倒是不小，这地方如果拍个丧尸片，都不用搭场景。"

陆司语看了看微微皱眉，现场被破坏得挺厉害，恐怕那些年轻人早就把这里当作第二个家了。这里空了那么久，空气中还有着一股淡淡的硫酸味，还好厂房早已经四处透风，才不至于熏得人难受。

傅临江见宋文过来，把笔往胸口的口袋一别，指了指一旁或蹲或坐的几个人道："就是他们几个发现的尸体，说是排练累了打了会儿网球，捡球的时候发现的。"

那几个人都很年轻，三男一女，着装前卫，特立独行。打头的一个男生一边耳朵戴着耳环，他从口袋里掏出根烟，想要点燃，宋文道："这里是犯罪现场！"

那年轻人在这里浪惯了，此时一撇嘴，把烟夹在指缝里道："警官，我们几点可以回家啊？这都八点多了。我们可是无辜得很，什么也没干，就报了个警。"然后他叹了口气道："早知道这么麻烦……"言语中大有对报案的悔意。

"都是你多管闲事……"几人中的女孩儿瞪了他一眼道，"我妈让我今天十点前务必回家呢，要是不能准时回去，我饶不了你。"

"你吵什么？"那没抽成烟的男生回头说，"还不是你非要玩什么网球，你要是打羽毛球，不是早就没这事儿了？！"

那女孩儿一时没反应过来，瞪大了眼睛问："为什么？"

"羽毛球轻，打不了那么远。"

宋文听不下去，咳了一声道："别吵了，你们是情侣吧？这点儿小事推来推去，犯不着。"

那男生有点儿惊讶，回头问宋文："你怎么知道……"

宋文指了指他们的手道："情侣戒指都戴着呢。"然后他安抚两个年轻人："又不是你们杀的人，等下就放你们回去了。说说你们发现的过程吧。"

女孩儿听了这话，低下了头道："就是捡球的时候发现的，在那边的坑里，我找球时扒拉出来一只手，干瘦干瘦的，就和木乃伊似的，当时吓死我了……"她现在回忆起那画面还是觉得心有余悸。

"你们是什么时候开始用这里做排练场的？"宋文又问。

女孩回忆了一下道："差不多是三月，我们当时想参加五月的音乐节，在别处排练被投诉了好几次，就找到了这里。音乐节以后，觉得这地方人少安静，就继续留了下来。"

宋文听着他们把故事讲了一遍，其中一个胖子见有物证员在查看他们摆放的设备，紧张地叫了起来："我的贝斯是新买的，你们可别给弄坏了。哎，我这个……是可以拿走的吧？你们不会把东西都没收了吧？那可是私吞人民财产。"

宋文指指傅临江道:"你们等下让物证员看下东西,然后跟他回局里把笔录做了,就可以回去了。"

工厂的另一边,陆司语已经找到了林修然,从他那边拿了手套和口罩。

今天就林修然一个法医过来,他也早就习惯把陆司语当半个法医用。

这么多年过去了,这厂房里的设备虽然早就卖空了,当初的化工品却还剩下很多,还有几个巨大的池子。走近了能闻到淡淡的挥之不去的化工品的味道,倒是没有什么尸体的气味。

那尸体就藏在其中一个池子里,那池子三米见方,大约有一米五深,里面铺了大约半米厚的白色化学粉末,看上去像是埋了一池子的雪。

此时,尸身已经被先到的警察帮忙拉了出来。现场已经把大部分的灯光聚集在这边,但是光线依然不太明亮。陆司语把口罩往上拉了拉,低下身去仔细看那躯体。这么看起来,那东西简直难以称作为"人"。尸体的脸部和躯干都受到了腐蚀,全身的水分也都被吸干,大腿萎缩到了正常人三分之一的粗细,已经变成了一具干尸。

陆司语看了看,只能够初步辨认出是一个男性被害人。从骨架上判断,被害人并不矮,身高接近一米八。

林修然面不改色地用戴了手套的手探了探尸体的头部。尸体上的白粉掉落,终于露出了脸部。

林修然忽然眉头一皱,低骂了一声:"见鬼。"

陆司语和林修然出过好几次现场,不知道是什么原因让这位老法医都觉得奇异,陆司语随着林修然的目光看去,那尸体的面容已经干枯,闭着双眼,但是却能看出嘴角上扬,似乎是笑着的。他见过尸体的各种表情,大部分是恐怖的、痛苦的,鲜少看到表情是笑着的。

深夜里,空旷的厂房中忽然出现了一具干枯的尸体,而且还面带笑意,这场景十分诡异,甚至让人有些不寒而栗。

林修然很快恢复了镇静,用手按了按尸体胸口处的一处疑似刀伤道:"可能是面部肌肉被腐蚀造成的肌肉变形。是个年轻人,年龄大约是二十五岁,疑似被人刺伤胸口致死,由于有化工品的侵蚀,死亡时间不好判断。"说到这里,他又用手按了按那尸体身上的肌肉道:"保守估计至少有几个月了。这个角落偏僻,所以才一直没有被发现。"

死者的死亡时间是侦破案件的重要线索之一,可是尸体已经干枯,无疑会给推断死亡时间造成很大的困难。

"腹部……好像有个伤口。"陆司语用手指摸了摸那一处,虽然皮肤已经受到侵蚀,但还是可以依稀看出那里的皮肤异于别处,有个明显的褶皱,他摸了摸随后又"咦"了一声,那触感和伤口完全不同。

"不像是伤口……"林修然也伸手过去，他也明显感觉到那部分的皮肤和其他地方不同。这处地方没有血迹，也没有贯穿。

陆司语沉思了一下判断道："也许是一处旧伤。"

林修然对这个推断表示赞同，但还是严谨地道："有可能，等回头验尸的时候我重点看看这里。"

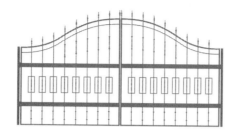

第十章

── 借尸还魂 ──

"我还以为是行尸走肉，没想到是木乃伊归来。"宋文把证人安顿好，也走到了尸体旁，他掏出手机来打了个光，在白色光线的照射下，尸体上的白色粉末反射出点点亮光，宋文蹲下身来看了看，"这个坑里原来存放的是什么，有毒吗？你们可千万小心。"

林修然道："已经查看过了，放的是工业盐，也就是亚硝酸盐。"盐类能够迅速使尸体脱水，难怪会形成一具干尸。

宋文用手电筒照了照四周，皱眉问："亚硝酸盐吃了以后不是会致死吗？这危险品就这么放在这旧工厂里，也没人处理？"

林修然叹气道："这工厂早就停产了，责任人恐怕都找不到，而且这些工业盐又重又不值钱，工人都不愿意搬走。"

"等回头我打个申请吧，看看能不能特别处理下。"宋文说完理了理思路，"也就是这位兄弟被人谋杀以后，弃尸在了这里……"

林修然指了指一旁的角落，其中有几个标记着亚硝酸盐的空袋子，道："这里可能原来是空的，应该是嫌疑人杀人之后，把这些工业盐倒出来盖住了尸体。工业盐吸收了身体里面的水分，也让尸体不至于腐烂。时间应该是冬天或者是春天，在较低的温度下形成了干尸。"

宋文问："现在能够确定被害人身份吗？"

林修然摇摇头，摆弄着那具尸体道："面部早就无法辨认，凶手把尸体抛弃在这里后，脱去了尸体的衣服，然后撒上了工业盐，因此我们所知的也就是现在所见的这么多了，其他的估计要尸检以后才能够知道。"

废旧的工厂，难以确认身份的全裸无名男性干尸……宋文下了判断："那我们回头先从一年内的男性失踪人口找起吧。"

看这边初检做得差不多了，陆司语站起身来做着现场记录。他抬起头看了看四周，这里安静，偏僻，不太明亮的灯光照在他的脸上，于镜片处反射出一道光亮。他把手套摘了下来，活动了一下修长的手指，低着头不知道在想些什么。

宋文转头对林修然道："那什么……我们先把尸体拉回去吧。"

又到了干体力活的时候，林修然去车上取了裹尸袋来。陆司语自动退后了两步，没有给他们添麻烦。宋文和林修然还有两位帮忙的协警都十分小心，不让自己沾上那些粉末。他们齐心合力，把尸体放入了袋子里。

那边程小冰已经拍了许多现场的照片，其他物证痕检员也把现场的痕迹汇总得差不多了。这里经常有乐队来排练，所以地上的痕迹很多，加之投尸的时间是几个月前，很多线索都不可用。小姑娘在那里愁眉苦脸着，陆司语走过去问她："发光胺带了吗？"

发光胺也就是鲁米诺，能够和人的血液还有精斑产生化学反应，在暗处显示出荧光色，紫外灯光下尤其明显，法医和物证员常用它来查找血迹。

"带了，可是这里这么大……"程小冰皱眉道。他们现在并不知嫌疑人走过的路线，这么大的地方，几十瓶发光胺也不够喷的。她刚才也想要提取血液痕迹，却无从入手。

陆司语伸出手道："给我一瓶。"

程小冰去找了一瓶给他，然后又给了他一盏紫外灯。她有些好奇地看向陆司语，不知道他准备怎么用这东西。陆司语回头看了看这边的地形，选了左边的入口处，然后一路溜达，不时用手里的东西喷上两下。

此时的工厂门外，林修然和宋文合力把尸体抬上了运尸车。宋文道："我还以为你会配合许长缨去查夏未知的案子呢，今天你怎么有空过来？"

林修然道："那只是顾局随口一说罢了，许长缨带了自己的法医来，是个女的，昨天下午到的，然后就把夏未知的骨头给要过去了，说是这几天出一份验尸报告。"

之前林修然已经把报告准备得七七八八了，许长缨的意思看来是要重新验一遍，宋文呵呵一笑，道："那些省局的人倒是谁也信不过。"

"自然嘛，毕竟是个大案子，容不得闪失，对他们而言最稳妥的方法就是找自己相信的人再查一遍。"林修然摘了手套，"死了十几年的人，只剩枯骨，又被泡了很久，验尸的难度挺大，我是乐得清闲。对了，你知不知道他们要从市局抽调人的事儿？"

宋文摇摇头道："没听说，也没关注这个。"这几天顾局让他休息，他就真的休养了两天。昨天他收拾东西，还把自己的台式机安顿在了陆司语的书房里，顺便打了几局游戏放松了一下。

林修然和他八卦道："听说是带来的人手不够，会从市局选人加入专案组。回头案子结束，有可能直接调到省局。"

宋文随口答道："那可算是平步青云啊。怕是有很多人抢着想要去了吧？"

"是啊，我听说二队的赵立好像就主动请缨了，不过直接悲剧了。"林修然又道，"一般的人，人家省局精英可未必看得上。"然后他欲言又止，但似乎觉得不提醒下宋文不够义气，还是开了个话头："你猜那姓许的看上了谁？"

宋文听出来这话里意有所指，想到之前陆司语从会议室出来支支吾吾的样子，心里忽地浮上来点不好的预感，道："不会是……我队里那位小祖宗吧？"

林修然点了点头，冲着厂房里一努嘴，然后做了个噤声的动作，示意宋文别让人听到。

宋文骂了一句道："挖墙脚挖到小爷头上来了！"陆司语不缺钱，也对名没什么兴趣，如果说爱好，也就只有查案子这一个，特别是对某些案子有着古怪的执着，许长缨要是用这个诱惑他，保不齐人就被拐跑了。

林修然看了宋文这反应，小声地明知故问："陆司语没和你说吗？"

宋文眼睛一眯，把整个事情理顺了，道："他没和我说，也许还在犹豫吧，回头我找他聊聊。谢了，林哥。"然后他摸出手机看了看时间，此时已经临近九点，这一折腾估计回去又要十点多。

两个人关了运尸车的后门，又回到那处厂房，宋文撩开封锁线走进去问："大家进展如何？"

陆司语刚才忙了半天，此时开口，清亮的声音在宋文的身后响起："宋队，关灯。"

宋文不解其意，回头看了一下陆司语，那人正侧头看着他，似是在等着他的行动。宋文抬头一看，那几盏探灯的开关就在他不远处，于是他伸手按了下拉出来的接线盒。

整个厂房忽地被一片黑暗笼罩，只有一点点月光从窗外投射进来，随后紫光浮现，那是陆司语按亮了手里的紫外灯。众人急忙去看，一切就像是变魔术一样，那紫光所到之处出现了一片一片斑驳的荧光色彩，在这漆黑的厂房里竟是说不出的诡异美丽，像是梦境一般。随着灯光的移动，一条荧光色的"血路"出现，在工业盐池里有半个血色掌印。

"啊！"虽然那只是不全的掌印，但是也极有价值。程小冰疾走了几步，想要看得更清楚些。宋文却忽地拉住她的胳膊道："小心！"

程小冰低头，这才看清楚原来此时自己已经走到了盐池的边上，若是刚才宋文不拉着她，她就要跌入那盐池里了。程小冰一阵后怕，蹲下身小心地爬下去拍照。

那掌印是戴着手套留下的，可以看到右手的中指指根比其他的手指粗一些。陆司语蹲下身凝视道："嫌疑人的右手中指可能戴了戒指。这戒指，好像还不小……"

程小冰有些好奇地问："陆司语，你怎么知道会在哪里有血迹？"

整个厂房巨大，想要在这里精准找到血迹不亚于大海捞针。

"抛尸的人应该是对这里十分熟悉，他本来就打算把尸体抛入这个池中，所以他进来以后没有走弯路，直接到了这里。而且被害人身形高大，抛尸者身形如果相对矮小的话，很可能会在右边的台子这里歇息一下。"

解释到这里，陆司语又照了照旁边那几个放置工业盐的袋子，上面也有一些血迹反应："他在那里翻找了化学物品，抛撒了几袋掩埋尸体，然后带走了尸体的衣服，还用那衣服擦去了部分血迹。"所以，有一些血迹只是模糊的一团，看不太清晰。

"行动速度慢，相对矮小。"程小冰抿了一下嘴唇问，"所以说，这抛尸的不会是来过这里的年轻人了？"

陆司语摇摇头，侧头思考了一下道："了解这里的布局，知道化工品存放的位置，我觉得这人倒是更有可能曾经在这里工作过，也许上了岁数，所以体力有点儿不足。"

宋文点头表示赞同，道："他只知道这是一处废旧的工厂，并不知道这里成为了那些年轻人的聚集地，如果他知道这里会有那么多人来往，就不会把尸体放在这里。"凶手敢把这里作为抛尸地点，一定是觉得这里足够隐秘，而且他把尸体毁坏得彻底，觉得不会有人能够找出死者的身份。要不是有那些地下乐队在这里聚集，这尸体怕是十年八年也不会有人发现。

宋文想了想又说："我觉得有一种可能，抛尸的时间在那些地下乐队使用这里前。"

林修然也道："刚才问过那些年轻人，他们大概是五个月前开始使用这里的，所以死亡时间、抛尸时间可能早于他们发现这里，这个时间也和尸体的状况相吻合。也就是说，死者死亡至少是在五到六个月以前。"

一直忙到晚上十点多，宋文开车回到住处，刚要脱外衣，陆司语就道："先去洗澡，身上都是亚硝酸盐，对身体不好。"

宋文把刚脱掉的外衣一裹拿在怀里道："你要不要一起？"说完觉得别扭，又补了一句："反正你家洗手间多。"

陆司语道："我很小心，等下洗洗手就可以了。倒是你，帮他们搬过尸体。"他想了想又道："对了，把你的衣服放洗衣机里，不要让'小狼'碰到。"宋文应了一声，躲开了扑过来的狗，去卧室取了换洗的干净衣服，然后进了洗手间。

自从宋文搬了过来，陆司语书房的布局就发生了一些变化，他喜欢用笔记本，所以用了侧面的一个横桌，把主位留给了宋文。这么一摆放，感觉和市局办公室两个人坐的位置差不多。

宋文从浴室出来，来到书房打开了电脑，此时朱晓已经调出了南城市过去一年的男性失踪人口记录。宋文把资料打印好，而陆司语正坐在侧面准备往本子上誊写现场勘查报告，见宋文翻看资料，伸手道："给我看看？"

宋文把那一沓纸递了过去道："现在尸检还没做完，信息太少，可能会做无用功。"

陆司语却不太在意，一张一张翻看起来道："至少可以先排查一下。"

宋文道："我去给你热杯牛奶吧？对睡眠有帮助。"

陆司语摇摇头："刷了牙了。"

宋文看了看时间道："可这都快十一点了，你就算再敬业，也不能这么熬着。"

陆司语低头继续看着，他用手托了腮，头也没抬道："你叫朱晓大晚上把这些档案调取出来，不就是为了熬夜看完吗？"他再了解宋文不过，宋文从来都是把案子放在第一位的，这时候假装无事轻松，不过是为了哄他去睡觉。

厚厚的一沓失踪记录，每一条都代表着亲人的期盼。死的是一条人命，能够早些揭开谜底，就能够早些结案，这时如何能够让人轻松得起来？

宋文被他点破了心思，叹了口气道："我这个……就算是两点躺床上，照样能睡着，你能和我比吗？"他本来打算先和陆司语谈谈许长缨挖墙脚的事，然后等陆司语睡了以后，自己再把这筛选工作做完，可是他现在看到陆司语一心扑在案子上的样子，觉得陆司语不会轻易离开。

陆司语眉眼微微一弯，还是拒绝道："你让我看一会儿吧，现在太早，我睡不着。"

宋文简直拿他没有办法，从他手里抢过来一半道："两个人查，总是要快一点儿。等下看完，你就给我乖乖睡觉去。"

陆司语这次没有异议。宋文手里拿了十几份资料，开始从年龄、身高、体型、失踪时间等因素进行排查，十几份资料看完，总是有一两条信息对不上的。

宋文专心致志，安静地看了一个来小时，终于排除了所有的可能性，他把资料放下伸了个懒腰道："我这边的看完了，都不是。看来这位被害人还挺难找的。"

宋文说完一抬头，却见陆司语单手支着头，眼睛合着，尖尖的下巴垂了下来，已经坐在那里睡着了。宋文怕吵了他，起身看了看桌子。那些资料陆司语也看得差不多了，还做了细致的标记。宋文心道：这人真是的，不愿意去睡的是他，现在坐在桌前睡着的也是他。

宋文看陆司语一点儿也没有要醒的意思，索性走过去，直接把他打横抱了起来。

　　陆司语半睡半醒之间，忽然身体一轻，低低地"呜"了一声，那声音就像是小猫在叫，由着宋文将他放到卧室的床上。宋文怕他醒了，看了看他清俊的脸，发现他的眼睛还是闭着的，这才托着他的头小心翼翼地放下，然后又给他盖上了被子。

　　第二天早上，晨会照例是各部门一起开的，小会议室被许长缨一队人占了，他们只能临时用法医室碰个头。由于昨晚太晚，尸体的身份又没确定，林修然没把尸体运到殡仪馆，而是直接停放在了法医室。宋文一进法医室就揉了揉鼻子，这尸体在这里放了一夜，空气里都有一种淡淡的海盐味。

　　不多时，人到齐了。物证员今天都出外勤了，把照片和各种资料留了下来。几位刑警和林修然在那具尸体旁边坐着。宋文开门见山道："昨晚我和陆司语已经排查了最近的失踪人口记录，没有发现和死者的年龄、身高相吻合的。"

　　林修然道："我这里的尸检也已经完成，死者男，年龄大约二十五到二十六岁，身高一米八左右，死者的DNA以及指纹在相关的数据库里没有记录，也就说明死者生前可能没有过犯罪记录。其他的，死者死亡时间大概是在六个月前，死因是胸口中刀，这一刀刺中了肺部，死者应该很快就死了。此外，我们昨天发现死者的腹部有一道伤痕，解剖后发现那是手术伤痕，死者没有胆囊，可能做过胆囊切除术，我还发现这是一个年轻的癌症晚期患者。"

　　"癌症晚期？这个人没有几天好活了？"傅临江听到此处微微皱眉，这样的死者在以往的案子里并不多见，"有什么深仇大恨，非要杀一个得了绝症的人呢？等上几个月可能他自己就病死了，为什么要用这种方式结束他的生命？"

　　按照常理，这样的绝症病人应该躺在医院里，或者是和亲人享受最后的时光，可他却被人杀死，并被抛尸在化工厂。宋文也有些想不通，道："这人不是失踪人口，也没被记录在案，死了这么长时间没人报案，这事情挺奇怪的。"

　　没有家人，没有朋友，没有报警记录，没有其他资料，这个人孤孤单单的，仿佛被整个世界遗弃了。不，他还是和世界有联系的，是那个凶手把他丢弃在了那处废旧的化工厂……

　　朱晓有些同情地看了看躺在一旁的尸体，想到了一种可能性，道："有没有可能，这个人原来一直生活在外地，他的亲人以为他出差未归？"

　　老贾摇头道："都癌症晚期了，出什么差啊……这样的危重病人怎么可能出来乱跑？"

　　朱晓继续推断："那如果是他的亲人把他当作累赘，或者他有什么愿望，想要看看哪里，想要见见什么人……他是独自来南城求医？或者说这是跨地域作案？跨地域投尸？"

傅临江接话道："这倒是有可能。但是这样的话，就要申请各地协同调查，事情就会变得麻烦很多……"

"凶手把尸体放在那里，说明他有运输工具，对本地十分熟悉。跨区域运送，对于凶手来说，危险性升高……最好在完全排除其他可能之后再考虑这种可能性。"宋文说完侧过头，看见陆司语手里握着笔，盯着面前的尸体发着呆。

"陆司语？"宋文叫了他一声，"你有什么看法？"

陆司语"嗯"了一声，这才像是醒了过来，他有点儿心不在焉。昨天他是很早就睡着了，可是不到五点就醒了，一直胃疼到天亮，现在胃还疼得厉害，让他难以集中精神。似乎从上次胃出血以后，他的胃病发作得就比以前勤了，再怎么小心谨慎都没用，现在止疼片又被收走，其他药物的作用微乎其微。

他不想让宋文担心，身体微微向前倾着，手在桌下抵着腹部，然后吸了口气，理了理思路道："能不能从病情入手？"他还想多说两句，可胃突然一疼，他急忙咬紧牙关，把一声低吟压在了喉咙里，然后低下头去，只希望宋文不要发现他的异常。

"这倒是个思路。"林修然会意，表示赞同，"这个城市里得癌症的还是少数，我们可以排查市内有相关疾病的人，男性，二十五岁，在过去几年内做过胆囊切除手术，可能会有记录。"

宋文道："先进行排查吧。最近技侦那边的大数据库不是建得差不多了吗？"

提到了大数据库，和技侦对接的朱晓马上露出了一脸嫌弃的表情。互联网日新月异的今天，警方的大数据库也已经建了很久，南城市在这方面是走在前面的，整个数据库极其庞大，有很多录入的工作。在人口多达数百万的城市，需要做到出生、户口、死亡、医疗、房产、手机、银行卡、车牌号、票务信息全部关联，几乎是件难以完成的工作。其中最大的难处就是录入错误百出，信息产生的速度要远远高于导入的速度，以至于警方大数据库的内容要滞后很多。

不过嫌弃归嫌弃，这种一年前做过手术的记录应该可以排查出来。朱晓拿了笔记本电脑，用自己的口令进入南城警方数据库，输入了几个关键信息，旁边的一个符号就开始转动起来，表示正在进行筛查。

众人凝神屏息，等了足足十秒，屏幕闪动，宋文还以为出了结果，却见右边拉出了一个进度条，上面的数字跳到了百分之一。

朱晓叹了口气道："有时候吧，真想把他们的程序再改一遍。"

傅临江苦笑了起来，老贾起身道："我去拿我的杯子。"

初步计算结果出来怎么也得几分钟，宋文开口道："大家先休息一下吧。"话刚说完，陆司语放下本子第一个走了出去，宋文刚想叫他，却被林修然拉住。

陆司语直接去了洗手间，刚才他就觉得额头上的冷汗在不停往外冒，吃的早饭在胃里直翻腾，只觉得好像有一双手把那柔软的内脏拧成一团。没过一会儿他就全吐了，眼前全是星星点点。他早就知道那药戒起来没那么简单，他可以努力地控制意志不吃药，可是他的身体却完全不那么想，所有的器官联合起来和他造反，叫嚣着想要把他撕得粉碎。

吐出来反而舒服了，陆司语歇了一会儿，觉得好了很多，从隔间里出来以后，他到洗漱池子边用手接着水漱了漱口。他的余光似是看到水池的另一边有人，抬起眼眸，见那人是省局来的许长缨。

陆司语瞬时清醒了一半，直起身子来，只希望许长缨刚才没有发现他的狼狈。然后他又想到，自己进来的时候洗手间的几个隔门都开着，当时是没人的，许长缨应该刚进来不久。

许长缨没说话，从台子旁抽了几张纸巾递给他，也没问他是不是不舒服。陆司语接过来捂住嘴巴，然后擦了擦嘴角的水渍，轻咳一声道："谢谢许队。"

两个人走到洗手间外的走廊处，许长缨问："我上次问你的事情，你考虑得如何了？"

陆司语停了几秒，努力让自己恢复平静，道："这边的案子才刚开始。"言下之意，就算是要调组，现在也不是时候。

许长缨轻笑一声道："怎么？这个案子没有了你的话，宋文搞不定？"

听了这话，陆司语忽地冒上来一股火儿，说他怎样都可以，可是说宋文却不行，他忍不住想要维护宋文，道："那许队也未免太小看宋队了吧？他是南城市局破案率最高的。"

"你和你们队长的关系倒是不错。"许长缨轻笑一声，"不过宋文嘛，我拿了他的案子，顾局让他交接，他就全都交给下属来做，我倒是没看出来你这位队长对这份工作有多执着。"

陆司语很想说一句"那是你不了解他"，但还是忍住了，只是张了张口道："最近案子刚开，宋队有点儿忙。"

"哦，那我祝你们早日破案。"许长缨活动了一下手指，他没再和陆司语对着来，语气里却带了一丝轻蔑，仿佛宋文只是个不值得一提的对手，"我这边很多人急着想要进来，你最好快点儿下决定。"

陆司语眉头微皱，然后问："许队，你为什么选了我？"什么所谓的优秀，都是表面说法，许长缨不是个好相处的人，也不是好糊弄的人，他行事有他所谓的规矩，选择自己，也必然有他的理由和想法。

许长缨没有回避这个问题，也没有急于回答，先是反问他道："你记不记得你看到过的第一处案发现场？"

一幕幕画面忽然在陆司语的脑中浮现，就是在那里，他仿佛死过了一次。

他强迫身体站得笔直，忍着不让自己看起来有异常，道："记得，我这辈子都不会忘记。"

"好好珍惜这种感觉吧，我看得出那个案子对你有所触动。"许长缨解释道，"我觉得每个案子都是有情感的，就像是有灵魂一样，这倒不是迷信，凶手也好，死者也罢，事情之所以会发生，之所以有如此结局，都是有原因的。一个好的刑警，就像是一个好的演员一样，面对案子，你得入戏，把自己沉浸其中，心中要有波澜，要对凶手心怀仇恨，把凶手当作自己的仇人。"

许长缨顿了顿又说："很多警察，特别是做得久了的老警察，身上都已经没有了这种特质，做警察只是他们赖以生活的一份工作。嫉恶如仇？不存在的，他们早就麻木了，那种眼神我看一眼就能分辨得出。我并不是说那些人就不是好的警察，而是那样的人，我看不起。换句话说，我并不需要一个上班打卡、下班过着自己生活的人。我需要一个二十四小时紧绷在弦上，能够并肩作战、和我一起破案的人。"

听了他的话，陆司语瞬间像是被点到了死穴，他以为自己把心里的东西掩藏得很好，却不知道为何被许长缨看出了端倪。他握着纸巾的手渐渐收紧，将纸巾于掌心揉成一团。许长缨敏感地察觉到了什么，抬头问："怎么，你不赞同我的说法？"

"许队的想法过于苛刻了，就算是警察，也不是破案的机器，都是人而已。"陆司语眨了眨眼睛，躲开许长缨的视线道，"而且说到嫉恶如仇，局里很多人都比我好上太多了。"比如宋文。

陆司语心里十分清楚，他并不是许长缨所描述的那类人，他的行为是有目的的，他是在关注案情，探知犯罪者的内心，也在借此发泄自己的欲望，麻痹自己的神经。许长缨敏感地发现了他内心的不甘，却把这种情况误判为他的正义感。这种情形之下，陆司语越发觉得进入许长缨的队伍可能不是一个好的选择，可这毕竟是一条让他能够快速了解当年真相的捷径，一时他有点儿犹豫不决。

"还有一点，我听说你在警校时的导师是吴青。"许长缨道。宋城一直对这位老搭档记挂着，而吴青也的确有他的特别之处。在宋城提起吴青前，许长缨从未听到过宋城对别人有那么高的评价，他对吴青好奇，顺带也关注着陆司语。

两个人说到这里，正巧有人从走廊那边走过来，陆司语不想和许长缨再纠缠，低头小声道："我知道了，考虑好后我会答复你，谢谢许队。"

陆司语回到法医室的时候，除了林修然被叫走了，组里其他人都在。宋文透过人群看了他一眼，似是想问他为什么去了那么久。陆司语拿起本子低着头，故意躲开了宋文的目光。他的手还有点儿抖，嗓子里火辣辣地疼，胃里面空荡荡的，但是这难受并非无法忍耐。

这时候朱晓的笔记本发出了"嘀"的一声轻响，系统正好筛查完成，众人的目光一下被吸引过去。进度条变成了百分之百，符合的名目处却是空荡荡的。朱晓有点儿泄气，抬头对宋文如实汇报："宋队，没有发现相关的人。"

老贾松了一口气，做出沉痛的表情捂着胸口道："我们尽力了，看来那位兄台真不是我们南城的……"

"我怎么听着你满是解放的语气？"傅临江毫不留情戳穿了他，"或者我们换个思路？是不是要扩大范围，问下省里？"

"再等等，修改下筛选规则。"宋文皱眉思考了片刻，改动了几个关键词，又按下了回车键。之前朱晓做的限定太细了，万一其中有一些不同，就会导致结果筛选不出来。这一次，限定变得宽泛，系统的计算速度快了很多，不多时蹦出一个人名。

"有一个相关的！"傅临江马上说道，可随后，他看了看资料叹了口气，"唉，这是个死人啊，死亡时间七个月前。宋文，你是忘记选择生存选项了吧？"

朱晓也道："我说什么来着，你看这大数据系统，果然是不靠谱儿……"

老贾看到这结果，却变得一脸严肃，道："哎，没错，可能就是这个人。你们有没有听说过那个词——'借尸还魂'？"

朱晓一脸鄙视道："封建迷信，都什么年代了。"

老贾道："我这可不是胡说八道，你们有没有听过老人们讲的故事？借尸还魂，就是这个人心里还有事未了，借了别人的身体回到尘世，来报恩也好，报仇也罢，等到尘缘已了才会离去。"

朱晓忍不住提醒他："贾哥，你是个警察！还是个刑警！"

宋文没理他们，点开了那条记录道："陈颜秋，男，二十六岁，身高一米八一，血型 A，常用手机号……常用邮箱……身份证号……学历……学校……户下银行卡……名下不动产……常住地址……两年前确诊癌症，一年前做过胆囊切除手术……死亡原因是病故，死亡日期……火化日期……"随着他手指移动，鼠标向下，一张照片出现。

这大数据系统查询起来虽然有点儿慢，信息收集得倒是还算齐全，只要是警方能够搜集到的信息几乎都呈现了出来。各种档案、经历，甚至是购买车票的日期、银行卡的支出，所有数据应有尽有，这样省去了大部分的调查时间。那一个一个活生生的人，便被这样压缩了一段段数字和文字，简明扼要地记录在了互联网上。

陆司语走到几人身后，看了看那被列出来的详细信息，轻声道："应该就是这个人。"

傅临江还有些难以置信，道："啊，小陆，这人早就死了啊。"

"之前死的，应该不是他，这具尸体才是。"陆司语在一旁分析道，"从数据上来看，这个人的所有信息都和我们现在所掌握的完全一致。性别、年龄、身高、血型，甚至疾病和手术情况都非常一致，这种概率是非常低的。"话说得多了，他的嗓子有点儿疼，轻咳了一声。

宋文也道："从照片上来看也很像。从他的身份证照片上可以看出他有颗虎牙。"说到这里，宋文看向一旁的干尸，尸体牙齿排布和身份证照片上完全一致。

人的牙齿会影响整个面部五官，法医也经常通过牙齿的特征和牙模确定死者的身份。经常绘制画像的宋文更是敏锐地发现了这一点。

"可这个……是个七个月前死的人，还被开具了死亡证明去火葬场火化。难道真是和老贾说的似的，有人'借尸还魂'？"傅临江指着屏幕道。

"还真的有可能。"宋文站起身，神情严肃，"若是所有的可能都被堵上，那就要思考是不是所谓的'不可能'出了问题。"他的目光转向一旁的干尸："那就是七个月前死亡的那个人不是他。他借了别人的'尸'，还了自己的'魂'。"

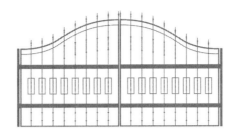

第十一章

── 病友打工 ──

听了宋文的话，办公室里的人都在消化这个信息。

老贾道："哎，我刚才说什么来着？就是借尸还魂。"

朱晓瞪了他一眼道："宋队说的和你说的，根本是两个意思啊。"

现在躺在解剖台上的这个人竟早在七个月前就被宣告死亡并火化，这事情在现在各种手续完备的社会中，无论是谁碰到，都会觉得有些匪夷所思。可资料帮助他们破案的同时，也可以掩盖其中的真相。大数据系统是可以统计数据没错，但这些数据有很多是人工输入的，是可操纵的，这样就有了出错的可能性。

朱晓问："借尸还魂，首先得有具尸体，那之前火化的那个人是谁啊？"

宋文又看了一下电脑道："根据系统里的记录，死者是在家里报的病故死亡，一切手续正常。如果当时死亡的人不是陈颜秋，那恐怕是办事人员的失误了。"

死亡医学证明书这个东西并不难开，甚至有一些匆匆火化的，凭借殡葬部门出具的火化证明还可以补开。每天，每月，每年，死亡的人太多了，根本做不到对每具尸体都详细查验，一般仅做简单查验就会发放死亡证明。

陆司语看了看记录道："尸体当时无法辨认面容，查验后发现死者生前得了重病，有各种病历，法医得出的结论是自然疾病死亡，加上来报警的是亲属，这些因素可能导致了法医和其他工作人员的疏漏。"

若是七个月前死的不是陈颜秋，那么死的人会是谁？他的死和陈颜秋有没有关系？陈颜秋又怎么会在一个多月后被人刺死，丢在那个废旧的化工厂？

宋文道："保险起见，还是尽快核验一下。这个陈颜秋好像有个妹妹，把她叫过来问一下，我会让老林复核死者的 DNA。"

陈思雪不知道为什么公安局忽然来了电话，问她下午有没有空，让她去市局一趟。

这是她从小到大第二次正式和警察打交道，上一次还是发现哥哥尸体时，房东阿姨报了警。

结束中班以后，陈思雪顾不得吃饭，就急匆匆换下了演出服，让前台帮她打了一辆车，从宾馆出来。她揉着有点儿僵硬的手指。上车时就听那司机"咦"了一声，然后回头问她："小姑娘，你的眼睛……"

她有点儿紧张地扶了扶脸上的墨镜。那眼镜很大，几乎遮了她一半脸，再加上披肩的长发，她只露出一个小小尖尖的下巴。

陈思雪知道那司机怎么想，她生得娇小，看起来像个未成年人，脸上又戴了一副墨镜，这样的情况也使得她看起来像是眼睛有疾。可若是眼睛有问题，家人又怎么放心这么娇小的女孩子一个人出来？

她听出来那司机是一个中年男人，并没理他，而是戴上耳机，假装拨了个电话道："对，哥，我上车了，你放心吧，是正规出租车，打到市局那边的，和警察约好了。大概十几分钟就能到。"

然后她才扶了一下墨镜，有点儿紧张地并拢了双脚，冲着司机的方向道："师傅，麻烦去市公安局。"

那师傅看出她不愿回答，又听说是要去公安局，这才不再多话，发动了车子。陈思雪侧着头，看起来像是在看窗外，其实是在愣神，她不知道公安局忽然找她过去是要做什么，思前想后，觉得有可能是关于哥哥的事情。

一路无话，过了一会儿，车子一停，那师傅问："怎么付款？"

"支付宝。"

那师傅愣了一下道："付款码在前面，十八元。"他正要把付款码递给她，陈思雪就熟练地用手机扫了一下，然后他就听到支付成功的声音。整个动作无比流畅，看得那师傅有些惊讶，一时不知她是真的看不见，还是只戴了墨镜，临到陈思雪开门还是好心提醒了一句："公安局的门在前面二十米，右边。"

陈思雪道了一声谢，下了车，手里的东西一甩就变成了一根导盲杖，一点一点地往前走去。那师傅看了看这才确认，无比惋惜道："好好的小姑娘，竟然是个盲人……"

这几个字一字不漏地传到了陈思雪的耳朵里，她对此早已经习以为常。陈思雪走到公安局门口，上了三阶台阶，和过来的人说明了自己的身份，马上有人把她引了进去，将她带到了一间房里。带着她进来的人出去后，又进来了两个警察，坐在了她的对面。

"陈思雪对吗？"

陈思雪点头。

"在问你问题前，需要先核实一下你的身份信息。"

陈思雪又点点头，然后配合回答了几个问题。

"你的眼睛是看不见吗？"另一个警察问。

他坐在她的前方右侧，声音和前一人有些不同，感觉要清亮清冷一些。这个问题陈思雪从小到大被问过无数次，有满怀恶意的，有开玩笑的，有随口一问的，各种语气她听得多了，可以分辨得出这个人虽然冰冷，声音却很柔和，并没有恶意。

"我生下来眼睛就看不到，已经习惯了。"陈思雪扶了一下墨镜，眨了眨眼，"你们今天找我来，是什么事？"

"是这样，我们昨晚在市区外的一个旧化工厂里发现了一具男尸。经检查，发现这具尸体可能是你的哥哥陈颜秋。"

"我哥哥？那不可能！"陈思雪第一时间否认，她抿着嘴唇，然后搓了一下手，似是不愿意想起那件事，"我哥哥死了以后……当时……是我收的尸，而且是和房东一起，随后各种手续也是我亲自办理的。"

"现在我们也在核验这个结果，作为和陈颜秋有血缘关系的人，你是否愿意给警方提供一下自己的DNA？"那警察又问。

陈思雪思考了片刻，点头道："好吧，你们查吧。"

对面的警察出去，过了一会儿有个人进来，引导陈思雪抬头张嘴。陈思雪感觉有根像是棉棒的东西在她的口腔黏膜上刮了一阵。

"好了。"那个人轻声说，然后将提取的检材放入溶液之中。

"这检查多久可以出结果？"陈思雪合上嘴，活动了一下下颌问。

"一般三四天吧。"那个负责检验的警察回答了她。

陈思雪低下头，在心里盘算着。她沉默了片刻，又颤声问："你们……会把结果告诉我吧？"

"当然，如果确认死者是陈颜秋，我们会核查以前工作的疏漏，也会在核验后通知你来认领遗体。"

陈思雪的左手轻轻颤动了一下，然后用右手按住了。很快，那个负责检验的人出去，门又被关上了，她的头低垂下来。

"你哥哥，是你很重要的人吧？"警察的声音又传来。

"我妈妈……在我们很小的时候就离家出走了。很多年后，我才从亲戚那里听到了她的死讯。我爸爸是在我十七岁的时候出意外死的。可以说，哥哥是我在这个世界上最亲的人了。这几年，我们都是相依为命过来的。"

"我想问一下你哥哥之前的相关情况。"

陈思雪听到了一阵纸张翻动的声音，警方肯定进行了一些调查，但是他们还是需要她的陈述。

"我爸爸死后留了一些钱，还有一套房子，后来我哥哥读完了大学，我也从盲校毕业，哥哥开始工作，而我在酒店里靠弹琴为生。直到两年前，我哥哥在单位的体检中检查出了癌症……"陈思雪哽咽了一下，那时候她几乎觉得天塌了下来。

"再后来，哥哥的病情逐渐恶化，时常住院，无法工作，为了给哥哥看病，父母的积蓄花得差不多了，我们就卖了父母留下来的房子，给哥哥做了一次手术。为了支付他的药钱，我接了几份工作，住到了酒店提供的宿舍，而哥哥就在医院附近的居民区租了一套地下室。"

"你的打工地点都是哪里？"

"我在咖啡厅还有酒店弹琴，有时候还会接点儿企业开业演出之类的活动。"陈思雪顿了顿又说，"对于残疾人用工，国家是有税收补贴的，我琴弹得不错，他们都愿意照顾我。"

"你和你哥哥的关系怎样？"

"我们关系挺好的，我每个月打工的钱基本上除了留下自己的生活费，其余的都补贴给哥哥了。"

警察继续发问："那为什么你哥哥死后那么多天，你才发现他的尸体？"如果之前陈思雪说的话都是真的，那这显然是不合理的，他的哥哥得了重病，她不在身边照顾不说，经常联络的亲人怎么会在那么久以后才发现尸体？

陈思雪道："我哥哥因为生病睡眠不好，电话总是调成静音，之前也经常漏接我的电话，加上我那段时间活动多，挺忙的。我开始没有多想，第三次联系他联系不到时才慌了。"

"你为什么没有直接过去找他？"

"我毕竟眼睛看不到，不是很方便。"

"所以这一耽误就过了那么多天？"警察又问，"如果是一天两天还算正常，可是这时间也太久了吧？"

陈思雪没说话，低头默认。

"你哥哥租住的那套地下室多大？只有你哥哥一个人住吗？"

"地下室是两室，有一间洗手间，没有厨房，有时候会有他的病友短租。毕竟那是离医院最近的地方，就算环境差一点儿，也好过跑来跑去。"

陈思雪记得每次过去都会闻到屋子里发霉的味道，还有一种难以形容的味道，大概是死亡的味道……她的心里很清楚，陈颜秋的心里也很清楚，他是在那里等死的。想到此，陈思雪的双手又绞在了一起。

"在你哥哥去世之前，和他合租的人你认识吗？"

"和他合租过的病友，很多是临时住一下，后来，有个叫张瑞的，那个人和我哥哥关系挺好的，曾经和我哥哥住过很长一段时间。"陈思雪照实说了，她知道警方也很快会查到这些。

"你对你哥哥的这个室友了解多少？"

"因为我眼睛看不见，所以没有见过那个人。他应该和我哥哥差不多大吧，家里在农村，还有个弟弟，所以父母不太想掏钱给他看病，他病得比我哥哥重一些，快要死了。我哥哥大概是觉得和他同病相怜，那时候很同情他，给他免了一半的房租，有时候还把自己的药给他吃。后来他连房租也付不起了，我哥哥也没有赶他走。再后来，我听我哥哥说，张瑞他实在扛不下去，就离开了。"

"后来呢，你发现哥哥死了的时候，是谁报的警？"

"那时候因为快元旦了，我给我哥哥发短信，问他要不要一起跨年，可是他没回我，后来我又打了他的电话，可他手机关机。我有点儿着急，哥哥给我留过房东的联系方式，我就叫了房东一起来到地下室，一打开门就闻到了一股臭味……"陈思雪低下头来，"房东说，哥哥躺在床上，看样子已经死在地下室里有段时间了……房东就报了警……"

"虽然这么说有点儿抱歉，但是你能够确定那尸体就是你哥哥的吗？"

"那尸体躺在我哥哥床上，穿着我哥哥的衣服，哥哥的手机、钱包、钥匙、身份证都在常放的位置上，当时房东和我确认是我哥哥。法医也验过了，说是正常死亡。"陈思雪嘴唇颤抖起来，失去唯一的亲人对她的打击无疑是巨大的，哥哥曾经是她相依为命的亲人，哥哥死了以后，天大地大，她却孤零零一个人了……

陈思雪抬了一下头，马上又低下，微微蹙眉咬唇，稳定了一下情绪继续说："房东阿姨人很好，虽然一直说晦气，但还是帮了我不少，帮我收拾了我哥哥的遗物，又帮忙给他收了尸。当时公安局查看现场的人看过病历，认为是病故，开具了死亡证明，尸体于两日后火化，一切都是按照规矩办的。"

"那么他的室友张瑞呢？你们有过联系吗？"

"哥哥死了以后，我曾经给我哥哥的朋友们群发过短信，那时候他还回了我。"陈思雪回忆着。

"他说了什么？"

"他说自己已经于一个星期前回乡，对我哥哥的死表示遗憾，并感谢我们一直以来对他的照顾，最后让我节哀。"她翻出手机摸索着。有人接过她的手机，查验短信后便还给了她。

"你哥哥曾经和其他人有过矛盾吗？"

"我哥哥……他的性格很好，一向是与人为善的，并没有惹过什么人。"

"那他主要是和什么人在一起？"

"大概是医生、护士，还有那些病友。他生病以后，我们的交流不太多，我也只有在周末的时候去看看他。"陈思雪问道，"那么现在是什么情况？也就是说，你们怀疑当时死在地下室的人根本不是我哥哥吗？而现在死的这个人才是？"

她犹豫了一下，继续问："那我哥哥可能不是病死的，而是被人谋杀的吗？"

"目前案子还在查办之中，我们也只是在了解情况，还没有实质证据。"

陈思雪感觉对面的两个警察似乎是耳语了一阵，然后有警察道："你说的情况我们已经了解了，感谢你的配合，我们暂时没有问题了，如果有消息会再联系你，等下会有人送你出去。"

"你们有消息一定要第一时间联系我……"陈思雪站起身来，走到门口时察觉地上似乎有个箱子，手中的导盲杖一时不稳，她险些摔倒，忽地有一只手拉了她一下。

"谢谢。"陈思雪急忙站稳。

"注意安全。"从她的身旁传过来一个声音。那声音陈思雪听得出，是另一个警察的，刚才他并没有说太多话。

陈思雪一路往外走着，清新空气迎面而来，当快要走到门口时，她深深地吸了一口气。就在这时，她忽然被人拉进了旁边的房间里。陈思雪被这突如其来的情况弄得猝不及防，"啊"了一声。然后她反应过来，这里是公安局，自己总不会在公安局被人劫持。

这时对方打开了灯。房间里站着两个人，就是刚才审问她的那两个警察。那个斯文白净、话比较少的此时站在房内；另外一个站在门口，堵住了她的退路。

"你们……这是干什么？"陈思雪低下头小声问。

"我希望你能够告诉我们实话，这样我们才能查出你哥哥的真实死因。"站在门口的警察先开了口。

"实话？我刚才说的就是实话……"陈思雪说着，声音却不由自主地发颤。

站在门口的警察直接点破："你看得到吧？也许原来看不见，但是至少现在你看得到。"

"警官你在说什么？"陈思雪往后退了一步。

门口的警察侧头道："刚才在问讯的时候我就发现，你的眼睛对审讯室的灯光是有反应的。所以我和我的搭档就商量，在门口放了一个空的快递盒来测试你。你手里有导盲杖，作为一个眼盲了二十年的人，应该可以判断出来门口的正确方向，我们所放箱子的位置并不在正门口，而在门侧，结果我们刚才都看到了你直奔那个盒子走过去，差点儿绊倒。因为你在假装自己看不见，觉得撞上去比较逼真，反而露了破绽。还有我拉你进这间房间，如果看不到，你又为什么要说'你们'？"

陈思雪的秘密被戳穿，她墨镜后的眼睛眨了眨，脸色越发苍白，她一时缩在墙角，低头不语。她本来身形就瘦小，这么看上去更加楚楚可怜。

那警察的语气缓和了下来，道："你不要紧张，我们只是想要了解情况，找到杀害你哥哥的人。"然后他看向陈思雪，目光锐利："当然，前提是你配合我们的工作。如果你继续说看不见的话，我们不介意去找个眼科医生来给你做个鉴定。"

"好吧，我的眼睛是能够看到的，不过在其他的事情上我没有说谎……"陈思雪再次心虚地低下了头。

"我们在抓紧时间破案，就不必说谎话浪费大家的时间了。"斯文俊俏却冷淡的小警察终于开口，"你在刚才的审讯中，的确是对新发现的尸体表示了疑惑，也表达出了对哥哥的关心，可是你却少问了一个问题。"

"什……什么问题……"陈思雪结结巴巴地问。

那人看着她的眼睛，声音沉静："那地下室死的是谁？"

"作为一个年轻女孩儿，你去地下室里收了一具尸体，就算是有房东陪同，这依然是再恐怖不过的经历，就算你看不见，尸体的味道以及临近死亡的那种体验，依然可以让人终生难忘。可是，你为什么不关心那如果不是你哥哥，死的是谁？"

审讯陈思雪的两个警察，正是宋文和陆司语。此时他们把陈思雪拉入了不远处的一间证物存储室里。这里是存放非关键证物用的，为了方便家属认领，几位队长都有这里的钥匙。

这里安静，正好适合谈话。陈思雪无疑是知道一些什么的，如果她能够开口，那他们能够节省大量的时间。

如果七个月前的尸体不是陈颜秋的话，地下室死亡的人极有可能是张瑞，毕竟张瑞的离开也只是出现在陈思雪的口述之中。似乎从他所谓的离开开始，所有人就再没有见过他。

话挑明到了这个份儿上，陈思雪取下了自己的墨镜，擦了擦眼角道："是的，我知道那天死的不是哥哥，而是张瑞。是哥哥让我帮助他，假装死去的人是他。张瑞死后，是我哥哥换了张瑞的衣服，然后留下了自己的证件，他拿走了张瑞的手机和一些东西。"

得到了想要的答案，陆司语点头道："你最后出示的短信有些刻意了。那条短信的存在是为了证明你一直认为张瑞活着，对此不知情。但恰恰是它告诉了我们，你知道的不止如此。"

陈颜秋大概是想让这个谎言看来更圆满，所以才发了那条短信。但是他忘记了，自己的尸首被找到之后，一旦身份确认，无论怎么掩盖都绕不过那个问题：之前的尸体是谁的？警方很快就会顺藤摸瓜，查到陈思雪是知情人，而那条刻意为之的短信更早暴露了这一点。

刚才的审讯之中，陈思雪提到张瑞，宋文马上就让朱晓去调取了他的资料。现在，资料已经查询了出来，从信息上看，张瑞和陈颜秋的年龄、身高，甚至血型都是一致的，忽然病死的张瑞，正是一具非常好的替身。

张瑞的父母对他冷淡，加之后来他和父母有短信交流，所以他们可能根本不知道他已经死了。或许还有一种可能，张瑞的父母早就已经知道自己的儿子不在人世了，毕竟张瑞得的是绝症，就算陈颜秋曾经假扮了张瑞一段时间，他们也已经有六个月左右没有联系了。

宋文看着眼前的女孩儿说："这间房间没有监控，你如果有什么难处，在这里对我们说，我们可以帮你保密。"

陈思雪的嘴唇轻颤着，她低头沉思了片刻，这才开了口："我……我的眼睛之前是看不到的，过年的时候动了手术，才看得见了。这件事别人都不知道，我不知道该怎么和我的同事还有领导说。如果别人知道我已经不是盲人，可能就不会聘用我了……"

过年的时候，陈思雪请了几天年假去做了手术，回来之后眼睛慢慢恢复，她在为获得光明而欣喜的同时也在惶恐着。从小到大，她已经习惯了作为盲人的生活，如果把这件事告诉其他人，那意味着她的生活会发生翻天覆地的变化。

宋文问："你做手术用的钱是哪里来的？"他思考了一下又道："你哥哥想办法弄到了钱？"

陈思雪轻轻点了一下头，手指有些紧张地握在一起道："我哥哥一直在留意治疗我眼睛的方法，后来他终于打听到了外省的一家医院可以治疗我的这种情况。我们去初诊过，医生也愿意给我手术，可是因为哥哥的病花去了大部分的钱，剩下的钱根本不够我做手术。哥哥去年知道了这件事以后就一直郁郁寡欢，他觉得是他连累了我，所以……所以他去打工了。"

"打工？"宋文感觉这会是个有用的信息，追问了下去。

陈思雪点点头道："嗯，这是他们绝症群里的叫法，有人在群里雇用那些绝症病人做事，给的钱还不少。"

"所以，他就选择了去打工？目的是给你留一笔钱？"宋文看着她继续问。

陈思雪抿了一下嘴唇道："在那些绝症病人看来，打工是一件好差事，他们都打破了头想争抢这个机会，但是哥哥并不那么认为……"陈思雪说到这里顿了一下："我哥哥他比较信命，他相信一个人的福报，好事也好，坏事也好，都是有一定数量的。人生就像是一个天平，固有的运气和实际的运气维持着两端的平衡，如果得到了横财，那么一定会遇到大的灾祸。所以就算他在路边捡到了钱，也会固执地寻找失主，或者把钱捐出去。我哥哥得了病以后也很释然，他一直觉得命该如此。"

"那他为什么要去呢？"宋文问她。

"是……为了给我治眼睛……即便如此，也是张瑞求他去他才去的。张瑞那时候病得挺重的，但他得到了一次打工机会，于是张瑞把那机会让给哥哥，说是为了报答哥哥的收留之恩。"陈思雪小声说，"张瑞对哥哥说：'你去了以后小心些，如果他们让你做你不愿意做的事，你可以拒绝，也可以报警。'哥哥觉得有道理，就去了……"

那些人生病以后，交流最多的人就是病友。群管理对"打工"的描述过于美化，且打过工的人很快就离开了人世，所以不了解打工真相的病人会对打工十分向往。张瑞无疑就是那样的人，他可能至死都觉得自己把这宝贵的机会让出去，是在还陈颜秋对他的恩情。

"你知道你哥哥打工的时候发生了什么吗？"

"我不知道，哥哥也没有告诉我。后来他就让我帮他用张瑞的尸体伪装成了他的……再后来，哥哥把一张卡给我，让我去做手术。卡里的钱刚好够我的手术费。"陈思雪小声说着。

宋文和陆司语交换了一下目光，这一次女孩儿说的应该是真话。为了不牵连她，陈颜秋并没有把"打工"的内容告诉她。

"那你哥哥后来又去做了什么？"宋文继续问。

"这个我真的不清楚了，他说他要躲一阵子，以后再联系我。我按照哥哥的嘱托，过年的时候去外省治好了眼睛。"陈思雪又抬起头道，"你们一通知我发现了一具尸体，我就知道死的是我哥哥。我……之前就很害怕，我是鼓起了很大的勇气才来的。我一直以为我哥哥会病死，我也不知道他怎么会被人谋害……"

"刚才我们问的时候，你为什么不说实话？难道你不想让警察搞清楚你哥哥的死因，让我们抓住杀害他的人吗？"宋文问。就算他们没发现破绽，等DNA鉴定的结果出来，大家也会知道真相，谎言迟早会被戳破，为什么还要说谎？

陈思雪低着头小声说："是我哥哥让我这么说的。他叮嘱我，如果有一天警察找过来，不要说我知道他还活着的事。他让我记住，他就是在那一天死去的……"

无论陈颜秋之后做了什么，他都希望能和妹妹划清界限。当时的陈颜秋恐怕连自己的命运都无法掌控，他只能这样叮嘱自己的妹妹，希望可以尽最大的可能保护她。宋文没有再追问下去，转而问她："你哥哥最后联系你是什么时候？"

“手术前他给我打了个电话。就是在那个电话里，他告诉我如果警察问过来要怎么说……然后他问我是不是要做手术了，预祝我手术顺利。”

“你哥哥还说了什么吗？”

“他说他后悔了，如果能够重来，他宁愿那天没有替张瑞去打这份工。”陈思雪的泪水又落了下来。

那时候，她眼前的纱布一层一层被揭开，光亮出现，四周逐渐清晰，可是她有种预感，她再也见不到哥哥了。可能是之前的电话中，陈颜秋的语气让她有种诀别感。她那时候还开心地说等自己看得到了，就能够看到哥哥长什么样子了。可是生命里的黑暗逐渐散去，她的哥哥却再也回不来了。

所谓的“打工”是一条不归的路。一旦选择了金钱，就是和魔鬼做了交易。她的哥哥第一次拿了不该拿的东西，并因此付出了代价。

“你知道那个群的相关信息吗？”宋文又问。

“我听哥哥说过一些，不过里面不太好进，还要病历验证什么的。”陈思雪似是有点儿担心他们无法进入。

“我们有我们的方法。”宋文起身对陈思雪道，“谢谢你，我们会把一切查清楚的。”

宋文从陆司语的本子里抽出一张活页，写了一个号码递给陈思雪道：“这个是我的手机号，私人的，如果你遇到了难处，可以联系我。”

宋文犹豫了一下，还是对陈思雪道：“你没有了哥哥，但我还是觉得该有人和你说几句话。不管怎样，你现在已经能够看到了，装瞎可能让你有暂时的安全感，能够保住你现在的工作，但这不是长久之计。你还是要适应正常人的生活，也许你会找到真正喜欢的工作，也许还可以找到喜欢的人。你还年轻，人生还会很长，最难的部分你都挺过来了，剩下的你总要自己面对。”

送走了陈思雪，也拿到了案情的线索，陆司语问宋文：“现在还没什么，万一后面查到她治眼睛的钱是赃款的话，你准备怎么填那笔账？”

“回头看具体的情况吧，要看这案子是怎么回事，那笔款是否需要追缴。”宋文叹口气道，“如果情况真如她所说，她又一时拿不出钱的话，我还是有一点儿积蓄的，就是希望这个窟窿不要太大……”

陆司语看向宋文，他喜欢宋文的分寸感。若是面对邪恶，宋文绝不肯退让一步。可若是面对弱者，宋文又会通融和变通，这是陆司语身上没有的人味儿，让他有点儿羡慕。

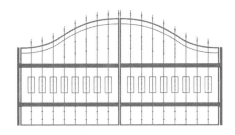

第十二章

─── 车祸真相 ───

宋文和陆司语回到办公室，把陈思雪所说的话告诉了几位组员，只是略过了她治好了眼睛的环节。

傅临江垂头消化着宋文所说的信息，整理思路道："也就是说，真正的陈颜秋，他拿走了张瑞的手机和证件，大概过完元旦一个多月后被人杀死，投尸在了化工厂。陈颜秋这个人身患绝症是吧？还有个妹妹，那么他为什么要这么做？"

宋文道："他这样的行为应该和之前的打工是相关的。现在我们还不知道他打工的具体内容是什么。"

"还能有什么？肯定是违法犯罪的事。"老贾开口道，"那小子干完后拿了钱害怕了，就换了自己和室友的身份，假装自己死了。"

宋文一时也不知道该怎么分析死者的这种行为，他抬头看向陆司语。陆司语咬着指甲，想得十分专注，过了片刻才开口说了四个字："金蝉脱壳。"

两个人互换了身份之后，这一到两个月间陈颜秋一定是用张瑞的身份做了一些事，并且他希望别人以为他已经死了。

宋文又问朱晓："关于死者陈颜秋的社会调查，你进行得如何了？"

朱晓取出几沓资料道："我找到的信息都在这里了。"他犹豫了一下道："该怎么说呢，这个人，是个好人。"

看众人露出了不解的神情，朱晓解释道："我无论打电话到哪里，只要问到这个人，都是这个评价。他们对他的患病与死亡感到同情和惋惜。"

朱晓进一步解释道："这个人一直品学兼优，小学就是三好学生，上了初中、高中更是'五讲四美'的道德标兵。到了大学，他是他们那一届的学生会主席。

"大学毕业后不久，他做志愿者的时长就已经比很多干了几年的老志愿者还久。在生病以前，他就献过五次血。就算是得病了，他也是积极乐观面对，在互助会用自己的例子鼓励其他病友，还经常免费让他们住在他租住的地下室里。手头富余的时候，他会借钱给生活困难的病友，还会主动帮助他们。所有的病友、医生、护士，都评价他是个温和善良、善解人意的人……"

朱晓叹了口气道："说真的，要不是各种资料证据都摆在面前，单听别人这么说，我都怀疑世界上是否有这样的人存在……"

听了他的话，众人一时沉默了。

老天是不公平的，这样的一个年轻人却得了绝症。谁也不知道最后他发生了什么，又是因何而死的。

再往下查，各种数据和分析就帮不上他们多少了，陈颜秋化身为张瑞之后，只发出了几条短信，那几条短信是为了掩盖张瑞已经死亡的真相。假借着朋友的身份，一个已经"死去"的人悄无声息地再次混入了社会之中，他没有再用银行卡，可能住了小旅馆，或者是租了房子，不过没有任何记录留下来。那个年轻人断绝了一切往来，亲手把自己生命里最后两个月变成了一个谜。

宋文把那个绝症群群号给了朱晓。群里现在有两百多人，朱晓通过各种信息，很快在群里确定了张瑞和陈颜秋曾经用过的账号。虽然他们已经去世，但是账号一直没有被踢出群聊。

想要获得更多的信息，进群无疑是最快的方法。

宋文问："能否破译他们的账号密码，登录看下群里的情况？"

朱晓道："应该没有什么问题，我马上申请下，顺便问下能否查阅群里过去的记录，不过这些都需要点儿时间。"

"最好一起调取出来。"宋文想了想又道，"不过这些人很谨慎，关于打工的细节可能不会在网上透露过多，你先把能找到的资料都找出来吧。"宋文布置好这边的工作，一回头就看到陆司语站在办公室的白板前，凝神看着板子上贴着的资料。

随着陈颜秋身份的确认，他们现在所知的信息越来越多。张瑞死亡时，法医也做过现场勘查，不过当时是当病故处理的，所以并不是很详细。

陆司语低下头，盯着几张现场照片。那是之前处理地下室的尸体时拍下的，照片上的尸体早就腐烂，完全无法辨认面容，只是能够看得出来是个穿着冬装的男性。

还有几张照片拍摄的是室内的环境。两间阴暗的房间，只有靠着南面的墙壁上有一排小小的透气窗。这样的环境，一天都不一定看得到阳光。地下室里很杂乱，各种家具也都是旧的。隔着照片，仿佛就可以闻到地下室的霉味。

陆司语的指尖在一张照片上稍做停留，照片里有一张小小的书桌，上面放着纸笔，书桌的上方是两排书架。张瑞的文化水平不高，那书架明显是陈颜秋的，可以看得出他比较喜欢哲学和游记类的书籍。

屋子里没有厨房，但是有个小小的操作台，上面放了一个破旧的电饭煲，还有一个微波炉，旁边竖着一块案板，还有一个简易刀架。

"刀架上似乎少了一把水果刀。"陆司语把照片推给了宋文。在菜刀的旁边有个空位。

宋文想起了什么道："林修然之前的法医报告上写，陈颜秋，就是那具干尸的致死凶器，好像是一把长十五厘米左右的刀，倒是和这把水果刀有点儿相似……"

随后他又摇摇头，否认了自己的想法道："这种刀太常见了，就算差不多，也不能证明什么。"

虽然被害人的身份确认有了一些进展，但是接下来的行动却要等下一步的调查结果。

宋文和陆司语晚了半个小时才下班。一回到家，进了门，陆司语就倒在了沙发上。药量减少的他昨晚只睡了几个小时，忙了一天以后，此时感觉每个细胞都超负荷了，一动也不想动。宋文早就看出来他不舒服，走过去问他："要不晚饭我来做？"

陆司语抬起眼睛看他道："宋队，别闹，我还想吃顿好的。"

宋文道："那好吧，我帮你，你教我。"

陆司语的脸色白得不正常，连唇色都淡了。他考虑了片刻，实在是没有力气爬起来，手指动了动，妥协道："那还是……熬粥吧……"说完他把身体蜷在沙发里，感觉从里到外都是浓浓的倦意。他早上吃的饭全吐了，中午也没吃多少，胃里空荡荡的，但是什么感觉也没有了，仿佛那器官早就不是自己的了。

宋文把米放进电饭锅里，琢磨着不能太糊弄，又去做了两个菜。等他把东西摆好了，过去招呼陆司语。

陆司语仍闭着眼睛，但明显是醒着的，整个人好像是没有骨头般，宋文轻轻摇他道："不行，你总得吃点儿什么再去睡。"

陆司语睁不开眼睛，声音带着点儿哭腔，像是小孩子撒娇一般道："宋警官，我难受，头疼……让我睡一会儿吧……别动我……"

陆司语那声音几乎是哀求了，而且他又叫了"宋警官"，宋文一愣，直起身来，怕他身体太虚弱引起休克，拿手去探他的脉。陆司语拂掉他的手道："真没事，我就是……有点儿累，你让我歇会儿……"

"小狼"此时支起耳朵凑了过来，"呜呜"地去舔陆司语的手。宋文看陆司语确实呼吸平稳，就是整个人虚弱得厉害，他伸手拉开狗，冲它做了个嘘声的动作。他犹豫了一下，没有把陆司语抱上楼，而是从楼上拿了薄被盖在了陆司语的身上，然后坐在一旁的沙发上。

陆司语迷迷糊糊、昏昏沉沉了很久，他感觉自己好像是沉在了什么地方，各种声音、各种人将他围拢。有时他好像在一个阴暗的柜子里，是哥哥把他塞进去的，哥哥对他说："别出声，千万别出声。"有时他又好像在教室里，老师的嘴巴一张一合，说了什么全然听不清。有时他还像是坐在法医室，面对一具尸体。

陆司语好像是睡着了那么一会儿，头不是那么疼了，然后就饿醒了。他努力挣扎了一下，觉得宋文说的也许是对的，如果吃了晚饭再睡，也许就不会被饿醒了。

宋文发现陆司语醒了，转过头去看他。

陆司语睁开眼睛，眼圈红红的。他适应了一下屋子里的灯光，开口问："几点了？"

宋文道："两点多，你睡了差不多五个小时。"

陆司语只觉得是过了一小会儿，没想到过了这么久，他起身道："我好多了。你一直没睡？"

宋文起身把菜放到微波炉里道："我等你吃饭呢。"

陆司语抬头看，餐具的位置和他睡着前一样，根本没动，他扶着额坐起来，气急道："你这个笨蛋，等我干什么……"

陆司语担心宋文饿着，可睡得迷迷糊糊的，有点儿口不择言，说完了立马觉得有点儿尴尬，捂住脸反思了一下。

宋文不太介意，但还是反驳道："呃，别这么说你的直属领导。我吃了两个面包、一盒薯片了，而且也不全是为了等你，我在网上蹲线索呢。"

陆司语浑身没有力气，脑子却跟着转了起来道："有线索了？"

宋文道："那个绝症群，我终于进去了。"

绝症，是一个带着绝望的词。

人是有智慧的个体，惧怕死亡，渴望生存。得了绝症的人，会感到迷茫、痛苦。随后一部分人会消沉下去，另外一部分人会振奋起来，为了寻找一切可能——一切活下来的可能。

虽然都得了绝症，他们的命运却不同，有的人很快就死亡，有的人却可以活上几年，甚至十几年，药物或者手术，只要是有希望的，他们都愿意去试。他们寂寞，孤独，恐惧，希望能够遇到更多和他们一样的人，互相鼓励，就算希望渺茫，也想彼此照应着活下去。

在这样的情况下，绝症群就应运而生了。这种群的组建、存在，对这些病人来说有重要的意义，这里是他们交流信息的重要聚集地。这里也成了他们精神的慰藉，甚至是支柱。

陈颜秋所在的绝症群，是病友自发创立的。在群里，经常有人吐槽一些自己遇到的奇葩事，也会有人分享一些药物的购买渠道，或者服用效果。相对于一般的群，这个群更加活跃，每天都有人不停地发布着各种各样的消息。

其中有一种特别的消息，死亡的消息。每过一段时间，群里就会有一个头像灰暗下去，永远不会再亮起。他们会同病相怜，为逝去的人点起蜡烛。

似乎从被医院宣判开始，他们就和常人不同了，正是有这样的群存在，他们不知该去往何处的生活才找到方向。

宋文刚潜进去不久，就发现这个群只是三群，由此可见，整个南城得病的人并不在少数。这个群晚上在线的人数依然过百，而且过了夜里两点之后，还有很多人在刷屏说话，聊得火热。

宋文初时接触这个案子，满是疑团，而且觉得自己和陈颜秋距离很远，完全不能体会他的感受。现在进入这个群，宋文感觉自己和那些病人之间的距离一下就拉近了。

他们是普普通通的人，聊着今天看的电影、明天准备买的衣服。但是他们又不同，每句话似乎都透着绝望，又透着对生的渴望。

忽地群里有个人感慨："不知道有没有机会追完这个剧。"

群里的气氛逐渐低落，但是很快大家情绪又热烈起来。

"我听说，印度那边在研发一种新的靶向药物。"

"南城附属医院最近好像要给这个科室增几个病房。"

"哎，我喜欢他们那个姓李的护士，长得好看又温柔，针一扎一个准。"

陆司语醒来以后，坐在宋文的旁边一边吃着晚饭，一边看着群里的聊天内容。平心而论，宋文的粥熬得还不错，不过菜做得一般，还有进步空间。

此时已经快半夜三点，那些病人却一点儿要睡的意思都没有。他们似乎在抓紧生命最后的时间狂欢。

没过多久，一个有着管理员标签、名叫灼灼的人跳出来问："有人要打工吗？要接活儿的私聊！"

"哎，灼灼，又来招揽生意啦？"

"你这是逼我们啊？"

"少废话，你不愿意有人愿意，缺钱的私！"

灼灼又打了一句："本周五前急需一人，性别男，钱多可谈，有缘分的来。"

不到两分钟，灼灼又把这一条消息撤回了。

宋文皱眉："这群里为什么凌晨两三点才发打工的消息？而且发就发了，为什么要撤回？这目的是让其他病人早上起来看不到他们的对话吗？"

他停顿了一下道："而且自从这灼灼发完消息以后，群里怎么忽然就冷场了？不会是很多人半夜不睡，就专门在等这个信息吧？"

"你去问问吧。"陆司语道。

宋文用的是张瑞的号，网名叫瑞雪兆丰年。他打了"这次是打什么工"这几个字，思考了一下，又删除了，改成"我有兴趣"。然后宋文和陆司语对视一下，陆司语对他一点头，宋文就把这四个字发了过去。

过了一会儿，灼灼的头像晃动："？"

宋文一时不知道该怎么回答，他不清楚是自己的暗号对错了，还是有什么其他问题，却见那边又回他："你不是张瑞。"

宋文发过去三个字："我是啊。"

对方沉默了片刻："张瑞死了，你是谁？"

一瞬间，手机前的陆司语和宋文都精神了起来，有人知道张瑞已经死了？那个人是否知道什么内情？他会不会和案子有些什么关联？

宋文在考虑着怎么说，陆司语叼着勺子抢过手机，打了几个字："你不相信我？"

既然要装张瑞，那不妨多装一会儿，探探对方的虚实。

宋文看陆司语占了手机，于是起身去洗了洗手，回来后开始吃东西。他之前吃了一些，这会儿当作夜宵，低头剥晚上做的白灼虾。

对方沉默了片刻，然后打出来一行字："我们群里每周都会打卡签到，证明自己活着，张瑞已经连续六个月没有打卡了，打他电话也没人接。他已经死了，你是谁？"

原来对方是由此判断张瑞已经死亡的。陆司语的眼睛轻轻眨了一下，打了一行字："我是他的朋友。陈颜秋去了哪里，你知道吗？"

对方的头像灰暗了片刻，就在宋文觉得他可能不会再回复的时候，对方发来了消息："他也很久没有出现了，我不知道。"

陆司语继续问："他之前去打工做了什么？"

他们首先需要搞清的就是这所谓的"打工"内容是什么。现在看，很可能这所谓的"打工"和陈颜秋后来的怪异行为有关联，也有可能和他的死亡有关系。

对方长久没有回话。

宋文失去了耐心，他放弃道："对方看来是下线了，明天我们查下这个人的身份，大不了叫到局里来问。"

陆司语直接输入："开个价吧。"

灼灼的头像忽然由黑白变成彩色，跳动得无比活跃："一万块。"

陆司语输入："面谈。"

"现金。"

"事后交易。"

"好，时间、地点我定，稍后发给你。"

两个人迅速达成了协议，宋文被这交易方式看愣了，道："你准备拿钱换消息？"

"怎么？不可以吗？"陆司语看了他一眼道，"反正对方是病人，就当是做慈善了。"

"顶你两个月工资呢，你可真大方。"宋文道，"而且你就不怕对方是骗子，什么都不知道？"

"不会啊，他应该知道些什么，而且他想要钱。钱在我手里，消息值不值，我说了算。作为警察，你还怕诈骗吗？"陆司语点开那些人的资料，"建这个群，招揽人打工，都是为了一个'钱'字。"

得了病以后，唯有钱可以延长他们的生命。

陆司语又道："而且之前老贾说得没错，估计这打工不是什么正路子。"

宋文皱眉，他不是没有猜到这种可能，若是那些病人被人利用，那将是很可怕的事，他道："那些病人很多都命不久矣，又很缺钱，那他们做什么都有可能。"

那些人是将死之人，他们没有常人的体力，却有一颗不甘的心，他们的生命不再具有价值，欲望却被无限地放大。很多人已经没有了底线，只要有足够多的钱，让他们做什么都是可能的。

陆司语不紧不慢地用勺子搅和着面前的粥道："人类本来就是如此，就算是将死之人，也有利用价值。不过这些人总归还是少数，像我们碰到的这种案子应该不多见。"

这时宋文的手机响了一下，灼灼发来消息："人民公园前肯德基，中午十二点，我穿一身红裙子。"

宋文看了这句话愣了，道："居然是个女的……"

陆司语把手机还给他道："得病这事儿，男女平等，并不是只有男人才会得啊。"

第二天上午，宋文一觉醒来就收到了消息，和他们推理的一致，那具干尸的确是陈颜秋。局里的人也开始核查之前的问题，确认当时火化的死者是不是张瑞。

宋文没去局里，直接带着陆司语去了南城市的人民公园。他们到的时候近十二点，这时候正是饭点，肯德基里面人满为患。

肯德基三面都是玻璃幕墙，视野开阔，旁边还有星巴克和哈根达斯，人来人往，怪不得对方选了这么一个地方。隔着老远，他们就看到一个穿了红裙的女生在那里啃鸡翅，红裙艳丽似火，非常扎眼。那女孩儿长得不错，梳了个侧马尾辫，一双杏核眼，看到他们两个人过来，扫了一眼道："就是你们想问陈颜秋和张瑞的事？钱带来了吗？"

陆司语掏出一个纸袋，把钱给她看了看，然后又装了回去。

宋文道："这个事后不会差了你，但是前提是你得知道他们的事情。"

女孩儿又看了看他们，眼珠子转了一圈儿，用纸巾擦了擦油手道："你们两个，这个年龄，这个态度，这个……这么帅气……不会是警察吧？"

宋文道："这个和交易没什么关系吧？反正我们不是坏人。"

女孩抿了抿嘴道："我得确认好，万一……"

她话没说完，宋文忽地伸出一根手指擦了一下女孩儿的头发，女孩没料到这一下，"啊"了一声，往后一躲。可是她的速度没有宋文快，宋文手指一挑，女孩儿的耳朵里掉出来一个蓝牙耳机，落在她面前的餐盘上。她的叫声不大，被淹没在了餐厅的嘈杂环境里。

"不过是打听点儿消息，非弄得和无间道似的。"宋文指了指一旁的星巴克，"把灼灼叫来吧。"

女孩儿脸一红，瞪了他们两个一眼，抓起耳机跑了。陆司语刚才全程冷着脸坐在旁边没说话，等女孩儿走了才转头看向宋文道："你怎么看出来的？"

宋文指了指面前的一堆鸡骨头道："得了绝症胃口还这么好？而且她的头时不时往一侧偏，就是在听对方说什么。然后，"他指了指星巴克那边，"有人在那边看着我们呢。"

果然过了一会儿，从星巴克的方向走过来一个戴着帽子的女人，坐在两个人的对面。

"灼灼？"宋文问。

"我是。说吧，你们想了解什么？"女人的声音略微沙哑。她看起来二十岁出头，抬起头来，一双眼睛漆黑而波澜不惊。那是一双看惯了生死的眼。

阳光穿过玻璃幕墙投射进来。陆司语和宋文来之前吃过午饭，但陆司语还是让宋文去买了点儿土豆泥、薯条、蛋挞，外加一杯热牛奶。陆司语把薯条往灼灼面前推了推，灼灼没有见外，伸出手去取薯条，蘸着番茄酱吃了起来。

眼前的女人很瘦，眼睛细长，显得聪明外露。她的嘴唇很薄，让人想到"薄情寡义"这个词。

宋文也跟着吃了一个蛋挞，他的心始终在案子上，忍不住开口问："你昨晚在群里所说的打工，究竟是做什么？"

灼灼看向他，用餐巾纸擦了擦手指上的番茄酱道："打工嘛，无非就是有雇主出钱，花钱买人来办事。"

"具体呢？"宋文继续追问。他看了看一旁的陆司语，那人正低着头专注地喝着牛奶，还是一副淡然的样子。

"得了病快死的人，胆子总归比普通的人大一些。"灼灼又拿了一张餐巾纸，随手撕开，轻声细语道，"就我经手过的事来说，有需要闹事的，有时候矛盾激化到一定程度，有个重病人往地上一躺，比说多少话都好使；还有需要帮人往国内带东西的，带的是什么我就不清楚了；也有需要人捐献器官的。"

"有一次，有个雇主看上了一个女孩儿的肾脏，那个女孩儿得了胃癌，还扩散了，我那时候劝那个中间人算了，可是对方说配型配上了，不移植能活半年；移植成功的话，就算得了癌也许还能活两年，赚了。"

灼灼侧着头，仿佛这些事像吃饭、睡觉般再普通不过，道："这种需要帮忙打工的事情，每过一段时间就会有一件。"

这些是宋文从来没有听说过的，甚至是从来都没想过的事。无论哪一件事放到网上去，都值得人们讨论半天。

陆司语继续问："那么陈颜秋的那一次呢？"

灼灼回忆了一下道："那一次需要的是年轻的、会开车的男人，把病历、生活照、证件照拍给对方。"

宋文问："那陈颜秋具体干了什么？"

灼灼摇摇头道："我不清楚，接下来就是买主和他的事情了。成不成，都在于他们，我只是个介绍人。通知到两边，我的任务就完成了。"

"时间呢？"

灼灼算了下时间道："去年十二月底吧。"

"具体时间。"宋文追问。有时候事件的时间非常关键。

灼灼翻了一下手机道："去年的十二月二十五日，圣诞节的凌晨。找我的时间是凌晨三点多，我收到钱的时间是六点，那次很顺利，当天就完成了交易。"

宋文捋了一下时间线，这个时间是在张瑞死亡前，更是在陈颜秋死亡前，现在仅凭这些信息，他们也无法判断这一次的"打工"究竟和陈颜秋后面的行为有没有联系，唯一可以确定的是，"打工"以后陈颜秋还活着。

宋文想了想又问："陈颜秋去'打工'，对方出了多少钱？"

灼灼低着头，慢慢地叠着手里的餐巾纸道："我不清楚，价格是他们自己谈的。不过按照给我的抽成来算，不会低于五十万。"然后她顿了一下："这五十万，买他的命都足够了。"

"关于这件事，你还记得什么细节？"

灼灼继续叠着那张纸巾，叠得小心翼翼，道："对方当时挺着急吧，我记得这些还是因为对方很大方，我睡一觉醒来，钱就到账了。"

"你说的那个雇用他的人是谁？"

灼灼道："找我的人也是中介，和上游雇主交接的中介，有人会根据不同的事情来找合适的人。他们不光认识我一个人，每次遇到事情都会进行筛选，找到最合适的人，然后去操作。"

宋文微微皱眉，这么听来这个地下市场恐怕比他想象的还要大，而且买家和卖家都在自主选择，他道："那么陈颜秋那一次呢？中介有没有提是谁要他办事？"

"背后的雇主我不知道，也不认识，更不好奇。"灼灼好像有点儿被宋文问得不耐烦了，她抬起头看了窗外一眼。

陆司语索性把那个装了钱的信封拿了出来，摆在了桌子上。灼灼的目光立刻就被那个信封吸引住了，像是男孩儿看到了心爱的赛车，像是少女看到了心仪的化妆品，像是饿极了的人看到了人间美味，她眯了眯眼睛道："不过关于这中介，我还是透露给你们一些吧。南城有个叫鱼娘娘的女人，专门接这种'打工'的活儿，她的手下养着长工，也养着中介。长工就是需要长期从事特殊劳动的人，很多长工都是从小孩子养起来的。短工会由中介从我们这些下游工头提供的人选里面寻找。"

说到这里，灼灼又垂下了头道："我是拿钱办事的，其他的就不知道了。"那些"打过工"的人是生是死，去做什么了，她完全不关心，也不在乎。她的表情冷漠，好像此刻胸腔里跳动的不是心脏一般。

"你知道怎么联系对方吗？"

灼灼摇摇头道："我不知道，每次都是他们联系我。你们查不出什么的，那些人很小心，他们知道我们可能会有他们的信息，所以每过一单就会清空一次信息。我可惹不起他们。"

"关于张瑞呢，你对他知道多少？"宋文又追问了一句。

灼灼道："他嘛，一直想'打工'，不过运气没有陈颜秋那么好，报了几次名……"说到这里，她欲言又止。

宋文敏感地捕捉到了这个停顿，问："怎么？这件事中间有波折？"

灼灼摇摇头道："也不算是波折，其实最初雇主选的人是张瑞，还问了一些他的基本情况，可是他忽然说自己去不了，问陈颜秋能不能顶上。"

她叹了口气，低头看着自己的双手道："张瑞这个人没有什么运气，之前怎么都选不上，好不容易选上了又不能去，只能把机会让给了朋友。"

宋文问得差不多了，实在是忍不住表露出了自己的厌恶，道："你把被选中叫作运气？你就不怕对方是在做什么违法犯罪的事情牵连到你吗？"

灼灼没有回答他的话，转头问陆司语："我提供的信息够不够？"

陆司语没有说话，直接把那个信封递给她。灼灼拿过来，闻了闻，然后用指尖搓了搓那些纸币道："我生病以前是个会计，那时候每个月做账总是会经手很多钱，可那些钱不是我的。以前不觉得这些东西多么金贵，得病以后我才爱上了它们，新鲜的纸币有种味道，特别好闻。

"生病以后，我家逐渐被掏空了，没有做头发的钱，没有买新衣服的钱，也没有买水果买肉的钱，我爸爸把家里的房子卖了，然后四处去借钱……"

灼灼把信封收到了包里，然后用手指玩弄着刚才折好的那张餐巾纸，眼睛在宋文和陆司语身上瞥来瞥去道："你们是警察吧？"

宋文没说话，陆司语把牛奶放在了桌子上，回答她："你要是不犯法，就不抓你。"言下之意，你要是犯了法，那就说不定了。

"我就是好奇，你们这支出能报销吗？"灼灼问完后，忽然咧嘴笑了。这时候宋文才注意到她原来有个梨涡，她笑起来并不难看，可是说出来的话却像是刀子一样。

"你威胁我的话没有用，道理大家都懂，不过我们连死都不怕了，还怕这些？被抓了也好，至少到了监狱里有人给饭吃给看病，我们中的很多人连这些基本保障都没有呢。对于我们来说，死前能够给亲人留一笔钱就够了。如果有人给我一百万让我能留给父母，让我现在去死都可以。"

灼灼笑着问面前的两个人："做个好人能够让我多活两天吗？"不等他们回答，她就摇了摇头，然后伸出手拍了拍自己的包，里面有陆司语刚给她的一万块钱。她的眉眼都笑得弯了起来，眼睛里闪着星星点点，道："但是，它能。"

宋文看向这个游走在黑暗之中的女人，她和他过去接触过的人一样，都是两只眼睛、一个鼻子、一张嘴，可是哪里又不一样，她好像从内心里，性状就发生了变化，让人难以用人类社会的道德去苛责她。若是用法律来衡量，她似乎又没有做什么实质性的违法犯罪的事，不能抓她，审判她。她看着让人恶心，可是又让人忍不住有点儿同情。

陆司语看了看她说："得了病，很辛苦吧？"

灼灼仰起头，表情有点儿孤高，道："得了病，就好像抽了一支下下签，我恰巧运气不太好罢了。你们将来就会知道人生本来就是一个身体瓦解的过程，只是这个速度有的快一些，有的慢一些而已。"

她的语气非常平和，透着愿赌服输的意思，但是陆司语却从那表象之下感觉到了一种倔强与不甘。女人站起身，理了理衣服道："我下午还要化疗呢，先走一步，警察先生们，祝你们破案顺利。"

宋文目送灼灼离开，然后叹了一口气道："就算是要死了，人活成这样，又有什么意义？"

"反正她不是凶手，现在我们需要查清当时陈颜秋去做了什么，这件事是否和他的死亡有关系，还有当时他收到的其他钱又去了哪里……"陆司语叹了口气道，"人是会变的，也许她过去不是这样的人吧。"

灼灼其华，这是个热情如火的名字啊。

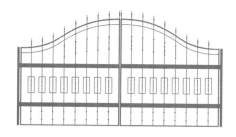

第十三章

── 事故责任人 ──

灼灼离开以后，宋文和陆司语回到车子里，这里离市局还有一段距离，宋文发动了车，道："如果刚才那个女人说的是实话，之前陈颜秋参与了打工的话，那么去年的平安夜到圣诞节凌晨一定发生了什么……"

时间是半年多前，翻找之前的事就像是从遍地枯叶的树林里寻找某片叶子，难度之大可想而知。现代的科技还是有局限的，就算是用尽各种技术手段，也不足以还原所有的过去，看透其中的真相。

陆司语低着头，习惯性地咬着指甲道："我觉得这件事可以反着推。"

宋文思考片刻道："刚才那女人说需要驾照，那么一定需要开车。"

陆司语点点头道："整个过程在几个小时之内完成，地点一定不会太远，如果你是雇佣者，你会需要一个绝症病人做什么？"

"花那么多钱，忽然找一个绝症病人来'打工'，而且是短时间内，急事……"宋文低眉沉思片刻道，"那么无外乎是杀人、越货、顶罪、运毒。"

雇主又不是傻子，所花的钱定然是要值回来的，钱越多，风险越高，如果他们要请陈颜秋这样的一个绝症病人做事，那一定是普通人不愿意做、需要冒极大风险的事情。就算再不想承认，这些阴暗处也始终是绕不开的。

陆司语坐在一旁又点了点头。

宋文迅速做了个规划道："那看来是需要查一下去年圣诞节那段时间，所有的刑事案件以及当时的交通情况、禁毒队动向……"

宋文一边开车，一边打电话。他毕竟在南城待了几年，各部门都有一些认识的人，三个电话之后，一切就都搞定了。他挂了手机道："希望这次网里能够捞到点儿什么。其他的，你还有别的思路吗？"

陆司语道："刚才是从雇佣者的角度来分析的，我觉得还可以从陈颜秋的角度来考虑一下。"

宋文点头道："刚才我也注意到了一个细节，灼灼说最初答应她的是张瑞，陈颜秋根本没有报名。"

陆司语冷静分析道："嗯，从我们对陈颜秋这个人的资料分析来看，前半生他循规蹈矩，受过良好的教育。相比较而言，张瑞明显更适合做个亡命徒。"

在陆司语看来，陈颜秋是个一念之间误入歧途的人，他不是传统意义上的坏人，可能是起了贪念，一时做了一些坏事。针对这样的人，不应该用一般的推理方法来推理。往往越是这样的人，他的所作所为越是有更大的变数。

宋文顺着陆司语的思路想下去道："陈颜秋的需求无外乎两点。第一，自己活下去；第二，安置好自己的妹妹。所以，要么当时他做事的时候不觉得有危险，要么是他被胁迫了。"

这时宋文的手机响了，他接通以后问了几句，随后挂断电话看向陆司语道："去年的圣诞节凌晨发生了一起严重的交通事故，事故的责任人就是陈颜秋，他当场逃逸了。"

陆司语微微皱着眉道："我们之前所查的记录里为什么没有这件事？"

宋文早就和交警支队有过一些工作交流，熟悉里面的情况，道："因为陈颜秋当场逃逸，需要调取监控确认司机身份。在此之后的几天，陈颜秋就被登记死亡，他根本就没活过十五天的事故责任认定期，这件事也就没有被录入系统。"

这次算是特殊的情况，这种情况少之又少。

宋文和陆司语赶到交警支队的时候已经过了下午三点，宋文的师兄在确认当日发生过事故后，跟宋文寒暄了几句就把他们带到了支队事故组，然后去忙自己的事了。

交警支队这边负责的是王队长。在他们到来后，王队长把处理那次事故的交警李毅恒和协警小曾叫到了一旁说明情况。这边交警的语气不是那么友好。想来也是，这是半年前的一次交通事故，早就已经封案存档了。现在忽然被人找了过来，这找过来的还不是被害人家属，而是兄弟部门的刑警，任谁的心里都不会太过平静。

关于那次事故，小曾到现在记忆犹新，因为那天正好是圣诞节，凌晨冷得不得了。被害人是个环卫工，当时她被撞得太惨了，还被拖曳了很久，整个人都血肉模糊了。

当时小曾才工作不久，到了现场差点儿吐了。那天他是跟着李警官一起处理的，整个支队都说那件事很邪门，小曾后来做了好久的噩梦，没想到过了半年又有人找过来。

"这个……去年的十二月二十五日凌晨发生了这次事故,当时撞死了一个中年妇女,她是一名环卫工,司机当场逃逸。由于是有人死亡的重大交通事故,所以我们按照规定进行了现场的勘查,司机逃逸后,我们就一直在确认司机身份,等我们发出交通事故责任书时,却收到了肇事者已经死亡并火化的消息。事后,肇事者所属公司出面进行了后续的赔偿。"王队长介绍到这里,话语一顿,"我们是按照规定处理的,不知道宋队这次找过来是什么事?"

宋文翻看着责任书,把几张事故的照片随手递给了陆司语道:"这次交通事故牵扯到了我们这边一起刑事案件的被害人,我们怀疑他在这次事故中有顶罪嫌疑。"

王队长有些听不懂,他翻开了责任书,皱起眉头道:"交通事故责任书上事故情况写得详细清楚,陈颜秋是一家公司聘请的司机,当日凌晨三点五十五分,他按照公司安排把第二天活动急用的一些演出服送回公司,在路过西莲路时与早起的环卫工赵又兰相撞,导致赵又兰死亡。后来我们发现陈颜秋在不久后病故。可是,你们现在的意思……这肇事者是顶罪的?而且他事后没死?随后他被人杀害,案子到了你们那边?"

"是没有死,他用他室友的尸体顶了包。"宋文解释道,"肇事者死亡的时间这么近,你们当时没有怀疑吗?"

"这个……我们也是从派出所调取的资料。"李毅恒有些为难,"人都已经被认定死了,我们又能怎么办?"

这句话显然有不想负责的嫌疑。层层漏洞造成了这起案件,而真相越发扑朔迷离。

王队长不快地责备着两位下属道:"你们这工作是怎么做的?要不是宋队过来,都不知道之前你们工作疏漏,捅了这么大的娄子!"

听着他的话,一旁具体负责的协警小曾眼见着汗就流下来了。

王队长又开口道:"我承认可能在对于肇事者是否死亡的事情上,我们的工作是有所疏忽的,不过关于车祸,我们有监控视频和其他各种资料,这可是铁证如山,怎么可能作假?"

宋文翻了一下那家公司出示的司机聘用合同,上面的聘用日期是出事前半年,道:"这份合同是伪造的,他们当天凌晨才临时找到了绝症病人陈颜秋,可能是为了给真正的肇事者顶罪,所谓的送服装什么的,根本没有必要半夜去。简单来说,这次车祸现在呈现的调查结果是对方希望你们查到的,你们手头的那些资料可能都有问题。"

一起交通事故,找了陈颜秋来顶罪,而一个星期以后陈颜秋又找了病故的室友来顶替自己。如果当时陈颜秋没有被登记死亡,那么他面对的就将是牢狱之灾了。

宋文说得越来越离奇，李毅恒仿佛在听天方夜谭，道："宋队，我当交警这么多年，没听说过这样的事。"

宋文点头道："我理解，并不是你们工作经验不丰富，而是犯罪分子太过狡猾。"

李毅恒又看了王队长一眼，结结巴巴地说："宋队，你说的……这事情太离奇了，需要证据……"

王队长这时候又出来打圆场道："宋队，可能我们在后面的抓捕流程中工作没有做到位，让肇事者得以逃脱，可是你说陈颜秋不是这起交通事故的真正肇事人，而是顶罪的，这件事就是另外一个性质了。这次交通事故发生以后，我们这边一直在积极调查与协调，当时对方公司赔偿了被害人家属一共一百二十万，被害人家属也对此事的处理完全无异议。局里现在都封案存档了，你们如果想再查办，恐怕得找点儿实际的证据。要不然，我们无法和几方交代啊！"

宋文想了想又问："那关于肇事车辆，你们有没有发现异常？"

李毅恒摇了摇头道："司机逃逸，我们顺着车牌号找到所属公司进行检查的时候已经是几天后了。车辆痕迹与事故现场留下的痕迹相符，车上有陈颜秋的指纹和毛发，车底和轮胎上有被害人赵又兰的血迹。"

"几天的时间足够伪装了。"宋文看向陆司语。

陆司语低着头，没有说话。他在努力思考着，如果是他处理这件事，会怎么做？

陆司语不难想象那时的情形：平安夜过去，圣诞节到来，商家打烊，约会的情侣们也已经散去。空荡荡的街道上还悬挂着各种装饰物，路上掉落着印有圣诞老人的彩纸。空气是冷的，在这样的凌晨，早起的环卫工赵又兰开始工作，她打着哈欠，骑着自己的保洁车。就在这时，一道车光闪过，血光乍现……撞车的司机惊慌失措，而后镇静下来，这里是一条人迹罕至的小路，周围没有路人。他没有报警，而是打给了别人求助……随后那些人通过鱼娘娘的中介临时找了一只替罪羊，他们叫来了陈颜秋。

尸体破坏得十分严重，判断死亡时间比较困难，而且影像的事情又该怎么解释呢？陆司语停止思考，看向了宋文。他们现在只是问到了灼灼那边，知道了"打工"的事，不过她说的话是难以作为口供。如果想要证据，就必须要看当时的监控。

宋文也想到了这一点，挑眉道："现在就需要王队长让我们调取下当时的事故影像资料了，我们回去进行查证。"这件事牵扯到的部门众多，他们犯不着越俎代庖，也不关心这边如何处理，但是这次的交通事故关乎他们手上的案子，就不能不搞清楚其后的一切了。

王队长瞪了李毅恒和小曾一眼，又转头叮嘱几位属下道："还不快配合宋队查清事故的真相！现在首要的是还原真相。"他说着，朝旁边一个小女警使了个眼色。

小女警似乎是管理影像档案的，小声道："可是王队，要调出档案，还要打申请。局长今天不在局里，这个……"

王队长转头看向宋文，脸上露出一丝为难道："唉，这个……我一着急把流程忘记了。要不宋队你们先回去？等流程批下来了，我们再把资料整理给你？"

"那我们在这里看看总是可以的吧？"宋文并不着急，淡笑着问。

王队长表情一僵，道："那好，你给宋队搬椅子，我们先看看影像资料。"

王队长原本想把影像资料暂时压下，内部排查一下看看是否有问题，可是他却不能阻止宋文在这里调看资料。

宋文回他："嗯，等确定有问题再调档也不急。"他们今日必须从影像里找到一些证据，否则这个案子恐怕就要闷在交警支队了。

王队长手下的人急忙把当天的录像记录调取了出来，主要证据是不同摄像头拍摄的三段视频。

第一段录像，夜间的道路空旷，一辆车行驶过来，车速未减。监控中能够清晰地看到车牌号，还可以看清开车的人是陈颜秋。

第二段录像，时间紧接着上一段，进行拍摄的这一处摄像头位置较高，因此画面是俯视的。空旷的马路上，一辆车高速驶过，忽然和赵又兰骑着的三轮车撞在了一起，随后车辆拖着赵又兰从画面中消失。

第三段录像，仍是陈颜秋开车的画面，这一次拍摄的是车辆不同角度的侧影，一直拍到他驶出了画面。

录像反复放了几遍，王队长按下了暂停，指着屏幕道："主要的证据就是这三段，时间完全连贯，我们对截图进行了分析，开车的人是陈颜秋，被拖曳的人确定是死者赵又兰。"

宋文刚才一直在凝神观看，神情无比专注，此时他扭头道："王队长，这些录像我感觉有些问题。"

王队长问："哦？那问题在哪里？"

宋文的眼睛何等锐利，只看了一遍，他就发现了问题所在，道："陈颜秋开车撞了人，为什么表情没有任何的变化，他也没有减速，就一直往前开？"现在他越来越确定，陈颜秋不是真正撞死赵又兰的凶手。

王队长回道："那……可能是他开始没有发现自己撞了人吧？"

"那你们是否有肇事者发现尸体的相关影像呢？"宋文又问。

王队长摇摇头道："尸体被拖曳了很久，后来进入了监控盲区，没有相关的影像，最后尸体是在路边被发现的。"

宋文又道："影像的第一条和第三条能够清晰地看清陈颜秋，第一条甚至还可以看清车牌号。可是相撞的第二条却看不清陈颜秋的脸，也看不清车牌。我怀疑这三段影像里出现的根本就是两辆相似的车。"

王队长摇头道："但是这些监控的时间是完全可以衔接的。我们是根据第二处摄像头和第三处摄像头之间的距离以及车辆行驶速度来判断的。三段视频的时间符合车辆行驶而过所需的时间。"

宋文点头道："诚然，现在监控能够帮助我们破案，还原事故真相，可是如果完全相信监控，那很可能会被图像所骗。"

"所以，你的意思是？"王队长皱起了眉头。

"我的意思是，这几段影像不是实时的影像，影像的时间有可能被人改动过，或者被进行了剪辑拼接。"

宋文说出这句话，现场的交警一片哗然，王队长更是直接叫了出来："这不可能！"

宋文道："原本就空无一人的街道，又是晚上，光线不清，很容易蒙混过去。可是巧了，我这个人喜欢画画，观察力比普通人要好，所以我看出了其中有一些不同。"

王队长"哼"了一声，态度明显不好起来，道："那宋队的意思是，我们都是盲人，看不出其中的不同，只有你能看出来？"

宋文不急不躁道："我记得去年南城的路面监控摄像头进行过大面积升级，像素应该足够高。想要证明我说的其实很简单，你们把第一段和第三段视频放入软件里，然后对比度加到最大。"

技术人员应了一声，开始操作。对比度增大以后，原本漆黑的影像变得更加黑了，画面上还出现了一些白点。

"对，就是这样，然后播放。"宋文说完，技术人员就按下了播放键。

大荧幕的投影上，画面忽然一动，肉眼就可以看出图上的白点位置发生了变化。随后，陈颜秋开着车出现。

"咦……"李毅恒不敢相信自己看到的，揉了揉眼睛。王队长也露出了一脸难以置信的表情。

继续播放，第一段和第三段录像的前后都出现了类似情况。宋文解释道："空中会有灰尘和飞虫，在夜晚的时候，这些东西在摄像头前形成了杂点。这些杂点的移动是有连续轨迹的，有人对视频进行了剪切，却无法把这些杂点完全处理好。这些杂点十分微小，在黑暗之下又不突出，平时看不会发现异常，但是在像素足够高的情况下，对比度又调大以后，就会出现跳帧现象。"

然后他看了看那些交警支队的人道："这样即使是观察力不够强的人，也能够用肉眼分辨出了。"

王队长的手颤抖了，道："这……这怎么可能……"可是宋文的话有理有据，面对这样的证据，他再也说不出这场车祸没有问题的话了。

宋文耸肩道："我想背后的雇主，首先找了一辆类似的车，又找了顶罪的人沿着路线重新把车开了一次，然后用黑客技术黑进了你们的系统，替换了相关的视频，造成了你们的误判。"

也就是说，可能陈颜秋从那边接到的"打工"内容，就是沿着路线把车再开一遍。他没有察觉出异常，而拿到了钱以后他才发现那天相关的路段发生了严重的车祸，而自己莫名其妙地成为了逃逸的肇事司机。那时候正巧张瑞病重身死，陈颜秋就想出了"金蝉脱壳"的方法，逃了出去。

"我们觉得这次的交通事故确实有一些问题，还请王队长这边多配合，将所有的信息都交给我们。"宋文看向王队长，礼貌性地加了一句，"需要走流程没关系，我们可以等。"

"你的意思是，这些影像是被人改动过的？我们的系统怎么可能会被黑？也许，那些杂点只是巧合……"李毅恒仍然不肯接受这个事实，嘴硬道。

在一旁揉着额角的陆司语忽然抬起了头，叹了口气插话道："灯光虽然不明，但还是可以看出第二段视频中的那辆车是保时捷，第一段和第三段视频里的则是山寨货。这几段视频之中的车不是同一辆。"

"你的判断依据是……"小曾开口问。

"轮胎、把手、流线，还有这个外车装饰。"陆司语点了点屏幕上的车辆。一旁的技术人员急忙把图片放大再放大，可以看到第二段视频里，车身处有一个黑色的外车装饰。

"替换用的车，也就是你们当时所验的车是山寨款保时捷，虽然两者车型几乎一样，但是保时捷的细节是无法仿制的。"

陆司语稍微停顿了一下道："这个车饰是保时捷纪念款的特别定制，材料都是进口的。另外两段视频中，那辆车这个部分是伪造的，反光度和形状看起来明显不同。所以麻烦你们把本市这款保时捷的登记信息也调取一份给我们。"

技术人员把视频放大，果然发现车饰的形状有细微不同。王队长像是看怪物一样看着眼前的两个人，道："这又是怎么发现的？"心想这两名刑警的眼睛只怕和正常人的不一样，里面藏着摄像机吧？

陆司语开口道："我了解这些，只是因为同款车我正好也有一辆。"然后他从手机里找出照片递了过去："你们若是还信不过，可以找技术专家鉴定下这几段录像。"

王队长这时候终于察觉出来情况有些不对，皱眉回身道："你们迅速联系一下当时那家公司的负责人，问下情况。"

过了一会儿，有下属回答道："那家公司已经注销了。"

王队长道："那法定代表人呢？"

下属有些嗫嚅地回答："电话打不通，我们在寻找其他联系方式……"

那家公司根本就是一家临时用来处理事故的壳子公司，王队长深吸了一口气道："排查有关这起车祸的所有信息！"

空气一时又凝固了，宋文咳了一声道："那个……我们想要的资料……"

王队长忙开口道："哎，宋队哪里的话，我们本来以为其中的问题不太严重，所以才说要走流程，现在看起来里面的问题很大，自然要特事特办，回头我会和上面解释。如果肇事车真的是辆保时捷，一般这种豪车啊，就算在南城这样的城市也不会有太多辆，这样查找真凶的范围就一下子缩小了，可以调出名单挨个儿排查。回头我们配合你们去旧车场寻找真正的肇事车辆，我们一定要查清真正撞死赵又兰的人究竟是谁。"

王队长抬手做了个手势，手下的人急忙去调取更多的资料，办公室一时安静了下来。陆司语和宋文交换了一下目光，这次并不是普通的车祸顶包案，而是有预谋、有策划，计划周密又完成迅速的顶包案。

在几个小时内安排顶包人和伪装车，黑进交警支队的内部获取重要的资料，用壳子公司出面花重金息事宁人，几乎是不可能完成的事，但是偏偏这样的事情发生了。

顶包选择的是将死的绝症晚期病人，在监控录像的佐证下，即使是顶包人翻供也无法说清整个事实，而他们一旦身死，所有的一切就会变成秘密，永远尘封。

那么当晚真正的肇事者以及处理事情的雇主会是谁呢？这一切的如意算盘是否被陈颜秋的操作打破了？那位雇主又和陈颜秋的死亡有没有关系呢？随着案情的推进，出现的谜团更多了。

宋文和陆司语在交警支队这边拿到王队长给他们复印的材料，带回到市局，再回家已经是晚上六点多了。

陆司语做晚饭的时候，宋文接到了傅临江的电话。

"宋队，我们通过之前的排查找到了陈颜秋最后落脚的小旅馆，我刚过去确认了，旅馆老板看到陈颜秋的照片，确认见过他。"

这一天市局的其他同事也没闲着，他们在四处查找陈颜秋死亡之前的踪迹。傅临江的发现对案情调查来说无疑是一个很大的进展，找到了这家旅馆，就有可能知道陈颜秋之后发生了什么，也可以进一步推理出他的具体死亡时间，缩小排查范围。

陆司语正好端着食物出来，他把一盘茄子放在桌子上，侧过头来小声问："有进展了？"

宋文冲他做了个噤声的手势，示意不要让傅临江听到他的声音，然后按了免提："旅馆的具体位置是哪里？"

"在茂昌街上，是一家叫如意宾馆的小旅馆，由于这里的入住信息还保持着手写登记，所以我们查到这里花了一些时间。"傅临江顿了一下说，"陈颜秋登记用的是张瑞的身份信息，两个人的身份证照片有点儿像，老板也就没有怀疑。"

听了这句话，宋文才真切感受到陈颜秋生命的最后一段时间是真实存在的，他并不是一个幽灵，而是一个活生生的人。宋文知道茂昌街，那是城西的一片棚户区，拆迁工作只进行了一半，空了很多自建房。房主们把房子进行了改造，改成了小型的旅馆，有点儿类似家庭旅馆，大概只有几间房间，价格很低廉，有时候花上几百块钱就可以住上一个月。有钱人鄙夷这里，可这里却是穷苦人的另一个家。

"那旅馆的老板有提供线索吗？"

"这个小旅馆位置有点儿偏，生意一般，像陈颜秋这样的常住客不多，所以老板现在还有印象。老板说，他是今年一月入住旅馆的，付的是现金，一共住了一个多月，老板还说他经常出去。对了，老板知道陈颜秋有病，收拾房间的时候发现他有很多写着外文的药瓶。有一次陈颜秋发烧到起不来，老板还给他熬了粥，问他是不是需要联系亲友，可是陈颜秋回绝了。到了二月三日早晨，陈颜秋忽然退房说要出趟门，还说春节后回来，在老板这里寄存了一箱东西，可再也没有回来。"

"老板说他经常出去，知道他去哪里吗？"

"那个就不清楚了。"

"行李查过了吗？"

"东西我戴着手套粗略检查过了，没有违禁品和危险品，都是一些生活用品，等下我带回市局让物证那边再查看下。"

宋文继续问："陈颜秋有没有说他最后要去做什么？"

"就是和老板说要去办点儿事情，老板以为他要去拜访亲戚。"傅临江想起了什么，补充了一句，"对了，老板说那天陈颜秋看起来心情挺不错的，还顺手给了自己儿子一包花生米。陈颜秋还说：'等事情办完了，我就轻松了。'"

宋文听到这里微微蹙眉，事情办完了就轻松了，那么他会是去办什么事？

"老板说他记得挺清楚的，因为那是快过年的时候，客人们都走得差不多了。他本来想问陈颜秋要住到什么时候，想着过年的时候也关门歇息几天，正巧陈颜秋就退了房，走的那一天还赶上降温，早上下了点儿小雪——哎，我刚才翻看陈颜秋行李的时候，发现里面的衣物叠得特别整齐。"

叠得特别整齐，那么有可能陈颜秋明白自己也许不会回来了。

在那个新年之前的早晨，陈颜秋就这样消失在了街道的尽头，随后再无人知道他去了哪里。

春节前夕，这个时间点有什么特殊的意义吗？而他被人抛尸在了那个化工厂，这个结果是他所期待的，还是始料未及的？

"干得不错，辛苦了。我这边也有一些进展，明天到了局里细说吧。"宋文说完挂断了电话，看到陆司语面对桌子上的菜低头思考着。今天两个人回来得晚，晚饭相对简单，只有两菜一汤，而且汤还是番茄鸡蛋汤。

宋文拿起筷子尝了一口，菜虽简单家常，但味道丝毫没打折扣，他对陆司语道："哎，也别光想着案子了，折腾了一天，快吃饭吧。"

宋文在旁边吃得狼吞虎咽，陆司语却没有胃口，好像所有的心血都花在案子上了，强撑着做完饭后，就再也匀不出其他的精力。但是陆司语知道自己需要多吃一点儿，刚大病过，最近又在戒药中，如果饮食再不规律，他也不知道身体要靠什么才能够撑下去了，毕竟他还有那么多事要去做。

他正发着呆，宋文的手忽地贴上了他的额头，陆司语一愣，都忘了要躲，眨了下眼，抬起头问宋文："怎么？"

宋文的手松开道："也不发烧啊，发什么呆呢？"事实上陆司语的额头不烫，甚至还有点儿发凉。

陆司语摇摇头，白净的脸上没什么表情。

这一顿饭吃了半个小时，陆司语强迫自己吃了半碗饭，再吃就有点儿恶心，他把碗筷放下，宋文看他吃得不多又问："怎么，吃不下饭？"

陆司语道："可能饿过劲儿了，而且我刚才在厨房吃了点儿，这会儿不饿也正常。"

宋文仿佛看穿了他的谎言，向前凑近了问："你真没事吗？白天就看你有些不对劲。"白色灯光下，陆司语的脸色越发白了。

陆司语抬起头看他，清秀的脸上神色淡然，道："可能有点儿戒断反应，下午的时候头疼，不过不太严重。"

宋文看着他说："你要是感觉不对可要说啊。"他直视着陆司语的眼睛。

那瞬间陆司语心虚起来，不知怎么想起了被审问的犯人，他低头躲过宋文的目光问："怎么，如果说谎瞒报，宋警官要抓我吗？"

宋文做了个用手铐铐人的动作道："押你去看医生。"

"放心吧，目前还没什么严重的状况，这两天也没胃疼了。"陆司语习惯性地舔了一下嘴唇，略微停顿了一秒，"我挺不喜欢医院的。"

晚上他们俩照例汇总了下案情进度，然后睡觉。

凌晨两点的时候，宋文被一阵雨声吵醒，似乎是因为小时候的那段记忆，只要是下雨的夜晚，他就睡得不太踏实。窗外的雨夹着风，"唰唰"地打在玻璃上，在一片漆黑之中，潮湿的空气翻滚涌动。温度倒是降了下来，甚至让人觉得有点儿冷。宋文去了个洗手间，习惯性地往陆司语房间看了一眼，结果就发现陆司语不在床上。

宋文穿着拖鞋往外走，看到三楼的书房亮着灯。他推开虚掩着的门，看到陆司语坐在写字台前，怀里抱着昏昏欲睡的"小狼"，一下一下地捋着它的毛。陆司语抬头看他，没有惊讶，也没有解释。

宋文指了指手机道："你知道现在几点了吗？"

陆司语低下头，像是个做了错事的孩子道："对不起，我睡不着。"刚开始下雨的时候，陆司语就醒了，他是被饿醒的，晚饭果然没有吃饱，他怕犯胃病，爬起来热了杯牛奶，然后就睡不着了。

陆司语一句话把宋文说愣了，宋文道："哎，没什么对不起的，我的意思是这才两点，再去躺会儿吧，总不能这么呆坐到天亮。"

宋文揉了揉眼睛道："而且你下次别这么不声不响地出来了，你要是睡不着，把我摇醒了聊天儿都成。这大半夜的，一个人在这里坐着多无聊啊。"

陆司语有点儿心虚道："我不想打扰你，让你觉得我是个累赘。"

宋文道："我不就是为了这个搬过来的吗？"

陆司语"嗯"了一声，这才起身，把打瞌睡的"小狼"小心翼翼地放入它的窝里。两个人来到陆司语的房间，宋文坐在床边道："我陪你待一会儿吧，你刚才一个人在书房里呆坐着，想案子吗？"

陆司语"嗯"了一声道："有那么几个点，没有想通。"

宋文望着陆司语的侧脸，忽地严肃了起来道："我知道你喜欢把自己代入推理，可是你千万不能把自己陷进去。"陆司语最近停了药，身体又不好，正是不稳定的时期，很容易被这些人和事所影响。

"嗯。"陆司语忽然眼眶湿了，至少这个世界上，还是有人关心他的。他翻了个身背过去，手指还在微微颤抖。

宋文看了眼侧身躺着的陆司语，目光忽地沉了下去。刚才在书房里，他伸手摸了摸陆司语笔记本电脑的电源，虽然电脑看起来是关着的，但是那电源却是温热的。

对芜山敬老院的案子，对顾知白，对很多事，陆司语都很执着。宋文忽然有点儿犹豫，是否要继续往前走，他离陆司语的秘密越来越近了。

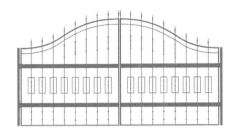

第十四章

── 意外线索 ──

　　案件的调查已经进入到第四天，宋文他们查明了陈颜秋脱身的手段，查到了一起精密策划的车祸顶包案，却依然对陈颜秋的死亡一无所知。案件到现在还没有确定嫌疑人。

　　早上几人在市局碰面，交流了进度后，宋文做了接下来的工作安排："临江、老贾，你们按照你们的方向继续，朱晓你跟进交警支队那边。"然后他转头对陆司语道："我们先查下游吧，去见见车祸死者的家人，昨天已经和他们约好了，十点左右我们过去一趟。"

　　现在能够确定的是这场车祸有问题，而且问题很大。若是车祸的真正肇事者没有线索，他们就只能暂时跳过这一环节。目前能够直接联系到的就是车祸死者赵又兰的家属。

　　南城太大了，七千平方千米的范围，几百万人口，平凡的环卫工人在这茫茫人海中犹如沧海一粟，人们也只有在看到路边的垃圾时，才会想到他们。

　　赵又兰负责清扫的区域是南城城西长寿路那一段，全长一千多米。路的两旁都是高大的梧桐树，此时正是夏末，树叶还是绿的，要是到了秋天，满街都是梧桐落叶，一天要清扫两到三遍。

　　每当夜幕降临，这条马路就会被分作两部分，一边有几家热闹的酒吧，是年轻人的极乐之地，每天他们都狂欢到凌晨三四点；而路的另一边是几处废旧的民国楼群，早就已经人去楼空。

　　两个极端的地方，犹如天堂与地狱。

　　宋文从档案资料上看到了赵又兰的生平：女，五十四岁，初中学历，生前是南城环卫局的一名清洁工。除了"普通"，宋文想不出第二个词来描述她。

赵又兰的家在江槐树小区，这是一处老旧的小区。从小区往南望去可以远远地看到南城塔。

宋文几乎记不起上次他来这种地方是什么时候。和现代窗明几净的电梯房不同，这种老户型房子的窗户都是小巧玲珑的，似乎连窗户也占了面积，恨不得建成一个小小的"日"字或是"田"字，把人与人、家与家分割开来。

赵又兰的老伴儿叫张从云，今年六十岁，女儿张丽丽在一家超市做收银员。张丽丽两年前和丈夫离了婚，有一个女儿，今天她正好倒班，也在家里。之前朱晓电话联系的也是她。

宋文一进门，就表明了身份。

这套房子的面积不大，大约五十平方米，有一间客厅，还有一间卧室。屋里的凳子是旧的，桌子是旧的，桌子上还放了一个地球仪，也是旧的。客厅里堆满了各种摆设，而且风格迥异，有的是中国风，有的是欧式，还有的甚至有点儿东南亚风格。

张丽丽看宋文和陆司语打量着那些东西，撇嘴道："都是我妈捡回来的，我说了多少次不要捡，但她就是喜欢把家里变成垃圾堆，很多东西她都舍不得扔，还总和我说有的东西看起来不起眼，保不齐就有需要它们的时候。"

话说到这里，张丽丽似乎是觉得可能会让宋文他们会错意，有些尴尬地苦笑了一下道："现在人没了，我也舍不得扔了。别说，有的东西还真的挺有用，有一次妞妞的书包坏了，我来不及缝，手头又没有合适的东西，我就从我妈的'百宝盒'里拿了一个大号的别针出来，正合适。"然后她又道："我去给你们倒点儿水。我爸岁数大了，有点儿耳背，你们和他说话，声音大点儿。"

说完她起身去倒水，留他们坐在客厅里。这里的客厅和阳台是连在一起的，不隔音也不隔热，甚至可以闻到邻居做的午饭的味道。在阳台和客厅的交界处，摆了一张双人床，床边有很多的瓶瓶罐罐。窗台上摆放着一个南城塔的模型，阳光正好照射在上面，看起来更为精致。

张从云此时就坐在床边，戴着老花镜，借着透进来的光亮干着活儿。

陆司语侧着头，发现他在修一个板凳。说是修，不如说是做，他要用两个废旧的板凳拼凑出一个小凳子来。老人的手有些粗糙，却十分灵巧。

宋文正想着怎么开口，张从云就抬起头扫了他们一眼，那目光有些警惕，道："丽丽刚才说你们是警察？今天你们是来干什么的？"

宋文道："叔叔好，那个……关于半年前你老伴儿的车祸，我们有些问题需要核实一下。"

老人似乎是回想了一下，开口问："我老伴儿的清洁车找到了吗？"

宋文耐心给他解释："清洁车要问负责的交警，我们是刑警。"

老人的嘴巴里不知道塞了什么东西，口齿不清道："那辆车我们赔了环卫局两百八十块钱呢。"然后他吐了什么东西出来，陆司语这才看清原来是钉子。

宋文努力把案情说清楚："最近我们发现了一名死者，可能和半年前的车祸有关，而且那次车祸可能另有隐情，所以我们过来找家属了解下情况。"

老人低下头继续研究着手里的破凳子，用尺子量了一下，然后道："有什么隐情？人都死了，还能活过来吗？"

人死自然不能复生，宋文有点儿尴尬，道："我们说的不是那方面的隐情。当时交警锁定的司机有可能不是撞死你老伴儿的肇事人。"

老人皱眉抬起头，含糊不清地说："啊？交警说肇事者不是早就死了？"

宋文想着该怎么和他说清楚其中弯弯绕绕的关系，道："当时死的不是那个肇事者，那个肇事者有可能是在帮人顶罪……"话说出来他就觉得有点儿不对，这话说得和绕口令似的，宋文只能找补了一句："具体的我们还在调查中。"

老人垂下头，似乎放弃了理解，道："唉，绕得真晕。这些和我们有什么关系？"

宋文轻咳一声，自己被问住了，陈颜秋的死好像的确和老人一家关系不大，陈颜秋可能不是撞死赵又兰的直接凶手，只是一个一时鬼迷心窍的顶包人。他继续问："那你对车祸还有哪些了解吗？想起来什么都可以对我们说。"

老人道："这么久，不记得了。"

宋文拿出一张陈颜秋的照片放在桌子上问："这个人你见过吗？"

老人头也没抬，道："没见过。"然后他又从嘴巴里吐出一颗钉子，在凳子上钉起来。

说话之间，张丽丽端了四个杯子过来。四个杯子各不相同，其中有一个还破了个口。见了这情况，陆司语完全没有要伸手的意思，宋文说了一句："谢谢。"然后他就把张丽丽递过来的杯子接过来，放到了一旁。

张丽丽自己拿了那个破了口的杯子，坐在一旁的凳子上，有点儿紧张地低着头。

一旁传来老人钉凳子的梆梆声，那声音还挺有节奏的。宋文给张丽丽简述了一下案情，开始问车祸的具体情况。

陆司语在旁边打开本子记录，从他的角度可以看到一张赵又兰的照片，背景正巧是南城塔，他对照片有点儿好奇，趁着间隙问道："那张照片是什么时候拍的？"

张丽丽看了看道："那是我妈年轻的时候拍的，那时候南城塔刚建成，还不许游客参观，她就在塔下照了这么一张照片。说起来挺惭愧的，我妈一直想上去看看，她觉得不上南城塔，就不算是真正的南城人，可是每次要去时，她都因为各种各样的情况错过了，到最后她也没能上去。"

在赵又兰这种外乡人眼中，那座塔就是城市的象征，似乎没有上去过，就不被这座城市接纳。

宋文轻咳一声，开始问话："那天阿姨是照常去上班的吗？"

张丽丽收回了目光，点点头道："对。我妈那天早去了一会儿，凌晨两点四十多就出发了，半夜我被她吵醒了。她早就说那天想要早点儿回来参加我女儿的学校活动。妞妞练了两个月的舞，想给姥姥看，没想到……"

"你们接到电话通知是几点？"

"早上不到五点吧。电话是警察打来的，人直接送到医院，不过早就没有气了。那时候交警都说没见过被拖得这么惨的……"

"当时出面的是对方公司吗？"

"是啊，说是公司的司机撞了人就逃走了，公司有个负责人过来和我们商量赔偿方案。那边的人倒是挺客气的，后来交警那边告诉我们肇事司机病死了……"

"你们相信对方的说法吗？没有觉得有问题？"

"当然觉得有问题了，怎么能够这么凑巧？早不死晚不死，把我妈撞死后就死了？我那时候就说这事儿有问题……"

张丽丽正说到这里，张从云忽然站起了身，有些不耐烦道："现在放什么马后炮？人都没了，这些有什么好说的？"

宋文听了这话，刚想解释两句，一旁的陆司语却拉住他的衣袖，示意他不要打断。

张丽丽的火像是一下子被点着了，站起身道："是没什么好说的，我妈死得那么不明不白的，肇事的司机都没搞清楚是谁，你就收了人家的钱同意私了了！后来你签字的时候问过我没？现在警察又来查了你还不让我说，你就不想知道究竟是谁撞死了我妈吗？"

老人反问她："知道了又能怎样？这事儿早就结束了，过去了！都过去半年了！"

张丽丽道："至少心里得清楚。我连那王八蛋的面都没见到，如果见到了，如果见到了……"

老人"哼"了一声，呛了她一句："见到了呢，你想怎样？"

张丽丽咬着嘴唇，狠戾地盯着自己的父亲，忍了两秒没忍住，"哇"地哭了出来，道："冤有头债有主，至少要听他给我妈道个歉，让他在我妈坟前磕个头。"

老人又"哼"了一声道："有个屁用！"

张丽丽梗着脖子道："现在警察来了是好事，不知道谁是真凶，我就是咽不下这口气！"

老人盯着她道："你懂什么叫作咽不下气？"

"至少给我妈烧纸的时候能够念给她！我妈白白伺候你几十年，她死了你就没伤过心……"张丽丽的泪水忍不住往下滴，过去就算家境贫寒，她也从未觉得家里有什么缺失，可是母亲死了以后，她的父亲就像是变了一个人。

因为父亲的冷漠，张丽丽的心里更痛，今天的这些话她憋在心里太久了，她道："爸，小时候我总是被同学欺负，他们笑话我妈是个扫大街的，那时候你不是告诉我只要站得正，就没有什么可心虚的，要挺直了腰板，我们不输给任何人吗？我们不主动欺负别人，但被别人欺负了，就要讨个公道。现在你岁数大了，那些教我的东西你就都忘了吗？你真的……真的让我太失望了。"

气氛一时尴尬，老人面色不快地从他们三个人面前穿过，走进了唯一的卧室，"砰"的一声把门摔上。

张丽丽哭得嘴唇都在抖，道："我妈这辈子不容易，辛辛苦苦地干了一辈子，她差一年就退休了……"

宋文递过去几张纸巾，张丽丽用纸巾捂住了眼，但还在不停地控诉着："让你们见笑了，都说家丑不可外扬，可是我……我实在是受不了了。我妈刚走一个月，我爸就忘了我妈，天天不在家，吃饭睡觉都抱着手机看。晚上还去外面晃悠，很晚都不回来。这里都是老邻居，风言风语的，人家都跑来问我，让我管管我爸……"

张丽丽哭天抹泪，仿佛眼前的警察可以做他们家的主。宋文一时不知道该怎么安慰她才好。陆司语有些出神地看着刚才老人干活的地方，那个小板凳已经初见雏形。那么小的板凳，肯定不是给大人坐的，小孩子坐却正合适——老人还是疼爱自己外孙女的。

卧室的门很普通，无疑是不隔音的，张丽丽说这些话就是为了给张从云听。可是那房里却安静极了，仿佛里面的人什么也没有听到。

张丽丽又连哭带说地控诉了好多，比如她妈妈去世以后，她又要工作又要买菜做饭带孩子，多么辛苦；她爸爸每天都不知道在忙什么，毫不关心她，她常常回来以后还能看见洗碗池里泡着碗。

张丽丽哭着说："我妈生前每天晚上拉我爸下楼，我爸都不陪她，都是我妈一个人下楼去跳舞，她一去世我爸却出去得比谁都勤快……"

陆司语顺着问："阿姨喜欢跳广场舞吗？"

张丽丽点点头道："跳，老太太就那点儿爱好。她说平时是清洁工的打扮，别人都看不起她，可唯独晚上跳舞的时候，她换上一身漂亮的衣服，和那些退休的护士啊，老师啊没有分别。对了，妞妞学舞蹈也是我妈的主意，她说小女孩儿学舞蹈对形体好，攒了钱让我去给妞妞报了班……她说就算家里穷，也不能穷了孩子……"

说到这里，张丽丽的眼眶一热，泪又往下流，她道："对不起，我就是……

太伤心了……我妈刚死的时候，我整个人是蒙的，被各种事情推着转。那时候不觉得太过伤心，可是过了一段时间，夜深人静的时候忽然想到我没了妈，心里就特别难过。"

这时张从云所在的里屋响起了一阵咳嗽声。随后，屋里屋外都是一阵沉默，等张丽丽的情绪稍微平静些，宋文又问了一些关于车祸之后的事。

对方公司赔偿了他们一百二十万元，这在同样的事故中算是赔偿金额较高的了。在此之后，对方公司和他们再无联系。张丽丽后来也辨认了陈颜秋的照片，她说从始至终都没有见过这个人。

两人详细地问了一个多小时，把想到的问题都问了。然后张丽丽把他们送出去，出了楼道，陆司语忽然回头问她："叔叔过去是做什么工作的？"虽然张从云的档案里有记录，但还是问下更为保险。他怕张从云会起疑心，故意到了门外才问张丽丽这个问题。

张丽丽道："我爸以前在工厂做叉车工，后来厂子倒闭了，他就出来做了几年建筑工。再后来他耳朵越来越背，就不做了。"

"他在清河南化工作过吗？"宋文顺着那个问题又问。

那是陈颜秋尸体的发现地点，如果张从云曾经在那里工作过，那么他的嫌疑将会变大。

张丽丽摇摇头道："他好像换过几份工作，最早的时候在城富化工做过一段时间，不过那还是在和我妈结婚前，我是后来听他们说的。这家清河南化我没听说过。"

陆司语道："那我给你留个联系方式吧，如果以后你想到了什么，或者有什么难处，都可以联系我。"

张丽丽点了点头，把他的手机号记下了。

走到外面，宋文深吸了几口气。那房子太小了，鸟笼子一般，只是几个人待在客厅，就让人觉得空气稀薄。

两个人上了车，陆司语问："你觉得这家人和陈颜秋的死有关系吗？"

宋文理了一下思路开口道："我觉得张丽丽的态度还算是正常，张从云却有些奇怪，不太合乎常理的地方有几个。他的行为在妻子死后发生了变化，这个变化让我看不太懂，一个原本喜欢待在家里的老头儿为什么经常外出，很晚回来？他都去了哪里？还有一点我想不通，他为什么选择私了？目的是钱吗？可是钱呢？难道是存在银行吃利息了吗？那笔钱足够这样的家庭换一套房子了，就算不换房子，至少可以改善下生活状况，他们为什么还住在这种地方？还有他说知道真凶也没用，这个'没用'，难道是他知道了真凶是谁，还是他猜到了是谁？"

"而且他手上的一些痕迹是接触化工品才会留下的。"陆司语叹了一口气，

"只是可惜当时他所在的工厂不是清河南化。"

宋文道："我觉得他虽然没有在清河南化工作过，但是也不能因为这一点就觉得他和那边完全没有关联，那时候的工人会经常在一些化工厂之间送货，也会有各种交流，他也许年轻的时候去过清河南化。如果说嫌疑人本身在清河南化工作过，我反而觉得太巧合了。"

陆司语咬着指甲，眉头微微皱起道："对了，今天我们提起陈颜秋的时候，张从云明显不耐烦。"

宋文回想了一下道："开始我给他看陈颜秋的照片，正常人多少会看一眼再否认，可他直接就否认了。我开始还以为他带着气，现在你这么一说，那反应有点儿可疑。"他顿了一下又说："甚至后来离开都有点儿刻意。"

陆司语道："我觉得有几种可能性。"

他试着推理道："第一种，张从云真的拿了钱，不在乎赵又兰的死亡真相；第二种，他其实是在乎的，且知道一部分隐情，所以才急躁地不想提。"

直觉告诉陆司语，张从云似是在用他的怒意掩盖自己的紧张情绪，但是他在紧张什么呢？他怕他们发现什么呢？怕他们发现陈颜秋死亡的真相吗？

宋文"嗯"了一声，陆司语又继续分析道："会不会还有这么一种可能性，他不知道陈颜秋顶罪的事，认为就是陈颜秋撞死了自己的老伴儿，在得知肇事者死亡之后，他没有相信，而在一个偶然的情况下，他发现了陈颜秋的踪迹，那时候陈颜秋正好身体虚弱，张从云就愤然杀死了他……"

宋文道："说实话，在来之前，我脑补过家属因为愤怒杀了陈颜秋的故事，但是现在看……嗯……不太好说……"

张丽丽是个女人，身形娇小，她虽然对陈颜秋有恨意，但是很难去下死手。她刀子嘴豆腐心，说的话不好听，但也只是有一些抱怨。至于张从云，那样的一个老头儿，有些木讷古板，不明事理，就算陈颜秋站到他面前，张从云也很可能没有能力杀了他。刺入胸口的那一刀需要很大的力气，很难想象是这样一个老人动的手。

陆司语摇了摇头，把自己刚才说的话否定了："不对，哪里不太对……而且完全没有证据……"

他的推理疏漏了哪里呢？陆司语有些气馁地靠在车窗上，这样推理的巧合性太高了，既没有理论依据，也没有实际的人证物证。

宋文看他脸色不太好，关切地问："没事吧？"

陆司语仍是闭着眼睛道："还好。"他也说不清自己哪里不对，从戒药开始就是这样，身体说不上来哪里不舒服，就是不能专注思考。他总觉得自己好像忽略了什么很重要的事，可是那究竟是什么呢？

看陆司语沉默了，宋文开口道："你别太着急了，有时候欲速则不达，我们先去看看陈颜秋的遗物吧。现在我们找到了他最后生活过的旅馆，可以试着进行复盘。"

陈颜秋的遗物是前一天傅临江带到市局来的，物鉴那边已经登记完了。午饭后，宋文走了个流程把旅行箱从物证室取了出来。

所有物品都塞在一个半人高的旅行箱里。按理说进行登记拍照和核验之后，他们要把东西作为遗物还给陈思雪，不过因为案子现在还没破获，东西就暂为保管了。

陆司语觉得进行复盘的理论是正确的，他们现在需要更多的线索。复盘无疑是他们走近陈颜秋的最好方式。要弄清楚他最后发生了什么，首先要了解他是一个怎样的人。

宋文戴上了手套，先在脑海中回忆了一下陈颜秋的形象。那是一个清秀的年轻人，有点儿腼腆，还有一颗小虎牙。他为人和善，工作和生活上没怎么和人红过脸，很疼爱自己的妹妹，也很怕麻烦别人，他的前半生一直都循规蹈矩。这样的一个人，若是在生活里遇到，大家一定是愿意和他交朋友的，也会对他的悲惨经历心怀怜悯。

陈颜秋人生的转折点就是那场顶包的车祸，他在死亡前又经历了什么呢？

陆司语也没说话，低头看着那个旅行箱。那旅行箱非常普通，一如陈颜秋这个人。这个普通的年轻人，不像是那些癫狂的、变态的凶手。陈颜秋超出了他熟悉而擅长的范围。

宋文伸手把旅行箱的拉链拉开，里面是一些年轻人的常用物品，有陈颜秋喜欢穿的朴素的衣服，还有本尼采的《查拉图斯特拉如是说》。

"这本书现在不太好买了。"陆司语把书拿过来翻了一下，确认书中没有夹带东西，然后递给宋文。

宋文打开，翻看了几页，有一页有点儿折痕，他打开念道："在你们的死之中，你们的精神和德性当依然熠熠生辉，犹如晚霞环绕大地，要不然你们的死就是不成功的。"

陆司语道："对于绝症病人来说，尼采的那种癫狂相当于是安慰剂，能够给予他们勇气。我较为喜欢这个版本的译稿。"有时候翻译不同，会造成文章意义的偏差。

旅行箱里除了书和衣物，还有两条旧毛巾、一个杯子、一双密封在袋子里的拖鞋，尽管是住在旅馆里，陈颜秋还是带上了这些东西，由此可见，他出发前就做好了长住准备。最后离开时，他留下了手机的充电器和充电宝，手机却不知所终，显然他没有打算再回来。

宋文又看了一下之前物鉴登记的表格，他打开旅行箱的隔层，里面有一些证件，还有一些药。证件有部分是张瑞的，直接被他拿来使用。

宋文拿起一个药瓶，拧开瓶盖看了看其中的白色药片。看到那些药，陆司语不由得有些紧张起来，轻轻舔了一下嘴唇，避过头去。

"这药有点儿奇怪。"宋文研究了片刻，把一盒退烧药放在了一旁，"这药陈颜秋一共只吃了四片，然后你看这里，"他指着上面的生产日期，"药物的生产日期是去年的十二月，明显晚于其他药物。这盒药可能是他用了张瑞的身份以后才买的，而且这药是处方药。"

陆司语拿起那药盒仔细看了看，不显眼处粘了一个紫色的标签，标注了每次的用量，他开口道："这个药物标记方式和医院还有药房是不同的。陈颜秋顶替了张瑞，所以他应该会很谨慎，不会去人多的场所，活动范围有限，可能去的是旅馆附近的小诊所。"

宋文道："也许我们运气好，能够找到这个诊所在哪里。"

两个人把旅行箱里外外又翻了一遍，没有再找出其他线索。宋文去归还了箱子，带着陆司语往茂昌街走去。

在茂昌街，宋文找了一会儿才看到如意宾馆的指示牌，上面画了个箭头指向一条巷子里。

巷子里连停车的地方都没有，里面还是少见的砖地。两边是两层的小楼，但是都有些年头了，比较简陋，很多未必是房东在住，而是作为廉租房出租了出去。很多打工的外地人都住在这里，甚至还会招揽同乡合租。巷子里有刚放学的小孩子跑来跑去，让这地方显得更为狭小。

这里作为南城的一角，和那些农村或乡镇完全不同，这里的人口密度明显比那些地方大。巷子里四处堆放着生活垃圾，地上还有掉落的烟头，说好听点儿是有生活气息，说不好听点儿就是人员复杂，档次难以提升。特别是这里和城市繁华区比有巨大的落差，让人心有不甘。

那家如意宾馆看起来一点儿也不如意，招牌都已经被雨水冲刷得几乎看不出来颜色，也难为之前傅临江找到这里。陆司语进了巷子就一直在皱眉，他对这里的气味很反感，好像到处都有挥之不去的汗味，让他有点儿反胃。偏偏巷子不远处还有个老太太在用家乡话骂人，吵得他的头更疼了。

两人走进如意宾馆，矮胖的老板娘把他们领进了院子里。宋文出示了证件，老板娘道："啊，我知道，昨天你们同事刚来，把东西取走了。"

她看了看宋文和陆司语，目光闪烁而警惕，道："那人是不是犯了什么大案子了？要不怎么值得你们这么三番五次过来查看。"

宋文道："那个年轻人被人杀害了，不过和你这边没什么牵连，我们来查查情况，你想到什么告诉我就可以了。"

宋文没急着问药盒的事，随便拉着家常，他先让老板娘带着他们去看了看陈颜秋生前住过的房间。那房间正好空着，陆司语站在门外朝里看了看。环境不太好，房间朝北，阴暗潮湿，大热天里透着一股霉味儿。

陆司语忽然挺悲伤的，那年轻人最后的时间应该是凄凉的吧！本来就已经得了重病，又生生把自己和唯一的亲人隔绝开来，让自己变成一只断了线的风筝。

宋文在那边继续和老板娘聊着，开始问陈颜秋的作息习惯，喜欢干什么，喜欢吃什么。

老板娘回想了一下尽数答了："他偶尔出来散步，晒晒太阳。不是点外卖，就是在附近的小饭店吃饭，街尾的馄饨他挺喜欢吃的，经常吃。他是个挺文静的年轻人，话不多，挺好说话的，没拖过我们旅馆的钱。"她想了想又加了一句："我觉得他不是这附近的人，他和这里的人不熟悉，那段时间也比较少接触这里的人。"

宋文又问："有什么人来看过他吗？"

"我没注意。"老板娘说出这句话，忽然又想起点儿什么，"好像有一次我看到他出来的时候，有个男人在巷子口等他。"

"男人？还有更多的线索吗？比如年龄、身高什么的。"宋文又问。这倒是一个新的发现。

老板娘看得出是在用力回忆，道："我……没看清楚，只看到个背影，应该是个男人，有点儿驼背。"

又闲扯了几句，宋文看陆司语站在一旁憋得脸都白了，知道他快忍不下去了，这才从口袋里掏出来那个药盒，问起了正题："我再问下，这附近有诊所是用这种标签标记的吗？"

老板娘扫了一眼就说："这是李梅诊所的，诊所就在路东边，我们这里的人生病了基本都去那边看。你们走到前面，有个小超市，走过去就是。"

宋文谢过了老板娘，拉着陆司语出来。陆司语到了院外就蹲下了身，捂着嘴干呕了起来。

宋文去路边的摊子上买了瓶矿泉水递给他道："不就是个旅馆嘛，打扫得挺干净的啊，陈颜秋住了一个多月呢。"

陆司语摇了摇头道："活人的味道太重了……"那旅馆的布局有问题，硬生生地多隔出了不少房间，床上的被褥感觉也有段时间没有洗了，也许还因为陈颜秋在那里住过，他还闻出来点儿疾病和绝望的味道。再待下去，他都快被那种味道淹没了。

陆司语接过矿泉水漱了漱口，又闭上眼睛歇了一会儿，才感觉好了一些。他和宋文完全不一样，宋文无论见了什么人都可以聊上几句，而他只想远离。

这么多年，让他不讨厌，可以近身接触的，好像就只有宋文而已。

宋文没敢催他，等他缓过来，才按照老板娘说的方向往诊所走去。这次他没让陆司语进去，直接让他等在外面。

走进诊所以后，宋文发现这里被人挤得满满当当的。有个戴着口罩、医生模样的中年女人见他进来，走过来说："看病得排会儿队。"

宋文晃了晃证件，小声道："我是警察，想问点儿相关情况。"

那女人看了看宋文和等在外面的陆司语，然后走到门口，摘了口罩皱眉问："我是这诊所的负责人李梅，你们要问什么？我这里虽然简陋，可是从来不做违法的事，那些找我打胎的我也一个没给做过……"

宋文道："不是诊所运营的事。"然后拿出那盒药给女人看了看道："这盒药是你这里开出去的吧？我想了解一下情况。"

李梅看了看那紫色的标签道："是我这里的，不过这种药是常用药，我每个月不知道要开出去多少，不一定会记得。"

宋文又拿出一张陈颜秋的照片问："这个年轻人你有印象吗？"

李梅想了一下，点了点头道："有些印象。"

宋文一下子来了精神，道："这是我们现在在查的案子中的关键人物，当时他来诊所发生过什么，麻烦你回忆一下。"

李梅回想了一下道："好像是去年年末吧，有一天下着大雨，病人不多，然后一个老头儿带着这个年轻人找到我这里。年轻人挺虚弱的，在发烧，我那时候判断不出他的病情，只能给他开了些退烧药，让他一定要去大医院看看。"

"老头儿？是他亲人还是什么？"宋文皱眉问。之前老板娘的话里也提到了一个男人，那个男人和这个老头儿是同一个人吗？

李梅道："我也不太清楚，我开始以为是他父亲，后来那年轻人叫老头儿叔叔。那老头儿在年轻人看病的过程中一句话也没说。开了药以后，两个人就离开了。隔了半个多月的样子，那年轻人又发起高烧，还是老头儿带来的，我当时又给他开了一盒药，再次叮嘱他们一定要去医院，那老头儿当时答应得好好的，也不知道后来去了没。"

这才几句话的工夫，屋里的病人已经有点儿坐不住了，有个人张望着叫："李医生……"

李梅回头道："等会儿，等会儿。"

宋文继续问："那个老头儿长什么样？有什么特征没有？"

李梅摇了摇头，指了指屋内道："你也看到了我这里一天要来多少病人，我能够记得他还是因为看那年轻人有点儿奇怪，像有重病，还知道自己病情似的，可是他又不让我详细检查。他就是个普通的、上了岁数的老男人，什么特征我都想不起来了，就算给我看照片我都不一定能认出来。"

宋文又追问了几句，李梅都说记不清了，里面的病人催得厉害，宋文只好放她回去，并给了她一张名片，叮嘱她想到什么相关的信息记得告诉他。

最后李梅问他："那个年轻人后来怎样了？"

宋文道："他被人杀害了。"

李梅愣了一会儿，"啊"了一声，有点儿伤心和遗憾，没再说什么，进到诊所去了。

宋文走下诊所的台阶，陆司语问他："你觉得那老人会是谁呢？"

宋文道："我们之前查过了，陈颜秋的亲戚都不在这边，他也没什么朋友。也许……也是病友？"

随后他摇了摇头，否认了这种可能道："不像是病友。如果是病友，至少可以帮他开药，不会带他来小诊所开退烧药。"

陆司语舔了下嘴唇，他心里有个大胆的想法，可是因为太过大胆，反而不敢轻易说出来。现在的线索还是太少。

宋文看了看时间，现在是下午四点半，回市局的话快下班了，可直接下班又有点儿早，他把双手插进衣服口袋，考虑了片刻道："走吧，我们在附近转一转。"

陆司语没说话，他长时间待在这里有点儿犯怵。出了巷子后，味道淡了很多。宋文也不急，四处走走看看，大有消磨时间的模样。两个人一路顺着街边走到了路的尽头，宋文指着前面的馄饨摊儿道："走，过去再问问。"

那个摊位很小，只有两张桌子，几个圆凳，老板还挺热情。宋文不敢让陆司语乱吃东西，自己点了一份鲜肉馄饨，给陆司语要了一杯温水。

看着那老板在一旁忙碌，宋文小声对陆司语道："过去我做实习警察的时候，寻访是我最喜欢的一个环节。那时候带我的老警察总叫我不要着急，他告诉我线索就在生活之中，有时候还会有意外收获。那时候我刚学刑侦画像不久，喜欢随时带着速写本，看到长相有意思的人就会画下来。"宋文拿了一双一次性筷子，回忆着说："那位老警察还经常说一句话——你读不懂人，就破不好案。"

不多时，那老板煮好了馄饨端上来，宋文尝了一个，点头道："哎，别说，还真的挺好吃的，你要尝尝吗？"

陆司语犹豫了一下，似是在担心这里的卫生情况，但看宋文吃得挺香，最后还是取了一旁的筷子夹了一个，吃到嘴里。这馄饨皮薄，肉馅儿调得挺好，不能说多么美味，却让人想起家的味道。

陆司语坐在一旁，手里握着一次性纸杯，感受着水的温度，嘴里还有着馄饨留下的香味。

此时太阳西沉，天色渐渐暗淡了下来，许多打工的人下了班，说笑着，打闹着，从城市的繁华之处逐渐往这边聚拢过来。陆司语这么静静地看着，忽然觉得这里好像没有那么讨厌难耐了。

他们现在真的是在尽自己最大的努力去贴近陈颜秋这个人。尽管陈颜秋死在了半年前，但他们去看他住过的旅馆，走他走过的路，到他去过的诊所，吃他吃过的馄饨，只是希望能够离他再近一点儿，读懂他，发现他的真正死因。

宋文吃完了馄饨，去给老板看了看陈颜秋的照片。老板点头道："这个人过年前经常在我这个摊位上吃东西，有时候是他一个人，有时候还有一个老人和他一起，后来不知道怎么他就再没来过了。"话说到这里，他把照片给一旁摊位的老板亮了亮，道："就是这个人，你还有印象不？"

那老板是个做小玩具生意的，摆了几个玩具在地上供人们套圈儿，他皱着眉头道："看着眼熟，可是得让我想想。"

宋文大方地拿出了十块钱道："来三个圈儿，您慢慢想着。"然后站在线前，随手扔了两个，都没套中。他拿着最后一个圈儿回身对陆司语笑着说："要试试吗？"

陆司语一愣，伸手接过圈儿看了看。那圈儿又小又轻，极其容易扔偏。他从小到大都没怎么玩过这个，小时候觉得幼稚，长大了更看穿了，觉得这就是摊主骗人的把戏，十次有九次都套不中的。可盛情难却，陆司语就随手一扔，手中的圈儿飞了出去，在一个白色小兔子玩偶的头上打了个晃，然后套住了它。

陆司语原本没抱任何希望，套中以后整个人都愣住了。

宋文笑道："老板，中了，给东西。"

"哎，真是好运气！"老板笑着把玩偶递给陆司语。陆司语低头看着手里的玩偶，怎么看都不像是他会买的东西。那兔子是绒布做的，毛茸茸的，眯着眼睛，吐着舌头。

宋文小声道："真可爱。"

陆司语单手拿着兔子说："是挺可爱的，我也不知道怎么套中的，回去给'小狼'当玩具。"

那摊主忽然想起了什么道："对了，你们说的那个人我想起来了，他和一个老头儿也在这里套过圈儿。那时候是那年轻人吃馄饨时一直往这边看，后来他们一共买了十个圈儿，套走了一个南城塔的模型，那还是唯一的呢，我当时老心疼了。"

"南城塔？"宋文听了这话微微一愣，他和陆司语相互对视，两个人都忽地想起了什么。陈颜秋的遗物里是没有那个模型的，那个模型，他们倒是在另一个地方见过——张从云家的窗台上。

宋文翻出了张从云的照片给那摊主看，问他那个老人是不是照片里的人。摊主点头道："对对，就是这个人，我那时候还说这对父子挺有意思。"

听了这话，宋文和陆司语的脸色都变了。这两个人一个是车祸遇难者家属，一个是车祸顶包者，他们竟然认识，而且在陈颜秋死前，他们曾经有一段时间经常来往……

更重要的是，张从云之前在说谎！

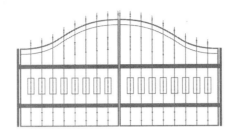

第十五章

—— 嫌疑人 ——

发现陈颜秋尸体后的第五天，张从云被带到了南城市局的审讯室，他是本案第一个出现的嫌疑人。宋文隔着观察室的玻璃窗望着眼前的老人，审讯室的灯光下，他绷着脸，脸上的皱纹更加明显，让人看不透他心中在想些什么。

今天宋文让傅临江和老贾先进去问讯，比起他和看起来斯文的陆司语，傅临江显得更像是普通人认知中的警察，老贾也因为岁数大显得不那么好说话。他希望能够给老人一些威压。

这场审问并不顺利，自从审问开始到现在已经过去两个多小时，老人提供的信息非常有限。傅临江问的许多问题他都沉默不语，被逼急了，他就说不知道。

中场休息，老贾出来倒水时道："宋队，这个老头儿就是仗着岁数大装聋作哑呢，问什么都说不知道。"

陆司语看着眼前的记录册，从早上到现在他也没有记录下来什么有价值的东西。

朱晓这时走来，道："宋队，你让我查在陈颜秋可能的死亡时间段里张从云的行踪，然后我发现了这个。"他递给宋文一张打印纸，上面复印的是张从云一家去老家过年的来回车票。

宋文看了看，道："信息核对过了吗？"

朱晓点头道："核对过了，那段时间他都在老家，我打了亲属的电话核实。张从云的老家在利州，来回需要坐十几个小时的火车，能够确认那段时间他没有离开过老家。"

陈颜秋的尸体变成了干尸，警方也只能根据林修然验尸的结果以及傅临江寻访旅馆老板的结果，划出一个陈颜秋遇害的可能时间段。现在看来，张从云的出行正好在这段时间内，也就是说，张从云有充分的不在场证明，这说明他不是杀害陈颜秋的凶手，至少不是直接凶手。

老贾也走过来看了下那些信息，道："有个点我没有想清楚，既然他不是凶手，有充分的不在场证明，为什么我们审了他那么半天，他自己不说呢？这不是浪费彼此的时间吗？"

陆司语想了想，看向审讯室里低头不语的张从云道："他不用这一点来为自己辩白，可能是因为他不知道陈颜秋的具体死亡时间。"

老贾道："那这么说，这老头儿真的不是凶手？"

"我查了他们的资料，张从云曾经有一个夭折的儿子，陈颜秋早年丧父，也许这两个人在交流过程中产生了微妙的共情。"陆司语摆弄着手里的笔轻声道，"我们能够质疑这种关系，觉得张从云的行为可疑，可如果没有直接证据，我们就无法从法律或者是职业的角度来说什么。"

朱晓问："也就是说，如果张从云和陈颜秋的交流过程和陈颜秋的死亡没有直接关系的话，即便张从云身上再有疑点，我们也不能因此扣留他过长时间？"

宋文点头道："如果张从云不是凶手，扣留几个小时就已经是极限了。"说到这里，他微微皱眉道："我还有些事想不通，他之前为什么要说谎？"

宋文并不想轻易放走张从云，他总觉得这个人身上还有解释不清的疑点。作为案件相关人，证人的证言中经常会掺杂着谎言，辨别谎言也是他们的日常工作之一。人们撒谎，总是有其原因的。

有的人胆小怕事，被人叮嘱或者是被威胁了，以为绝口不提或者说个谎就不会惹祸上身；有的人说谎是在隐瞒信息，保护家人，或者是抱有其他的目的；还有一种情况最为可气，可是也很常见，那些人不因为什么，就是不告诉你——似乎给别人的工作带来麻烦，他们就可以得到愉悦。张从云的情况属于哪一种？他的顾虑，他隐瞒真相的原因，又是什么呢？

宋文想了想，站起身拦住了要回审讯室的老贾道："这次还是我亲自来问吧。"

老贾点了点头，乐得清闲。宋文接了那烫手山芋，转身出去，推开了审讯室的门。张从云见有人进来，抬起头来看向他。审讯室里一时安静了，只有排风扇发出的嗡嗡声。

"我知道你可能不是杀害陈颜秋的凶手，但是……"宋文把一沓从如意宾馆附近调取的监控照片摆在了桌子上，"人证物证都有，你现在还想说你不认识陈颜秋吗？"

张从云静静地坐在那里，低头看了看桌子上的几张照片，终于开口道："之前的照片不太清楚，我年岁大，记性不好，忘记了。"

张从云的眼皮下垂着，审讯室的灯光从顶上照下来，在他的眼睛下沿镀上了一片阴影。他不似之前在家里时那么脾气暴躁，却依然可以从话语中听出来他不愿配合。

宋文坐在了傅临江的旁边道："我们现在只是在查陈颜秋的死因，你是他死前曾经接触过的人，如果你不是凶手，我希望你能够提供给我们相关的线索，让我们能够侦破这个案子。"这样的开场足够坦诚，宋文几乎亮了所有的牌，他顿了顿，问："你是什么时候认识他的？"

这一次张从云沉默了片刻，回答道："是车祸以后。"

观察室里，众人松了一口气，陆司语也终于开始记录了。只要张从云愿意配合，就能够问出一些信息。

"他是不是以张瑞的身份接近你的？"

"不。"张从云摇头否定了这一点，"我知道他和我老婆的车祸有关系，我也知道他不是真正撞死我老婆的人。"

"你是怎么知道的？"

"是他和我说的。"张从云的声音冷静而沙哑，仿佛不带有感情，"我老婆死了以后，有一天我忽然接到了一个电话，电话里的人说能够告诉我关于我老婆车祸的相关隐情，约我面谈。我去了，这个人就出现了。"

张从云指了指桌面上的照片道："这个年轻人告诉了我整个车祸的过程。他是在一个群里接到的这个任务，他也没想到事情会发展成这样。"

"然后呢？"宋文追问。

"最初我是恨他的，恨不得把他打一顿，或者是杀了。因为他的存在，撞死我老婆的真正凶手没有得到惩罚，我现在都不知道是哪个王八蛋撞死了她。而我死去的老婆，更不应该成为他挣钱的来源。"张从云靠在椅背上，"他说他愿意赔偿我，我没有要。我质问过他凶手是谁，可是他和我一样，对整件事情并不知道多少。然后我还没打他，他就自己晕过去了。我没办法，就把他带到了附近的诊所去。"

"所以，你就这么原谅他了？"

张从云低头看向自己的手，道："我知道他病得挺严重的，病死是早晚的事，我能怎样呢？我的老伴儿已经死了，我也得到了赔偿。我不能永远陷在那场车祸里，我还有自己的生活。"

傅临江问："知道了当时的车祸有人顶罪，你为什么不报警？"

"你怎么知道我没有去过？"张从云看向傅临江，冷笑着说，"我当时就去说了那场车祸有问题，你知道那边的人问我什么吗？"

他顿了一下，继续说："他们没有问我是从哪里知道的，有什么证据，而是问我是不是赔偿金不够多。"

这样的结果，的确让人心寒。

宋文继续问："你带着陈颜秋去诊所看病，好像不止去了一次。"

"第二次是因为他在小旅馆里发了病，觉得自己快要死了，他打电话给我，求我在他死前原谅他，否则他死都不会安心。我有点儿同情他，对于顶包的事情，他开始也并不知情，而且他还是个孩子，年纪比我女儿还小一些，我总不能见死不救。"

"你家的那个南城塔的模型是哪里来的？"

张从云抬起头来看着宋文道："警官，我知道你们在想什么，但我们并没有多么亲近。那天我和他说我老伴儿到死也没有登上南城塔，我拒绝了金钱上的弥补，他就想要买一个模型赔给我。"话说到这里，张从云的眼睛终于动了一下，道："事实上，到昨天你们找我时，我才知道他已经死了。他的死，和我没有关系。"

宋文问："上次我们去你的家里，你为什么对我们说谎？"

"因为我不想再让这些事情扰乱我的生活。而且，我有点儿害怕……"

宋文追问："你怕什么？"

"一个你认识的人，说过话、一起吃过饭的人，忽然有人告诉你他死了，而且死得不清不楚，这难道不让人害怕吗？一般都会说这件事和自己无关吧？"张从云抬起头来看向他们，"而且你们这些警察啊，难道不该先去找找谁是撞死我老婆的凶手吗？"

宋文直视着他道："案子到了我手里，就会查清楚的。你妻子的死，陈颜秋的死，我都会查得清清楚楚，明明白白。"

"哼。"老人似是不信宋文的话，发出一声冷笑。宋文没有说话，却理解他的心灰意冷。案子发生在半年以前，那时候他也许寄希望于警方能够给他答案。

"你现在说的，是真的吗？"傅临江有些不相信他。

张从云微微抬起了头，道："是不是我的回答让你们不满意？你们可以对我用手段，让我承认我是杀了他的凶手。"

"你还知道一些什么？"傅临江继续问。

"我的故事已经讲完了，其他的，我真的什么也不知道了。"张从云闭上了双眼，过了片刻又睁开，"你们能不能告诉我，他……是怎么死的？"

宋文犹豫了一下，告诉他："快要过春节的时候，他被刀刺入胸口，死后在一个化工厂里被发现了。"

张从云点了点头，没有再问什么。

扣留六个小时后，张从云签字后，被准许离开，陆司语送他出去。现在是夏天，而且是白天，张从云却穿着外套和长裤。出了市局的门，张从云一路走到对面的公交车站，然后坐下。他的背佝偻着，身体蜷缩在一起，风吹着他的头发，银丝多于黑发。只有这时候，才让人真切地感觉到，他只是一个死了妻子的老人。

隔着往来的车流，张从云抬头看向送他出来的陆司语，两人的目光相交，张从云满是沧桑疲惫的脸上出现了一种固执的神情。陆司语还想看得更清楚一些，却被几辆车遮挡了视线，等那些车离开，对面的站台已经空无一人。

宋文刚整理好东西从审讯室的观察间出来，朱晓就走过来道："宋队，我刚才看到许队那边的调职名单了，他们好像把陆司语的名字写上去了……"

这许长缨是无论如何都绕不过去了，宋文起身道："你们继续查案子，我去专案组那边沟通一下。"

这边案子刚有了头绪，那边同僚又在挖墙脚，宋文有点儿头疼。

十分钟后，局长办公室内，许长缨和宋文在顾局对面坐着。这两个人，一个是省局来的钦差，一个是自己的爱将，顾局思考着怎么能够一碗水端平。

宋文和许长缨虽然坐在了同侧，两个人之间却分开了一米距离，脸上都写着"看他不顺眼"的表情。

顾局泡了一壶菊花茶，拿出两个小杯子，给他们一人倒了一杯道："年轻人火气不要这么大，来喝点儿茶消消气。"

宋文看了看面前没比拇指大多少的袖珍杯子，端了一下又放下了。许长缨毕竟是个外人，顾局替他解释道："那个……宋文你先别着急，许队长交过来的只是个建议名单，并不是最终确定的人选，一切还没定呢。"

宋文侧身道："这事情的关键并不在于许队是不是要调走陆司语，我只是觉得许队长要挖墙脚的话，总要和我这个直系领导打个招呼吧？还是你觉得我这个层级问不问都无所谓？"

许长缨此时抬起头来道："那现在宋队知道这件事了，你的意见是……"

宋文直接把话说死："我不答应。"

眼看着这天没法聊下去了，顾局再次出来打圆场："那个……许队长想让小陆过去呢，也是觉得他是个人才。省局这次有一批人才引进的名额，给的条件也不错。"

许长缨正色解释道："我们的待遇一向是不错的，薪金、级别等待遇比这边高了一个档次，还有更多的提干机会，我们那里的设备、技术也都更先进，如果是有理想的刑警，省局分明是更好的选择，而且这名单上的人我都和顾局聊过了。"言下之意，顾局这边都准备放人了。

事实上，陆司语一直没有给他答复，许长缨这边又急着定人选，所以他就先把陆司语的名字加上了，还为此专门和宋城打了招呼，现在只差陆司语点头。许长缨没想到他这边一交表，宋文就知道了。

宋文道："省局虽好，但是陆司语他家是南城的，他当初本来就够条件进省局，之所以选择这里，就是因为这里离家近，行动方便。外界的条件再好，也比不过同事关系融洽，过得舒心。"

许长缨道："宋队这话说得可不对，作为年轻人，都是想要拼搏进取的，人往高处走，如果怕苦怕累，根本就不会做刑警了。宋队你给陆司语安排的都是一些文案基础工作，我觉得他在你这里根本发挥不出特长。作为一名队长，我最看不得的一点就是埋没人才。"

宋文被他气笑了，道："许队长，你刚接手了我们队关于敬老院的案子，到现在还没查找出真凶呢，现在又来挖我们这里的人，还一口一个你们比我们有优势，你们能者多劳，回头我们和你们合并得了？"

许长缨刚才说的话是失了分寸，此时顾局低着头，脸色也不太好看。宋文还在继续说："事关人命的案子，就没有高低之分。我们的工作和你们的工作，也没有贵贱之分。你这个最多算是平调，何来高升？还有，别以为我们小地方消息闭塞，你们那边一年休不了两回假，十八个市到处跑，一年到头晚上也睡不了几个整觉，上面还有个阎罗似的上司。实话说，你们那地方就是八抬大轿求我去我都不待见呢。你是想趁着陆司语不了解情况把人忽悠过去吧？陆司语他的身体不好，可能跟不上你们的节奏，恐怕要让许队长失望了。"

许长缨道："宋队，就算是觉得不合适，也该陆司语来和我说。他还没拒绝我，宋队这个做领导的，莫不是想要越俎代庖，拦着下属的路？"

宋文转头看向许长缨道："我实在是好奇，我们市局这么多人，你怎么就盯上了陆司语呢？"

许长缨道："我自然是觉得他有一些过人之处，宋队如果觉得他身体不好又跟不上节奏，为什么非要把人留下来？"

顾局在一边听着两个人你一言我一语地抢人，寻思着不知道何时这陆司语成了个香饽饽。他一直对那孩子有印象，觉得那是个清秀又干净的年轻人。顾局琢磨了一下宋文的话，他以前一直觉得宋文年轻，对下属要求严厉，这么听起来，宋文对这个小陆同志还挺关怀的。

看两人越说越离谱，顾局打断道："两位打住。那个……你们就没想着把陆司语叫来商量一下？"

许长缨"哼"了一声。

宋文点头道："好啊。"他不信陆司语当着他的面能说出来要去省局的话。

顾局出去了片刻，让办公室的人把陆司语叫过来。陆司语刚送张从云回来，一进顾局的办公室，就觉得空调好像开低了，冷得他打了个寒战。他看了看宋文，宋文也回望他一眼，脸色不是太好，他心里一颤，叫了一声"宋队"。然后陆司语又看向许长缨，许长缨的眼睛里冒着寒光，他只能乖乖地再叫了一声"许队"。最后他看了看老佛爷似的顾局，又打招呼道："顾局。"

宋文和许长缨低着头默不作声，顾局意味深长地看着他，也没个人拉把椅子让他坐下，陆司语一时摸不透这是什么路数。

"那个……今天找你过来，是关于省局想要从这边引进人才的事，最后许队长衡定下来，你的各方面条件他是比较满意的，所以征求下你的个人意见……"顾局把自己了解到的情况简单说了一下。

陆司语有点儿蒙地抬起头来，眉头微微一皱，这和他得到的信息完全不对等，之前他已经两次答复了许长缨他还在考虑之中，许队长也没催过他，看来是等不及了，直接把名单递给顾局了？

这一下陆司语倒是理解宋文的目光了，宋文在一旁开口道："陆司语，你别顾忌其他的，就把决定告诉我们就好。"

话虽这么说，但陆司语从中品出来的酸味都够酿一缸醋了。

陆司语忽然想到了之前出发来南城前，吴青对他说："要为人低调，少说多做。"这句话听起来简单，做起来怎么这么难呢。

他不敢得罪三位大佬，不卑不亢又小心翼翼地问："我……还没决定好，能不能下周再给答复？就下周一。"手头的案子正到了关键时刻，现在陆司语觉得专案组那边有点儿食之无味，弃之可惜，而且不知道为什么，看着宋文这样，他的心里反而挺受用的。

顾局点头道："毕竟是挺重要的一件事，慎重考虑是对的，无论最后你的决定怎样，和两位队长都说下，别让他们着急。"

许长缨道："那就再等几天吧。"

宋文觉得这只小狐狸是故意的，拿起杯子把有点儿凉的菊花茶喝了，灭了灭心里的火，咬着牙道："好。"

许长缨从顾局的办公室里出来，来到了市局二号审讯室，这里早就等了一个短发女警。那女警看上去二十五岁上下，一身打扮精神利落，看到许长缨回来就道："队长，顾知白带到了。"

许长缨轻点了一下头道："你和杜勇负责问话。"

之前敬老院的案子，他们顺藤摸瓜，怀疑到了顾知白的身上。

那女警和另外一个男警推开门，进入了一旁的审讯室，坐在了顾知白的对面。女警道："顾先生，我要和你核对一下信息，希望你如实回答我们的问题……"

许长缨透过玻璃窗凝神看着，那女警和他一样，来自省局，名叫徐悠悠，是个优秀的警察，总是能够抓住嫌疑人口供中的关键点。而此时坐在她对面的顾知白却依旧淡然。

白洛芮已死，想要查清楚更多真相，就要问眼前这个名叫顾知白的男人了。可是这个人十分聪明，又软硬不吃，许长缨对此有些头疼。

审讯室里，徐悠悠的问题像是尖利的刀刃不断刺出，可是那些话都被顾知白不动声色地化解开来。许长缨听后不由得皱了眉，他轻轻揉着太阳穴，案情卡在了这里，让他不能不急。只需要一点点……只需要一点点就可以……只要让他抓住一点儿马脚，他就可以把那盘踞在南城多年的罪恶连根拔起。

顾知白似是知道外面有人看着，他扭过头看向了玻璃窗外，对着许长缨露出了一个有些诡异的微笑……

此时此刻，朱晓和程小冰已经根据交警支队那边提供的信息来到了位于南城郊区的一处旧车场。这片地方非常大，一眼望不到边际，停放着各种破旧汽车，就像是一座巨大坟墓。

在阳光的照射下，这里变成了一个巨大的蒸笼。朱晓用手挡着有些刺眼的阳光，对程小冰解释道："这里虽然不是车管所挂牌的废车厂，却是南城最大的废旧汽车回收处。"

一个工作人员把他们两人领到了某个位置，指着一辆只剩架子的车道："应该就是这辆。"

在到达现场之前，程小冰觉得交警支队的人说找到了那辆车的残骸是有些夸张成分的，可是等她到了这里才不得不承认，那辆车简直是被肢解过了。

面前的车，所有车饰配件几乎都已经被拆除了，牌照、轮胎、方向盘和座椅都没有留下来。这辆车只剩下了一个钢铁架子，上面还落了厚厚的灰，等待着被重新丢入熔炉。

程小冰拎着鉴定箱，眼睛有点儿发直，道："你……确定是这辆吗？"在她看来，这里很多车架子都长得一模一样，也不知道这小哥是怎么从中看出来这辆就是他们要找的车。

小哥道："绝对没错，时间和你们说的比较吻合，当时这车被倒手了几次，汽修公司急着脱手，价格低得也像是出过事的。我们这里车太多，再怎么处理也要排队，你们运气挺好，要是再晚半个月，这车估计就被拉走了。"

程小冰好奇道："我看这些车拆得都差不多，你怎么认出来的……"

小哥摸了一把车上的灰，露出点儿车身本来的蓝色道："术业有专攻，保时捷的工艺还是不错的，这漆摸起来手感都和别的车不一样，我可不会认错。我们在这里工作，什么样的旧车没见过，说句真话，我们对车可比那些车管所的人有研究多了。"

朱晓问："这车的其他部件还能找到吗？"

小哥摇了摇头道："找不到了，那些不是我们拆的，是之前的一家汽修公司拆的，卖给我们的时候，就是个壳子。那些零件说不定被回收利用，装在别的车上了。"

朱晓好奇地问："这光剩下个铁壳子也能卖钱？"

"不多，也就比废铁强一点儿，关键是我们处理，就不用他们操心了。"小哥擦了擦汗道，"你们慢慢看，出去的时候和我打个招呼就行了。"

等小哥走远，程小冰伸手从鉴定箱里摸了两双手套出来，一双递给朱晓道："开工吧。"

朱晓点了点头，最近市里又出了一起大案，物证科和法医科的人都很忙，今天他只能找来了值班的程小冰。力气活儿显然不适合姑娘干，朱晓打开了那变形的车门，然后又到后面打开了后备厢。车虽然很脏，但是明显可以看出灰尘是后来的落尘，这车在送来前已经进行了清洗和拆卸，上面的很多痕迹都被抹去了。

程小冰围着那破车转了一圈儿，思考着怎么提取物证。

朱晓站在一旁，对这地方有点儿感兴趣，他拿出手机摆了个姿势拍了几张照片，还觉得不过瘾，对程小冰道："哎，你相机好，给我拍几张，回头传给我。"

程小冰看向他，有些不情愿地举起相机，又不情愿地按了几下快门道："这破地方有什么好拍的？"

朱晓张开双臂："你不觉得很酷吗？这么多的废旧汽车，简直就像是《变形金刚》续集的片场，我站在这里就是男主角。"

"《变形金刚》的一番（日语词汇，第一、最好之意）不是擎天柱吗？"程小冰撇嘴小声说，"就你这样子，这电影准扑街。如果是宋队和陆司语来还差不多，最好双男主。"

朱晓趴在车上小声道："呵呵，赶快开工吧。"

照片拍得差不多，程小冰收了相机，从打开的车门猫腰钻进去，小心地看着车架上面的痕迹，一边看一边道："这地方清洗得这么干净，感觉痕迹很少啊。"

接下来就是漫长且需要耐心的取证工作，不过这地方真的不剩下什么了，程小冰都快用放大镜看了。指纹、脚印之类的常规痕迹一个都没有，而且这车应该是故意清理过改装的痕迹，很多标志性的东西都被拆除了。

她在车内车外找了一圈儿，只找到了几处非常小的血迹。查看了半个多小时，程小冰揉着剧痛的腰从车里钻出来气馁道："我看得差不多了，除了几处疑似的血迹，这里别说蛛丝马迹，就连蜘蛛都没有一只……"

朱晓过去逗她，指着车门边靠内的一个位置道："谁说没有？看，蜘蛛！"

程小冰被他吓了一跳，身子下意识往后一缩，她不怕尸体，却还挺怕蜘蛛的。她顺着朱晓的手指凑过去看了看，那里只有一张贴纸，她拍了张照道："你这笑话够冷的，这怎么是蜘蛛？"

朱晓对她的反应非常满意，道："这是蜘蛛侠啊，怎么不算是蜘蛛？"

程小冰又仔细看了看，那张贴纸已经被风吹日晒不知经过了多少摧残，只剩下了一半还粘在车门内，她辨认出了那么一点点的红色，好奇地问道："你究竟是怎么看出来的？"

"蜘蛛侠的经典动作不就是这个吗？"朱晓说着蹲在地上，手指向前，摆了个弹射蛛丝的姿势，"术业有专攻，就和刚才那位小哥能够认出车型一样，像我这种博览众片的，就是比一般人对电影人物敏感。"

程小冰被他逗笑了，道："不过，这个东西看着挺眼熟……等等，我想起来了……"说完她坐在了一旁的一个旧轮胎上，拿着手机查看起来。

朱晓以为她就是累了歇会儿，没想到程小冰一坐就坐了五分钟，他道："哎，作为现场唯一的物证人员，能不能麻烦你快一点儿，收起八卦心开始扫指纹？"

"我倒是想扫，但是前提是得有指纹，这车上唯一的指纹就是刚才那小哥留下的。"程小冰正好翻到了什么，拿着手机给朱晓看，"你看，这车是不是这辆？"

那是一张网红的照片，照片中拍的是一辆豪车，一个美女抱着狗坐在车里，自拍的角度正好露出一部分车标，让人能够看出这是辆价格不菲的名牌车。

朱晓看着照片道："这不就是个美女自拍吗？能看得出来是什么车？哎，这妹子是叫赵六儿对吧？我记得是个网红，我还看过她的几场直播。这车型倒是有点儿像……"

程小冰道："你再仔细看看，这张照片是去年拍的。"

朱晓把图片放大，车的方向盘上是保时捷的车标没错，而在车门内的位置，有半张蜘蛛侠的贴纸。

"贴纸一样！干得不错！你是怎么发现的？"车型一样，贴纸一样，朱晓基本可以断定这辆车就是他们眼前的这一辆。现在确认了照片，意味着找到这个网红主播，也就可以知道谁是车主。

程小冰呵呵一笑道："术业有专攻，你可不要小看女人八卦的能力。"

朱晓冲她竖起拇指道："嗯，我觉得你八卦的时候颜值都上升了。"

收拾完了所有的工具，程小冰和朱晓回到市局，第一件事就是找宋文汇报进度。

"车被专门清理过，留下的痕迹很少。车里车外有几处小血点，还得看后期化验的结果。车门内有一张贴纸，这车疑似在一个叫赵六儿的网红主播的照片上出现过。"

宋文接过手机，看了看网上晒的图片，又看了看程小冰打印出来的现场照片道："看起来的确是同一辆车。"

"如果这是真正肇事车的话，那车主一定和赵又兰的车祸脱不开关系。"朱晓拧开了一瓶矿泉水，顺手递给了程小冰，"需要打电话联系这个主播问下是谁的车吗？"

宋文道："先不着急，我们先把信息汇总一下，也查下这个赵六儿的具体信息。"

"哎，这个主播还挺有名的，网上她的资料不少。她经常开直播，有一段时间号称是某网红平台一姐。"朱晓一边说一边打开了笔记本电脑，搜索了一会儿给宋文看，"看，和我说的一样吧，而且这些信息公安部的网站可查不到。"

宋文走过去翻看着网上的资料，这些资料中虽然有一些八卦成分，但也有很大参考价值。

程小冰喝着水道："我能够找到那张照片，是因为这个主播有一段时间和一个男流量明星传了绯闻，有追星女孩儿把这张照片翻出来，八卦这是不是那个小明星的车，后来好像有人找出了真正的车主……"

"有这么多的信息进行比对，我们根据交警支队那边提供的同款车购入名单，基本可以确定原来的车牌号，车主应该就是这位。"朱晓说着，翻出了名字："霍少卿"。

这次站在一旁一直没有开口的陆司语接了一句："我好像知道这个人，是个家里挺有钱的富二代。"他不喜欢八卦，但是也绝不封闭。

"对对，"朱晓连忙点头，"他父亲是一个挺有名的开发商，他仗着家里有钱，吃喝嫖赌成性，还喜欢撩拨各种小网红。这样的人，泡酒吧出车祸实在是太正常了，而且……很有可能是酒驾或者是毒驾。"

宋文回头对陆司语道："不管怎样，是个好消息，也许是陈颜秋掌握了关于这车主的什么证据，车主为了灭口，就把他杀害了。到现在案子终于又有进展了，也算是有了个像样的嫌疑人。"

"我觉得其中还是有些问题的，但他至少应该和陈颜秋的死亡有些关系。"陆司语揉了揉太阳穴，努力集中精力对宋文道，"现在最关键的是尽快找到霍少卿问一下情况。"

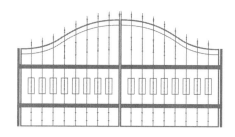

第十六章

— 真正目的 —

下午宋文路过审讯室的时候正好遇到递送完档案回来的傅临江，宋文往审讯室里瞥了一眼问他："顾知白还被关着呢？"

南城市局就这么大，许长缨之前查到了顾知白的消息早就传遍了，宋文估计陆司语应该也知道了。他和陆司语上次见过这个人一次，他到现在还记得那是一个既危险又有趣的人。

傅临江点了点头小声道："嗯，昨天下午下班以后拘留的，这快一夜一天了吧，那边整队人都没休息。我听说有申请延长期限。"

这么听下来，那边不是速战速决，而是熬鹰苦战。

"时间拖得越久，这事情越不妙。"宋文道。一旦进入了持久战，越没有新的证据出现，顾知白那样的老狐狸就越能够摸清许长缨的底牌。随后他摇了摇头，觉得自己有些瞎操心，道："算了，不管他们，我们先查我们的案子。"

宋文招呼了一句："下班前我们开个会，汇总一下消息。"

一组人各司其职，开始查找各种方向。陆司语依然没有精神，胃里不舒服，心跳一时很快，一时又很慢。宋文看他脸色不好，没给他摊派任务。

陆司语在办公桌上趴了一会儿，到快下班时众人一起开会，他拿了笔和本子准备记录，宋文凑过来小声道："你要是不舒服就别记了，听着就行了，回头我来整理。"

陆司语抿了一下嘴唇固执道："还不至于连字都写不了。"

这几天他通过近乎自残的强硬方式努力把药量降了下来，可是后遗症也随之而来，有时候走路就和踩棉花似的。陆司语感觉这像是一场战争，他不能就这么输了。

宋文见他坚持，没有再说什么。

许长缨那边仍占着小会议室，倒是物鉴中心没有人，于是宋文带着人过去。赶在下班前，程小冰那里的初步化验结果出来了，那车上的部分血迹被证实正是赵又兰留下的，而车上几处隐蔽血迹经查证为男性所留，血型却又与陈颜秋的不同。

宋文转着笔翻看着血样的化验结果道："也就是说，如果我们可以拿到霍少卿的血液样本，就可以进行比对，确认他是否和那次车祸有直接联系了？"

傅临江道："不过现在想找到霍少卿恐怕有点儿难度，就在今年二月，他忽然出国了，去的是 A 国。"

"跨了国那有点儿难度啊。现在没有确凿的证据，都不能联系国际刑警。"老贾说着想起了什么道，"怪不得我觉得这段时间他在网上低调多了。"

朱晓撇嘴："低调个啥啊，你不知道他在另一个社交平台上天天晒外国妞儿呢。这个人在国外也是天天买醉的主儿，实在是让人讨厌。"

宋文切回正题道："朱晓，说下你查到的信息。"

朱晓继续道："霍少卿是在国外没有错，但是他马上就要回国了。因为他之前申请长期签证没有过，手里只有半年的签证，我刚才算了日子，已经没几天了。于是我就去查航班信息，竟然有意想不到的收获……"他用投影仪放出了查询结果，霍少卿的机票信息都在上面。

"也就是后天，这位二世祖就要回来了。"

对于眼前的案子来说，这无疑是一个好消息，能够直接审问霍少卿，会使案情走向更加明朗。像是参加长跑的时候忽然遥遥望到了终点线，一时间所有人都兴奋起来。

朱晓继续道："除了程小冰那边的血迹有可能是霍少卿的，我还发现了一些其他证据。那辆保时捷登记在霍少卿的父亲霍辰名下，购入时间是两年前，一直是霍少卿在开。根据系统显示，他有过两次酒驾记录，不过后来这些记录却莫名其妙地从系统里销掉了，我还是查看更改痕迹才发现的。"

傅临江和宋文对视一眼，二人均露出一副意味深长的表情，霍少卿是酒驾惯犯了，却因为家里的关系一直没有被处罚。

接下来是老贾汇报，他负责收集赵六儿的相关材料。老贾开场就道："我刚才看了一些赵六儿的直播录像，别说，声音好听，唱歌也不错，最近她一直在直播榜单的榜首……"

朱晓道："对对，好像又有几个新的土豪来捧她，经常打赏。"

老贾也点头道："嗯，其中最有钱的就是这个，打赏榜单第一的月影声。这个人在霍少卿出国以后就迅速顶替了他打赏第一的位置，这个月下去十万了吧，而且这个人经常看她的直播……"

讲起这些八卦，老贾的脸上都带着兴奋。他和朱晓两个人一唱一和，配合着投影上的画面聊了起来。

宋文忍不住咳了一声打断道："说些和案情相关的。"

老贾这才收了脸上的笑容，严肃道："我这里也找到了一些线索，霍少卿差不多是一年前和赵六儿在一起的。他同时有多个女友，赵六儿应该是交往比较久的一个，两人一直藕断丝连，她被人戏称是霍家的'正宫娘娘'。我又翻出了几张照片，都是赵六儿在霍少卿家的时候拍的，照片里的宠物、地板、镜柜都和之前霍少卿自己发的照片中的类似。"

老贾把几张赵六儿的照片投射在屏幕上，然后点开了一段录像，录像是用手机录的，现场的光线不太好，声音嘈杂。画面中是一家酒吧，音乐响着，一些人随着节拍扭动，画面正中的赵六儿端着酒杯对着摄像的人一笑，她不像明星般让人一眼惊艳，但是更为平易近人。她的身后，一个反戴帽子的年轻男人拉她过去，在她脸上亲了一口。

老贾按下了暂停，画面定格时出现的是那年轻男人的脸。那人的脸被帽子遮了部分，却还可以看出耳垂上别了个耳环，在酒吧的灯光照射下反射出一道亮光。

老贾总结道："去年平安夜的时候，赵六儿在一家酒吧有一场线下活动，活动持续到凌晨，有人在网上发了相关的视频。虽然有点儿模糊，但是根据这个耳环推断，这个男人应该就是霍少卿。也就是说，他当时就在长寿路附近的酒吧中，还喝了酒。"

宋文摸了下下巴，顺着想下去："也许，那次车祸赵六儿也在车上……"

朱晓叹道："还好我们刚才没有直接给赵六儿打电话询问情况，万一打了电话，她给霍少卿通风报信，这霍少卿可能会再躲出去……"

"大家查得不错，然后我再补充一点。"宋文把一份资料投影到了屏幕上，画面上是一个中年男子，"这个人就是霍少卿的父亲霍辰，他早年投资了很多地方，近年一直在做房产生意，在南城有众多资产，也有众多人脉。这次霍少卿的事，他肯定是知情人，而且应该是他在一手操办。"

几个下属连连点头，想来也是，霍少卿就算有钱，在南城的根基却浅，顶包这件事需要在短时间内做出反应，应该是这位爱子心切的父亲的手笔。想必是霍少卿打电话给自己的父亲求助，他父亲帮他联系了其他人。

"不过我建议在有霍少卿的口供之前，先把他父亲的事往后压一下。朱晓，你注意一下霍辰近期的动向。不管怎样，霍少卿都是案情的关键人物，我们务必要保证他能够被拘审，厘清了之前顶包案的真相，我们也就离陈颜秋的死亡真相更近一步。"

宋文选定了较为薄弱的霍少卿作为案情的突破口，他思考片刻又道："找个理由，明天把赵六儿叫到市局来，扣到霍少卿上飞机为止。然后傅临江带队，准备在机场把霍少卿直接带回来。"这样处理，无疑是避免赵六儿给霍少卿传递消息的最好方法。

陆司语在一旁支着额头，一边听着宋文分析案情，一边在纸上记录着。

在机场抓捕霍少卿能够打他个措手不及，等到查清楚了霍少卿那边，霍辰再想做什么应对也迟了。

宋文汇总完消息，做完了第二天的安排，宣布散会。

"那什么……宋队，我感觉我可以审一下赵六儿，回头要个合影……"老贾搓了搓手，"哎，你说这些做主播的，是不是在他们对面放个手机，他们才会自然一点儿？"

朱晓道："得了吧，我怕你回头坐对面把问题都忘光了。"

话题终止，老贾和朱晓先回去了。

陆司语在一旁收拾着东西，傅临江走过来问宋文："你说，霍少卿会不会是杀了陈颜秋的人呢？"

宋文道："不一定。我们现在查证下来，霍少卿可能只是顶包案的嫌疑人。"现在为止，陈颜秋的真正死因还未知，一切还需要看调查的结果才能够判断。

傅临江低头道："万一这顶包的事情和陈颜秋身死的事情没有关系，我们是不是还要推翻重来？"

宋文点了点头道："如果证明两件事完全无关的话，有可能要重新调整调查方向。"

傅临江半开玩笑道："哎，那我们不是替交警支队立功了？顶包这个案子，我们破了的话，算我们破案率吗？"

宋文淡然道："警察与法律是为了让事情回到正轨而存在的。我们既然发现了赵又兰的冤屈，怎么可以不查下去？在我看来，坏人得到惩罚很重要，就算霍少卿没有杀陈颜秋，但只要他触犯了法律就该抓。"

在一旁的陆司语正合上本子，听了这话，微微一顿。都说人在一起待久了会变得相似，他好像渐渐忘记了自己的初衷，现在竟觉得宋文说的是对的。

陆司语的睫毛颤了颤，对自己的这种变化感到惊讶，同时也有些害怕，他的世界观发生了变化。如果有一天那些仇人站在他的面前，他不知道自己是否可以握紧手里的刀，毫不犹豫地刺出去。可是真的到了那一步时，如果他的心变得柔软了，那么死去的人会不会是他呢？

宋文一回头，对上了陆司语的目光，他也说不清那双眼睛里有什么，只是看起来让他有点儿心疼。两人的目光相触了一瞬，陆司语先低了头，宋文把手里的本子递过去，道："帮我拿回去吧，我去和顾局汇报下。"

陆司语"嗯"了一声。宋文又凑过去在他耳边小声说："别等我了，你先回去休息吧，我要加会儿班，等下忙完就回去。"想了想他又叮嘱了一句道："开车的话小心点儿。"

陆司语点了点头。

宋文回了办公室，打开电脑很快做出了行动计划，按照流程递交给顾局审批。顾局似是因为上个案子觉得对宋文有所亏欠，这次听完了宋文的汇报道："不管霍少卿是不是和陈颜秋的案子有关，赵又兰车祸这个案子我都支持你查下去。回头等霍少卿一落地，你就带人把他带回来，只不过……"

说到这里，顾局的话一顿，眉头微微皱着，似是在权衡什么，道："霍少卿怎么说也是南城有名的人物，回头各方少不了会问起来，现在既然查出那辆肇事车是霍家的，还是用交通肇事逃逸的罪名来抓人比较稳妥。"

宋文也明白，现在陈颜秋的案子缺乏主要的证据，开口道："这个顾局您看怎么合适，您来做决定……"

顾局略一沉思，用手摩挲着转椅扶手道："可是如果用交通肇事逃逸罪，又绕不开交警支队那边，毕竟都是一个系统……"他和宋文商量道："这样，我这边牵个头联系下那边，算是联合行动，回头让他们那边也派两个人去，和你们会合。"

顾局的话都说到这份儿上了，宋文再不答应就有点儿过分了，点头道："那就这么安排吧。"

从顾局的办公室出来，宋文看了看表，已经接近晚上七点。宋文回办公室拿了东西，冲朱晓打了声招呼。宋文走后，办公室里就剩下朱晓，他正打着电话约赵六儿过来。

赵六儿的本名倒是很朴素，叫刘芳。朱晓对着电话，措辞都不自觉地拿捏了起来："刘芳小姐，我是南城市公安局的警察，近期我们怀疑你的一位粉丝的打赏有挪用公款的嫌疑，希望你能够在明天下午两点来一趟局里，配合我们的调查。"

电话那头沉默了片刻，女生的声音传来："你不会是骗子吧……"不愧是做主播的，声音的确很好听。

电话这边，朱晓忍不住轻咳一声道："刘小姐，我想，骗子不会让你来局里面谈的。"

"可是公款……这事情我不知道，你们应该去找平台啊。"女生说话时怯生生的。

朱晓道："我们只是想查问一些关于你和对方交流的细节，看是否有更多的线索，我们也是希望最好不要让这些事影响到你的直播。"

沉默了片刻，电话那边的女生终于道："好吧，那明天下午我过去一下。"

赵六儿放下手机，觉得这真是一个奇怪的电话，警察打电话给她，还让她去市局配合调查。她努力让自己平静下来，现在怎么想，她也想不起来给自己打赏的人中哪个比较可疑。

应该不会是为了那件事吧？虽然那件事情已经过去半年多了，但一想起来赵六儿心里还是有些发凉。

开始的时候，她每天都做噩梦，可是随着时间的推移，她逐渐平静了下来，当作什么都没发生过。可是她的心底最深处，恐惧依然存在。

应该不会……都过去这么久了，如果要找她，早就找她了。时间过得越久，他们就越安全。赵六儿抿了下嘴唇，稳了稳心神，反正约的是明天，眼下她还是要应付好这场重要的约会，万万不能被这些琐事影响了状态。

这是一家高档的西班牙餐厅，灯光是橙黄色的，大厅里传来乐曲声，低调而暧昧，赵六儿就坐在卡座里，等着自己约会的对象。她借着卡座中间的玻璃棱镜理了理头发，想着是不是该去补个妆。

赵六儿约会的次数很多，这一次却尤为紧张——今晚她要和月影声见面。这个人已经连续给她打赏了六个月，比之前的霍少卿还要大方。他不常说话，对她也冷冰冰的，唯有打赏的数字不断跳动。赵六儿也曾明里暗里示意过，自己可以答应他的一些要求，可是那人只是"嗯"了一声，并没有向她提过任何要求。他越是这样，赵六儿越有一种奇怪的感觉，他和其他不断围着她转的男人不同。

赵六儿心里清楚，做主播不是长久之计，那些富二代都只是玩玩，她应该趁着自己年轻美貌的时候，找个老实靠谱儿的男人嫁了。这个神秘的月影声在恰当的时候出现，走进了她的心里。

昨天，赵六儿终于收到了月影声的留言，约她出来见面，赵六儿毫不犹豫就答应了。可是现在，七点已经过了几分，那个男人迟到了，现在还未现身……

赵六儿忍不住想着月影声应该是个怎样的人，虽然隔着网络，但是她可以感觉到，他有些神秘，也有些冷漠。他时常在线，应该比较有时间，但话非常少。他从来没有去关注过其他主播，只在她的直播间，一待就是一天，但这一天两人都说不上一句话。

一两天还正常，也经常有像他这样的客人冒出来，但是只有他是那么执着。赵六儿正胡思乱想着，一道影子遮盖过来。她抬起头，看向眼前的人，心里猛然一凉，眼睛倏然睁大。在月影声来之前，她假设了无数种他的形象，可是眼前的却不是任何一种。

这莫不是一个玩笑吧？不，也许这是一个骗局，甚至可能比骗局更为可怕……

宋文回到陆司语家的时候已经将近九点，灯是亮着的，桌子上还摆好了饭菜和碗筷。

小别墅像是普通的家庭般温馨。

陆司语躺在沙发上睡着了，身体依然是蜷缩的，毫无安全感。宋文看向他的睡颜，从他的角度望去，陆司语的手腕纤细，侧脸白净而精致，眉头却微蹙着，似是在做梦。

宋文去楼上取了床夏被，轻手轻脚地盖在陆司语身上。他的手还没抬起来，陆司语忽然长睫一颤，睁开了眼，一时之间，两人四目相对。

"那个……吵你睡觉了吧？"宋文略有歉意地开口。

陆司语揉了揉眼睛道："没有，正巧醒了。"然后他指了指桌上的饭菜道："我吃过了，你看看是不是冷掉了？"

宋文起身去摸了摸桌子上的碗道："还温着，不用热了。"这样的开场，他反而不好问陆司语如何决定去留了。

陆司语又躺了一会儿，等宋文吃得差不多了，翻了个身从沙发上坐起来问："今天怎么耽误这么久？还算顺利吗？"

宋文收拾着桌子道："朱晓说已经约好赵六儿明天下午市局见面。霍少卿后天下午两点落地，等他一回来，我们就进行拘捕，这些我和顾局都打好了申请，进行了布置。对了，顾局说事情最好还是联合交警支队那边一起办。"目前来说，事情虽多，但是进展还算顺利。

"顾局作为领导，自然是想着出了问题该怎么处理。"陆司语问，"顾知白那边还没消息？"

宋文手一停道："反正我走的时候，还没放人。"

陆司语叹了口气道："许长缨抓过他以后，他会更小心地抹去一切蛛丝马迹。"

从始至终，陆司语都觉得那些事情和顾知白有牵连，当年敬老院的事情，后来白洛芮的事情，这些事情都牵扯到了顾知白，绝对不是巧合。他甚至怀疑，这一次车祸顶包的事，可能也和顾知白有某种联系。

那些人是有组织、有目的地去做事的，顾知白的上线是谁？发生了这么多事，他们会不会做出下一步行动？又会如何应对警方的调查？

陆司语想把这些理清楚，可是越想，头就越疼。

宋文吃完晚饭，把厨房收拾出了个大概，剩下的等明天阿姨来清扫。他去给"小狼"的食盒添了狗粮，洗手后，看陆司语坐在沙发上不说话，忍不住道："早点儿休息吧。"

陆司语点头，走上了楼，简单洗漱以后就躺在了床上。

睡觉变成了一个虔诚的仪式，日夜的分界都变得不那么明晰，他闭着眼睛好像也能够看到浮光掠影，像是在梦中，又像是醒着。他不知道宋文是什么时候回的房间，也不知道自己睡到了什么时候，最后他是因为胃疼疼醒的。等到他睁开双眼的时候，发现天已经亮了，有阳光从窗帘缝里投射进来，然后他看了看手机，已经快八点了。

宋文从外面走进来拿东西，看他睁开了眼睛道："我做了早餐，狗也遛过了，今天真是难得，你居然比我醒得迟。"

陆司语想要爬起来，忽然觉得胃部又是一阵痉挛，手不自觉地按住痛处，宋文察觉出来他有点儿不对，问："你是不是不太舒服？"

陆司语道："就是有点儿胃疼，其实昨晚睡得还行。"不知怎么，他一醒来右眼皮就跳个不停。

"我去给你拿点儿胃药。"宋文看他没有精神，"今天你请假吧，别把自己逼得太紧，反正该查的也都查得差不多了，应该没什么事情。"

陆司语这次没有坚持，又躺了回去，想了想还有点儿放不下案子，开口对宋文道："那我在家里梳理下案情，回头有情况你给我打电话。"他心里有种奇怪的感觉，好像现在案情越是趋于平稳，越是让他不安，好像有什么东西暗藏在平静之下，快要破土而出。

宋文看着他把药吃了，点头答应道："好，回头有事我告诉你。"宋文拿好了东西，又叮嘱了一句道："早饭还是热的，你如果起得来，等下记得把饭吃了。上次你说的，我熬粥的技术还是不错的。"

安顿好"小狼"，宋文走出门去，已经是夏末，暑气消散，外面的阳光有些刺眼。现在是早上上班高峰期，路上有一点儿堵车。等宋文快要上高架时，傅临江的电话忽然打来了，他的声音有几分焦急："宋队，朱晓刚才查了一下，霍少卿昨天忽然改签了，改成了今天的飞机，还有四十分钟飞机就落地了。"

宋文有些惊讶道："怎么会？！"这一变动打了他们个措手不及。

傅临江道："朱晓说昨天下班的时候霍少卿的信息还没有变动，谁知道他临时改了行程，一定是交警支队有人走漏了风声。"

一向说话斯文的傅临江也忍不住要骂脏话了，他们要拘捕霍少卿的这件事目前只有市局和交警支队两边知晓，很大可能是交警支队那边有人泄露了消息。

宋文忽然也反应过来，在陈颜秋的顶包案中，那几处摄像头的录像记录被改动，看起来像是黑客所为，但是黑客怎么会那么熟悉交警内部系统的存档方式？还有霍少卿的酒驾记录，又怎么会莫名消失？这说不定……是有内鬼！

想明白了这一点，宋文马上冷静了下来道："先别急，你别管交警支队了，直接带几个人去机场。市局离机场差不多半个小时的路程，虽然有点儿仓促，但未必来不及。"

宋文想了想又分析道："你们小心点儿，霍家既然得到了消息，却没有让他躲到其他的城市或者国外，还是让他在南城落地，一定有应对警方的方法。霍家接到了霍少卿，一定会让他和霍辰见面。"

宋文掉转了车头道："我还在高架这边，赶到机场肯定是来不及了，你让朱晓把霍家的地址发给我，我直接去找霍辰聊聊。"他原本留着霍辰这条线不想动，可是事到如今，也只有跟霍辰摊牌了。

傅临江道："知道了，我马上带人出发。"

陆司语等宋文走了一会儿才起的床，换了衣服，吃了早饭。他睡了整晚，精神好了很多，就是胃疼不止，让他有点儿难受。

窗外的阳光正好，陆司语坐在办公桌前，左手握拳抵住胃部，右手打开了笔记本准备誊写这次的案件调查报告。案子查到现在，他还是第一次做梳理，从这个案子开始他们就是较为被动的。

警方从陈颜秋的尸体被发现开始着手调查，他们弄清楚了"借尸还魂"的真相，查到了一个利用绝症患者的病友群，随后又发现陈颜秋曾经参与过一次车祸顶包案，现在在追查车祸的真凶。这是他们的调查顺序，却和事件的发生顺序完全不同。

陆司语看着分析报告，察觉出他们有些被线索拉着走了，反而忽略了案情的本身。他开始试着复盘，按照正常的时间线进行推算：车祸发生，赵又兰身死，霍家找了人策划了脱罪计划，陈颜秋参与顶包案，空壳公司就赵又兰的死亡以一百二十万元的价格与张从云达成和解，陈颜秋用张瑞的尸体"金蝉脱壳"，陈颜秋和张从云相识，陈颜秋身死。

这才是事情发生的顺序，现在他们还未知的是，陈颜秋诈死的那段时间去做了什么？又是谁杀了他？杀人的动机又是什么？关于达成和解的两方，陆司语写上了张丽丽、张从云的名字，又写上了霍少卿、霍辰的名字。隔着陈颜秋，这两方一方是车祸的受害方，一方是加害方。那一百二十万元无疑是霍家出的，且霍少卿那边的线索更多，查得更为顺利；张家几乎没有什么动作和反应，他们真的是收了钱就准备息事宁人？

陆司语忽然想到了上次去张从云家以及再次审问张从云时的情景，还有他和宋文讨论的疑点，如果他们现在所看到的这一切只是表象呢？陆司语重新抬起头，看向眼前的表格，他抿着唇，动了下修长的手指，把受害方和加害方换了个位置。

"受害方"和"加害方"不过一字之差，调查的方式却完全不同，在面对受害方的时候，他们有同情心理，调查尺度也会更松。

陆司语重新看张从云的档案，上一次他是把这份档案当作被害人家属的档案来看的，现在却是当作嫌疑人的档案来考虑。

张从云很聪明，早年考上了一所化工大学，但没有读完就被劝退。现在想来，可能是他在校期间做过什么违禁的事。后来他又陆续做了几份工作，还被开除过。再后来有城市户口的他忽然娶了农村出身的赵又兰。

很多之前被忽略的细节都被一一展示出来，之前陆司语对这个人的侧写并不完整。张从云有犯罪动机，也有犯罪的条件。更重要的是，他绝对是爱着赵又兰的，赵又兰身死，可能极大地刺激了张从云。

张从云曾经和陈颜秋相识，并且从他那里得到了一部分顶包案的信息……

一个死了老婆的鳏夫，一个即将病死的亡命徒……

想到此，陆司语急忙给张丽丽打了个电话："你好，我是南城市局的陆司语，想问下你父亲在吗？我有几个问题想问下他。"

电话那边的女人有些慌乱，道："陆警官，我父亲他……昨天下午就出去了，还说不要等他吃晚饭，后来一晚上没有回来……我早上刚给他打了个电话，可他手机关机，我还有点儿犹豫是不是要报警。"

"你先不要着急。"陆司语的右眼皮又是一跳，"你知道你父亲可能去了哪里吗？"

张丽丽犹豫了片刻道："他没有说，而且他最近一直都神神秘秘的，我觉得他好像有什么事情瞒着我……"

陆司语继续道："我之前看到你父亲的档案上说，他是被第一家工厂开除的，当时是否发生了什么？"

"那……还是我爸结婚前，我还是后来听我妈说的，有一次厂子调工资，他对结果不太满意，就捅伤了厂领导，不过不太严重，所以后面协商下来，只是把他开除了。他过去比较暴躁，都是我妈安抚他。现在我妈不在了，他反倒很安静……"这些经历不太光彩，所以档案上写得比较模糊，上次她也没有主动提起。

"那么后来那一年，你是否知道他去做了什么？"陆司语之前看张从云的档案，发现这一段时间上面写的是因身体原因病休，他现在有些怀疑。

"是在一家乡下的黑作坊帮工，那边生产烟花、爆竹，还有一些违禁的东西……"张丽丽说到这里停了一下，她也意识到了问题所在，"我……我现在有点儿担心我爸。"

陆司语微微皱眉，他忽然想起了什么，开口说："你帮我看一下，你父亲之前放在阳台上的那些瓶子还在吗？"

电话那边传来窸窸窣窣的声音，显然是张丽丽在翻找东西，过了一会儿，她道："很多瓶子都空了，奇怪，我前几天打扫的时候明明都是满的……"

陆司语的汗瞬间就下来了，努力冷静道："我知道了，我这边会和领导汇报，帮忙寻找你的父亲。如果你联系到了你父亲，也麻烦和我说下。"

陆司语一时竟浑身冰冷，他马上拨了宋文的号码道："宋队，我这边得到了新的消息。"

宋文在那一边道："嗯，你说。"

"刚才我给张丽丽打了个电话，张从云从昨天出门后就再没回家，现在手机关机，不知所终。而且他可能带有危险品……"然后陆司语颤声继续道，"我们之前思考的时候进入了一个误区，觉得张从云是被害人家属，就忽略了他可能加害别人的可能性，我之前以为他是年纪大了变得平和而固执，现在想想，可能赵又兰才是关键，联系之前张丽丽说他父亲在母亲死后行为古怪，我觉得……张从云……可能一直在筹谋一些事……"

他们之前一直在查已经发生的罪恶，却忽略了可能即将面临的血光。

在生活里，赵又兰可能是张从云的灭火器，那种失去了亲人的仇恨，像是锯子在锯着肉，越是夜深人静的时候，越是折磨着他的每根神经。有的时候脾气发出来就没事了，压在心里反而会积攒着，化为戾气。张从云越是镇静，就越是可怕。

"张从云年轻的时候打过架，伤过人，只是档案里没有多写。他有犯罪倾向，又曾经在黑作坊打工，可能掌握配制危险化工品的技术。而且他对赵又兰的感情很深，他和陈颜秋的相识，让他知道了顶包案，他们可能从很早以前就在调查真相。"陆司语现在回想起来，张从云一直在掩藏他的目的，淡化他的悲哀，可是那种情绪，都在他反常的行为里透露了出来。

宋文的心中也浮出不好的预感，道："你觉得，他可能会去找霍少卿报仇？"

陆司语点头道："他要复仇。"

"杀人偿命。"陆司语沉默片刻，吐出了这个词。那样一个心怀仇恨的老人，可能做出一切毫无底线的事。他道："我注意到一个细节。你记得吗？我们上次去张从云家，看到地上摆了很多瓶瓶罐罐，我开始以为那是赵又兰收的垃圾，可是后来想，那么乱的家里，那些瓶子却摆放得非常整齐……刚才我问了张丽丽，她说那些罐子忽然空了。"

一口气说了这么多，陆司语的胃又开始疼，他吸了一口气，说出一个最坏的结果："那可能是危险化工品，不是炸药，就是剧毒化学品。那么多的瓶子，说明危险品总量不会少。我觉得他可能一直在等霍少卿回国。"

张从云沉默了半年，也筹划了半年，他像是在磨着手里的刀，一直在等待一个机会。警方的调查和到访，可能越发刺激了张从云，让他加紧了行动。

这样，一切就都说得通了。

"我会让老贾带人去张从云家确认下那些瓶子是否装过危险化工品，如果装过，装过什么。"宋文做着安排，他想了想又问陆司语，"我还是有点儿不明白，张从云是怎么知道霍少卿的具体行踪的呢？"宋文感觉其中少了一环，这时他正开到路口，稍微慢了一点儿，车后的喇叭嘀嘀作响。

"这些疑点我还没有想清楚，也许其中还有隐情。现在看来，我们必须尽快找到张从云。"陆司语听到对面的喇叭声问，"你还没到市局？"宋文已经出发半个多小时，按理说早该到市局了。

宋文告诉他道："这边也有点儿变故，霍少卿提前回来了，傅临江已经赶去机场扣人了，我现在去见下霍辰。"宋文顿了一下道："如果张从云真的想报仇的话，他可能早就知道了消息，从昨天就开始行动，所以才会整夜不归。现在就看霍家的人、警方，还有张从云谁能够先找到霍少卿了。"

陆司语道："嗯，你小心些。"

挂了电话，陆司语想到了宋文最后的疑问，张从云是怎么知道霍少卿回国信息的呢？想到这里，陆司语的右眼皮又跳了一下，他舔了一下唇，忽然想到了一种可能——除非……

从这个案子开始，他因为身体的原因总是无法集中精力，这时终于将所有的线索连在了一起。原来能够看穿那些罪恶根本不够，他们甚至没有足够的时间去阻止它。

陆司语再也坐不住了，他站起身就想往外走，这一下起得急了，还没迈步就一下子跪在了地上。然后陆司语想起，他的止疼片都被宋文拿走了。想到这一点，胃里忽然绞痛得厉害。陆司语休息了一会儿才踉跄起身，疼痛之中，他对药物的渴望瞬间到了极点。

呼吸忽然变得有些困难，心跳也失速了，身体似乎已经到了极限。眼前的东西逐渐模糊倾斜了，陆司语捂着腹部走进宋文的房间，他不管不顾地翻箱倒柜寻找着那些药物，没有，还是没有。

冷汗一直冒着，腹部又迎来一阵钻心的绞痛，他忍不住趴在床边低咳了起来，嘴巴里泛起血腥味。

此时，他迫切地需要那些药，就算是毒药，他也想要一口吞下去……

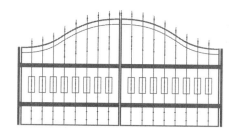

第十七章

—— 追踪行动 ——

宋文做好了安排，让朱晓和老贾带着物证员去张从云家查看，但他的心里越发不安。如果三方都在找霍少卿，他们的准备可能是最不足的，想到此，宋文拨通了傅临江的电话，接通后道："喂，临江，你们务必要接到霍少卿，而且小心张从云，他可能也会去机场附近，还带有危险物品。我怀疑他可能会对霍少卿进行报复。"

手机传来一片嘈杂声，然后才传来傅临江无奈的声音："宋队，我们还没到呢。"

宋文一愣，道："你们不是刚才就出发了吗？"按照时间安排，现在他们怎么也该到机场了。

傅临江叹了口气道："机场高速去往机场的方向严重堵车，我们的车被堵住了。前面的司机常跑这条路，说今天这里的车流量多了几倍。"

"什么情况？"宋文皱眉问。是张从云动的手脚？或者是霍家的人？

傅临江道："不清楚，但是应该不是偶然的，我们刚才问了几个出租车司机，他们都说是昨天接到了公司的订单，而且都是预付费订单。"

"我知道了，你们抓紧时间，或者想其他的办法，一定要尽快赶过去。"

这样的大批量订单肯定是人为操纵，事情可能要比他想象中严重得多，宋文想了一下又道："你让局里的总控那边联系下机场，做好事态升级的准备。我这边和顾局打个招呼。"

傅临江无奈道："唉，好吧，我们这边堵得纹丝不动，还剩最后两公里，实在不行我就先跑过去了。"

宋文努力让自己冷静下来，给顾局打了个电话汇报情况。顾局听了以后也紧张了起来，让宋文一定要查明情况。挂了电话，宋文开始考虑各种可能性。

如果陆司语的说法是正确的，那么张从云无疑是十分危险的，他会在机场杀人吗？不，应该不是在机场动手，如果他带着危险品，可能无法进入机场。可一旦他带着那些危险品到了机场外围，并且截到了霍少卿的话，事态将会越发失控。

转念之际，宋文的车已经开到了霍辰所住的小区，他在门口出示了证件，一路开了进去。

霍家所住的别墅是第三十六栋。宋文按了门铃，就有管家模样的人打开了门，问询后把他迎进了会客厅。霍家的小楼足足有四层，装修布置得非常豪华，宋文却无心欣赏，急问道："你们老板霍辰呢？我有重要事情找他！"

按照时间推算，霍少卿的飞机应该刚刚降落，从飞机落地到霍少卿走到出口应该还要一会儿。可是宋文着急，这里的人却一点儿也不着急，那管家模样的人通报回来鞠了一躬道："霍老板知道了，让你在这里等他，他马上就下来。"

宋文只得坐在一旁的椅子上，然后他的头转向一旁，忽然愣住。这间会客厅装修得很不一般，西面的墙上做了一个巨大的透明玻璃柜，有一人来高，里面布满了蓝色果冻状的胶状物，此时打了光，透着幽蓝，有些瘆人。

宋文有些疑惑，凝神看才发现这是养了一玻璃柜的蚂蚁。蓝色的玻璃胶透光，透亮，隔着那层物质，也可以看到里面活动的蚂蚁。玻璃柜的深处，那些蚂蚁正忙碌地筑着巢穴。保守估计，这一柜蚂蚁怕是有上千只，黑色的小点四处爬动。

宋文微微皱眉，这位霍老板竟然在家里养了这么多的蚂蚁。他并不排斥人们养些特别的宠物，只是这么多蚂蚁摆在会客厅里，看起来让人有些不太舒服。

宋文正想着，身后传出来一个声音："没事的时候我就喜欢看这些蚂蚁，有时候能够看一天。"

宋文侧头就看到一个五十多岁的富态男人从门口进来，正是他之前查看过资料的老板霍辰。宋文把自己的警察证递了过去道："这真是一个与众不同的兴趣爱好。"

"你不觉得这和我们的社会很像吗？有数以千计的工蚁，只有顶尖的才能够成为蚁群的领导者……"霍辰笑着，仿佛自己就是那蚁群的领导者一般。他自诩聪明，有钱有势，那些普通人都被他玩弄于股掌之中。

宋文没空儿和他闲扯这些，尽量长话短说道："霍老板，我是市公安局刑警支队一队队长宋文，我们现在怀疑你的儿子霍少卿和去年圣诞节发生的一场车祸有关，希望霍老板能够配合我们的工作。"

霍辰往书桌旁的转椅上一坐，道："宋警官，所以你希望我做什么呢？"

"你们霍家的人去机场接他了吧？我希望你们能够把他交由警方……"

宋文的话还没说完，就被霍老板打断："等下，宋警官，你说我儿子出了车祸，还是去年的车祸？据我所知，我儿子去年没有任何违章驾驶记录，这……你们警察行事需要证据吧？"他看宋文的眼神，也像是在看一只微小的蚂蚁。

宋文早就料到不会那么顺利，此时被抢了白，他微微皱着眉头。霍老板这一副不急不躁的样子，让他十分讨厌。宋文还是耐下性子解释："霍老板，我想问下你的那辆保时捷现在在哪里？我们之前进行了寻访，南城市同款同色同车饰的车一共有十几辆，其中只有一辆现在情况不明，就是霍老板你的那辆。"

霍辰继续不慌不忙道："那辆车卖给了一个朋友的公司，一手交钱，一手交货，他们如何处理，就是他们的事了。"

"那我再问一下，你儿子霍少卿去年平安夜到圣诞节凌晨那段时间在哪儿？"

"我儿子平安夜一直在家。"

"真的吗？这酒吧里的人难道不是霍少卿？"宋文早有准备，把一张照片推到霍辰面前。

"这么模糊的照片，我真是认不清是不是我儿子。再说，你们如果想抓我儿子就去找他，来这里问我干什么？"霍老板说着拿起一根烟，对着宋文笑了。他不在意自己的谎言被戳破，他这是在探警方的底，看他们掌握了多少东西。

宋文心里清楚，这个人显然是在揣着明白装糊涂。霍辰巧舌如簧，完全把他生意场上那套手段施展了出来，还带着一种傲慢的姿态，宋文压着心中的怒意道："霍老板，霍少卿现在应该已经下了飞机了，我希望你能够明白他的处境，除了我们警方，当时车祸被害人的家属也在找他。我们怀疑霍少卿可能会有危险，希望你能够配合警方工作！"

霍老板点着了手里的烟，吸了一口道："哦，多谢宋警官提醒。我觉得自己还能够保护好自己的儿子，这些事就不劳烦宋警官费心了。"

愚蠢，真的是愚蠢。

宋文知道霍辰在这里和自己说话是在拖延时间，他一定是在机场做了周密的安排，自信能够绕过警方护好霍少卿，恐怕在他的心里，还觉得这些是自己编出来吓唬他的。

宋文撸了撸袖子，正准备说些什么，霍辰放在桌子上的手机忽然响了。尽管霍辰立刻拿起了手机，但宋文还是看到了手机屏幕上"儿子"两个字。电话是霍少卿打来的，看来他已经落地了。

霍辰明显出现了犹豫，他在考虑是否要当着宋文的面接这个电话。电话铃一直响个不停，对方一直不肯挂断电话，霍辰这才接了起来道："喂……"

"爸，救我！"手机中忽然传来这样一声呼救，声音很大，就连站在一旁的宋文都可以清晰听到。宋文的眉毛一挑，最坏的事情发生了，他们的人没有先赶到，霍家的人也没有接到霍少卿。虽然不知道张从云用了什么方法，但是他已经捷足先登了。

霍辰的脸色瞬间变得苍白，儿子的声音他绝对不会听错。

"喂……喂！少卿？！你在哪里？"霍辰拿着手机急呼。

手机那端回答他的却是一阵嘈杂，随后"当"的一声，似是手机摔出窗外的声音，然后电话就被挂断了，霍辰的心骤然一凉。

"霍老板，现在你总该相信我的话了吧？"宋文开口道。

霍辰抬头看了他一眼，似乎还想要挣扎。他颤抖地按着手机号码，急忙拨通了手下的电话，道："喂，你们没有接到少卿吗？"

"老板，我们一直在通道这里，可是霍少他一直没有出来啊……"

霍辰挂断了电话，望向宋文，眼中满是震惊，这次他终于是信了。随后他整个人就好像是被雷劈中一般，脸色一片灰败，愣愣地坐在那里，看着宋文打电话给市局请求援助。

"对，我在霍家这里……现在基本确认霍少卿已经被张从云绑架……你们协同机场封锁所有道路，对方的目的可能不是劫持，而是复仇杀人……"

杀人？！

听到这个词，霍辰才好似活了过来，他的眼珠转动，看向打完了电话的宋文，就像是看到了最后一根救命稻草。五十多岁、头发斑白的霍辰忽然"扑通"一声跪在了地上，双手颤抖着扯着宋文的衣角道："宋警官，求求你，救救少卿，我就这一个儿子，我……我配合你们的工作。"

宋文低下头望着霍辰道："霍老板，我希望你能告诉我实话，去年的那场车祸是和霍少卿有关系吗？"

霍辰咬了咬牙，望着宋文一言不发，额头上出现了冷汗。他最疼爱这个儿子，把最好的一切都给了儿子。今天他做好了层层安排，以为聪明地躲过了警方，却亲手把儿子送给了张从云。

到头来不知是帮了他，还是害了他。

会客厅里的玻璃柜给霍辰的脸映上了一片蓝光，这前后几分钟的态度变化让他看起来像个可笑的小丑。宋文就这么望着他，从宋文的角度看过去，霍辰的身材并不高大，右手中指上还套着一个巨大的戒指。宋文忽地想到之前在那个化工厂里发现的痕迹，那个有些怪异的中指指印。

"霍老板，你以前起家时，曾和人开办过化工厂吧？"霍辰曾经与人合资创业过，但是警方之前获得的那些信息对此并没有写得很详细。

"那么，把陈颜秋抛尸在清河南化的人也是你吗？"宋文说着往前走了一步。

一瞬间，霍辰的眼珠剧颤。他曾经巡视过自己有过投资的厂房，知道清河南化偏僻，之后又被废弃，所以把陈颜秋抛尸在那。他万万没有想到，警方不光查到了圣诞节的车祸，还查到了这一案……

　　几分钟以前，南城机场高高的大厅内一如往昔般人潮涌动，广播播放着各种航班信息。国际航班出口处，霍家的几个保镖在VIP通道处紧张地等待着。他们张望着，可是眼见人都走光了，也不见霍少卿的踪影。

　　此时，一个戴着帽子、口罩的男子从机场的员工出口处随着几个下机的工作人员一起出来，然后对着带他出来的两位空姐道了声谢。

　　南城的机场有三个出口，一般人只知道普通通道和VIP通道，其实还有一条专供空姐空少等员工出入的通道。

　　那男子正是改签了航班、刚刚归国的霍少卿，他的行李全部提前托运了，身上只背着一个小包，轻松得像是从国外度假回来。

　　霍少卿之前就经常带着那些网红出国玩，也勾搭过空姐，那些来接人的保镖自然没有他对南城机场熟悉。更何况他现在是存心躲着那些人，岂是那么轻易能够被找到的？

　　霍少卿一路走到了机场外面的停车场，有些奇怪地看了看在机场巡逻的警车，不知道是不是他的错觉，今天的巡逻车好像比往日多。他打开手机看了看，核对了一下车牌号，然后冲着一辆黑色的轿车走了过去。这辆车连车窗都是黑色的，从外面看不清里面的情况，霍少卿却是轻车熟路，拉开车门坐了进去。

　　一上车，霍少卿就闻到了熟悉的香水味，他抱住了坐在车后排的女生亲了一口道："六六，还是你好，想着来接我。你不知道刚才多惊险，我爸的那些保镖都在外面守着，啧啧。我可不想回去被我爸关在家里，和坐牢似的。"

　　一旁的美女正是女主播赵六儿，此时她听霍少卿喋喋不休地说着，有点儿尴尬地笑了笑道："要不是问你，我都不知道你今天就回来。"

　　"是啊，我爸不知道抽什么风，非让我改签机票，让他的人等去吧。"霍少卿满脸的嘚瑟。

　　车缓缓地发动了，开出了机场，随后一拐，向着机场高速开去。在车的后面，一些工作人员跑了出来，开始封路。从霍少卿乘车离开到机场封锁，前后总共也就相差了几十秒。

　　车开得很快，很稳，霍少卿往窗外看了一眼道："今天另一边竟然堵车啊。"

　　赵六儿点了点头，颤声应和道："我来得早，还是稍微堵了一小会儿。今天车有点儿多。"

　　霍少卿显然是对赵六儿这有点儿冷漠的态度有意见，这女人完全不像之前联络自己时那般热络，不过看在她来接自己的份儿上，霍少卿还是耐着性子拉下了口罩笑着道："哎，宝贝，你是不是几个月没见我，生疏了？六个多月不见，可想死我了，你不知道那些国外的洋妞啊，一点儿也没有你好……"

霍少卿说着把手放在了赵六儿的腰上，动手动脚了起来。随后他却愣住了，赵六儿的纤腰上此时装着一个怪异的装置，上面还有数字在一跳一跳的。霍少卿看过无数的电影和电视剧，这个东西他认得，是定时炸弹，上面的倒计时显示还有一个小时，他马上往后一缩道："你这个是什么？不是和我开玩笑吧？"

赵六儿伸出一只手把衣服放了下来，挡住了跳动的计时器，她颤声道："霍哥，对不起，对不起……我也是没办法，我没办法的。"她说着从霍少卿的身上掏了手机出来，递给了前排的司机。

"密码。"司机接过了霍少卿的手机，声音苍老地问。

霍少卿紧张地舔了下嘴唇，没有说话。赵六儿看了他一眼，拉住他的手臂央求道："霍哥，听他的吧，否则这遥控器按下去，我们两个都要死……他不是骗人的……昨天他给我演示过的……"

那么现在的情况是……自己被人绑架了？霍少卿的头上冒汗，他报了几个数字过去，司机打开了手机通讯录，选择了"老爸"按下了拨号键，他的声音低沉而沙哑："现在，跟你爸说句话吧。"

电话过了好一会儿才接通，霍少卿喊出一声："爸，救我……"

他只来得及说出这三个字，那司机忽然把车窗放下了一线，随后把手机丢出了窗外。随着手机破裂的声音传来，最后一丝希望被斩断，霍少卿只觉得一股冷意从脚底涌向头顶，他冲着司机喊道："你究竟是谁？为什么要绑架我？！"

司机回头看了他一眼，帽檐下露出了一张苍老的脸，那双眼睛却是十分锐利，并充满了恨意，道："我是要杀你的人。"

二十分钟后，宋文带着霍辰来到市局，命人先暂时把霍辰关押起来审问。整个市局都因这次的突发事件做出了应对，顾局亲自督管，随后各处的消息也纷至沓来。

"顾局，我们封锁机场高速太晚了，那辆车已经开出了我们的包围范围。我这里分了两队，一队人从机场出发，排查车辆，随时准备拦截；另一队正在和机场确认车辆。目前已知的情况，车里可能有两名人质，是刘芳和霍少卿。"

"霍少卿的手机已经找到，被摔碎在机场高速路上，应该是被张从云扔出去的。"

"技侦那边调取了录像，昨天晚上张从云从一家餐厅带走了刘芳，然后刘芳整晚都没有回自己的住所。我们查到了一些刘芳和霍少卿的联系记录，可能张从云是从刘芳那里得知了霍少卿回国的准确信息。"

"确认了，是一辆黑色的车，车号是南VB75498。十五分钟前，车辆沿着高速路进入洪山路段，目前还不知道其目的地。"

顾局沉声道："机场附近的道路比较复杂，一定要找到那辆车。先进行跟随，歹徒手上有人质，还可能有危险品，不要轻举妄动。"

"顾局，赵六儿的直播间忽然开了！"一个警察忽然汇报。

这是在场众人都没有料到的情形，顾局皱眉道："切到直播画面！"

市局大会议室的投影仪瞬间切到了赵六儿的直播频道。大屏幕上出现了一个流泪的女生，她不复往日的精致妆容，头发凌乱地坐在镜头前，一双眼睛已经哭到红肿。从背景可以看出，她正坐在一辆汽车上，摄像头从前方照过来，她的身旁还有一个男子，垂着头，露出半张脸，正是今天刚刚抵达南城的霍少卿。

车在飞速行驶着，镜头随着颠簸而晃动，可以看到旁边有车辆驶过。宋文急忙提醒愣在一旁的技术人员："试试看能不能查找下位置。"

那技术人员忙道："如果要找位置，恐怕要接入视频平台，而且直播信号需要稳定……"

顾局也下令道："联系网警和平台，一定要以最快的速度找到那辆车。另外联系特警，队伍待发，随时做好行动准备。"

"是！"

几人说话间，画面上赵六儿的眼睛里有难以掩饰的惊恐，不久，她开口道："我……我叫刘芳，网名赵六儿，我……我是一名主播，在去年的十二月二十五日凌晨，我和我的朋友霍少卿从酒吧出来……我们……我们那天喝了酒……车上开着音乐，然后车在路上失去了控制，撞死了一名清洁工……"她一边断断续续说着，一边哭着，几度哽咽。

这是宋文之前已经追查到的信息，可是听赵六儿亲口说出还是觉得令人震惊。不是到了生死之际，这女孩儿也不会对着这么多人供出这些话吧。

顾局眉头紧锁地看着画面，宋文在一旁道："直播间瞬间人数暴增，还在不断地增长。"果然，右上角的直播观看人数从二十万迅速增加，短短时间就超过了百万。

"这直播是通过赵六儿的手机进行的，我们正在确定信号位置，不过需要一段时间。"负责技术的警察回复道。

"这段直播恐怕影响不太好。"一旁三队队长程默道，"要通知直播平台关闭直播间吗？"程默是位四十多岁的老队长，几位队长之中年纪最大，他行事保守，一直以安全稳定为处理事务的第一要则。

顾局听了他的建议低头思考了片刻，摇了摇头道："直播可以给我们提供一定信息，关闭直播间可能会惹怒劫匪，目前最重要的是保证人质安全。"

"可是……这样恐怕会引起领导和媒体的关注。"程默低声提醒。

顾局叹了口气道："事已至此，藏着掖着又有什么用呢？只是希望那些媒体不要来添乱。"

赵六儿的直播间人气本来就很高，这样的事态自然引起了极大的关注，屏幕瞬间就被弹幕填满，直播间的排名被顶到了第一，并且还有人在不断涌入，观看人数很快就达到了千万，甚至还在往上跳动，弹幕也一直激增。最初很多人还关心事件本身，觉得难以置信，满屏幕的问号闪过，可是随着时间的推移，看热闹的就越来越多。

风平浪静的日子里，谁能想到忽然出了这样的事？一时之间直播平台人满为患，甚至很多人还在告知自己的亲友一起来围观。

——这是……被绑架了？在坦白罪行？

——这是真的假的？今天是不是愚人节？

刘芳的直播还在继续，她哭得梨花带雨，却连眼泪都不敢擦，道："那天……天特别黑，之前下了雨……事发的时候，那条路很偏僻，也没有人看到……我们的车损坏不严重，我们当时……当时鬼迷心窍了。我们没有报警，而是选择了找人顶包，以为能够逃脱制裁。我们错了……我们不应该那么做。而且，在之后……我们不知悔改，一直以为没有事了……我们错了，求求你，给我们一次机会……"

各种弹幕还在刷屏，甚至还有不嫌事大的开始送礼物。

——这是真的吗？通过直播让他们承认罪行？

——小姑娘长得好好的，完全看不出她是这样的人啊。

——不是吧，这也太刺激了……哪位蝙蝠侠大人的手笔？

——我不信，刘芳还捐款资助过希望小学呢，这里面一定有隐情，她这是被胁迫了。如果是被逼的你就眨眨眼……

——我知道了，炒作，一定是在炒作！这说不定是在拍电影，等下导演就出来了。

忽然有个人发现了什么："她腰上闪烁的那个……是不是定时炸弹？！"

所有人的目光一下子聚焦在了赵六儿的腰上，可偏偏镜头晃动了起来，想看却看不清了。

有人反应了过来："这不会是……要直播杀人？！"

这一条弹幕出来后，直播间竟一时静默，如果事态真的发展到了那一步，所有的人都不敢想象会是怎样的结果。

直播还在继续，赵六儿哭着拿出一张小字条，颤抖地念着："我们的下场，是咎由自取，希望能够给大家警示……请大家引以为戒。下面，我们将为我们做过的事接受惩罚……"

一旁的霍少卿忽然对着前排的司机位叫着："有事好商量，是不是赔偿还不够？你放了我，我愿意给你钱……"他脸色一片惨白，冷汗直冒，看起来都有些脱了相。

从车辆的前排传来张从云沙哑而冰冷的声音："人命能够用钱来换吗？杀人偿命，这是你们该付出的代价。今天的直播，我只是让更多的人看清你们的罪行！这是对你们迟来的审判！"

听到这里，刘芳瞬间崩溃，对着前面的人哭叫道："我错了，叔叔你饶了我吧……当时开车的不是我啊，是霍少卿，我都按照你说的直播了……求求你，求求你，你要带我们去哪里啊？你别杀我……救命啊……"

画面忽然消失。

顾局问向一旁："怎么回事？"

程默也问："是直播平台觉得影响不好掐了信号吗？"

朱晓道："就在刚才，同时观看直播的人数突破了四千万，把直播平台挤爆了。"他又看了一下最新发来的信息，道："技术人员说，想要恢复服务器至少需要半个小时。"

宋文急道："位置找到了吗？"

负责技术查询的警察道："只能确认个大概的范围，那辆车从洪山路附近出来，进入了雨城区，还不能准确定位。"

顾局问："二队呢？那边有消息了吗？"

负责联络的警察摇摇头道："还没找到目标车辆。"

雨城区是南城交通最为发达的地方，作为南城的交通枢纽，几乎是四通八达，想要在这样的环境下找到一辆车，不亚于大海捞针。顾局此刻急得眼睛都红了，道："启动电子眼系统，一个路口一个路口排查，我就不信了，找不到这辆车！"

下属们急忙去联系，电子眼系统很快接入，画面投射到大屏幕上。电子眼系统能够监测全市交通多个路口的实时情况，但是张从云的车一直在故意兜圈儿，还选择走小路，监控有延迟，就算能查到具体位置也需要一定的时间。

宋文闭目了片刻，脑海中浮现出张从云的形象，他试着像陆司语般分析着凶手的动机，迟疑了片刻，他开口道："凶手直播的目的可能是为了公开处刑。现在直播平台的服务器忽然崩溃，凶手很可能会改变原定的策略，寻找新的方式。"然后他回头问："刚才的那段直播有录屏吧？"

"有。"朱晓马上调取了刚才的录像进行回放。

"停一下。"宋文忽然道。

暂停的画面上，刘芳和霍少卿之间出现了一道缝隙，露出了车后玻璃。那辆车的玻璃虽然是墨色的，但透过玻璃仍能看到外面的场景。在车窗外，有一座高楼，轮廓有点儿像是奖杯。

宋文皱起眉头，大脑飞速运转，道："如果定位是在雨城区，基本可以确定这楼是西南移动大厦，他们在往市中心走，如果直播忽然断掉，那边最近的便于直播、影响力大的地方是……"

"南城塔！"在场的所有人几乎异口同声道。

顾局当机立断："转换摄像头！重点监视市中心南城塔方向。"

半分钟内，实时的道路监控被调出，目标车辆终于被锁定，那辆车果然如同宋文预测的一样，向着南城塔的方向开去。

徐瑶在一旁皱眉急道："顾局，根据我们之前对从张从云家带回的化学药剂的分析，他制作的可能是一种烈性炸药，只要几十克，就可以引起猛烈的爆炸。根据张丽丽的供述，张从云准备的量威力不会小……"

南城塔，位于南城最繁华的地段，它还是南城的标志性建筑，上面设立了直播间，遇到重大的节日在那里都会进行现场直播。如果在那里杀掉人质，无疑是影响最大的。可是一旦南城塔发生爆炸，那么结果不可想象！若是造成塔尖部分的坍塌，那更将威胁到成百上千人的生命！

听到这个消息，顾局一时感觉有口气憋在了喉咙里，身子晃了一下，猛烈地咳嗽了起来。

"顾局！"一旁的宋文急忙把他扶住。

顾局咳了一阵，站直了身体，强迫自己冷静，他开口道："南城塔……在南城塔边寻找地方组建临时指挥中心，封锁相关路段，让特警到附近准备。一定要保证人员安全，让无关人员进行撤离……"顾局说着转头看向身后的人。

宋文忙道："我过去吧，没有早点儿察觉张从云的异常，是我的失职。"

顾局摇摇头道："并不怪你，这件事张从云筹划已久，如果不是你们查案，掌握到了一些信息，事情只会更糟糕……"

他们的动作还是太慢了，如果不是陈颜秋的死让他们查到这里，恐怕真相真的就会被埋下去。张从云的犯罪不可避免，他策划了整整半年，是这场正义……来得太迟了。

宋文虽然是顾局手下的得力干将，但是他的年龄尚小，顾局盘算着他应该和谁搭档，想了想没有寻找到合适的人选，只能道："宋文你负责整体的调度……"

宋文急忙道："所有人听我的指挥，一定要以最快的速度赶到现场。准备三辆车，其中一辆作为临时指挥中心，配枪、手铐、防弹衣、监听装备，带齐所有应急物品。大家保持联络，我点到名字的过来。"

一串命令果断且明晰，然后宋文就开始念出名字："朱晓、申小伟、张子齐……"此时宋文叫的都是局里能够独当一面的精英，有的射击成绩好，有的电子技术优秀，还有的擅长擒拿格斗术。虽然现在已经通知了特警，但是特警赶过去需要时间，他们这里离南城塔近很多，此时必须做好一切准备。

每个他点到的人都应声，随后迅速准备着。

宋文的名单还没念完，忽然被一旁的许长缨打断，他接完电话对顾局道："顾局，这里的事态我刚刚和省局沟通了，宋局的意思是我可以协助现场的调度。另外，宋局想要和你沟通一下，让你给他打个电话。"

南城市出了这么大的事，早就惊动了许长缨，他放下审问了一半的顾知白来到这边。刚才顾局他们在商量对策，他则是急着给省里的宋局汇报。

顾局抬头看向了许长缨，这人是省局派下来的，宋文虽然得力，但是缺乏解决这种突发事件的经验，他开口道："那就辛苦许队长了，你们一起去吧，一定要协同好，注意安全。另外之前相关的案件是宋文在负责，他对这边的人员也熟悉，你们一定要商量后行事。"

许长缨看了看众人道："按照刚才宋队说的准备，另外再补充几位人员，徐悠悠、鲁萧、杜勇，和我来。"他说着目光在人群里扫过，思考着还缺些什么人手，随后点到："陆司语……"

听到这里，宋文帮着答了一声："生病请假了。"

许长缨看向了宋文，眉头明显一拧，跳过了这个名字。

所有人准备妥当，宋文一挥手，疾步迈出道："出发！"

上午的南城，阳光照射下来，在玻璃幕墙上反射着光亮，整座城市仿佛一座钢铁铸造的丛林。早高峰刚过，一队警车从市局出发，全速向着市中心开去，警铃声响彻天际，预示着这将是不平静的一天。

打头的指挥车上，宋文和朱晓坐在一侧，徐悠悠和许长缨则坐在另一侧。徐悠悠在这次的任务中负责各处联络，女孩儿低头忙碌片刻，抬头汇报道："许队，已经有狙击手和排爆人员在赶过来，综合路况，预计在十八分钟内可以抵达南城塔下。"

"这速度，有可能赶不上。"宋文凝视着朱晓手里捧着的平板电脑说道。疾驰着的那辆黑色轿车已经被完全锁定，但因为车的速度很快，拦截的车队尝试了两次都没成功，而且还被它甩脱。

许长缨道："按照顾局所说的，最好能够尽快疏散人群。"

徐悠悠问："是否通知南城塔那边直接进行关闭？"如果塔被关闭，那么张从云无疑是上不去了。

宋文摇摇头道："我们先期的调查中发现，南城塔是张从云死去老伴的执念，关闭塔没用的，他应该爬也会爬上去。"

南城塔不光是南城的标志，还曾是南城自杀者的"圣地"。那些外地人并不太了解南城塔的历史，也不太了解南城人这种死也要死在南城塔上的执念。

许长缨表示赞同："现在我们不能确定炸药的破坏力有多大，贸然关塔可能会激怒嫌疑人，而且如果爆炸发生在南城塔下，同样会造成伤亡。"然后他转头对徐悠悠道："还是先等特警到。南城塔那边加快人群疏散的速度，留给他们一座空塔。"

现在只能寄希望于炸药的破坏力不够大，不会直接炸毁塔身引起坍塌，那样让张从云登塔，反而才是更可控的。

徐悠悠点头，打了个电话，然后扭头汇报道："疏散人群大约还需要五分钟。"然后她看了下时间道："也就是我们赶到附近的时候，差不多疏散可以完成。"

宋文又道："南城塔高三百三十三米，直播厅位于第十八层。我们这边在收集南城塔的建筑图纸等相关资料。"

许长缨道："到时候和特警队会合，制定突击方案。"

宋文又道："此外，我建议联系下附近的医院，做好应急准备。"

许长缨点了点头，徐悠悠急忙开始联络。

现在看来，形势对他们不算太好，可是能够做的准备都已经做了。车上的几人一时沉默，只有徐悠悠和对方沟通的键盘声，还有朱晓的鼠标响。宋文摸出手机，看了下时间，犹豫着是否要和陆司语说下进展，转念一想，又觉得告诉他也没法改变现在的事态，反而会让他徒增担心。想到此，宋文又把手机装回了裤子里。

车一直在急速前进着，争分夺秒，眼看还有一个路口就要到南城塔下，朱晓抬头道："张从云的车停了，就停在了南城塔下。"

许长缨问："我们还要多久到？"

朱晓回答他："不到一分钟。"

许长缨对这个答案不满，道："精确点儿。"

徐悠悠看了下距离，南城塔已经近在眼前，道："大概三十秒。"

许长缨点头道："通知后面的警车，对目标车辆进行合围，安全距离二十米，全员准备。"

徐悠悠又看了看时间问："特警预计还有几分钟到，我们要先上吗？"

许长缨沉声道："看情况，先不要轻举妄动，随机应变。"接着又道："希望张从云还在车上……"

这几句话间，三十秒正好过去。"吱"的一声，警车猛然一刹，停在了南城塔下的停车场中，早已经炙热的轮胎扬起一阵烟尘。其他的警车也纷纷刹车，对那辆黑色的目标车形成了合围，把它锁定在了正中央。

宋文拉开车门先跳了下去，许长缨紧随其后。两人的动作几乎一致，都抽出了腰间的枪瞄准了目标车辆。其他人也纷纷下车，一时之间，那辆车被十几个刑警包围。

所有人都屏气凝神关注着车中动静，这时车门却忽然打开，随后车中露出来一截白皙纤细的手臂，紧接着探出来赵六儿梨花带雨的脸，她哭着喊："救命，救救我……"

宋文握紧了手里的枪，许长缨则问道："车上还有其他人吗？"

"他们……他们下车了。"赵六儿哭道，"就刚才……那老头儿拉着霍少卿……他们上塔了……"

许长缨忍不住凝神看向了南城塔，这是他第一次近距离见到这座塔，面前的巨塔高耸入云，确实宏伟壮观。

徐悠悠汇报道："特警队还有四分钟赶到，救护车也在路上，现在塔内大部分的人已经撤离。电梯已经停了，需要爬十八层楼梯，才能够到达直播室……"她的意思不言而喻，希望这段路能够给他们争取一些时间。

"救命！"这时候赵六儿又哭喊道，"我身上有炸弹，还有两分多钟……呜呜呜……救命……帮我拆弹……"

许长缨面色一僵，急忙回头叫道："有人会拆弹吗？"比起南城塔内的问题，似乎眼前的情况更不容乐观。只有两分多钟就要爆炸的定时炸弹，意味着专业拆弹人员根本来不及赶过来，而这个女生恐怕要在众人面前被炸死。

"我来吧。"宋文说着收了手里的枪，回身从车里的座位下拎出个工具箱。

许长缨没想到这时候宋文站了出来，眉头紧皱道："宋文，你有多大把握？"

"一般的话没什么问题，只要不是特殊弹就好。"宋文直接朝着那辆车大步走去。

许长缨的眉头早就皱得抚不平，虽然他勇猛能干，可对拆弹却是一窍不通，只能看着宋文上去，叮嘱了一句："千万注意安全，如果不行不要蛮干。"

说话间，宋文已经走到了车边，赵六儿侧坐着，撩起了衣服，宋文查看了一下她腰间的炸弹。其实他学拆弹还是在大学的时候，当时有门选修课，教的是一些基本理论，最后有个实践考试。不过张从云专攻的是化学，炸药的威力可能不小，但是他应该做不出什么高科技的炸弹。

赵六儿从昨晚就被张从云控制，经过了几乎无眠的一夜，上午又被吓得不轻，她早就已经临近崩溃，身体不可抑制地颤抖着，不停抽泣。

宋文看了看炸弹上的时间，跳动的数字显示还有两分三十二秒，然后他用工具箱里面的螺丝刀拧着装置盒上的螺丝道："我排弹老师教给我的，遇到定时弹的第一要诀就是不要慌。上学的时候我在心里吐槽，这不是废话吗，遇到别的弹也不能慌啊。现在，我觉得这一条好像还挺实用的。所以，想要活，就不要慌。"

宋文手很稳，动作也迅速，他把两枚螺丝卸下，放在手心里，然后开始拧第三个。

"我我我……我怕……"赵六儿颤抖着，泪水从脸颊上滴了下来。

宋文道："别怕，和电影里演的不一样，不是慢慢撕裂的，这个大小的爆炸，人基本上立马就死了，一点儿痛苦都没有，而且我会陪着你。"想到有可能死在这里，宋文忽然就想起了陆司语，然后想到了自己的爸妈，他的目光凝了一瞬，随后更为坚定了，道："放心吧，我会努力活着的，为了生命里重要的人。"

赵六儿伸出手擦了擦眼泪，她昨天见识到了炸弹的威力，张从云故意把这东西绑到了一条狗的身上，开关按下去，狗瞬间被炸成了碎肉。她听了宋文说的前两句话本来更害怕了，可是听到后面，又觉得心头一暖。

"你之前是怎么被劫持的？有什么你看到的，还记得的，告诉对面的人。"宋文一边拆弹，一边把通讯器递给了赵六儿，时间紧急，来不及询问了，在确定能够成功拆弹之前，他必须留下尽可能多的信息。

赵六儿抽泣着，哽咽了一下对着通讯器说："我……我刚才在直播的时候说的事情是真的……然后……在六个月前，我的直播间忽然来了一个叫月影声的人，他经常打赏我，时常在打赏榜的榜首。他忽然约我见面，我没有多想就去了……我没想到他是我们撞死的清洁工的丈夫，他昨天就绑架了我，把我带到了他在乡下租住的一处房子里，把这个装置装在我的身上，还胁迫我联系霍少卿，并且表示我们要去接他……刚才……我们快下车的时候，那个老头儿让我把一个箱子铐在了霍少卿的手上，他拿着遥控器，说那也是炸药……"

宋文这时候已经把四个螺丝都拧了下来，打开了装置，仔细看着里面的各种线路。通讯器那边的许长缨听到这里，面色越发凝重，这就意味着霍少卿那边的炸弹可能更为复杂，威力也更大。

宋文听到这些信息心中明了，想必张从云是用赵又兰的车祸赔偿款来进行的这些运作，他打探消息，打赏赵六儿让她放松警惕，还租了另外的住所，不断购买各种材料，并且进行试验。时至今日，箭在弦上……

赵六儿继续颤声道："当时直播停了的时候，那个老头儿非常生气……后来他往南城塔这里开。我们到了塔下，他把我放在了这里。别的……别的我也不知道了……我……我错了，如果我能够活下来，我愿意去坐牢……只要……只要能活下去……别的我想不起来了……"

说话间，倒计时只有一分十秒了，两人的生死就在这瞬息之间，每一秒的流逝都让赵六儿压力倍增，她的呼吸也不自觉地加快了。她看着忙碌的宋文，忍不住问他："你学过几年拆弹？"

"大概学过一个星期，没办法，特警来不及过来，你就将就下吧。我这个人，脑子和别人不太一样，记东西就和拍照片似的，所以这炸弹里的电路图，我当时就记了下来。"

宋文笑着看了赵六儿一眼，道："当时考试的成绩还不错。"

他眉眼弯起来，让赵六儿有种安全感。她低下头看着自己身上的装置，此时定时器打开，露出一片线路，让她忍不住想起电影里那个经典的问题。可是眼前这些线看起来并没有什么红蓝区别，颜色几乎一样。

赵六儿屏住了呼吸，时间仿佛瞬间静止，宋文手起钳落，一根根线一下就断了，可倒计时并没有停止，倒数还在继续。赵六儿没有料到这个变故，她的脸色迅速苍白，道："怎么……"

与此同时宋文的裤袋里嗡地一响。

在归零瞬间，赵六儿只觉得浑身一颤，抱着头发出尖叫："啊啊啊……"

在场的所有人都无比紧张地关注着这边的动态，一听到赵六儿的尖叫声，他们瞬间卧倒。

预计的爆炸并没有发生。

宋文一时尴尬地看着眼前眼睛紧闭的女主播，再看看自己的队友，喊道："没事没事，危机解除，放轻松，对我有点儿信心。刚才我手机响了，吓到她了而已。"

然后宋文进行了解释："我拆除了连接器，现在引爆装置已经和这个倒计时器没有关系了。"说着他缓缓地取下了赵六儿腰间的炸弹。他话说得轻松，可是后背处已经被汗浸湿了，没有人知道他刚才顶着多大的压力，只要稍有闪失，他和眼前的女孩儿都会死在这里。

"那……那我没事了？"赵六儿瞬间又涌出了泪水，这一次是喜极而泣。绑了一天的炸弹终于离开了她的身体，但是她现在还不敢轻易走动。

宋文"嗯"了一声道："你过去吧。"

赵六儿马上就站起来，跑向了警车。看着她到了安全位置，宋文长长地舒了一口气，把那炸弹小心翼翼地放在了地上，然后迈步走了回去，对许长缨道："等下排爆的人来了，让他们回收运走吧。"

许长缨差点儿没被刚才的变故吓出心脏病来，取出手铐给赵六儿戴上。此时他看着宋文安然归来，悬着的心这才放下，嘴角抽动了几下，小声道了一声："辛苦。"

"那个装置不太复杂。"或许是张从云在时间设定上有些偏差，正好够警方完成拆弹，宋文说着伸手取出裤子里的手机，"刚才排到关键的时候来微信了，也不知道是谁。"

宋文看完消息，脸色却忽然变了，拿着手机的手抖得几乎握不住手机。许长缨前一刻还看宋文笑得云淡风轻，这时候却不知什么事让他如此慌张，皱眉问了一句："怎么，有情况？"

宋文犹豫了一瞬，开口道："是陆司语。"

他顿了一下道："他在南城塔上。"

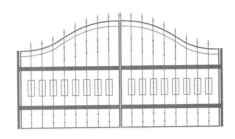

第十八章

—— 生死谈判 ——

就在几十分钟前，陆司语在家中闭目忍住了一阵眩晕，意志和欲望做着斗争。他安慰自己，已经吃了足够多的胃药，现在对药物的需求更多是心理上的，他并不是真的需要那些药。

做了决定以后，陆司语跌跌撞撞地走进了洗手间。他打开了热水，一遍遍冲洗着手和脸，过了片刻，似是有效果，他清醒过来。好受一些后，陆司语忍着疼换好衣服，然后走到了车上，刚驶出院门口，手机上忽然弹出了数条信息。

张从云的举动无疑引起了极大的轰动。陆司语一点链接，就进入了赵六儿的直播间，见赵六儿正哭着陈述圣诞节那天他们犯下的罪行……

张从云之前就在各处打探霍少卿的消息，而接近霍少卿身边的人就是最好的方法，那么不难推理到，赵六儿早就成为了他的目标之一。她当时在车上，是共犯，所以她也在那个报复计划之中。而张从云的目的，就是以赵六儿为饵吊到霍少卿这条鱼。

就在这时直播忽然停了，弹出服务器连接断开，正在紧急恢复的提示。陆司语开着车，额上的冷汗越来越多。

他的脑海里出现了一团火，燃到极致后轰然爆炸，惨烈的叫声回荡着，刺激着每一寸神经。那是任由事态发展的最终结果，现在阻止这一切也许还来得及。

陆司语强迫自己冷静下来，到了现在这个时候，预判变得尤为重要。他不能再被张从云牵着走了，必须走在张从云的前面才行。

想到此，陆司语借着等红灯的时候趴伏在方向盘上，他现在不在现场，不能够确定画面是被切了还是卡掉了。不管是怎样的原因，都意味着张从云想要当众行刑的企图要落空了。

在去年的圣诞节，张从云失去了自己的老婆，不久之后又知道了陈颜秋顶包的事。那时候，张从云应该就在处心积虑地做着准备，寻找着真凶。那种感觉陆司语最为熟悉，他自己也同样是一桩案件的受害人，亲人的离去带给他巨大的创伤，他要报仇，要找到那个人，将其千刀万剐，撕成碎片。

两人的思维在这瞬间交会，张从云日日夜夜，靠着幻想手刃仇人的这一刻支撑了下来。随着时间的推移，他已经不满足于仅仅是悄无声息地杀掉仇人了。他渴望让更多的人看到，这是他复仇计划里重要的一个环节，缺少了这个步骤，整个行动甚至都将失去意义。直播间一时无法恢复，他一定会有备用的方案。

张从云早就不畏惧死亡，这个被害人的家属化身为了亡命徒，忍了这么久，他要用全城的关注来弥补心中的不平。

南城塔……

身后的喇叭声响起，陆司语从方向盘上支起了身子，眼神清明，他微抿着薄唇，掉转车头向着南城塔的方向开去。

张从云会选择那里，因为那地方是南城的象征，是阶级和身份的象征，是赵又兰的毕生愿望，也是他的心结所在。如果是南城塔，张从云的复仇计划能够在这里形成完美的闭环，在杀掉仇人的时候引起轰动，以壮烈的方式与仇人同归于尽。

陆司语所在的位置比市局距离南城塔还要近上一些，车开了不久，他抬起头，已经可以看到南城塔。

上次陆司语登上南城塔还是他幼年的时候，他拉着父亲的手站在硕大的玻璃幕墙前，俯视整座城市。汽车变成了火柴盒大小，排着长队。行人就像是蚂蚁，急匆匆地在路上走过。整座城市被踩在脚下，到现在陆司语还记得那种漫步云端、俯视尘世的感觉是多么震撼。

无论经历了多少年头多少变迁，风也好，雨也好，那座塔一直立在那里，陪伴着整座城市成长。它见证过那么多的悲欢，也见证过那么多的离合。

希望这一次这个预判是对的，尽管胃里疼得像是有把刀在里面绞动，陆司语的眼神却逐渐坚定。

南城塔很快到了，陆司语把车停在了塔下面就急急忙忙地往塔里走。电梯已经停运，原本井然有序的登塔人群中忽然出现了一阵骚动。陆司语的心中明了，这说明警方已经找到了那辆车，而且那辆车正在向着这边开过来。

"因安全原因，现在需要所有人员迅速撤离南城塔。大家紧跟工作人员，不要走散……电梯已经关闭，请大家从楼梯离开，不要拥挤，以免发生踩踏……"

楼梯上出现了引导撤离的工作人员和往下走的游客。游客们不知道发生了什么事，乱哄哄地撤离着，有人在尖叫，有人在发着牢骚，走得慢的人落在了队伍的后面。

陆司语顺着安全通道，逆着人群往上走。急速上行外加躲避人群耗费了他大量的体力，爬到第八层的时候，陆司语就感觉自己快达到极限了，冷汗直冒，胃里绞痛不止，他用手扶着扶栏勉力支撑着。

忽然，身边有一只手拍了拍他，有人道："哥哥，你不舒服吗？"

陆司语低下头，那是一个仅仅几岁的小女孩儿，梳着两个羊角辫，仰着头望着他，脸上满是天真烂漫。

"快走，别管其他人。"孩子的母亲显然不满意她的拖延，伸手抱起了她。

一个从上面走下来的老太太脚步微颤，关切地问陆司语："孩子你干吗往上走？都说这边有危险。"

陆司语缓了一刻开口道："我是警察。"

那老人"哦"了一声道："那孩子你……注意安全。"

人群里有工作人员听到了陆司语的话，叫着："大家往侧边靠靠，让警察同志上去。"

嘈杂的撤离人群自然地让开了一条路。陆司语望着那条向上的楼梯，忽地觉得有了一些力气。趁着喘息的空当，他才有机会看清楚那些人的脸。原来，都是一些普通人。

原本惶恐的人群忽然安静了下来，纷纷向陆司语投去期许的目光，似乎看到了警察，他们就感受到了安全。

陆司语强撑着，迈步向着楼上走去，过去他不知道这"警察"二字的意义，也不知道身上肩负了怎样的责任，直到此刻，他好像有些明白了……

直播间，如果他记得没错的话，应该是在十八层。

几分钟后，张从云拉着霍少卿走上了南城塔的十八层。他之前查了信息，知道南城塔的直播间就是在这一层。

在塔下时，张从云有过片刻的犹豫，可当他想到这里是赵又兰毕生都想登上却又一直没有登上的地方，信念就再次坚定下来。就算是死，他也要死在南城塔上。到那时候，不管人们认为他的行为是对还是错，都会牢牢地记住他。

他也会被写入南城的历史！

一路上张从云没有碰到任何人，更没有人阻拦他。到十八层时，张从云只是稍微气喘，而被胁迫的霍少卿却几乎体力不支，他的手腕已经被那个沉重的箱子勒到通红，在后面哭着哀求着："大爷……我走不动了。"

张从云不理他，查看着各种路径，然后沉着脸走到了直播室前。这座塔中的工作人员也已经撤空了，仿佛正上演着一出空城计。直播间的门虚掩着，他一把推开了门，然后一脚把霍少卿踹了进去。

直播间是全透明的，周围都是大大的落地玻璃，照射进来的光有瞬间让张从云的眼睛难以适应。他紧握手里的遥控器，待眼睛适应了环境，忽然看到屋里坐了一个人，马上威胁着叫道："快点儿！给我打开直播！"

"对不起，作为警察，我对这些并不精通。"陆司语抬起头，把手机放在一旁。他也刚来不久，只来得及拔掉直播的线路，然后给宋文发了一条信息。

陆司语已经没有力气站着说话了，还好这里有几把转椅，能够让他坐下来恢复体力。而且他心里明白，如果现在按照张从云所说打开直播，霍少卿和他才是离死不远了。

"那我现在就杀了他！"张从云叫着，手里的遥控器指向了霍少卿。

霍少卿早就吓得魂飞魄散，"扑通"一下跪在地上，道："大爷，我……我……我知道错了，我什么都愿意做……你别杀我……"

张从云转过头来看向陆司语，似乎这时候才认出了他。张从云就像是一个膨胀到快要爆炸的气球，怒气冲冲地责问陆司语："为什么警察会知道我们在这里？你就不怕我杀了你？"

"我到这里是我的个人行为。"陆司语说着微微向前倾了倾，迅速做着预估。霍少卿的手腕和一个箱子连接在一起，显然炸药被装在了箱子里。遥控器就在张从云的手上，那个富二代早就已经吓得瘫软成一团。

陆司语胃疼得厉害，搏斗起来，并不能保证第一时间夺下遥控器，也不能确认张从云是否只有一个遥控器。他只能智取，不能蛮干，而且只能进，不能退。想到此，陆司语舔了下嘴唇，直视着张从云，努力让自己的声音保持冷静："虽然这里无法直播，但是对你来说还有别的选择，你到了南城塔的消息很快就会传播开来，等到媒体记者赶来，大概需要十分钟的时间，他们会把这里围拢得水泄不通。到时候，人们会记住你，也会记住赵又兰的死。在媒体的关注下，把这个人炸成碎片，一样能让你得偿所愿。"

张从云握着遥控器的手缓缓放下，陆司语知道这个提议让张从云动心了，他继续道："所以你只需要等十分钟，这十分钟内，我们可以随便聊聊。"

听了这句话，张从云反应了过来，眼前的人不过是在拖延时间罢了，可是他看透了又有什么用，陆司语的提议对他而言的确是目前最好的选择。想到此，张从云往后退了一步，满眼戒备道："你是来阻止我的？"

"不。"陆司语摇了摇头，"我增加了你的筹码，现在你有了两个人质，我只是想印证一些自己的推理和想法。"

张从云的眼睛紧紧盯着他，依然是不信任，道："你们警方有谈判术！我才不会中你的圈套。"

"上次去你家，我已经报过身份，他们不会让一个实习警察来跟你进行谈判的。"陆司语把自己的身份放得很低。

张从云一时沉默不语。

"我知道你期盼这一天已经很久了，你心如磐石，坚定不移，没有必要害怕我说什么。"说到这里，陆司语吸了一口气，熬过了一阵绞痛，他知道自己此时的脸色一定苍白到了极点。他攥了攥手指，抓紧椅子扶手继续说："我想要寻求一个答案，之前我一直在思考你和陈颜秋的关系，我想你也对他的死有所疑惑吧，所以我觉得你可以听听警方的调查结果，这样大家一起死的时候，你也不会心有挂碍。"

陆司语在赌，赌张从云和陈颜秋的关系并不一般，在那样矛盾的环境下，他们之间一定产生了某种联系，果真如此的话，张从云不会对陈颜秋的故事完全无动于衷。

张从云看着他，"哼"了一声，却没有打断他的话。陆司语松了一口气，他猜对了，胃里的绞痛迫使他咳嗽了两声，他强忍着痛继续说："一个星期前，我们在一家化工厂里发现了陈颜秋的尸体，他被人刺中了胸口，尸体被放在了有工业盐的池子里，变成了一具干尸……"

这些事是张从云过去不曾了解的，他手握着遥控器，转过头来看着陆司语，倾听着……

所有事实，前因后果，陆司语觉得，他已经掌握了真相……

南城塔下，媒体果然陆续到了，只是此时一道警戒线拦着他们，数十个警察已经把南城塔下完全控制，让他们只能站在外围，不能近前。

一队特警已经集结完毕，领队的是南城特警一队队长张国栋，他拿着南城塔的结构图和许长缨、宋文在一旁讨论着，情况并不乐观。

"以我们刚才发现的危险品推断，张从云现在所带的量可能是这里的数倍。南城塔直播间的位置靠近南城塔的承重柱，爆炸有可能引起塔身的部分垮塌。而且这个方向，从下方突击的话，难度比较大。"张国栋说着，手指在图纸上滑过。

许长缨问："所以硬闯的话，你这里的把握有多大？"

张国栋沉思了片刻，摇了摇头道："那是最后的方案，你们最好有别的方法能够阻止他引爆炸弹。"

许长缨道："无论如何都必须想办法阻止他，对方手上有大量的炸药，一旦发生爆炸，后果不堪设想。"

宋文道："现在最关键的是要确定方案。"他看了一下手表，又道："时间紧迫，我们最好在三分钟之内结束这场讨论。"

徐悠悠感觉自己和许队长受到了欺负，"哼"了一声道："这边还不是你们说了算？"

宋文道："各位都是优秀的警察，我相信大家能够做出正确的判断，我们要综合大家的意见。许队长，你先说。"

许长缨道："首先，需要进一步疏散周围的群众，控制住媒体，做好一切准备。"

宋文点头表示赞同，许长缨咬了一下牙下了决断："张从云的资料上说，他有个外孙女，我建议把女孩儿迅速从学校接过来。"如果女孩儿过来能够阻止张从云按下遥控器，他觉得这个风险值得冒。

宋文摇了一下头道："时间上不允许，而且就算来得及，那女孩儿才十岁，塔里面随时可能爆炸，女孩儿可能会被炸伤。就算防护完善，你要让她亲眼看着她姥爷把自己炸死吗？这个女孩儿以后要怎么办？"

"好吧……是我思虑不周。"许长缨也明白了其中问题点，放弃了这个计划，随后他又道，"我觉得需要谈判专家和张从云进行对话。"

宋文迟疑一下道："市局有谈判专家随时待命，可以迅速到位，不过前提是要先与塔里面取得联系。"然后他整理了一下思路道："我认为可以动用狙击手。"

许长缨摇摇头道："我刚才观察过地形，这距离太远了。"

宋文看向一旁的张国栋问："张队长，从右侧的经贸大厦二十层左右的位置，是否可以射击到南城塔的十八层？"

张国栋伸手测了一下风速，道："顺风，虽然距离达到了极限，但是可以一试。"

他补充道："南城塔下有一处备用电梯，可以升至二十层，然后我们利用缓降绳索在塔外移动，最后击碎玻璃进入直播层。不过这是最后的方案，爆炸是瞬间的事，这种强攻十分危险，不一定能够迅速解决危机。"

宋文又道："我觉得要尽可能和塔内的陆司语取得联系，这个时候他可能已经和张从云在一起了。"

"你之前不是说他请病假了吗？为什么他会在南城塔内？我们尚不能确定他是否和张从云相遇。"许长缨道，"此外陆司语虽然非常优秀，但是我觉得我们不应该把希望寄托在一个实习警察身上。"

"许队……"宋文抬起头看向了许长缨，"相信我，他比谈判专家还有用。"

宋文现在无比担心陆司语的安危，可是他要努力让自己冷静下来，应对好眼前的危机。

两个人终于放下了成见，商量出了可行计划，许长缨点头道："那我在这里疏散人群，配合特警准备突袭。徐悠悠，把谈判专家带到这边，商量计划。尝试狙击和与陆司语联系的事，就麻烦宋队了。"

宋文点头道："时间紧急，张队长，我们先去狙击点吧，弄清楚现在直播间内部的情况。"

南城塔的直播间内，陆司语还在继续陈述案情。

"……在发现了陈颜秋的尸体以后，我们查问了他的病友、医生，还有他的妹妹，得以更多地了解这个人。他开朗，乐观，且乐于助人，这样的人如果没有得绝症，难以想象会成为一桩案子的帮凶。可偏偏就是这样的人，被生活所迫，走上了顶罪的道路。当他发现了事情的真相以后，他像是个犯了错的孩子一样，想要得到人们的原谅。他希望一切回到正轨，所以，他去找了你……"陆司语的声音清冷，因为克制和隐忍，微微发颤。

陈颜秋原本是个身患绝症的青年，也许他就应该那么无声无息地死去。可是阴错阳差，他被卷入了那起车祸顶包案中。他就像是一颗棋子，本应该要被拿下，却借着别人的尸体脱身，导致整个棋局的走向发生了变化。

"车祸以后，陈颜秋找到了你。最初你是愤怒的，你不愿意接受他的道歉，认为他和撞死你妻子的人是一伙的。但是后来你知道了他身患绝症，也了解到了更多车祸的真相，你对他产生了一种微妙的心理，也许是同情，也许还掺杂了点儿什么。这个时候，陈颜秋向你提出了建议，他愿意帮你调查谁是幕后的真凶……"

陆司语说到最后几个字时故意减慢了语速，最后这一部分有他的一些推断，他观察着张从云的反应，以印证心里所想。张从云的眼睛微微一眨，没有反驳。这说明陆司语的推测没有错。

此时，距离南城塔几百米外的一处房间内，宋文通过望远镜观察着直播间内的情况。陆司语正在和张从云谈话，他正对着玻璃窗而坐，张从云站在他的不远处，而霍少卿瘫软在一旁。

显然，陆司语暂时把张从云稳住了。

"狙击手已经到位，我们随时可以行动。"张国栋和宋文商量着，"不过我还是刚才的意见，这个距离，狙击手不能保证百分百一枪毙命，但是至少有百分之五十的把握。"

宋文的手心冒着汗，开口道："再等等……"

做出这个抉择不容易，命令开枪同样困难，此时宋文感觉心脏像是在被反复绞拧，与他并肩作战的人，此时深陷危险之中，他多希望此时自己能够替代陆司语，或者是陪在陆司语的身边……

"再等下去同样风险很大，你们的那位同事，能够说服那老头儿吗？"张国栋在刚才来的路上也把案情了解了个大概。

"是他的话，我愿意赌上一把。"宋文说着通过望远镜看着陆司语，不过距离太远，宋文看不清他的表情。

宋文也希望这场博弈能够速战速决，好过时刻煎熬。

就在这时，宋文通过望远镜看到陆司语似是不经意地做着动作，他的双手抱着臂，随后右手手掌往下压。宋文一瞬间以为自己看错了，直到陆司语又把那个动作清晰地做了一遍。

——原地待命。

那是陆司语发给他的信息，是他能够看懂的密码。

"……于是，你们一个作为被害人的家属，一个作为顶包的人，因为一个共同的目的走到了一起。你知道赵又兰每天的清扫路线，而陈颜秋开过那辆车，知道行进路线，你们拼凑出了真相，找到了真正的事发地点。陈颜秋还知道一些与他接头的人的信息，你们沿途查访，最终发现了事件的真凶……"

陆司语继续推理下去，伸手指向了一旁的霍少卿道："你们最终把目标锁定在了霍少卿的身上。首先，你们从直播间接近赵六儿，不停给她打赏，去套她和霍少卿的信息；然后，你们开始观察霍家的动向。"

这样看来，他们当时可能用的是陈颜秋贡献出来的赃款，以及张从云获得的赔偿金。

"赵又兰刚死的时候，你是孤独而无助的。报仇、杀人，这些危险的念头你不能和亲人朋友分享，这些疯狂的事情只能扛在你一个人的肩头。这个时候陈颜秋出现了，你逐渐对他放下戒心，所以那段时间你和陈颜秋的关系非常亲密，与其说是盟友，不如说是忘年交。"

同伴无疑给张从云带来了安全感、归属感。

陆司语又低咳了两声，迫使大脑继续分析，之前案件中发现的许多细节如今一个一个都被串联了起来，他的思路逐渐明晰，道："变故应该发生在过年期间，你回乡过年，而陈颜秋失踪，霍少卿忽然出国，你的计划不得不中止。"

他试着从张从云的角度去分析，那时候的张从云无疑是愤怒且疯狂的，他把这一切视为陈颜秋的背叛，这样造成的二次伤害，迫使他做出了今天这样极端的举动。

陆司语吸了一口气，点出了问题的关键："你憎恨着陈颜秋，因为你觉得他欺骗了你，把你们的计划搞砸了。你开始不满足于只报复霍少卿，你希望引起更多的关注，甚至不在意伤害其他的人。"

张从云抬起头看向陆司语，眼前的年轻人皮肤有些苍白，眼眸却是漆黑的。第一次见面时，他只觉得这个人是个负责记录的实习警察，但是此时，他从陆司语的身上感觉到了一种威压。陆司语说的话像是利箭，次次射入他的心口，点透他的心思，已经结痂的伤口被人撕开，流出了红色的血。

"难道不是吗？我就不该相信他。他能够为了钱去顶包，就能够为了钱出卖我。"张从云沉声说着。陈颜秋失踪以后，他以为自己是被出卖了，陈颜秋一定把那些消息卖给了霍家，因此霍少卿才会躲出去。而陈颜秋拿了钱，自然能够去看病，走得远远的。他不知道为什么后来陈颜秋死了，也许是霍家要杀人灭口，也许是有人见钱眼开。

张从云摩挲着手上的老茧，这个变故让他花了很大的力气才调整好自己，爬了起来。他重新制订计划，继续和赵六儿保持联系。

他性情大变，用大量的时间独处，并做出女儿眼里匪夷所思的行为。警察找上门来的时候，他不配合正是因为害怕警察知道了些什么，会让他的计划半途而废。

"可是如果我告诉你其中有隐情呢？"陆司语摇摇头，缓缓说出这句话。他也是刚刚才想清楚了这些事情，道："也许陈颜秋并没有出卖你，他不是失踪，只是死了。"

"不可能！他食言了！他骗了我！他逃走了，他再也没回来！"张从云的情绪忽然变得激动起来，"他答应我要一起给我老伴报仇的！"

陆司语没有和他争执，而是转头看向待在一旁的霍少卿道："当时你家人送你出国，并不是因为听说了车祸被害人家属准备报复的事，而是因为别的吧？"

"我……我……"霍少卿被问住了，结结巴巴地开口。

"你现在还有机会说出真相。"陆司语说。

陆司语希望霍少卿明白自己的意思，如果现在承认的话，也许他还能够活过今天，等待审判；如果现在还有所隐瞒的话，他可能要带着这个秘密走向地狱了。

"我……"在陆司语的质问下，霍少卿的目光开始躲闪，然后他颤声道，"那时候……是发生了一些意外。"

"当时陈颜秋是被你杀了吧？"陆司语说出了自己的推断，"所以你才躲到国外去。"霍辰本来以为车祸的事情已经过去，可是霍少卿忽然又杀了人，他才匆忙地把霍少卿送出了国。

听到了陆司语的分析，张从云愣住了，而霍少卿的嘴角明显地抽搐了一下，心虚地低下了头。

直播间内忽然安静了下来，只剩下陆司语的声音："开始我没有想明白凶手为什么会选择在化工厂弃尸，直到我查到霍辰早年和别人合伙开过工厂。这一次，他觉得自己完全能够搞定，一具没有衣服，甚至连身份都难以确认、泡在一池子工业盐里的尸体，没有凶器，他认为警方不可能找到凶手。"

抛尸是在故布疑阵，但是他忘记了，法网恢恢，疏而不漏。

分析到了这里，霍少卿颓然地倒了下来，他的心里有个声音："完了，全都完了，警察已经查到了这里，他们什么都知道了……"

"他说的是真的吗?!"张从云狠狠盯着霍少卿，步步逼近。

霍少卿断断续续地开口："那个人……是个疯子……我……我之前为了方便撩拨妹子，有一处自己的公寓。我也不知道他是怎么找到的，又是怎么进入小区的。他趁着我进门的时候把我挟持了，然后说掌握了我之前车祸的证据，让我和他去法院自首。我那时候以为他是疯了，让他不要做梦，他说他是不会放弃的，除非我杀了他……我是正当防卫，没错……正当防卫……"

陆司语对霍少卿道："那个年轻人知道自己快要活不下去，他也知道可能劝不动你自首。他是故意的，飞蛾扑火，他没准备活着回来。"

张从云继续问："所以，真的是你把他杀了?"

霍少卿又结巴了起来："是……是他故意激怒我……那刀还是他自己带来的。当时……我以为就是要打一架，可是他居然拿着刀就冲了过来……我和他扭打在一起，刀就掉在了地上。后来他忽然停了手，而我拿起了刀……无意中刺中了他……"

"别再找这些可笑的理由了，当时只有你们两个人在，我凭什么相信你的一面之词?!"张从云忽然笑了起来，像是疯了一般，"好，很好，两条人命，今天我可以把仇一起报了!"缠绕在心头的结忽然被解开，原来他并没有遭到背叛。

"等下……"陆司语咳着制止张从云，他的胃疼到了极点，脸色煞白到话都说不出来。

"这样的人难道不该死吗?"张从云用遥控器指着霍少卿，面露凶光，然后他又看了一眼陆司语，"或许你是怕死，希望我放了你? 也是，你只是一个实习警察，我还要谢谢你告诉我这些。作为回报，我可以给你三分钟的时间，等你下楼再引爆!"

"他是该死，可是他说的话应该也是真的，我们发现陈颜秋尸体的时候，一直有一点想不明白。"陆司语道，"那具尸体的脸上是带着笑的。"

听了这句话，张从云又是一愣。

"陈颜秋并没有想要去杀死霍少卿，而是决定由霍少卿把自己杀死。"陆司语深吸了一口气，"你还不明白吗? 那时候计划进行到了一半，陈颜秋改变了自己的想法。根据那些留下来的证据，我可以确认的是他在死前做好了布置，收拾好了所有的东西，和自己的妹妹告了别，从容地离开了旅馆。"

"陈颜秋是故意去送死的! 为的就是让你清白地活下去，不让你成为一个罪犯。"陆司语继续解释道，"因为在陈颜秋的逻辑里，就算霍少卿无法因为你爱人的交通事故被制裁，也要让他因再次杀人而受到制裁。"

陆司语的嘴唇颤抖着道："只是他的尸体被掩埋了，让这些真相晚来了很久。"那是一种飞蛾扑火的举动，却是陈颜秋能够想到的最好方法，他不希望张从云成为一个杀人犯。

到此时张从云才明白了陆司语的意思，他似乎又记起了那个明明身患绝症，却总是在笑的年轻人。那时候陈颜秋找到他，说自己愿意用一切来弥补过错。他那时候是不信的，直到陈颜秋把所有的钱都交给了他……

现有的砝码还不足以让天平保持平衡，那么就再加上一条命吧。

张从云眨了眨眼睛，眼眶温热，有一种酸涩感涌出。他有了片刻动容，可是杀了霍少卿早已经成了他心里的执念，岂是那么容易就放弃的？

张从云望向陆司语道："谢谢你告诉我这些，可是你让我现在放了他？那不可能！你说得轻松，你根本不会理解我的痛苦！"

陆司语在刚才已经把能够分析的事实都分析了，可是他心里也清楚，他还是拦不住张从云。此时他的脑中混沌，胃里钝痛，已经走到了这一步，他唯有把自己剖开来，如同祭品一般献上祭坛……

"在过去的半年里，你每时每刻都想杀了他，想要喝他的血，吃他的肉。"陆司语低下了头，"我能够理解这种感觉，因为我也有仇人。在我小时候，我的亲生父母就被人杀掉了，我也憎恨那些杀害他们的人。我曾经在梦里把那些人千刀万剐，可是一旦到了现实之中，我明白那是犯罪。我一边有着嗜血的欲望冲动，一边又在和自己对抗着……"

如果说之前陆司语和张从云对话还有一些技巧，他在诱导这名劫匪，叙述的时候也故意偏转了方向；那么他现在所说的，则完全是杂乱无章的，全凭自己的本能。

"……我选择了警察这个职业，或者说在别人的眼里我是个警察。警察这两个字，让我觉得自己完全不同了。在我决定登上这座塔，面对你的时候，我清楚我的心里所想……我……希望能够救人……"

这些是不曾在人前说过的话，不曾与人分享的秘密，此时陆司语说了出来。他第一次这么想要阻止悲剧发生，这不是因为他想要活命，而是他想要拉住一个站在悬崖上的虚影。那个虚影，好像是张从云，又仿佛是他自己。

他命中注定要去面对那些罪恶，就像是现在，手握遥控器的张从云，只要手指轻轻一按，就可以让一切灰飞烟灭。

"今天，如果你的手按下去，死的不光是我们三个人，南城塔被破坏，将会引起连锁反应，造成无辜伤亡。我觉得他十分该死，但是不值得为了这样的人赔上你的性命，更不值得那么多人为他陪葬。

"我知道，有时候我们难以分辨看到的是事实还是假象，我们会觉得……觉得没有了正义，不知道该去相信谁。

"有时候，你会觉得这个世界已经没救了，感觉自己要被黑暗所吞噬，快要坚持不下去了，可是这时候也许你转过身就会发现，有的人身上发着光亮，尽管光弱得不足以驱散那黑暗，但他们还在拼搏着……

"我坚信一件事，这个世界上的好人一定多过坏人。很多平凡的人，无论多么辛苦，都在认真地活下去，他们拼尽全力努力活着，那么我们又有什么权力去践踏无辜者的生命？"

陆司语继续道："这个世界上，有一个冤死的赵又兰已经足够了，你和陈颜秋已经帮她完成了完美的复仇，那些坏人都会受到惩罚。如果到现在你还要执意杀了霍少卿的话，就辜负了陈颜秋的死。

"我希望你不要辜负陈颜秋的牺牲，让他的死亡没有了意义，也不要伤害更多无辜的人。"

"你的年龄，可以做我的父亲了。"陆司语轻声说，"我想，曾经的陈颜秋也是把你当作父亲看待的。你的女儿和妞妞，还在等着你回去……"

张从云沉默了，他好像从一个噩梦里忽然惊醒。

难道真的要放弃吗？都走到了这一步，还是要放弃吗？或者说，他还可以放弃吗？

张从云往前走了几步，走到了直播间的背景窗前，那是一面大大的落地窗，他隔着玻璃看着外面。他身处的南城塔是这个城市的象征，站在这里，能够看到一片碧蓝色的天空，这是赵又兰一辈子都没有登上来的地方。

"你说的记者会上来，是骗我的吧？"张从云忽然开口。他转头看着陆司语，道："恐怕你们警察早就准备好了，狙击什么的。"

那瞬间，陆司语的心脏急速跳动着，快得似乎要从嘴巴里跳出来。他知道，张从云现在应该站在了最容易被狙击的位置，而狙击手应该早就准备好了，只要一枚子弹，眼前的这个老人就会爆头而亡。

可是现在，他在张从云的身上已经感觉不到杀念了。他咬了一下唇，又在手肘上敲了一次。

——原地待命。

如果对面的人发现他在传递信息的话，如果对面的人，是宋文的话……

张从云站在落地窗前，他的脸色灰败，像是一心求死般喃喃开口说："原来，从塔上看下去是这个样子的啊。"

张从云呆呆地在那里站了十几秒，然后叹了一口气，仿佛一瞬间又老了十岁，随后他转过身，背对着光。他的那双眼睛早已把刚才看到的一切牢牢地刻印在了脑海里。

天上原来是有太阳的，只是偶尔会被乌云挡住，那些温柔的光一直都在，是他没有看到而已。

他往前走了几步，把手里的遥控器递给了陆司语。

危机解除。

望着张从云，陆司语忽然回忆起了自己的父亲，那是他第一次登上这座塔的时候，父亲豪迈地舞动着双手，眉飞色舞道："这座塔是爸爸参与投资和修建的，你看，高吧！是不是很壮观，很美好？这里，是爸爸送给这座城市的礼物。"

一瞬间，陆司语再也控制不住，眼睛被泪水蒙住了……

南城塔外终于收到了陆司语传递出来的消息。没过多久，一直被阻拦在安全线外的媒体突然骚动，闪光灯闪烁着，有记者叫道："有人从塔里出来了。"

几个特警押送着塔内的人出来，走在前面的是张从云和霍少卿，霍少卿的手腕处还铐着那个黑色的箱子。早有排爆人员上前，隔开人群，迅速把那危险的箱子从霍少卿的手腕上卸了下来……

张从云的双手被手铐铐着，他低垂着头，被押送到一辆警车内。媒体用相机拍摄着，记录下了这一刻。

"陆司语！"宋文叫了一声，又跑了几步，扶住了最后从楼里走出的一个身影。

陆司语随即瘫倒在了宋文的怀里，他闭着眼睛都能够感觉到宋文的紧张，于是在宋文的手上拍了拍以示安慰，然后小声道："没那么严重，没受伤，宋警官，我就是有点儿胃疼，还有特别累而已……"

经过这么惊心动魄的一天，所有人的内心都难以平静。虽然这次事件的过程有些波澜，可结果还算圆满。陆司语在现场的救护车上休息了半天，到下午也终于缓了过来。

忙碌了半日，一众人终于回到了市局。

张从云、霍少卿还有刘芳这三个人直接被刑拘收审，宋文指派了傅临江带着朱晓去录口供。

陆司语坐在座位上，喝着热水休息。宋文还记挂着霍辰的审讯，转头问老贾："霍辰的口供录好了吗？"

"都招供了，包括怎么把陈颜秋的尸体弄到化工厂。至于车祸顶包的事情，他提供了一个账户，可是那个账户是一家外资银行的，里面的钱款被迅速转到了Y国。"

"让技侦那边慢慢跟吧。"宋文知道一旦到了这一步，情况复杂，对方的身份估计比较难追查了。他一直有点儿好奇，之前灼灼所说的鱼娘娘究竟是个怎样的人。

"对了宋队，刚才……出了点儿状况。"老贾开口道。

宋文皱眉问："什么状况？"

"不是我们这边，而是那边。"老贾指了指小会议室的方向，"就刚才，顾局被叫走询问情况去了，然后有位姓何的律师过来——这个人你知道的，就是那个只认钱不认事、长袖善舞的何律师。他说许队扣人证据不足，要求市局这边放了顾知白。"

"那然后呢？"宋文问着，感觉有些不妙。

"然后啊，只有张副局在，后来就……"老贾说到这里，外面传来了一阵脚步声，是何律师和顾知白的。

陆司语也听到了他们的对话，他抬起头来看向外面，不知是有意还是无意，顾知白走过办公室的时候看向了他们这个方向。顾知白穿着一身西服，看起来彬彬有礼，像是参加会议的嘉宾。

有那么一瞬间，他们的目光相交，而顾知白竟然露出了一丝微笑，冲着他们这个方向，动了动手指。那动作就好像熟人之间打招呼。

这个嫌疑人就这么大摇大摆地走出了市局。只听小会议室那边的门忽然被摔开，许长缨脸色铁青地从会议室里出来，直接向着副局长办公室杀了过去。

老贾一努嘴，道："最后什么结果，你看出来了吧？"

每个队伍里都不可避免有猪队友存在，张副局便是南城市局里的那一位。这位张副局算是顾局下面的二把手，年岁比顾局还要大一点儿，平时对刑事部分管理不多，是个老油滑的主儿。不管这中间发生了什么，张副局是真的没拦住也好，假的没拦住也好，总之好不容易抓了的顾知白现在就这么被放走了。

看来许长缨这一次来南城是没看皇历，折戟沉沙，赔了夫人又折兵。

宋文还没说什么，陆司语却回过头来看他。陆司语的眼眸漆黑，眼神中透着一股幽冷。宋文似是明白了他心中所想，一只手放在他的肩膀上安慰道："跑得了和尚，跑不了庙。"

宋文的手这么按着，觉得陆司语瘦得有点儿硌手，而且透着点儿冷意。陆司语低着头，一时沉默不语，他心里有些不好的预感，那边选的这个时机未免太巧了。这次许长缨让顾知白逃脱了，想要抓到对方的尾巴，不知道还需要多久。

原本众人还沉浸在解决了案子的兴奋之中，听到这个消息，好像被当头浇了一盆冷水。傅临江刚录完口供出来，看到众人情绪低落，忍不住道："一个个都这么丧着脸干什么？为了庆祝我们手上的案子破了，也庆祝今天没出什么大乱子，晚上我请客，大家去吃火锅。这么久没聚过了，也得团建一次。"

于是一到下班时间，大家就兴高采烈地去了餐厅。吃火锅的时候，所有人的心情都放松了下来。陆司语今天是半个主角，没好意思推托，跟着来了。他东西吃得不多，一直在喝着店里自制的一种饮料。那饮料不知道是什么做的，甜丝丝的，还是温热的，很好喝。

他喝完了两杯，还想要添，宋文道："别喝了，这东西是米酒做的，后劲儿很大，你小心回头胃疼。"

陆司语听到宋文的话，"啊"了一声，连忙放下了杯子，他完全没有尝出其中的酒味。

到快散场的时候，老贾问陆司语："哎，大功臣，你给我们讲讲今天的故事吧！"

陆司语有些局促，他不想回忆今天这个糟糕的早上，那种把自己剖开来的感觉太痛了，他低头搪塞了一句："我其实没干什么，就是劝了下张从云，最后还是他自己放弃的。"

傅临江只当他是谦虚，道："哎，你别这么低调。"

朱晓也道："敢于面对就很了不起了，要是换成我，哪敢往上面爬啊，腿都软了。"然后又道："你不知道，当时宋队知道这件事后，那脸色瞬间就变了。"

众人说到这里话又多了起来，有说宋队今天拆弹的时候英勇果断；有说陆司语深藏不露，不负众望；有说如果把这故事讲得精彩，说不定可以作为什么典型，被表彰……

陆司语摇摇头，那些事情恰是他最不关心的。

宋文拿酒杯替他挡着道："哎，喝酒喝酒，回头再讲故事。"

这个话题就这么过去了，酒足饭饱，大家各回各家。喧嚣过后，一切归于平静。餐厅离陆司语和宋文住的地方并不远，他们一路走着回去，天色有点儿暗沉，那些云飘着，慢慢把月亮挡住了，衬得那些闪烁的霓虹灯都朦朦胧胧起来。

夏天即将过去，空气中含了点儿秋意。

又一个案子告破，而且是这么惊险的案子，宋文如释重负。今天，他和陆司语都在鬼门关外转了一圈儿，只要有任何一个环节出了差池，此刻都不会这么轻松了。

陆司语走着走着，忽然伸出手拉了宋文一下，他的眼眸低垂，耳朵红红的，脸也有点儿红。

宋文问："你今天是不是喝得有点儿多？"

陆司语摇摇头道："我没有喝多少，一共只喝了两杯，我只是不常喝酒。"

宋文道："那你走个直线试试？"

陆司语也幼稚起来，踩着马路牙子直直地走了一段，随后回头看向宋文道："看，我就说我没喝多吧。"

宋文叹了口气，眼里带点儿同情，道："让你走就走，这么听话，大概是真的喝多了。"

陆司语一愣，一时竟不知该如何反驳。他因为胃不好，这还是第一次在外面喝了这么多，是稍微有点儿晕晕的。

宋文问："你不经常喝酒吗？"

陆司语道："嗯，要有重要的场合，或者是见重要的人，才会喝一点儿。"

宋文忽然想起他第一次去陆司语家的时候，陆司语给他端了红酒上来，那么，他是不是算重要的人？

两个人一时不语，继续沉默着并排向前走去。

宋文开口小声道："你……今天做的事太危险了，张从云手指一颤你就得英勇牺牲了。"

陆司语被他说得不吭声了，过了一会儿小声说："我那时候想，如果是你，你会怎么做……"他顿了一下，抬头看向宋文，目光不像往日一般冷漠，道："我觉得如果是你，你一定会全力以赴去阻止他。"

宋文望着他，一时不知道该说什么好。

天空中不知何时开始下起雨来，不大，毛毛雨。宋文带了伞，他把手里的伞打开，那伞下足够站两个人。

陆司语和宋文之间隔着两个拳头的距离，看陆司语没有靠过来的意思，宋文就把伞偏了过去，任由雨打湿自己的肩膀。沉默了一会儿，宋文开口："你是不是还有话要和我说？要是想说，就直说吧。"

"宋队……我……"陆司语迟疑了一下，意识到宋文在说什么，两个人都是聪明人，他没再遮遮掩掩，"许队之前叫我过去的事……"

"嗯，你考虑得如何了？"

"如果要过去的话，我至少会等到这个案子的报告写完再走。"陆司语说得小心翼翼，感觉就像是自己亏欠了宋文似的。

"如果你想去就去吧。"宋文这次没有强留，甚至还没有上次在顾局办公室里表现得激动，他的声音挺平静的。

陆司语一愣，微微皱眉，不知道宋文为什么忽然这么不在意了，如果宋文留他，他反而会觉得舒服一点儿，现在不知怎的，宋文的这种态度让他有点儿难过……

雨滴落在伞上，"唰唰"地响，陆司语想了想，借着酒意开口问："宋队，我想问你的意见。"

"什么叫作'问我的意见'啊？"宋文举着伞装作没听懂。

"就是……就是……"陆司语一时有点儿语塞，鼓起了勇气说，"如果你真的想要我留下来，我可以不走……"他把选择权交给了宋文。

宋文忽然脚步一停，回过身看向陆司语。宋文是个优秀的画师，笔下画过各种各样的脸孔，可是他却常常觉得画人只是画皮，画骨，他根本看不透那些人心，就像此时，他站在陆司语的对面，却觉得两人隔着很远的距离。

他忍不住想要靠近些。

就在陆司语还没反应过来时，雨伞歪斜到了一旁，宋文朝他转过身来。

"别走了。"只有三个字，语气平静，却不容反驳。

原来，他还是很在意的，陆司语觉得心脏处涌起一股暖意。陆司语忽然想到在探查这个案子时，他待在那家小旅店中，把自己代入陈颜秋时的感觉。生老病死是每个人必经的过程，如果得了绝症的是他，只有他自己一个人住在破旧的小旅馆，那将是怎样的孤独与无望？

人，一边想要死在自己的亲人前面，觉得这样就会有人陪同着，不是孤零零的；一边又希望自己死在所有人之后，哪怕认识的人都先走了，自己能够长命百岁，长生不死。这是两种矛盾的情绪，源头都是害怕，害怕独自面对死亡。

从南城塔下来的时候，陆司语脱力倒在了宋文的怀里，那时候宋文吓坏了，可陆司语反而很淡定，因为环绕着他的，是安全的感觉，使他脱离了险境，回归了尘世。

陆司语终于知道自己为什么对许长缨的条件犹豫不决，因为他好像发现了人生还有一些更重要的东西，比如眼前能够给他带来温暖的人，像是家人一般……

陆司语眼睛眨了眨，轻声说："好吧，那我不走了。"

吐出这几个字，陆司语忽然轻松了，他在宋文的背上拍了拍道："好了好了，宋警官，你怎么像个小孩子似的……"

陆司语这时候觉得有点儿上头，胃里也不太舒服，好像只是一会儿的工夫，整个世界都在旋转，他往前迈步，差点儿踩空。

"还说你没喝多……"宋文看他站都站不稳了，转身把手里的伞递给他，"拿着！"

陆司语愣愣地把伞接了过来，宋文就在他的身前低下了身。陆司语犹豫了一下，还是乖乖地趴在了宋文的背上。

宋文不是第一次背他了，这时候觉得陆司语好像又比上次轻了一些。背上的人好像挺舒服的，连伞都开始打得歪歪斜斜。

"我这边得到消息，经过了这一次，交警支队那边还有各分局会开始检查过去五年内的案件，排查是否有错漏，也在追查是否有内部人士泄露信息。"宋文开口道。这也算是个好的消息。

陆司语"嗯"了一声。

还有两百米左右才到小区，宋文故意颠了一下陆司语道："不要睡，小心睡着了感冒。"

背上的人又"嗯"了一声，头转了个方向，又趴着不动了……

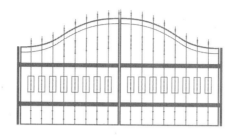

第十九章

— 突击检查 —

圣诞车祸顶包案终于告一段落，所有人犯转移后，各项资料也已准备完备。案件扫尾的工作结束，转眼快到中秋，警队的各个部门都开始抓紧时间进行日常的训练，以应对年末的考核。

南城市局训练中心刚扩建不久，位于市局办公楼的后方，分为多个房间，有各种健身设施，还有搏击台和枪械训练室。每年市局的警务考核以及各个分局的警务培训，都是在这里进行。

枪械训练室内，几名警员正在进行射击练习，枪响声不时传来，而此时宋文和陆司语正站在二十五米靶道的一端。

下午，宋文专门把陆司语拉过来，美其名曰"单独辅导"。现在各种常识讲解已经完成，两人到了实战的阶段。

"验枪、装弹、瞄准、射击，要一气呵成，好的枪法都是子弹喂出来的，所以要多加练习。我们的年末考核总分要达到六十分才能达标。"宋文说着指了下陆司语的手肘，"这里再稍微抬得高一点儿，肌肉要紧绷，特别要注意腰部用力，让身体形成记忆。"

陆司语戴着靶场专用的防震降噪耳塞和护目镜，他瞄准之后，扣动了扳机。"砰"的一声枪响，子弹飞射而出，后坐力震得他肩膀微微一颤。

"现在你已经实习几个月了，我在考虑是否要和顾局打个申请，提前给你配枪，不过现在你还是要先把枪法练好。"宋文说完按下了按键，靶台出现了红色的电子成绩，八环。

"哟，第一枪就是这个成绩，很不错啊。"这分数出乎了宋文的预料。

陆司语谦虚道："以前在警校学过一些，那时候还有考试，就是没有特别多的练习机会，我也已经好久没打了。"说完他低头看着手中的枪。最近没机会握枪，而且这枪刚上手还要适应一段时间，要不然他的成绩还能更好一些。

宋文被他这轻描淡写的回复激起了好胜心，也拿起一旁的降噪耳塞戴上道："偶尔打出一枪好的不算什么本事，还是要看平均成绩，我也好久没练了，我们来比十发。"

"好。"陆司语一口答应下来。

宋文就站在他隔壁的靶台前，熟练地上好子弹。

两处靶台显示准备完成，两个人都开始扣动扳机射击，一时之间，靶场里枪声不停。十发子弹很快射完，靶台那边安静了一瞬，随后显示成绩，宋文是八十三环，陆司语是七十八环，两个人相差五环。

宋文有点儿惊讶，去年的年末考核，他比现在发挥得稍微好一点儿，八十七环，是全局第一，陆司语这成绩，足以排进前三。而且宋文配枪这么久，练习的时间是陆司语的数倍，也就是说陆司语要是再练练，谁输谁赢还说不定。

宋文在射击方面一向是打遍全局无敌手，没想到身边原来藏着个神枪手，一时争强好胜的心思上来了，道："犯罪分子可不会站着不动，移动靶你敢比吗？"

市局枪械训练室的移动靶是人形靶位，会从各个方向随机出现，每次给射手的反应时间只有两秒左右，这个时间内射手必须做出反应，瞄准射击。

这是南城市局最难的年终考核项目，是用于加分的，就算是老警察也经常会打出脱靶，像是老贾那种业务水平有点儿稀松的，十枪里面也就中个三四发，还都是不超过五环的。宋文一向反应机敏，别人不敢挑战的他却成绩很好，往往十发能够中到八发左右，这已经是非常好的成绩了。

陆司语尖尖的下颌一点，开口道："好。"

于是两人又到了移动靶台前，宋文先给陆司语介绍了规则和方法，然后他又打了几枪给陆司语做示范，陆司语就站在一旁，看他打枪。

宋文做好了准备，按了开始键，只见左方马上弹出了人形板，宋文迅速反应，扣动扳机，随后是上方……

砰砰砰，子弹连续射击。有一次刚从左边出完人形板，紧跟着右边又出来一个，宋文第一次脱靶，他叹了口气摇摇头，对自己的这个反应速度不太满意。

出靶器一时停了下来，宋文不敢放松大意，屏住呼吸。机器停顿几秒后，人形板从下面冒头，宋文"砰"的一枪，击中目标，那人形板还没收回，后面连续升起了三个相互重叠的人形板。宋文连发了三枪，最后一发脱靶。

终于十枪打完，出了成绩，一共六十七环，两次脱靶，对于这种移动靶位来说，这成绩已经是非常变态了。

宋文的额头出了薄汗，他让出位置对陆司语道："该你了。"

陆司语"嗯"了一声，走到前面，目光如炬。

宋文站在一旁看着他，今天陆司语穿的是白衬衣，黑裤子，现在又加了防弹马甲、降噪耳塞和护目镜，简单的搭配衬得他腿长腰细。

人形板很快出现，陆司语面色平静，俊秀的脸上一片冷然，他一枪一枪打过去，出手很稳。开始的两枪有一枪脱靶，后来适应以后，成绩越来越好，有一枪居然爆了九环。

十枪打完，出了分数，一共六十环，一次脱靶。

宋文看着这个成绩，赞扬了一声："打得挺好，只脱了一次靶，而且还是第一次打，这成绩非常不错了。"

陆司语道："你刚才的靶位比我这次的难度大，而且我的环数更低，是我输了……"

宋文道："这个移动靶台是模拟实战的，这就等于在现实之中，我有两次没有打中对手，而你只有一次没打中，这可能是生死的差别。"

陆司语眨了眨眼睛道："可是你的环数高，说明准确性高，也许我的敌人还能还手，你的敌人却死了。"

宋文被他说得笑了，道："好吧好吧，算是平手。"他今天玩心大起，想给陆司语把年末的项目都过一遍，于是指了指对面训练室的搏击台道："搏击，敢玩吗？"

说出来宋文有点儿后悔，他知道最近陆司语身体不太好，这么说像欺负人似的。

没想到陆司语点头答允下来："好。"

两人把装备脱了，换了衣服，又戴了护具，到了搏击台上。陆司语先出招，宋文也没谦让，伸手格挡开来，给予回击。两个人一时你来我往，过了十几招后都开始有点儿气喘吁吁。

陆司语的身体灵活，但出手较轻；宋文力量占优，但在训练战里有所保留，不敢用全力，反而有点儿吃亏。宋文对陆司语的身手有点儿刮目相看，他虽然看到过陆司语几次出手，但是在一旁观战和亲自上场较量还是差了太多了。

转眼又过了几招，两人还是未分胜负，陆司语抽了个空子一拳击向宋文面门，宋文急忙侧头闪过，与此同时右手偷袭，击向陆司语肋下。陆司语没有防备，宋文的手打在了他的身体上。

宋文急忙收劲儿，可还是晚了一点儿，陆司语退后一步，脸色微变，低头伸手捂了一下伤处。

宋文一惊，往前一步，想要扶住他，问："没事吧？"

话还没说完，宋文就被陆司语一个撩腿侧绊正中小腿，一下子失了平衡，这才反应过来陆司语刚才是在诈他，急忙拉住了陆司语的手臂。

于是两人一起倒在了搏击台上，宋文一个翻身用手臂压住陆司语，道："你这只狡猾的小狐狸。"

陆司语的双目闪过一丝狡黠，双手使力，想把宋文反压住，道："宋队，兵不厌诈。"

没想到宋文还有后手，借着陆司语的动作瞬间反制，手比在他的喉咙上道："比不过你还怎么当你队长？"

陆司语这次不挣扎了，躺在那里喘着气，论这一项他的确比不过宋文。

"顾局上午找你什么事？"陆司语问宋文。

午饭前宋文忽然被顾局叫走，这一次谈话进行了好久，陆司语心里有点儿好奇。

宋文站起身，然后伸出一只手把陆司语拉起来道："说升支队长的事。"

市局的刑警支队支队长的位置一直空缺，宋文的破案率是最高的，只是他的资历尚浅。

最近宋文连破几案，新近一案中拆弹有功，再不升他就有点儿说不过去了，所以顾局这次才和宋文谈话，把他的升职申请交了上去。

陆司语被宋文拉起来，坐在搏击台的边缘道："那队里怎么办？"

宋文去把陆司语的包拿过来道："老傅升职，副队长空缺，队里再进两个人。如果我能够当支队长，按规定是可以配备一位助理警员的，我和顾局申请了。"说着他从一旁拿了一瓶矿泉水。

陆司语从包里拿出保温杯，低头抿着。两个人都心知肚明，宋文报上去的名字会是谁。

就刚才，宋文还被顾局损了一顿，说陆司语要来的时候他推三阻四不想要，现在却当宝贝似的不撒手。可当初，宋文又怎么能够预料到今天？

"那什么……"宋文喝了几口水，擦了一下嘴角，"现在报上去，上面还不一定批呢，八字没一撇的事儿，顾局不让我和别人透露，你先帮我保密着。"

市局支队长的升职申请按理说会摆到宋城的桌子上，到时候自己老爹是个什么态度，他也摸不准。

陆司语点点头，抬起头对宋文道："所以你找我练枪，是为了……"

宋文站在陆司语对面看着他道："有三种情况，第一种，我们都升职，如果你升了助理警员，我直接给你申请配枪；第二种，如果是我升职，还把你留在一队，我不放心你，给你留把枪；第三种，上面都没批，维持原样，那你就还得多实习一段时间。"

事实上，第一种和第三种情况都还好，如果是第二种情况，宋文已经做好了去和宋城谈判的准备。陆司语要是不跟着他，自己当个光杆司令有什么意思？再说了，他刚因为陆司语和许长缨吵完了架，怎么好意思把陆司语一个人留队里。

看陆司语休息得差不多了，宋文道："走吧，训练了半天了，去冲个澡。"

陆司语"嗯"了一声，把水杯收好，想了想又说："今天周末，我想去超市买点儿东西，晚上做吃的。"

宋文等这一顿大餐许久了，听到这句话比顾局找他谈升职加薪还高兴，扬眉道："好啊，回头我帮你打下手。"

为了吃顿好的，宋文四点半就从局里出来。陆司语今天开着车，两个人一路到了小区不远处的一个大型生鲜超市。

一般陆司语都是从这边订货上门，这一次提前下班，过来采购。

快到中秋节，超市里张灯结彩，到处都贴满了黄底红字的减价海报，让人感觉仿佛不买点儿什么回去，就亏大发了。

开在高档小区旁边的超市，档次自然不低。

这里有很多宋文平时没见过的进口食品，标着各个国家的文字，摆满了好几个高高的货架。

生鲜区里，绝对新鲜的水果和蔬菜排得整整齐齐，水灵得就和刚摘下来似的，蔬菜的叶子也都是支棱着的。

若说有什么不好，就是太贵了，肉类的价格是外面超市的两倍多。

这里还有很多水产品，脸盆大小的霸王蟹在鱼缸里闲庭漫步；大的澳大利亚龙虾有小孩儿手臂粗，这些东西的价格贵得让人咋舌。

禽类区域也打扫得很干净，所有家禽都被关在单独的玻璃笼子里，打扮得像是观赏宠物。

有店员在玻璃屋里提供加工服务。自从闹过几次禽流感以后，宋文还真没见过超市敢卖活鸡的，而且不知道用了什么方法，不像菜市场的活禽供应处总是有难闻的味道，这里基本没有什么异味。

陆司语解释道："这边的肉类把控很严，这些鸡啊，鸽子啊，全部都是经过检疫检验才敢活着卖的。牛羊猪肉也很新鲜，有专门的屠宰场供货，这边一般都是卖当天凌晨宰杀的，到了晚上肉即使没有坏，也会下架，比普通的超市严格多了。"

宋文听着稀奇，道："你怎么知道的？我听说很多超市都会把标签撕下来，把肉重新包装一下接着卖。"

陆司语道："这边不会，而且冻过的和没冻过的肉口感不同，你吃不出来吗？"

宋文"呃"了一声——他真吃不出来。

陆司语在前面，看到了想买的东西就往车里放，宋文跟在后面，一边滑着手机刷微博，一边推着车。

等宋文一低头，发现车里已经塞成了一座小山，陆司语还买了只活的鸡，正放在宋文面前的玻璃笼子里。那鸡看到宋文看它，打了个嗝儿，完全不知自己将要变成桌上的美食。

宋文和那鸡大眼瞪小眼，道："你这是准备搬个商场回去吗？"

陆司语道："别看东西多，其实用不了多久，回头忙起来就不知道什么时候能再出来采购了。"说着他把一袋子澳大利亚龙虾塞到宋文手里，道："看着点儿，等下放上面。这虾如果被压了，就不新鲜了。"

宋文"噢"了一声，接过来沉甸甸的袋子，还能感觉到澳大利亚龙虾在里面爬。他看到一旁的架子上有狗粮，想起家里还有条狗，他们改善生活，总不能饿着宠物，更别说这宠物还和他一个小名。宋文道："家里狗粮好像不多了，你不买点儿回去？"

陆司语摇摇头，有点儿嫌弃道："你别看这边价格不低，生鲜还算不错，狗粮却是参差不齐，好多是网红牌子，还有北城粮，回头我从网上给它买吧。"

宋文听了新名词有点儿稀奇，问："什么是北城粮？就是北城产的粮？"

陆司语一边挑着牛奶，一边解释："那边有的狗粮用的是腐肉垃圾和各种添加粉。"

宋文听了新鲜，问："这种东西狗还会吃？"

陆司语道："会吃，里面加了诱食剂。你就算是在胶水里面加了诱食剂，狗都会吃。"

宋文皱眉，问："毒狗粮会吃死狗吧？"

陆司语点头道："会。不过那些生产商很难被抓到，再说了人自己吃的东西都不能保证完全安全，对于狗的东西就只能自己留意小心了。"然后他回身看看堆如小山的车道："差不多了。"

宋文终于松了口气，但马上又开始发愁这些东西要怎么搬回家，正在这时他的手机响了，宋文一惊，怕有案子，急忙把手机拿起来，结果一看眉头皱得更深，手机上显示着一个字——"妈"。

该来的总会来，该面对的也逃不过。

陆司语从宋文的脸上看出点儿不一般，"嗯"了一声。

宋文指了指手机，给他做了个"等下别出声"的动作，然后解释道："我妈。"说完宋文接起了电话："喂，妈？什么事啊？"

"还说什么事？！我现在在家呢你不知道？你不在家就罢了，柜子里面的东西都空了是怎么回事？你这是翅膀硬了，有什么事也都不和我们打招呼了！要不是我过来，这儿子都要失踪了，回头我还要报警去……"李鸢芳直接一连串质问。

宋文的头涨得有点儿大，他最初搬过来的时候还想着要和李鸾芳说一下，后来案子就来了，李鸾芳也没有过来，他就把这茬儿忘在脑后了。谁知道现在老母亲又搞突然袭击了，宋文解释道："没啊，妈，你一打电话我不就接了吗？我就是有的东西放到同事家了，这事儿说来话长，那什么……我等下就过去陪你。"宋文本着"稳"字原则，想着哪怕再回去陪李鸾芳住两晚，把人糊弄走也就没事了。

"你骗我干吗？桌子上都是灰，你常穿的拖鞋和衣服都不在，我养的几盆多肉也不见了，冰箱里都是空的，垃圾桶里没有外卖盒，你根本就是住别的地方去了！你这次可得给我老实交代……"李鸾芳早就凭借多年的经验成了"神探"，可不是那么好糊弄的。

陆司语在一旁饶有兴趣地看着，极小声地在一旁说："你三两句和她说不清楚，这么躲着也不是办法，干脆接过来吃个饭住两天得了。"

李鸾芳还在那边喋喋不休地说着自己的推理和猜想，宋文捂着话筒和陆司语商量："那不是麻烦你吗？"

陆司语眨了眨眼睛道："我没事啊，添副碗筷而已，人多热闹，她想住哪个屋子也随意，客房都是干净的。"

屋主不介意，宋文想了想，这也的确是个解决的方法。

"那什么，妈你别动，我等下就去接你过来，其他的吃饭时候说吧。"宋文直接挂了电话，推了购物车道："我们尽快结账吧。"

陆司语跟上来，这一车东西宋文买了单，花了他半个多月的工资，陆司语怕他是因为李鸾芳要过来过意不去，也没拦着。

付好了账，宋文发现这超市真是服务周到，有人把各种商品分开打包好，帮着拿到了车库，放进了车的后备厢里，还鞠躬道："欢迎下次光临。"

宋文送陆司语上了车，道："那什么，我打车过去接我妈了，你自己回去没问题吧？"

陆司语冲他摆摆手道："放心吧，我动作快，等会儿你们回来就能开饭了。"

宋文原来的住处离陆司语这边大约二十分钟的车程，这会儿赶上晚高峰期有点儿堵车，一来一回估计要一个小时。陆司语回去看了看时间，把食材分门别类，做得干脆利索。

等这边该炖的炖上，该进烤箱的进了烤箱，该切的切好，宋文也带着李鸾芳回来了，他先带着老太太在进门的地方换了鞋。李鸾芳好歹是个省局长夫人，也是见过世面的，可是一见这硕大的客厅还是有点儿惊到了。

陆司语过来和她打了个招呼："阿姨好。"叫完以后有点儿紧张地舔了下嘴唇。

　　来的路上，宋文大概和李鸢芳说了一点点，李鸢芳知道了宋文是和一个男同事一起住，而且住的地方挺好的。但在李鸢芳的心里，想着所谓的男同事嘛，应该就是个普通的小伙儿，她儿子都长得那么帅了，男同事要更帅那得多困难；住得好呢，最多是个一百八十平方米的大平层。可是到了这里一看，没想到住的是三层的小别墅，迎接她的还是这么一个俊秀无比的男同事。

　　看着陆司语，李鸢芳一时有点儿五味杂陈，"嗯"了一声道："你好，你是宋文的同事吧？来的路上他和我说了。"她打完了招呼，觉得自己纯做客人不太好，往厨房走去，道："这忽然过来打扰，我帮你做菜吧。"

　　她平时去宋文那边，都是做饭外加打扫、收拾一条龙，这时候也闲不下来，心里想着他俩一起住能吃什么，估计平时都是点外卖，最多做个西红柿炒鸡蛋。

　　陆司语用布擦了擦手道："没事，阿姨，都差不多了。"

　　李鸢芳没见外，道："让你也尝尝阿姨的手艺。"

　　然后她的目光往厨房一瞥，问："哎，你这做的是什么？"

　　陆司语解释道："做的一些家常菜，花胶炖鸡煲、芝士澳虾、文思豆腐羹、鳕鱼茄丁盏，还有个素的炒八仙。"

　　三眼的灶台上，花胶炖鸡已经炖上了，一股浓郁的鸡肉香飘散了出来；澳虾涂满了芝士，刚进烤箱，在里面吱吱作响；文思豆腐羹切好了食材，白净的豆腐丝泡在水中；茄丁和鳕鱼切成一厘米的方丁，过油炸过，放在了金色豆皮做的杯盏里，只需一蒸；茨菇、莲藕、芡实、荸荠、菱角、水芹、茭白、百合都处理好了，放在一旁，等着下锅。

　　李鸢芳看着就不自觉地咽了一下口水，然后"哦"了一声。

　　她低头看着一旁水盆里泡着的豆腐丝，盘算了一下，这些菜她也就在外面馆子里吃过，自己可是一道也不会做。

　　再一想，自家儿子这是找了个厨子一起住吗？

　　宋文过来拉住她道："妈，你别在这里添乱了，我打下手就行了。"

　　李鸢芳闲不住，扭头道："那我帮你们收……"她转头看了看一尘不染的房间，还真没什么可以收拾的。

　　李鸢芳一时呆住了，不知道要干什么好，宋文哄她："妈，给你沏好了茶，电视也开了，你去看会儿电视吧。"

　　看儿子难得孝顺，李鸢芳这才从厨房里出来，坐到了客厅里六米长的组合沙发上，面对着陆司语家七十二寸的大电视，她的脚尖有点儿不安地在高级地毯上点了点，怕踩坏了那绵软的毛垫。

　　陆司语和宋文都是年轻人，用手机和电脑较多，这电视就是个摆设，一共没开过几次，就算开了也就是听个声儿，没想到李鸾芳过来以后电视倒是派上了用场。

陆司语把豆腐羹做上，然后把炒菜下了锅，接着他抓紧时间和宋文串供："你怎么和你妈说的？"

宋文小声道："我说是局里的工作需求，刚住过来一个星期，还没来得及和她细说……"他忽然发现李鸾芳这么一过来，现在他是夹在中间的那一个，顿时压力很大。

两个人正在这里说着，而李鸾芳发现了"小狼"。那狗见到家里来了客人，十分新鲜，摇着尾巴，吐着舌头凑过来。

李鸾芳电视都顾不上看了，放下遥控器摸了摸"小狼"的狗头，又捏了捏狗子的脸道："这狗真可爱啊，它叫什么？"

宋文忽然想起来这狗和自己一个小名这事儿陆司语还不知道，又不知该怎么和自己老娘解释自己和狗的名字一样，这终归是个有点儿丢人的事。他怕陆司语把"小狼"两个字叫出去，情急之下，冲着陆司语做了个嘘声的手势，小声道："嘘……"

没想到李鸾芳在客厅听到了，回头问宋文："你说什么？嘘什么？"

宋文为了把话圆回来，只能回头笑着对自家老娘说："我说这个狗的名字啊，叫……叫嘘嘘。"

李鸾芳看了看一脸兴奋的狗子道："嘘嘘？怎么取这么个怪名字？"

陆司语反应了过来，赶忙解释道："阿姨，它叫旭旭，是旭日东升的'旭'。"

李鸾芳这才恍然大悟，道："哦，怪不得呢。来，旭旭，阿姨抱！"

几道菜终于做好，陆司语把饭菜盛出来，宋文帮着端到了硕大的餐桌上，三个人入了座。

李鸾芳看了看面前白琉璃一般的碗盘，又看了看色香俱全的几道菜品，却不急着动筷子，而是拿出了主任医师看病的架势，端坐着道："刚才在路上宋文没有说得很清楚，你们究竟为什么住到一起来啊？"

宋文早就做好了应答准备，开口道："那什么，妈，我正式介绍下，这是我们队里的实习警员，陆司语。"

陆司语礼貌地点头："阿姨好。"

他此时摘了围裙，穿了一件朴素却价格不菲的白色衬衣，特意戴了一副眼镜，看起来干净清秀又文质彬彬的。

李鸾芳看着陆司语问："你看起来好年轻啊，才刚毕业吧？"

宋文轻咳一声道："比我大半岁，是我在队里带的徒弟。"他继续介绍道："我们南城市局成立了互帮互助组，简单来说，为了稳固师徒关系，促进警员心理健康，互相监督寝食作息，就住到一起了。"

李鸢芳毫不留情戳破道："我在你爸那边没听说过有这种安排啊。"那脸上写着"老娘我才不信你的忽悠"几个大字。

眼看着一顿饭要变味，宋文继续说："怎么没有？过去我爸的徒弟不是经常去我们家吃饭吗？还有那个叫李什么的，不是在咱家住了很久？现在这种不过是以前的改良模式。"

李鸢芳这才"哦"了一声。

宋城过去对自己的下属和徒弟不错，经常叫到家里吃饭，有个家境贫困的刑警叫李雨洪，那时候刚来市局，没钱租房子，宋城就让他住在自己家两个多月。但是那种情况明显和眼前的情况不太一样。

陆司语也开口道："阿姨，是真的，这是市局的试点项目，是市局的特聘顾问心理学专家周易宁建议的，我的身体不太好，宋队就过来照顾我。"

宋文趁着他们说话，给李鸢芳盛了一碗花胶鸡，专门夹了个鸡腿，摆在了老太太的面前。

李鸢芳和自己的儿子生活了那么多年，对宋文太熟悉了，所以总是觉得宋文的话不可信，这时候听陆司语也这么说了，点了点头道："我记得宋文和我打过电话，问吃过量止疼片形成依赖怎么戒。"

陆司语没有听说过这件事，不过马上反应了过来，低头道："宋队应该是帮我问的，我胃不好，止疼片吃着吃着就养成习惯了。这段时间已经戒得差不多了，不常吃了。"

李鸢芳的职业病犯了，点点头道："我是做医生的，听阿姨一句话，那东西千万少吃，是药三分毒。"

"为什么住在一起"这个问题告一段落，然后李鸢芳看了看这别墅问："你们住的这地方是？"

陆司语解释道："是家里很早以前买的。我现在在南城工作，就住这边了。"

李鸢芳继续问："你家是南城的？"

陆司语点点头："嗯。"

李鸢芳道："我们老家也是南城的，你家里还有什么人啊？"

听到这个问题，陆司语喝汤的动作一停。

宋文早就开动了，抬起头打圆场："妈，你这一过来就查户口呢？能不能让人安心吃个饭？"

陆司语也催她道："阿姨吃菜。"

李鸢芳这才用勺子弄了一点儿鸡肉和香菇，尝了一口。

就那么一小口，然后李鸢芳整个人就蒙了，原来眼前的菜并不是徒有其表，不光是看着好看，闻着好闻，吃起来更是绝了！

李鸢芳以前看美食点评节目，总是看那些嘉宾说什么层次感，还有什么口感爆炸，什么食物有灵魂，心里纳闷怎么吃个菜还能吃出这么多花样。

可现在一勺菜含在嘴巴里，她觉得那鸡肉早就和花胶炖得融为一体，口感又滑又嫩，有鸡肉的香，又有花胶和香菇的味道，一口吃完只觉得吃得太快了。

于是这一勺之后她就没停过，而且她发现不止这一道菜好吃，桌子上道道菜都好吃。菜里有肉，都是鸡、虾、鱼等白肉，完全不油腻，符合老年人的口味。

老太太开始吃东西，问东问西的嘴终于被堵上了，三个人忽然安静了下来。陆司语有点儿忐忑，不太习惯，抬头看了一眼宋文，小声试探问："阿姨还吃得惯吗？"

李鸢芳停了筷子，用手捂着额头，反思自己刚才的吃相，犹豫了一下还是说出口："这菜太好吃了……"

说完老太太脸红了，她也在家做了那么多年的饭，还自诩把宋文照顾得不错，现在比起来，自己做的那简直是猪食。

随后李鸢芳又喝了两口豆腐羹，道："宋文，不是我说你，你这是过来照顾下属呢，还是图人家做的饭啊？"

一旁陆司语道："没有啊，阿姨，宋队平时对我可好了，总是在工作上照顾我，带着我破案，还救过我好几次，好几次半夜陪我上医院。我刚做实习警员不太习惯，要不是他我都撑不下来。"

李鸢芳看了看宋文，道："那还不是他当队长的应该做的？"

宋文忽然发现老娘今天和自己说话的时候格外严厉，和陆司语说话的时候却是越来越和颜悦色。

三人又吃了一会儿，眼看有的盘子见了底，一顿饭也快到了尾声。

吃过了饭，老太太就对陆司语道："你做饭辛苦了，身体又不好，快去歇着吧，厨房我和宋文打扫就行了。"

于是整个厨房就被李鸢芳打扫得锃光瓦亮，宋文看自己老娘这样子，也不敢溜号，一直陪着。

时间已经很晚了，肯定是没法把老妈送回去了，宋文把李鸢芳安顿在了一楼的客房，随后又给她找了被子什么的。李鸢芳拉着他问东问西，全自动的窗帘还有马桶不会用，又让宋文教了半天。

等到了晚上十点，"小狼"围着宋文转，宋文这时候才想起来忙了一晚上没遛狗，于是出去遛"小狼"。回来以后，宋文就和霜打的茄子似的，倒在床上。

陆司语趁着这段工夫洗了澡换了睡衣，端了杯牛奶喝着，看着他。

宋文整个人瘫着，拿起没有一点儿动静的手机看了看，道："累……案子怎么还不来啊？"

他这一晚上斗智斗勇，应付老太太，需要花费比破案多几倍的精力和体力，他看向陆司语道："还有，你一顿饭就把我妈收买了，我是她亲儿子，还是你是她亲儿子？"

陆司语道："能够应付得了，不是挺好的吗？"

宋文"嗯"了一声，自家老娘在食物链的顶端，就连宋城都要矮她半头。

还好老太太也是个知书达理的人，第二天李鸾芳又吃了一顿中午饭，然后收拾了东西道："好吧，看你们挺好的，我就放心了。走了，感谢你们招待，麻烦小陆了。"

陆司语嘴巴像抹了蜜似的道："阿姨不麻烦，都是应该的，什么时候有空了您随时过来玩。"

宋文把自家老妈送去了车站，李鸾芳就自己坐着高铁回到了省会。

局长夫人下了高铁，挎着小包，一路溜达着进了省局的家属院。

李鸾芳的家就在家属院最里面的那排联排别墅里。这个家属院是省局的上任局长为了给警员们改善居住环境特意修建的，一些警队的专家、领导，还有立了功的老刑警都住这里，在这里，就连散步遇到的打太极的老头儿都可能是当年的格斗冠军，这大概是省会中最安全的院子了。

今天是个难得的周末，宋城在家，正坐在客厅的红木椅子上看报纸，看到李鸾芳回来就叠了报纸，问了她一声："回来啦？"

现在大部分的人都早已摒弃了报纸这种东西，而是从互联网获取消息，唯有老头子还保留着过去的习惯，好像一天没看报纸，就没和外界交流似的。

李鸾芳"嗯"了一声，把包一放，径直走到了电子秤前，往上一站，自言自语："哎呀，胖了两斤……"

宋城听了脑袋一热，道："你过去干吗去了？那臭小子最近怎样？"

"儿子搬了个家，住到他同事那边去了，我顺便也见了见他的新室友，吃了两顿饭……"李鸾芳说到这里，心里有点儿酸涩，想到回来以后只怕再也吃不到那么好的手艺了，不由自主感慨了一句，"他同事做饭太好吃了。"

老头儿听不得这个，道："我省局的食堂小炒委屈你了？"

"根本没法比好吧？"李鸾芳撇撇嘴，懒得和老头子斗嘴。

宋城又问："宋文还好？南城那么多房子不够他住的？"说到底老头儿再倔，还是关心儿子的，看李鸾芳透露的消息太少，于是按捺不住地问。

"搬去的是大别墅，比我们这个大多了。哎，我和你说，他同事长得很帅气，做饭特别好吃，名字也很好听，叫什么……陆司语。"李鸾芳兴高采烈地说着。

宋城道："人家怎么收买你了？我没见你这么评价过人。"他皱眉想了一下，又道："等下，这个名字有点儿耳熟啊。"

说完宋城就拿出了手机，翻了翻之前和许长缨的微信聊天记录，和李鸾芳念叨："之前许长缨想往省局调的人里，就有这个陆司语。"

"那应该工作也做得不错，为什么没有调过来？"李鸾芳刚说出这句话，心里就有了答案。为什么没调过来，八成是因为宋文。

"因为被当事人拒了。"宋城开口道。许长缨很少和他要人，要了人以后对方不肯过来更是第一次，许长缨对这件事特别介意。

那时候宋城就觉得挺奇怪的。按理说省局的各种条件比市局要好上很多，这个孩子又年轻，有大好的前途，为什么不愿意过来呢？

随后宋城忽然想起了什么，起身道："我去忙会儿工作。"

李鸾芳对自家老公这工作狂的状态早就习以为常，于是自己去了厨房，也不打扰他。

宋城走入书房，戴上眼镜，打开了自己的公文包，里面有几份周五还没来得及处理的文件，当时他只是扫了一眼就带回家来了。

其中有两份任命申请，南城顾局都签了字。一份是宋文升任南城市刑警支队支队长的，上面还罗列了宋文的简历和各种事迹；另一份是任命支队长助理警员的，名字就是这个陆司语，上面也写了一些他的工作经历，但工作时间却只有半年。

宋城面对着两份申请犹豫了，他是签呢，还是不签呢？是签一份还是签两份呢？

老头儿的眉头紧锁，仿佛遇到了天大的难题。

最后宋城的手指在陆司语的名字上点了点。

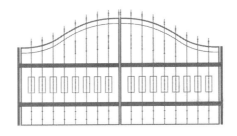

第二十章

── 诡异谋杀案 ──

十八年前，那时的南城四处都是在扩建的工地。

在芜山敬老院旁，有一些老旧的民居楼。

天空是淡黄色的，空气里夹杂着一种淡淡的硫酸味，有点儿呛人。

这是一个看似普通的黄昏，空气中还有着秋暑的闷热，很多老人并不清楚最近发生了什么，只是发现进出的人忽然变多了，而且外面时常有一些奇怪的声音。

终于到了收网的时候，在敬老院前后几个门外停了数辆警车。敬老院刚被激愤的市民刚刚袭击过，很多窗户破碎，地上满是玻璃碴儿。

刑警队长宋城带着一队人从院子里穿梭而过，急匆匆地走了进来。就在昨晚，他们掌握了夏未知杀害那些老人的决定性证据，警方的人开始挨间进行排查，可是嫌疑人夏未知却一直不见踪影。

宋城忍不住提高了声音问："夏未知呢？你们搜到了吗？有人看见她了吗？"如今，吴青还躺在医院里生死未卜，他急需这一场胜利来鼓舞士气。

"夏医生昨天是夜班啊。"有个小护士怯生生地说。

尽管先期已经进行了几次问讯，人们也知道这家敬老院可能发生了什么，夏未知可能做了什么，但是她们还是习惯把夏未知称为夏医生。

"我昨晚好像看到夏医生下楼了。"一个老人开口道。

宋城的眉头一跳，忽地有种不好的感觉。

昨天他们虽然还没有开始正式的抓捕，却在门口放了暗哨，确保没有人出入这家敬老院，可是现在为什么会出现这种情况？

"加紧搜查！"宋城厉声吩咐手下，"发布通缉令，活要见人，死要见尸。

最后有谁看到她了？"

人群中有个十来岁的男孩儿站了出来，他头发很短，皮肤黝黑，眉角有一道疤，他走到警察的面前，似是鼓起了莫大的勇气，仰着头开口道："我看到有个男人拉着夏医生下了楼，他们一起从后面翻墙出去了。"

负责的警察下意识否认道："不可能，昨晚上这里一只苍蝇也飞不出去！"

敬老院后面的墙有三米多高，上面是玻璃碴儿和铁丝网，岂是两个人互相帮助就可以翻过去的？就算能翻墙而出，墙外蹲守的警察也不可能完全没有发觉。

整个敬老院被搜查了个底朝天，他们查看了每一个房间、每一处角落，自以为绝无遗漏。谁曾想到，昨天就是夏未知最后一天出现在人们的视野之中。

搜寻无果的警察们只能相信证人证言，他们按照目击者的描述，绘制了那个男人的画像。

可是在几个孩子的描述中，那男人的相貌并不一致，老人们也纷纷表示没有见过那个人。

夏未知像是人间蒸发了一样，而那个男人也不知所终。

芜山敬老院一案在媒体上公开后，曾经引起了轰动，大街小巷的电线杆上贴满了夏未知的照片。还有人去市局的门口拉横幅，要求他们把凶手捉拿归案，严惩凶手。宋城被这件事折腾得焦头烂额。

那时候他们还并不知道，就在他们寻找夏未知的时候，这个女人已经死了，她的尸体安静地躺在芜山敬老院的下水道之中，一点一点地腐烂，直至变成白骨……

十八年后。

晚上八点多钟，太阳早已经落下，墓园即将关闭，所以墓地里的人并不多。

夜幕降临，墓园里的路灯一盏一盏地亮了起来，绵延向前，像是天上的星星。而那些死去的人呢，是否也到了天上去？

在墓园关闭前，一个四十多岁的中年男人走到了一块墓碑前，放下一束白色的百合花。这块墓碑已经有些年头了，上面长了一些斑驳的青苔。墓碑上面没有写名字，也没有贴照片。

原来已经十八年了，临近中秋，他想起那个女人的祭日要到了，所以便来了。

男人低头看着墓碑，那座墓里是空的，墓碑是他立在这里的，那个女人是他的知音、他的爱人、他的敌人……

也许是站得久了，他膝盖酸痛，转身准备离开时差点儿摔倒。

有一个人忽然扶住了他，那是一个瘦小的姑娘，眉眼和鼻子都是小巧玲珑的，她的手也小小的，带着温暖。

男人开口道："谢谢。"

"没关系，应该的。"这个时候还来墓园的人无疑都是来悼念亲人好友的，涉世不深的她如此想着，自然而然地就把同情给予了这个中年男人。

他的表情有些沉痛，应该是死了妻子吧？

女孩想着，用手绾了一下头发道："我以前眼睛看不到，也被很多人帮助过，所以现在多帮助别人也是应该的。"

女孩说完走向旁边一块新立起来的墓碑，把一束粉色的花放在了墓碑前。这墓园最初的时候墓碑立得稀疏，后来随着时间的推移，墓园又进行了修缮，加了一些位置，于是这新旧两座墓就连在了一起。

中年男人的目光看向那块墓碑，墓碑上面的照片里是一个年轻男人，照片旁边还刻着他的名字——陈颜秋。

男人问："这是你的……"

"是我的哥哥。"女孩儿对着墓碑恭恭敬敬地鞠了一躬。

她刚刚领回了哥哥的遗物，辞掉了原来的工作，然后选择去了一家教育机构做钢琴老师。原来真的如那个警察说的，日子没有那么可怕，一天一天，努力面对就可以了。

中年男人点头道："节哀。"

女孩儿道："你也是。"

在这个普通的夜晚里，两个素不相识的人在墓园里相遇。

这个城市有时候看起来非常大，有时候却又非常小。

男人站稳后，向着墓园之外走去，与女孩儿擦肩而过后，他的脚步逐渐坚定。

"我又看见一个兽从海中上来，有十角七头，在十角上戴着十个冠冕，七头上有着亵渎的名号。"

男人逐渐走远，现在那只巨兽沉入了海底，海面上再也难以寻找到它的踪迹。

朦朦胧胧中，陆司语觉得自己像是在往前走着，每条路时刻都在变幻，没有尽头。他走得很累很累，可是腿好像不是自己的一样，完全停不下来。

周围有很多人，表情各异，他认不清楚都是谁，但是他能够分辨出来那些人的眼神——冷漠的、迟疑的、嫌弃的、害怕的、恐惧的……仿佛他真的是个疯子、变态、神经病。

然后他听到了吴青的声音："你不适合法医专业，法医是个需要接触尸体的职业，你是在用那些尸体麻痹自己。你很聪明，思维异于常人，我觉得你应该要学会和活人交流，你可以试试做名刑警。"

陆司语开口道："可是我报考的是法医专业。"

"你是否考虑侦查专业呢？我已经很久没有亲自带过研究生了。我看了你的成绩，报考我的专业方向应该没有问题。从法医工作中你无法获得更多的线索，也无法找到杀害你父母的幕后真凶。"

然后吴青抬起头，对他说："我记得你。"

吴青坐在轮椅上，目光沉稳道："你是当年在凶案现场被发现的那个孩子，是'5·19'案唯一的存活者……"

一瞬间，吴青的脸变成了宋文的。

陆司语忽然之间睁大了双眼，他感觉到了强烈的失重感，身体忽然疼得像是被撕裂开来。眩晕了几秒，陆司语意识到这是一个梦，梦里有真有假，所有的一切都透着光怪陆离的影子。

陆司语摸了摸额头，上面都是汗水，头还有点儿疼。外面的天还是黑的，陆司语从床上起身，看了下时间，现在是五点。他给自己倒了一杯温水。路过洗手间的时候，他望了一眼里面的镜子，镜子里的脸不像是往日那般平和，冷漠得让他陌生，那是一张杀人者的脸。

然后他听到自己的手机一响，有谁会在早上五点发来信息呢？

是好友申请，对方的名字叫北天极。

北天极，地轴和天球于北方相交的一点，也就是北半球旋转的虚拟中心点。

千百年来，地球上的人们靠它的星光来导航。

陆司语点了通过，对方的状态是在线。他迅速点开了定位软件，能够看到对方也在南城，具体位置却不可探知。

似是知道陆司语在做什么，屏幕上出现了一行字："你找不到我的。"

陆司语微眯着眼睛，思考了片刻，打了三个字问："你是谁？"

对方很快答复："我是吴老师的线人，想着还是和你打个招呼，以后大家会见面的。"

随后，对方显示下线，头像变成了一片灰暗，刚才发来的信息迅速消失，好像一切只是那场梦境的延续。

这时候，宋文的房间忽然亮起了灯，灯光从门缝里透了出来，房间里传来宋文接听手机的声音。陆司语端着水杯走到了宋文房间的门口，通过半开着的门，看到宋文盘膝坐在床上接着电话。

此刻黑暗笼罩着大地，整个城市十分安静，大部分的人还在睡梦之中。

"是发生了什么吗？"陆司语等宋文放下手机，在一旁轻声问。

宋文"嗯"了一声道："是不是我把你吵醒了？"然后他又道："城东发现了一具女尸，需要出警。"

凌晨三点，王晓培从夜班公交车上走下来。

随着公交车开远，一切变得安静起来。

王晓培站在公交车站台看了看周围漆黑的街道，亮着的只有公交车站台的站名标识，以及不远处的几盏路灯。

往日里熟悉的路现在却忽然变得陌生了起来。她也没有想到只是差了几个小时，城市感觉就完全不同，好像换了一张面孔似的。

王晓培有点儿后悔，没有在饭店的宿舍凑合几个小时，而是选择了回家。她犹豫了一会儿，紧了紧衣服的领口，然后往前疾步走着，到后来甚至开始小步奔跑了起来。

天空一片昏暗，她透过支起来的领子闻到自己身上有那种挥之不去的火锅味。那种味道，好像是把自己的身体泡在各种香料里浸了许久那般浓郁。她打定了主意，回家以后一定不能发懒，要去洗个澡，换了睡衣，再去睡觉。

王晓培就职于一家二十四小时营业的连锁火锅店，她今年刚满二十二岁，年纪轻轻就升了领班。今天轮到她值夜班，从晚上十点到第二天早上八点。火锅店的工作工资不算很高，还十分辛苦，可是她却过得很开心。只要在这里上班，她就属于这个城市，过几年攒点儿钱，买个房子，说不定就可以留在这里。

夜里两点半，火锅店忽然停电，而且完全没有要来电的迹象，店长临时决定让他们下班，王晓培和几个本地同事跟其他同事告别后回家。

当年她租房图便宜，选的是城郊的一处合租公寓。忽然提前打烊，王晓培也就没多想，去坐夜班车。

她常年上晚班，早就习惯了，晚上比白天精神，一路上她戴着耳机听着音乐，也不觉得孤单害怕。可是等她下了车，越走越偏时，心里便发毛了起来。

这路上忽然只有她一个人了，好像全世界就只剩下了她自己。

像是被泼了浓浓的墨，四周一片漆黑。往日里常见的早点摊还没出摊，她只能听到风吹树叶的沙沙声，还有低低的虫鸣。

当她穿过一片烂尾的建筑工地时，油然而生的孤独感让她害怕。

这一段路没有灯，风吹过空无一人的楼洞，发出了一种诡异的声音。黑暗之中，好像有无数的眼睛在盯着她。

在这漆黑的凌晨，所有的感知都被无限放大。

王晓培的汗毛倒竖，有些惶恐地站在街头环顾了一下四周。她握紧了手里的手机，打开打车软件，却发现附近没有一辆车。

王晓培思考着要不要打电话让室友来接她。但是她很快打消了这个念头，现在已经三点多，她的室友也是女孩儿。而且再有十几分钟就到家了，等室友过来，她也差不多走到了。

现在前不着村，后不着店，谁也帮不了她，她必须硬着头皮走下去。

忽然，一种声音传来。

"谁？"王晓培忽地停下了脚步，不由得叫了一声。那声音像极了大型犬张开嘴巴急速喘息的"哈哈"声，她怀疑黑暗里有一条狗在窥视着，准备咬她。

她的眼睛瞪得很大，黑白分明，充满了惊恐，她侧耳听去，那声音停止了，她只能听到自己怦怦的心跳声和急速的呼吸声。

应该是听错了，王晓培这才放下心来，默念了几句壮胆子的话，甚至想哼首歌来安抚自己。她迈步继续往前走去，想要快速穿过这块区域。

就在这时，一阵风吹了过来。

一个黑影，像是巨大的蝙蝠从黑暗之中"飞"了出来。那是一只蛰伏已久的"野兽"，忽然扑向了自己的猎物。

王晓培感觉有人撞了她一下，整个人被重重撞倒，她手里的包甩了出去，头"咚"的一声撞在了地上。紧接着，那人对着她的身体和头狠狠踢了几脚。王晓培整个人都是蒙的，眼前冒起了星星点点，口腔里满是浓郁的铁锈味。她刚缓过一口气，肚子又被重重打了一下，五脏六腑好像都翻了个个儿。

连续的重击瓦解了她的防御能力，王晓培痛苦地低吟了一声，努力把身体蜷缩起来，护住自己的头脸。

她知道自己是遇到坏人了，对方是个男人，并不算高大，可是力气非常大，足够碾压她。打了她几下以后，对方拾起了她掉在地上的包和手机。包里的东西散落出来，他也不太在意，只是安静地把包拿在手里。他也不离开，显然抢劫并不是他的目的。

王晓培逐渐恢复了意识，她想跑，可是身体太沉了……女孩儿的心里满是害怕。她被那人看着，感觉就像是有一颗巨大的石头压在心头上，女孩儿无助地哭着，喃喃地开口哀求。

"救命……救命……你放了我吧……我身上带着的钱，还有手机、银行卡……都给你……"

那人依然默不作声，低头看向她。

王晓培不敢看向身后的人，翻了个身趴在地上，努力挣扎着往前爬去，身后又是那种让她恐怖的"哈哈"声，像是一个饿了许久的人忽然面对一餐美食所发出的那种迫不及待的声音。

女孩儿奋力往前爬着，就像是一只濒死的猎物一般无助。

黑暗之中的人影看着她爬了几步，随后把她的脚拉了起来，一瘸一拐地把她拖曳进了一旁的荒草丛。她的身体碾过枯草，枯草发出折断的声音。那人完全不顾及她的感受，像是拉着什么死物，任由她的身体在路边划出了一道不太起眼的血痕。

仅仅绕过了一个拐角，对方就急不可耐了。王晓培被压在地上，又被打了几个耳光，耳鸣不止。她拼命地挥动着手臂，换来无数拳脚落在身上，身体之中像是埋入了无数刀片。

黑暗之中，没有人知道她的孤独与恐惧。

她眼前渐渐蒙眬起来，晕了过去……

过了一会儿，王晓培苏醒了过来。她不知自己昏迷了多久，可能是几分钟，也有可能是十几分钟，或者是半个小时。她发现有人在脱她的丝袜，这种感觉让王晓培觉得越发冰冷和恶心。

随后那只被脱下的丝袜蹭着她的脸颊，最后扼住了她的脖颈，丝袜还带着她自己的体温。一双手逐渐用力，互相绞紧，王晓培感觉空气一点一点地减少，变得稀薄。她手指无力地拉着脖颈上的丝袜，身体痛苦战栗着，喉咙发不出一点儿声音……

她濒死挣扎，像是一只被蛛网网住的蝴蝶。

绝望，然后死亡……

几个小时之后，天就要亮了，这个城市即将迎来崭新的一天。此时此刻，无人知道，有个女孩儿横死在了郊区的街角。

宋文、陆司语穿好了衣服，以最快的速度赶到了现场。

这里是南城的东南边，案发现场是一处废弃的烂尾楼，临着街，没有围墙，楼体也并没有建造完成，所有的窗户都只留下了窗洞，烂尾楼周围被一些竖起来的广告板隔离着，其中有几块残缺了，可以让人随意进出。

楼边的荒草地上杂草丛生，由于到了秋天，有很多已经枯萎，枯草上还带着清晨的露珠。

快要到早上六点，天还蒙蒙亮，刚刚赶到的值班警察已将现场保护了起来，他们看到宋文来了以后纷纷打招呼："宋队！"

傅临江早到了一会儿，先去了解过情况，道："尸体是附近早上出摊儿的摊主路过时发现的。他先发现了散在地上的物品，然后发现了尸体，就报了警。"

宋文点了点头。

那一具尸体没有被刻意地掩盖，就随意地放在路边不远处，只要探头看看就能发现。由于尸体新鲜，现场没有什么尸臭味，反而有一种浓烈的香气，像是喷洒了很多香水，或者是弄洒了一袋子散粉。

宋文小心地迈过了杂物，走进案发现场。草丛里躺着的是一具女子尸体，尸斑和尸僵都刚刚形成，暗红的斑迹显示女子生前曾经遭受过虐待。有些奇特的是女尸的脸上盖了一件衣服，半张脸被挡住了。

陆司语戴了手套，低头看着。女尸身体被摆得很端正，身上的衣服整齐，双手合拢叠放在胸口，若不是旁边的虫子已经爬上了她苍白的皮肤上，整个人就像是睡着了一般。

她的脖颈已经被勒断。

有时候人的生命是顽强的，可以绽放出千百种可能性；可是有时候，人的生命又是无比脆弱。一件事的发生就像是推倒了多米诺骨牌，可能会引发连环的反应。

今晨之前，这个女人大概不会想到，自己会这样横死在南城街头。

远处的天空由一片墨蓝色渐渐转成了淡蓝色。好像就是几分钟之间，天地就忽然亮了起来，整个城市苏醒了。

太阳即将升起，阳光驱散黑暗，带来丝丝温暖。

陆司语蹲下身仔细查看着女尸的状况。

宋文也在一旁看了看道："凶手蒙住了被害人的双眼，这看起来是不是歉意的表现？"

犯罪心理学上有一种理论，如果凶手与被害人相识，或者是凶手心中带有歉意，有时候会把尸体翻过去，背面朝上，有时候还会用手帕、衣服等把被害人的面部，特别是双眼遮住。这种现象多见于一些年轻女人、孩童和老人的尸体。

"大部分犯罪心理学理论中是这么描述，不过也有可能这只是凶手的个人签名。"法医还没来，陆司语就蹲下身先充当法医。他有种感觉，这样的凶案可能不是第一次发生。

"凶手的手段干净利索，尸体脖子上有勒痕，舌骨应该已经骨折，指端有紫绀。她是被勒死的，死亡时间是两个小时前，凶器是……"陆司语说着舔了一下嘴唇，修长的手指触及了女孩的脖颈，开始检查。

苍白的尸体上还带着一丝丝不易察觉的体温，女孩儿如玉一般的脖颈上，勒痕的纹路清晰而特殊，有的地方宽，有的地方窄，很有规律性。陆司语仔细观察了一下，开口断言："丝袜。"

提起这个凶器，就带了一些别的意味。

现在天气越来越冷，丝袜无疑是保暖和美观的选择之一，特别是一些服务行业，丝袜已经成了一种标配。

宋文不由自主地摸了摸自己的脖子，然后他低头看了看尸体上穿戴整齐的衣服道："所以，凶器是凶手带来的，还是死者之前穿着的？"

陆司语在物证员拍完了尸体的照片后，轻轻撩起了女孩儿的衣角，暴露出女孩儿的腰部，在她光洁的身体上有着各种青紫痕迹，还沾满了泥土，衣物大概是凶手在女孩儿死后整理的。他回答宋文："丝袜是从被害人身上脱下来的，凶手能够从被害人的挣扎中得到快感，这是他的兴奋点，不会省去这个步骤。"然后他又仔细地检查了一下，确定袜子不在现场，开口道："袜子是战利品，有可能已经被凶手带走。"

被殴打，被侵害，随后被勒死，这是一个比较漫长的过程，她在草地上拼命挣扎，直至死亡。这个现场没有那么血腥，却让人感到有一种寒意，从脚底通过每根血管涌入身体，直入心脏。

宋文的眉头皱得更深，道："有殴打和其他伤害痕迹，但是为什么要再给她穿好衣服？"

他见过各种各样的凶案现场，女性被害人大部分衣冠不整，而这个被害人的衣衫却相当整齐。这样的做法显然不合常理，他也是第一次看到这样的现场。

"非但如此……"陆司语说着用手指轻轻地挑起了盖在死者面部的衣服，示意宋文看向尸体的脸。

晨光之下，女尸的一双眼睛睁着，长长的睫毛根根分明。她的瞳孔是漆黑的，因为身死已经放大。女人的嘴巴微张，涂了梅子色的口红，而整张脸铺了一层薄薄的散粉，让她显得面容娇丽。那衣服撩起，空气中那种甜腻的香味更为明显了。

这不像是一具饱受磨难的尸体，眼角不见泪痕，头发也梳得整整齐齐……

陆司语吸了一口气道："他可能给她补了妆。"

傅临江原本在旁边搜集被害人散落了一地的物品，此时听了这话，忍不住义愤填膺道："这可真是个变态！"除了"变态"二字，他不知道要用什么词来形容这个凶手。面对这样一具被精心打扮过的尸体，他的心里更为难受。

最初赶到现场的小警察道："我们……我们刚才在那边发现了一些痕迹，旁边还丢了几张擦拭过的纸巾、一块带血的纱布。草丛中有拖曳挣扎的痕迹，有可能那是第一案发现场。"

宋文听到这里抬头问了一声："带血的纱布？"

女孩儿的身上没有明显的伤口，更没有纱布包扎的痕迹，他很快意识到这说不定是凶手留下的，道："临江，你过去看看，凶手可能带了伤，打斗中纱布掉落了下来。"

傅临江顺着方向一路过去，看到了那块纱布，那是一块巴掌大小的纱布，上面有一圈儿血痕，可以看出伤者像是被什么东西夹伤或者是咬伤了。他把纱布小心收入到物证袋里，又在路边的草丛中找了找，忽然发现了一张身份证，他赶忙回到宋文这边，对照着死者看了看道："死者身份确认了。"

宋文接过来看了下，记住了女孩的名字：王晓培。他开口道："打电话给朱晓，查下死者的信息。"

傅临江应了一声，去一旁打了个电话，过了一会儿转过身来汇报道："死者是一家火锅店的服务员，已经通知了她所在的公司。朱晓正在联系死者家属。"他说着眼圈有点儿发红，道："才二十二岁，就死得这么惨……凶手真是个畜生。"

宋文拍了拍他的肩膀，以示安慰。对于家人和亲友来说，妙龄女孩儿忽然被害，这无疑是一个噩耗，更何况死得如此凄惨。

几个人说到这里，路边又到了一辆警车，林修然拿着勘查箱从车上走了下来，他整了整西服的袖口道："我昨晚睡在殡仪馆了，没想到今晨又有案子发生……"殡仪馆那边和这边是个大对角，所以他来得比其他人稍晚。

"嗯，我们也刚到不久。"宋文说着冲他一摆手。林修然点点头，掏出手套戴上，弓下身看着死去的女孩儿，他的神情逐渐严肃，吸了一口凉气道："衣服就是这么盖着的？"

宋文点了点头道："是的，来的时候就是这样。"

林修然直起身体道："这是这半年内的第三起了，这是一起连环杀人案。"

宋文问："之前的两起案子是哪个队的？"

林修然道："都是二队的，你还记得我和你说过的女销售李铃吗？那是第一起。随后又有个二十八岁的女老师遇害。二队在查别的案子的同时一直在追这两起案子，没有想到凶手又动手了。"

宋文还有印象，那是他之前和陆司语、林修然去鹿宁的时候，林修然和他提起过的女性被害案，他皱眉道："这三起凶案的共同点有哪些？"

"都是女性，夜间遇害，丝袜勒颈而亡，衣服遮面。"林修然看了看尸体道，"头两次尸体并没有摆放得这么整齐，但是也被清理装扮过，应该可以并案了。"他抬头看了看周围的环境，想了想补充了一句："之前的两起，凶手还有一些掩藏尸体的举动，因此尸体是过了一段时间才被发现的。这一次，凶手似乎是放弃了。"

"犯案时间和地点呢？"

"第一起是三个多月前莲花堂的河边，第二起是半个月前西兴街后的垃圾场。"

这三个地方虽然都属于南城的东区，但是相隔有点儿远，几个女孩儿的职业完全不同，由此可以推断出凶手在随机选择符合他嗜好的被害人。

宋文听了林修然的话，低头沉思道："被害人越来越年轻，犯案时间间隔越来越短，凶手越来越肆无忌惮……"

在场的几人全都面色凝重起来，南城已经多少年没有连环杀人案了，而且是性质这么恶劣、针对女性的变态杀人案。

一旦这样的连环罪案开始，没有侦破的话，凶手可能会再次犯案，威胁到更多的人。

"冷却期在缩短。"陆司语想了想又问，"遇害的时间呢？有没有什么规律？"

林修然回答他："第一起是晚上十点左右，第二起是晚上十一点。"然后他低下身拎起了女尸的手，尸体手腕还有一些温度，道："这名死者也就遇害了几个小时，遇害时间大约是凌晨四点吧。"

听了这些，傅临江有些迟疑了，道："那看来这是要和二队的案子并案了，我们还查吗？"

市局有规定，一旦确认是同案犯所犯下的案子，最后都会并案，归属到最先接案的那队。不管怎样，都要先和局里知会一声，避免同事之间的误会。

宋文看了看地上的女尸，做了决断："等我先和顾局打个电话问下。"

半分钟以后，宋文挂了手机道："顾局说，这个案子当作最近的特案要案来处理，让我们和田鸣那边并队成立专案组一起侦查。"

（未完待续）

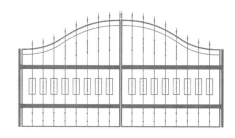

番外

— 画像 —

宋文第一次见到真正的模拟画像技术是在警校，那时候他大三，偶然去听了一节公开课。

警校对学生的学分有要求，一年必须修够指定学分。

其中听一节公开课算作 5 分，这是得分相对容易的项目了，所以好多学生都在学期末的时候去临时抱佛脚，故公开课人满为患。

那节课是那学期最后一节公开课，换句话说就是最后一次白拿 5 分的机会，所有学分不满的学生都将希望寄予在这堂课上。

那天的礼堂里人头攒动，宋文是被室友胡深拉过去的，还好有人给他占了个前排的座位，宋文一路叫着"让一让"才挤到了前排去。

上课的是一位退休的老刑警，小老头儿姓盛，戴眼镜，一副不苟言笑的样子。直到开讲，宋文才知道这课是讲模拟画像的。

这一节课那位盛老头儿展示了好多的素描人物像，也讲了一些模拟画像技术破案的实例。底下的同学们大部分都是凑学分来的，对这个课程也不是那么感兴趣，逐渐就开始"嗡嗡嗡"地开起了小会。

那老头儿并不生气，也不维持秩序，照样讲他的。

胡深也很快开起了小差，用笔戳着宋文道："晚饭吃啥？"

宋文眉头一皱道："我听课呢。"

胡深笑了，道："学分拿到就得了，你还真认真听讲啊？"

宋文认真点头道："那当然，这模拟画像我以前只在电视上看到过，多酷炫啊。"

胡深呵呵一笑道："酷炫什么，都快过时了，现在最流行的是电脑画像。你手绘吭哧吭哧半天，电脑早就生成出来了，依我看这技术都可以申请非遗了。"

宋文拍了拍胡深的肩膀道："电脑做出来的画像我们都见过，和这老师的画像是不一样的。"他仔细看了看盛老师的画，越看越喜欢，道："怎么说呢，就算看起来一样，但是那些图没有灵魂，这位老师画的图却有魂。"

胡深道："我怎么没看出来有什么区别啊？而且现在模拟画像不流行了。"

宋文"哼"了一声道："现在模拟画像不能普及，那是因为一般人画不出来。"

胡深听他这话里有意思，道："哟，怎么，宋文你会画画？"

宋文笑了，回答道："是啊，这事儿我能行。"

胡深感慨："一个宿舍几年了，我都没见你露一手，你小子深藏不露啊。"

宋文从小到大画画都很好，这是有原因的。

过去他家楼下拐弯的地方就有个美术班，李鸢芳和宋城没指望他能画出个什么成就，纯粹就是两个人都太忙，没有时间看孩子，就把这个地方当晚托班了。于是宋文从小学起每天放学都去学画画，寒暑假更是有大部分的时间"住"在美术班，从素描到水粉、水彩，甚至是国画，写意、白描、工笔，各个品类他都画过。

说来奇怪，宋文平时是个坐不住的主儿，可是一到画画这件事情上，他就变得沉稳了起来，能够坐在那里画上个半天。

宋文小时候，李鸢芳和宋城夫妻两人是怕他自己出去玩儿有危险，所以送美术班送得勤，长大了以后继续送美术班则是怕他学坏。

这美术班怎么也比网吧、台球厅听起来安全靠谱儿不是？

于是宋文这美术班一路上到了高三，直到课业太忙才没再去了。

那教画画的老师早就对他有了感情，听到这消息惋惜道："宋文画画已经挺好的了，我觉得可以考个美院什么的。"

宋城微微一笑，自信地回绝了："画画就是个陶冶情操的兴趣爱好，我儿子以后是要子承母业学医的。"

可后来宋文却自己报了个警校，还被录取了。他没听他爸的话，选择了子承父业，结果就是宋城又拿起了多年不用的"法器"——笤帚疙瘩。老爷子追着宋文打，跑了半条街以后，宋城发现自己居然跑不过儿子了，然后就气喘吁吁地回了家，自此没对宋文上警校再发表过什么看法。

宋文呢，反正还有李鸢芳那里可以要学费和生活费，也就和自己的爹不再多费口舌。

今天上了这一节模拟画像的公开课，宋文忽然把自己上美术班的那些经历回忆了起来，一时有点儿跃跃欲试。

一节一个半小时的公开课很快就结束了，除了宋文，整个礼堂里的学生作鸟兽散，一下就跑了个干净。老头儿一个人默默在前面收拾着讲课的图例和教案。

宋文跑上前去问："盛老师，你还收徒弟吗？我想和你学习这模拟画像技术。"盛老头儿抬起头，从镜片后面看着他道："你是刚才坐在左手边第五排的那个小子吧。怎么，聊完天想起来拜师了？"

宋文没想到这老头儿刚才看起来是在低头讲课，谁说话也不管，可是实际上一直在观察学生，甚至连自己坐在哪里都记得清清楚楚。

他反应快，急忙道："我和同学都被这模拟画像技术震撼了！忍不住感慨了几句。"

老头儿又看了看他问："你学过画画？"

宋文点头道："从小就学。"

"都学过什么？"

"素描、水粉、水彩、国画……都会。"

"石膏像画过吗？模特画过吗？"

"都画过，一共学了十几年。"

老头儿"唰唰唰"写了个字条道："刚才我在课上讲解的那些画像你看过了吧？这样吧，你给我画一百张人物头像，然后快递到这个地址，等我收到了，看看你的基础，再考虑教不教你。"

这一张口就是一百张人物头像，宋文捏着那张字条一时间愣住了。

老头儿收拾好东西，冲他摆摆手道："再见。"

宋文只好说了句"盛老师再见"。

等老头儿走了以后，宋文走出礼堂，而胡深刚才在门口听到了几句，这时他拿过那张字条看了看，上面有个地址，还有个固定电话，留的名字是盛先生。

胡深惊讶道："宋文，这老头儿张口就是一百张，你这要画到哪辈子去啊？我看他不是耍你玩呢吧？"

宋文夺回字条道："这你就不懂了，这高人哪有几个没有脾气的。圮桥授书听过没？不就是一百张画嘛，小爷我这师是拜定了。"

胡深依然是不看好他，道："这老师连你的名字都没问呢。"

宋文道："回头我带着一百张画，自己把名字告诉他。"

胡深道："反正我是不太看好这事儿。"

宋文把字条仔细收好，对室友道："走，吃大盘鸡去。"

那天后，宋文就买了一本素描本、一盒中华铅笔、一把裁纸刀，还有一块美术软橡皮。模拟画像讲究神似，并不如正规的素描那么费时间，宋文搜索了一些网上的模拟画像作为参考依据，按照那个方向去练习。

宋文除了吃饭睡觉、上课锻炼，就是没日没夜地画。画画需要模特，他就从同寝室的同学开始画，再画到同班同学。追得没人愿意给他做模特，他就开始凭着记忆画，画老师，画校工，后来又在网上找了一些明星图像来练习。

宋文把所有的课余时间都用上了，最开始是一天两张，到后来熟练了可以做到一天三张。

学期结束了，假期他就在家里画画，甚至把李鸾芳和宋城都画了。

假期过半，宋文终于攒够了一百张画，那素描纸都好大一沓了。他把那些画反复数了两遍，确定一张不少便装在了包里，沉甸甸的，然后自己当了快递员，查好那个地址后就上了路。

宋文一路坐着公交车过去，到了地方一看，才发现居然是一所老年大学。

这里进进出出的全是满头银发的老年人。

保安没见过这么年轻的小伙子来访，直到宋文说明了他的来意，保安才恍然大悟道："你是要找教美术的盛老师吧？他是我们这里的国画课老师。"

保安给宋文指了路，宋文便一路走上了三楼，进了一间画室，然后就看到盛老师坐在桌前，正在画画。

宋文把包放下，将画掏出来递过去道："盛老师好，我来交作业了。"

老头儿看到他，还记得他是之前在警校见过的男学生，然后看了看那厚厚的一沓纸，发现这孩子竟然真的画了一百张。

这些年，盛老师也去讲过很多课了，想要和他学模拟画像的孩子也不少，但是大部分是临时起意，听到要画一百张画就打了退堂鼓，还有的画了一些，最后半途而废。老老实实画完以后再找过来的，宋文还是近几年来的第一个。

老头儿一张一张翻看着那些画，神情十分严肃认真，随后脸上露出了欣慰之色，他翻了一会儿拿出一张道："这是上次和你坐在一起的那个同学？"

宋文点头道："对，就是他。"

"这张是你的自画像。"老头儿又拿出一张说。

"这张，是你们警校的刘老师。

"这张是那个女歌手吧？"他一张一张认下去。

宋文听着脸上忍不住露出笑容，看来他画得很不错，这老师都认出来了。

没想到盛老头儿放下画就不认人，对宋文道："这些画画得不行，我本来想试试你有没有学模拟画像的天赋，但是现在看，唉……"

老头儿满脸愁苦地叹了一口气，仿佛自己也无能为力。

宋文没想到是这个结果，站起身问："盛老师，我画得哪里不好？"

他现在正年轻，十分自负，这样的评价他实在是有些接受不了。

盛老头儿道："你画的这些人，没有生命。"

宋文被气笑了，道："盛老师，这里面的很多人你不是都认出来了吗？这不是正说明我画得栩栩如生吗？"

盛老头儿指了指那一沓画道："你画的这些人，只有现在，没有过去，也没有未来！"

"过去？未来？"宋文第一次听到这种说法，一时有点儿蒙。

画就是画，今天画这个模特，明天画另一个，像就可以了，怎么还需要有过去和未来？这些又要从何说起呢？

盛老头儿毫不留情道："你这就是只知其一，不知其二，从始至终你都是抱着在凑数、在完成作业的态度，完全没有进行思考。你只会画形，不会画神魂。也就是说，你一直都是照本宣科地在抄。像不是我的目的，如果单纯是为了像，那我们为什么不用照片，不用 AI 模拟？为什么还要坚持手绘？"

宋文这时候才察觉出来老头儿之前用的是激将法，他皱眉问："那怎么才能画出一个人的过去和未来？"

盛老头儿道："一个人有他的一生，他五岁时长得什么样子，十岁时长得什么样子，十五岁、二十岁、三十岁、四十岁、五十岁、六十岁，乃至七八十岁时……每个时间段都会有不同的样子。五年不见的一个人，再见面时，你能够认出来他吗？"

宋文想了想道："可以。"他认人的功力还是不错的，有时候几年没见的同学，再见面也能够叫出名字。

盛老头儿指了指他眼前的画反问他："那你为什么没有画出来？"

宋文低头去看自己的画，忽然觉得那画上的人呆滞极了，既看不到五官是怎么发展而来，也看不出来会向着哪个方向发展而去。

盛老头儿继续说："一张脸，脸上的骨骼会怎么生长发育，怎么变化，五官、皮肤、毛孔，这些细节都是蕴含在图里的，浅淡的皱纹，凸起的苹果肌，甚至是发际线都是逐渐在移动的，他们的情绪、年龄、职业、经历，你需要在你的画里呈现出这种生长变化。"

宋文皱起眉头，从小到大，他受到过那么多的表扬，画过那么多的人像，可是他好像从来没有从这个方向思考过这些问题。

以前他画画只是兴趣爱好，只是为了得到人们的褒扬，可是现在他望着盛老师桌子上压着的那些画，忽然明白了这些画是有意义的。

盛老师继续道："公安需要的是画师，不是画匠，好的模拟画师能够根据一个孩子的童年照找到成年以后的他；能够在劫匪逃亡二十年后，准确还原他现在的样貌；甚至有时候犯罪分子整容了，变性了，那些图还是能让人们认出他。这些是照片做不到的事，更是机器不能理解和还原的。用一张图，模拟出这个人的一生，这才是模拟画像的意义！我们的思维是能够做到比机器还要细微地计算的，这一切都要通过你的眼睛看到，通过你的大脑加工，通过你的心感悟，通过你的手一笔一笔描绘出来。"

这些话是盛老师在上大课的时候从来没有说过的，因为一般的学生根本就听不懂，他们只需要知道有一项技术是模拟画像，知道很多人在进行画像尝试，并且曾经帮助警方破获了很多大案就可以了。

可是眼前的孩子不一样，老头儿还在考验他是否值得留下来。

宋文听得呆住了，他想起自己之前和胡深的谈话，他是觉得这位盛老师的模拟画像是有生命的，才萌生了想要学习这项技术的想法。

原来，这才是画里有生命的由来。这些画可以帮助警方抓到坏人。

这样的还原过程是他所向往的，是无比神圣的。没有浮夸的炫技，没有什么所谓的画法流派，有的是实用主义，大繁化简。

宋文忽然意识到了，这是盛老师对他的点拨。这一番话改变了他的观念、他的认知，这是比他画一百张画、一千张画还要大的收获。

宋文低头看着自己画的画，画面上的图像一下子就平面化了。他的画还有很多不足，甚至可以说他还没有入门。

宋文想到这里，谦虚地低下头，诚恳地道："盛老师，我就是为了画出有生命的画，才想学模拟画像的，请老师教给我。"

盛老头儿看向他的眼神变了，问："你叫什么名字？"

宋文终于报出了自己的名字："我叫宋文。"

盛老头儿笑了，道："怪不得你画了宋城的画像。既然你是故人的儿子，那我就收了你作个关门弟子吧。"

从那天起，宋文就开始了跟着盛老师学画画的日子。大学的课业紧张，锻炼也不少，他就平时抽空画，周末时再去找老师学习，把作业给老师点评。

盛老头儿做模拟画像工作几十年，绝对是一位负责的良师。他一上来就给宋文十个头骨，让他分辨这些头骨的不同。

宋文就从画骷髅开始，一点儿一点儿画起来。

要知道一个人长得和另外一个人不同，这是很好分辨的，可是要说一个头骨和另外一个头骨哪里长得不一样，这事儿就玄幻了。

这是从根本上，从眼窝儿、鼻梁、牙齿、骨骼的分布来区别人与人的不同。

骨头画完了，接下来就是肌肉层，每一块肌肉都有它的分布、走向。

再后面是皮肤，皮肤上的毛孔、皱纹都会让人的脸部看上去有所不同。

皮肤以后是五官，眼睛的差别，鼻子的差别，嘴巴的差别……

到了最后一步，就是要学会描绘脸上的独特特征。比如疤痕、痣、胎记、大小眼、龅牙……这些是独一无二的特征，模拟画像需要还原它，甚至有时候还要去强化它，这样别人才能够更快辨认出来图上的人。

学习模拟画像不光要学形，还要学道理，人的五官和生长发育，以及咀嚼、说话、情绪都是有关系的。

一对长得很像的双胞胎，一个作为建筑工人常年风吹日晒雨淋，一个在办公室里做白领，时间长了，他们的容貌就会发生巨大的差异。

两个同是三十岁的女人，一个孩子在身边，夫妻恩爱；另一个多次流产，神经衰弱，她们的面部也会呈现出不同的特点。

宋文一边练习画画，一边还要注意观察，他有一段时间"走火入魔"了，路上有人就会盯着看。他不仅会分析那些人的五官、特征，还会猜测他们曾经经历过什么，将来会怎样。

他在食堂里遇到了同学也会盯着看。有一次看得久了，一个女生误会了，跑过来和他要微信号。结果宋文看着女生问："同学，我就想问一下，你右边下槽牙的智齿是不是横着长的？"

少女一愣，问："你怎么知道？"

宋文说："智齿会影响脸型和其他牙齿的排布，你还是早点儿拔了吧。"

女生被他说得满脸羞红跑开了，隔天就去把牙拔了，一边哭一边觉得自己还没恋就失了恋。

这么前前后后练习了一年后，宋文被分配到了南城。

临毕业的时候，盛老头儿叮嘱他道："以后遇到了事情，多动脑子，多动笔，基本功不能丢，要随时练习着。"

宋文鼻子发酸，道："谢谢盛老师，我会想你的。"

盛老头儿拍了拍宋文，他曾经担心无人继承他的衣钵，没想到自己都退休了，最后还收了个不错的关门弟子。

"你老师我最近接了个给失踪儿童画像的公益任务，忙着呢。我就一个要求，在破了案子以前，别人问你你就说画画是自学的，不许说是我教你模拟画像的。"

宋文一愣，问："为什么啊？"他真的是从盛老师这里学到了很多东西，这些东西也会影响他今后的从警生涯。

"得防着你败坏师门名声。"盛老头儿笑着看向他道，"做这一行是需要考试的，考试不过就想要出师？哪里有那么容易的事。"

宋文反应了过来，道："那考试就是要用这技术破案吗？"

平时的练习始终是纸上谈兵，真正遇到的案子会是千奇百怪，破案并不是那么容易的事。

盛老师点点头道："我必须提醒你，不要过度宣扬这种技术，因为模拟画像毕竟帮助有限。你也不能夸大画像的作用，一旦开始过度自信，反而会让好事变成坏事。"

盛老头儿工作这么多年，经历过太多的事情，见过了很多成功，也见过很多失败，就连他这样的老手都有折戟沉沙的时候，更别说宋文这样的新人了。

宋文点头，表示自己记住了。

盛老头儿又说："你也很快会找到自己的方向的，希望你能够掌握这项技术，多多破案，功成名就。我不需要让别人知道你是我的学生，我只是希望这项技术可以帮助到警方，帮助到更多人。到时候把你得的奖章拍照发给我，比逢年过节的拜年短信实用多了。"

辞别了盛老师，宋文一路坐着火车回到了南城，这是他小时候住过的地方，也是他的老家，这个地方给他留下了太多的记忆，有温馨的，也有残酷的，比如"5·19"案……

李鸾芳给了宋文家里的钥匙，叮嘱他去收几处房租，租金可以自己留下来，补贴生活。

刚开始工作宋文就体会到了财政独立的乐趣，他请新同事吃了一顿饭，还狠心买了个想念好久的游戏机。可是宋文后来却发现每天的工作太紧张，偶尔回家还要练习画画，根本没有时间玩。游戏机很快就放在角落里了。

宋文入职时顾局亲自面试的他，把他分在了刑侦一队。

那时候的队长姓董，大家都叫他董队。宋文作为实习警员，聪明又勤奋，无论是出现场，问线索，还是抓凶手，从来没有掉过链子。

他不到一个月就适应了工作，融入了警队之中。

顾局对他赞不绝口，甚至是当作亲儿子看待，连在老家摘了枇杷都要送给他一份。董队也把他当作了队里的骨干在用，遇到棘手的事情不问那些老队员，反而来问他的意见。

开始的时候宋文谨记老师的教导，他并没有把模拟画像这事儿作为自己的特长。而且他发现，现在摄像头这么多，需要用到画像的机会并不是很多。宋文努力让自己心平气和，可有时候还是会有一种学了一身武艺却没有施展之处的挫败感。

直到有一次，警队接到了一起案子。那是一起恶性案件，一个男青年在大庭广众之下拉走了一个少女。两天之后，少女被发现弃尸荒野。

男青年的身份一时无法确认，现场和尸检发现的线索都不多。

男人拉走少女的时候，街上有很多目击证人，也曾有人试图阻拦。可是偏偏此处没有摄像头，证人的手机也没有拍下男人的清晰面容。警察只能够凭着证人口供去推测那个凶手的样貌特征，试图在千万人之中找到他。

董队听到这个消息一筹莫展，直接在办公室里开骂："规划局是怎么规划的？就缺这一个关键摄像头！真应该好好查查他们，把纳税人的钱都花到哪里去了。"宋文在一旁提醒道："要不要试试模拟画像？"

他这么说是经过了调查的，现场的目击证人很多，可以帮助他们还原画像。

董队转头看向他道："小宋你当这个是电视剧呢？你看那十几个证人，说得都不带重样的，画像那是随便一个人就能还原的？"

董队怕打击宋文的积极性，没好细说，其实市局过去也有过模拟画像师，可是每一次画出来的——都没什么用。

根据那个画去找凶手，简直能够把警方带到沟里去。等他们通过其他方法抓住了犯人，拿来和画像对比，那画像画的鼻子是鼻子，眼睛是眼睛的，脸上的痣也点了，可就是和凶手的外貌对不上号。

经历过几次，市局的警察们谁也不找那位模拟画像师了，也对模拟画像失去了信心。画像师每天闲坐着，后来干脆离职创办儿童美术班去了。

最近顾局正琢磨着怎么重建影像室，把一切换成电子设备呢。

宋文并不清楚这些，他向董队自告奋勇："我可以试试。"

董队问："小宋你学过画画？"他有点儿惊讶，宋文过来三个月了，没有提起过这件事。

宋文谦虚道："学过几年。"

董队还是怀疑，皱起眉头道："画画和这模拟画像是不一样的！"

宋文那可是被盛老头儿磨炼过的，冷静点头道："我知道。"

董队不抱希望，又没有别的办法，摆了摆手，死马当作活马医道："那你就画吧，不过若是画像的还原度达不到百分之五十是不能公开的。"

现在只有那些目击证人的口供，这百分之五十该怎么衡定都不好说。

宋文也不急，只想认认真真办好这个案子。他找了几个年轻、记忆力好一些的证人，一个一个详细地问过，总结出来凶手的容貌特征，然后开始落笔，画好以后再根据他们的描述进行修改。

整个过程说来轻松，其实却十分耗费精力。

宋文根据那些证人的描述，把凶手一点儿一点儿画了出来。

这个凶手二十余岁，短发，眉毛有些淡，眉骨却很明显，眼睛是细长的，颧骨凸出，嘴唇很薄，下巴也有点儿长，看起来有点儿蔫蔫的，可是看向人的时候又有点儿凶狠，不怀好意。

两个小时以后，一个脸型瘦长的男子头像就出现在了纸上。

第一次把模拟画像落在案子里进行实际操作，宋文也有点儿紧张，他害怕自己画得不像，让警方抓不到人，反而败坏了模拟画像的名声。

宋文慎重地进行了反复修改，直到几个证人都说非常像才把画拿给了董队看。董队端详了一下画，觉得画细致得出乎了他的预料，道："咦，画得还像那么回事，警校学的？"宋文摇摇头按照盛老师说的道："自己学的。"

董队虽然不懂，也不知道这画有几分像，但是他看出来宋文是专业练习过的。他把画拿走，让下面的队员进行影印，还表扬宋文道："行啊小子，想法不错，手上功夫也有，我们会拿来参考的。"

董队到最后还是没敢把宋文的画像向外界公示，只在警队内部作为资料让大家传看。

几天以后，南城又发生了一起类似的事件，有人看到一个男子拉着一个少女进了一个小旅馆。少女一直在挣扎，还遭到了殴打。男子拿着两个人的身份证登记，少女疑似被胁迫。

于是刑警队马上出动，一队人来到楼下，准备挨个儿房间搜查。这时，一个男人从楼梯上下来，往旅馆外面走去。

董队看了那人一眼，一瞬间就好像被雷劈中了，愣在了当场。

那感觉怎么说呢，就像是那张画上的人忽然活了过来，立在了他的面前。

不光是他，还有他身后的几名队员看到那名男子后，都愣住了。

所有人的脑海里闪过了几个字——太像了！

走在最后的宋文也看到了这个人，他反倒最先反应了过来，带头冲了上去，伸手就是一记手刀砍向那个男子的脖颈。

男子还没反应过来，一队便衣刑警就一拥而上，不由分说地把那人按在地上，然后铐了双手押到了市局。

后来警方在旅馆的楼上成功救下了一个被绑着的少女。

破了案子以后，董队喜滋滋地拿着一沓资料进了顾局的办公室。

"这次能够抓到凶手，多亏了我们队里的宋文。"董队说着，把罪犯的画像和照片推到了顾局的面前，"顾局你看！"

顾局垂眸，眼睛瞬间瞪圆了，他也发出了一声惊叹："神了，这也太像了吧！"画像画得栩栩如生，让人一眼就可以看出来，画上和照片上是同一个人。

顾局拿起来比对着，还有点儿难以置信道："这真是那小子画的？"

他以前也见过一些模拟画像，都没有这么传神，宋文这水平说是练了十年了也有人信。

"是啊，而且是在没有照片参考、只有证人描述的情况下画的！"董队笑得合不拢嘴，"不是我说啊，顾局，我觉得我们南城市局这次算是捡到宝贝了。"

"何止是宝贝啊！"顾局笑了起来，"升职！加薪！说什么也要把这个人才给我留住了！"

那时候顾局甚至动了念头，想让宋文去搭建影像室，但是宋文表示自己还是更愿意做刑警工作。之后，整个南城市局的人都听说了宋文有着一手模拟画像的绝技。再后来，宋文在当年的考评之中，一举夺了个第一名。

宋文的综合能力很强，一跃成为了市局的红人。而他也十分争气，屡破大案，董队调走后，他就成了南城市局最年轻的刑警队长。

宋文一边办案一边还不忘磨炼画技，每年画人像的纸不知道用去了多少张。

有时候画画的时候，宋文也会感慨，这世界上的人这么多，可是他总是能够一眼看出那些人脸上所谓的特征，也就是遗憾之处。

鼻子再高一点儿就好了，眼睛不太对称，眉骨的曲线太过崎岖坎坷，嘴唇唇峰不够明显，牙齿不整齐，下颌线不够明晰……

第一眼看到的人，宋文总是能够迅速找到缺点，看到这些缺点以后，就算是再美的人，在他的眼里也是失色的。

他觉得自己不是一个以貌取人的人，但是这一点儿职业病始终无法改掉。

经历过两次匆匆结束的相亲以后，市局的人都知道宋队长对外貌要求特别高。

直到那一年，宋文在市局的院子里看到了那个人……

额头、眉眼、鼻子、嘴巴，从骨到肌，从肉到皮，那一眼竟然是一点儿也没挑出来毛病。

宋文在那一刻终于相信了，这个世界上是有长得完美无缺的人存在的。

宋文忍不住往前走了一步，想要看到更多。

往前看，那个人的过去似曾相识；往后看，他的未来容颜依旧。